LOB FÜR DER KAVALIER, DER MICH LIEBTE

Gewinner des Passionate Plume Award
Finalist für den Maggie Award for Excellence

„Grace Callaway ist eine meiner absoluten Lieblingsautorinnen, und auch diese Geschichte hat mich wieder einmal völlig begeistert! Ich liebe Andrew so sehr! Wie hingebungsvoll er sich all die Jahre um Rosie gekümmert hat, ließ mich dahinschmelzen! Eine gelungene Mischung aus Spannung, Romantik und Erotik!" – Sara, *Goodreads*

„Ich konnte einfach nicht aufhören zu lesen! Freue mich schon unglaublich auf die nächste Reihe. Andrew ist der Beste, ich lieeebe ihn!!!" – Jessica, *Goodreads*

„Diese Geschichte hat mir wirklich gut gefallen. Zwar ist Rosie anfangs ziemlich eigensinnig und kindisch, was ich etwas nervig fand, aber ich glaube, das war auch so gedacht. Man sollte merken, wie jung und verzogen sie ist. Der männliche Hauptcharakter ist zum Träumen, hat aber auch so seine Fehler. Rosie und Andrew sind kompliziert und vielschichtig, was die leidenschaftliche Beziehung zwischen ihnen nur noch besser macht. Ich freue mich schon auf das nächste Buch dieser Autorin." – Tammy, *Goodreads*

„Ich habe diese mitreißende Buchreihe vom ersten Band an verschlungen und bin beeindruckt, wie genial die Handlungsstränge der jeweiligen Hauptcharaktere miteinander verknüpft wurden. Eine wahre Tour de Force!" – Peg, *Goodreads*

„Eine berauschende Mischung aus knisternder Leidenschaft, gefährlicher Spannung und Romantik." – Nicola, *Goodreads*

„Was für ein geniales Ende für diese Buchreihe ... Ich konnte einfach nicht aufhören zu lesen! Bin schon ganz gespannt auf das nächste Buch in der neuen Reihe!!!" – Mary, *Goodreads*

„Wie alle Bücher in dieser Reihe habe ich auch dieses mehrmals gelesen! Das ist wirklich eine der besten Historical-Romance-Reihen, die es gibt! Ich empfehle sie allen, die auf Spannung, komplexe Charaktere und heiße Liebeszenen stehen!" – MG, *Amazon*

„Ich war überrascht, wie wunderschön diese Geschichte geschrieben war und was für eine große Rolle [Primroses] Vergangenheit gespielt hat. Die Handlung war äußerst spannend und originell! Beide Hauptcharaktere waren so vielschichtig und man konnte den Schmerz, den sie in sich trugen, förmlich spüren. Starke Leistung!" – Christine, *Amazon*

„Eine flatterhafte Heldin trifft auf einen Zuhälter und ehemaligen Stricher ... eine ungewöhnliche Liebesgeschichte, die einem allerdings das Herz stiehlt. Je mehr wir über unsere Hauptcharaktere lesen, desto besser verstehen wir, was sie zu den Menschen macht, die sie sind. Grace Callaway erschafft zauberhafte, komplexe Charaktere, in die man sich einfach verlieben muss! Ich bin ein wenig traurig darüber, dass dieses Buch das letzte in der Reihe war, freue mich aber schon sehr darauf, mehr über Harrys Geschichte zu erfahren." – *Bookdivas*

„Es hat mir unglaublich gut gefallen, dass Andrew andere (und auch sich selbst) so akzeptiert, wie sie sind, und sie nicht für ihre Taten und Fehler verurteilt. Er hat hinter Rosies Fassade geblickt und erkannt, wie es wirklich in ihrem Herzen aussieht, und er hat ihr auf diese Weise geholfen, schwere Hürden zu überwinden. Eine mitreißende Liebesgeschichte über zwei komplizierte Charaktere, die das Beste ineinander zum Vorschein bringen." – Rhonda Jane, *Amazon*

DER *Kavalier,*
DER MICH LIEBTE

DETEKTIVE aus LEIDENSCHAFT

GRACE CALLAWAY

USA Today Bestselling Author

Aus dem Englischen von
Annika Mirwald

PROLOG

Vorsichtig löste Andrew Augustus Corbett sich von der nackten Frau, die halb auf ihm lag, und verließ das Bett. Er erstarrte kurz, als sie sich unter der roten Satinbettwäsche regte, jedoch nicht aufwachte ... *Gott sei Dank*. Obwohl die verwitwete Dame doppelt so alt war wie er, hatte sie ihn ordentlich auf Trab gehalten. Natürlich war er mit dem unersättlichen Appetit älterer Frauen aus der *ton* bestens vertraut, aber dieser führte ihm jedes Mal aufs Neue vor Augen, wie viel mehr er für seine Dienste eigentlich verlangen müsste.

Während er in seine Hose und Stiefel schlüpfte und sich einen Morgenmantel überzog, kam ihm der Gedanke, dass er vielmehr für die Befriedigung, die er seinen Kundinnen bescherte, vergütet werden sollte anstatt für die gemeinsam verbrachte Zeit. Immerhin hatte er seine jetzige Bettgenossin gut ein halbes Dutzend Mal zum Höhepunkt gebracht, und das wollte schon etwas heißen. Dank seiner heißblütigen Natur und seiner Erfahrung als Stricher mangelte es ihm nicht an Ausdauer, aber dennoch sollte man den Energieaufwand, den ein solches Unterfangen mit sich brachte, nicht außer Acht lassen.

Ein flüchtiger Blick auf das Bett zeigte ihm, dass die Witwe sich wie eine Katze auf der warmen Stelle räkelte, an der er eben noch gelegen hatte. Eine weitere, äußerst befriedigte Kundin. Ja, er musste definitiv mit Kitty Barnes, seiner Arbeitgeberin und Liebhaberin, über eine Lohnerhöhung sprechen. Wie jedes andere Gut verlor auch die Lust an Wert, wenn man sie zu günstig verhökerte. Mit seinen achtzehn Jahren war Andrew nun lange genug im Geschäft, um zu wissen, dass er das Meiste aus seiner Blütezeit herausholen musste.

Und wenn ich nicht vor meinem zwanzigsten Lebensjahr elendig verrecken will, muss ich dringend mehr Geld anschaffen, dachte er finster.

Kitty hatte während des vergangenen Jahres nämlich einige desaströse Entscheidungen getroffen. Ungeachtet seiner Warnungen war sie, was geschäftliche Risiken anging, viel zu leichtsinnig gewesen und hatte ihre geplante Bordellkette in den Ruin getrieben. Um ihren Fehler auszubaden, hatte sie sich bis über beide Ohren bei einem Halsabschneider namens Bartholomew Black verschuldet, einem zwielichtigen Mann, der nicht gerade für seine Geduld bekannt war.

Erst letzte Woche hatte sie eine tote Brieftaube mit einer Nachricht um den gebrochenen Hals auf ihrer Türschwelle vorgefunden: *Bezahle ... oder stelle Dich den Konsequenzen.*

Beklommen schloss Andrew die Tür hinter sich und schritt leise den leeren Gang hinunter. Zu dieser frühen Stunde schliefen sämtliche Gäste und Angestellten des Freudenhauses noch, was ihm nur gelegen kam. Er begrüßte den kurzen Augenblick der stillen Einsamkeit, in dem er nicht den charmanten Schmeichler spielen musste, sondern einfach nur er selbst sein konnte: ein Mann mit Sorgen. Ein Mann, der seine Ängste nicht länger zu verbergen vermochte. Angst um seine Geliebte, sich selbst ... und um das Mädchen in ihrer Obhut.

Bei dem Gedanken an Primrose verkrampfte sich sein Magen schmerzhaft. Obwohl sie erst vier Jahre alt war, erhellte ihre Anmut bereits jeden noch so dunklen Winkel dieser elenden Gassen. Ihr Charme und ihre liebliche Singstimme verzauberten jeden, der ihr begegnete ... verdammt, sie hatte es sogar geschafft, *sein* vereistes Herz zu erwärmen! Für ihn war sie die kleine Schwester, die er nie hatte, und er würde alles tun, um ihre Unschuld zu beschützen ... Dass sie überhaupt noch welche besaß, war an sich schon ein Wunder, wenn man bedachte, woher sie stammte.

Vor drei Jahren hatte Kitty das kleine Mädchen zu seiner maßlosen Überraschung angeschleppt ... seine ältere Liebhaberin war nicht gerade der mütterliche Typ. Doch ihre Erklärung hatte jegliche Verwunderung rasch beseitigt: Irgendein wohlhabender Kerl bezahlte sie dafür, sich um sein uneheliches Kind zu kümmern. Insgeheim war Andrew der Ansicht, dass ein Mann seiner Tochter (ob nun unehelich oder nicht) etwas Besseres bieten sollte, als sie einer berüchtigten Bordellwirtin anzuvertrauen, aber natürlich stand es ihm nicht zu, darüber zu urteilen.

Mit einem selbstironischen Grinsen schritt er die Treppe zu Kittys privaten Gemächern hinauf. Vom Vatersein hatte er nicht den blassesten Schimmer. Seinen eigenen hatte er weder kennengelernt, noch war er von diesem anerkannt worden. Das Einzige, was er je von dem Mann erhalten hatte, war sein Zweitname, den Kitty auch als sein Pseudonym im Bordell verwendete.

Dort war er als Augustus Longfellow bekannt. Kein sehr origineller oder geschmackvoller Deckname, aber ein Mann in seiner Lage konnte sich weder Ehre noch Stolz leisten. Er war ein Überlebenskünstler, der sich seinen Weg aus der Gosse hart hatte erkämpfen müssen.

Wie seine verstorbene Mutter stets zu sagen pflegte: *Alles lässt sich verkaufen.*

Aber in diesem Fall konnte ihm sein eindrucksvolles Gemächt nicht helfen. Nein, er würde sich auf seinen nicht weniger eindrucksvollen Verstand verlassen müssen, um seine kleine, bunt zusammengewürfelte Familie zu beschützen. Die letzten Jahre über hatte er eisern gespart und zahlreiche wertvolle Geschenke dankbarer Kundinnen gehortet. Aus gutem Grund jedoch hatte er Kitty nichts von dem Geld erzählt, da seine Geliebte wahrlich kein Händchen für finanzielle Angelegenheiten besaß. Er wollte um jeden Preis verhindern, dass sie sein mühsam Angespartes ebenfalls in ihre Fehlinvestitionen steckte. Zwar besaß er nicht genug, um ihre Schulden zu begleichen, aber vielleicht ließe Black sich ja auf eine Ratenzahlung ein, wenn er diesem beweisen konnte, dass er sein Geld gewinnbringend angelegt hatte.

Nun brauchte er nur noch auf eine günstige Gelegenheit zu warten ...

Jäh wurde er aus seinen Gedanken gerissen, als plötzlich etwas durch die zerberstende Fensterscheibe vor ihm flog und zu seinen Füßen landete: eine Flasche ... in der ein brennender Tuchfetzen steckte.

„Verdammter Mist!"

Laut fluchend rannte er hinüber zum Fenster, zerrte einen der Vorhänge herunter und versuchte, damit die Flammen zu ersticken, die sich in Windeseile über den Teppich und die Holzdielen ausbreiteten. Gerade hatte er es geschafft, das Feuer einzudämmen, als er das Klirren weiterer Fensterscheiben und den dumpfen Aufprall mehrerer Glasflaschen vernahm.

Mit wild pochendem Herzen wirbelte er herum ... Der ganze Korridor stand in Flammen.

Verflucht!

„Kitty!", brüllte er. „Feuer!"

Die Tür am anderen Ende des Gangs flog auf, und seine Geliebte erschien in ihrem Nachtgewand auf der Schwelle.

„Gütiger Himmel." Das rasende Inferno spiegelte sich in ihrem wilden Blick wider. „Das muss Black sein, er hat es auf uns abgesehen ..."

„Schlag Alarm und bring die übrigen Anwesenden in Sicherheit!", schrie Andrew, während er in die entgegengesetzte Richtung davoneilte. „Ich hole Primrose und treffe dich dann draußen!"

Er sprintete die Wendeltreppe zur Dachkammer hinauf, doch als er an der Tür rüttelte, stellte er fest, dass sie verschlossen war. Abermals fluchte er laut, obwohl er derjenige gewesen war, der Primrose eingeschärft hatte, ihr Zimmer zu ihrer eigenen Sicherheit stets abzuschließen.

Verzweifelt hämmerte er mit der Faust gegen das Holz. „Primrose, wach auf! Es brennt!"

Keine Antwort. Er trat einen Schritt zurück, bereit, die Tür einzutreten, als diese sich plötzlich quietschend öffnete. Verschlafen blinzelte ihn das blonde Mädchen an. Ihre Zehen spitzten unter dem viel zu großen Nachtgewand hervor. „Andrew?"

„Komm mit. Schnell!", befahl er ihr.

Wortlos streckte sie die Arme aus, und er hob sie hoch, um mit ihr die Treppe hinunterzueilen. Dichter Rauch schlug ihm entgegen und brannte ihm in den Augen. Der gesamte Korridor stand in Flammen. Ein lichterloh brennender Holzbalken stürzte vor ihm von der Decke und versperrte ihm den Weg. Primrose klammerte sich um seinen Hals und hustete in dem verzweifelten Versuch, Luft in ihre Lunge zu pumpen.

Fluchend rannte er die Treppe hinauf zurück in die Dachkammer, schlug die Tür hinter sich zu und hastete zum Fenster hinüber. Er öffnete es und steckte den Kopf der Kleinen hinaus ins Freie.

„Atme tief durch, Küken", wies er sie mit rauer Stimme an.

Während sie seiner Aufforderung nachkam, hörte er von der Vorderseite des Gebäudes her laute Schreie und das Läuten der Alarmglocken. Hier hinten blieb ihnen nur ein einziger Ausweg: der Abstieg in die über sechs Meter unter ihnen liegende Gasse. Aber dazu brauchte er ein Seil ...

Er setzte Primrose ab und ging zum Bett hinüber, wo er das

Laken in mehrere Streifen zerriss und diese aneinanderknotete. Probehalber zerrte er an seinem notdürftigen Strick: Er war stabil, aber nicht lang genug. Nachdem er auch die Vorhänge zerrissen und dem Seil hinzugefügt hatte, band er es um einen der Bettpfosten und warf es aus dem Fenster. Das Ende baumelte immer noch gut drei Meter über dem Kopfsteinpflaster. Nicht ideal ... aber immer noch besser, als bei lebendigem Leib zu verbrennen.

Er kniete sich vor Primrose nieder und sah sie ernst an. „Du musst etwas für mich tun."

„In Ordnung", antwortete sie ohne zu zögern, obwohl ihr die Angst deutlich ins Gesicht geschrieben stand.

Er streichelte ihr beruhigend über den goldenen Lockenschopf. „Wir klettern jetzt gemeinsam an diesem Seil herunter, aber dazu brauche ich beide Hände. Deshalb musst du dich mit aller Kraft an mir festhalten und darfst auf keinen Fall loslassen, hast du verstanden?"

„Ja, Andrew."

„Dann hoch mit dir auf meinen Rücken." Er drehte sich um und half ihr, die Arme fest um seinen Hals und die Beine um seine Hüften zu schlingen. Dann griff er nach den verknüpften Laken und kletterte hinauf auf den Fenstersims. Nachdem er sich davon überzeugt hatte, dass der Knoten um den Bettpfosten gut gesichert war, bereitete er sich auf den Abstieg vor ... und hörte plötzlich ein leises Wimmern hinter sich.

„Vertrau mir, Sonnenschein", flüsterte er.

Sie klammerte sich noch fester an ihn und er spürte, wie sie gegen seinen Rücken nickte.

Schnell schickte er ein lautloses Stoßgebet gen Himmel, bevor er sich vom Fenstersims abstieß.

Einen Augenblick lang schwangen sie wild durch die Luft, bevor er mit den Schuhsohlen Halt an der Mauer des Gebäudes fand. Langsam hangelte er sich an dem Seil abwärts, bevor er den Fehler beging, nach unten zu sehen. Das schier unendlich weit entfernte Kopfsteinpflaster verschwamm vor seinen Augen. Nur eine falsche Bewegung, und sie würden unweigerlich in den Tod stürzen. Er spürte Primroses Herz gegen seinen Rücken hämmern, ihr tränennasses Gesicht in seinem Nacken.

„Sieh nicht runter, Kleines", keuchte er. „Wir haben es fast geschafft."

Zitternd schmiegte sie sich an ihn. Seine Muskeln brannten vor Anstrengung, während er sie langsam, Zentimeter für Zentimeter, nach unten beförderte. Er wusste nicht, was er tun sollte, sobald sie das Ende des Seils erreicht hatten. Ihm blieb nichts anderes übrig, als sich fallen zu lassen und ihren Körper dabei irgendwie mit dem seinen zu schützen ...

„Ich bin gleich bei euch!"

Sein Kopf wirbelte herum, als er Kittys Stimme und das Getrappel von Hufen vernahm. Ein übermächtiges Gefühl der Erleichterung überkam ihn, als er den Wagen sah, der die Gasse entlang auf sie zugerollt kam. Beinahe hätte er vor Euphorie laut aufgelacht. Wie hatte er seine Geliebte nur so unterschätzen können? Wenn man sich auf eines verlassen konnte, dann darauf, dass Kitty immer auf ihren Füßen landete ... so wie er und Primrose nun auch.

Mit neu gewonnener Kraft überbrückte er die letzten Meter, bis er das Ende des Seils erreicht hatte, unter dem der mit Stroh gefüllte Karren bereitstand. Nur noch weniger als zwei Meter trennten sie von ihrem Ziel.

„Halt dich gut fest", befahl er Primrose.

Als er sich sicher war, dass die Kleine sich so fest es ging an ihn klammerte, ließ er das Laken los. Blitzschnell drehte er sich noch im Fall um und hielt sie an seine Brust gedrückt, sodass er mit dem Rücken auf dem strohbedeckten Karren aufprallte.

Primrose krabbelte von ihm herunter und musterte ihn besorgt.

„Andrew?", flüsterte sie panisch.

„Es geht mir gut", stöhnte er.

Daraufhin brach sie in Tränen aus.

Vorsichtig setzte er sich auf und strich ihr über die zerzausten Locken. „Ist schon gut, mein mutiges Küken. Es bringt doch nichts, hinterher zu weinen."

„Ich w-war gar nicht m-mutig, ich hatte schreckliche Angst", schluchzte sie. „Aber d-du hast mich gerettet."

Obwohl er nur zu gut wusste, dass er bei Weitem kein Held war, wärmten ihre Worte ihn wie die ersten Sonnenstrahlen der Morgendämmerung.

„Halt den Rand, du einfältiges Gör! Sonst gebe ich dir einen richtigen Grund zum Weinen."

Kittys giftiger Tonfall lenkte seinen Blick zu ihr auf den Fahrersitz. Ihre roten Locken fielen ihr wild und lose über den Rücken, ihr hübsches Gesicht war starr vor Wut. Primrose verstummte und versuchte nervös, ihre Schluchzer zu unterdrücken.

Einen Augenblick lang starrten Andrew und Kitty einander eindringlich an.

„Wir haben keine Zeit, hier herumzuheulen", sagte sie schließlich. „Black ist noch nicht fertig mit uns."

Verdammt, sie hat recht.

Er deckte Primrose so gut wie möglich mit dem Stroh zu und flüsterte: „Versuche, ein wenig zu schlafen, in Ordnung?"

Als sie nickte, kletterte er auf den Sitz neben Kitty und ergriff die Zügel.

„Wohin?"

„Weit weg von hier", erwiderte seine Geliebte mit blitzenden Augen. „Wo der Teufel uns nicht finden kann."

❧   I   ☙

1835

Flüchtig sah Miss Primrose Kent (Rosie für ihre Freunde) sich um, bevor sie die geschwungene Treppe in dem luxuriösen Stadthaus der Hartefords hinaufstieg. Der winterliche Maskenball – eine jährliche Veranstaltung ihrer Tante Helena – war wie immer ein voller Erfolg, und die Menschen drängten sich in dem Saal, was Rosie nur gelegen kam, denn so konnte sie sich unbemerkt davonschleichen.

Nicht, dass irgendjemand ihr ohnehin viel Beachtung schenkte. Während sie sich ihren Weg durch die Menge bahnte, grübelte sie einmal mehr über sich selbst nach.

Ihre größten Vorzüge waren definitiv ihre Schönheit und ihr Charme, welche ihr seit ihrem gesellschaftlichen Debüt vor vier Jahren hinreichend Bewunderung verschafft hatten. Seither war sie auf jeder Soiree von eifrigen Gentlemen umringt gewesen, und ihre Tanzkarte war immer bis auf die letzte Spalte gefüllt. Sollte das Britische Museum je eine Ausstellung über bedeutungslose Geschenke liebestoller Verehrer in Erwägung ziehen, könnte sie die Sammlung im Alleingang vervollständigen.

Über die Jahre hatte sie unzählige Gedichte, Komplimente und Schmuckstücke erhalten.

Was sie sich jedoch am meisten wünschte, war nie dabei gewesen: ein ernst gemeinter Heiratsantrag.

Womit sie bei ihren negativen Eigenschaften angelangt wäre. Vor allen Dingen war sie leichtsinnig, intrigant und kokett ... und das war nur die Spitze des Eisbergs. Die Liste ihrer Unzulänglichkeiten war viel zu lang, als dass man sie alle an einem Abend hätte aufzählen können.

Als sie den oberen Treppenabsatz erreichte, spähte sie vorsichtig um die Ecke. Zu ihrer Erleichterung war der Korridor im ersten Stock menschenleer. Obwohl sie ein Schwanenkostüm mit passender Maske trug, welche die obere Hälfte ihres Gesichts verdeckte, hätten die Angestellten sie bestimmt erkannt. Immerhin war sie Lady Helenas einzige Nichte und schon ihr ganzes Leben lang im Haus der Marquise von Hartford ein und ausgegangen. Oder besser gesagt, seit sie im Alter von acht Jahren mit ihrer Familie wiedervereint worden war.

An ihre frühe Kindheit konnte sie sich nur schemenhaft erinnern ... und das war ihr auch ganz recht. Wann immer ihr Unterbewusstsein versuchte, durch den Nebel der Vergangenheit zu dringen, wurden ihre Hände ganz klamm, und ihr Puls begann zu rasen. Zudem hatte ihre Zofe, Odette (Französin und ein echtes Goldstück), sie gewarnt, dass man vom vielen Grübeln nur Falten im Gesicht bekäme, und das war nun wirklich das *Letzte*, was Rosie gebrauchen konnte.

Also redete sie sich ein, dass ihre Vergangenheit vor ihrem fünften Lebensjahr sowieso unwichtig sei. Ihre Mutter hatte ihr alles erzählt, was sie wissen musste: Sie war das Resultat einer Jugendsünde zwischen Marianne und Tante Helenas Bruder, Thomas, der einmal Graf von Northgate hätte werden sollen, jedoch leider bei einem Reitunfall ums Leben kam. In ihrem heiklen Zustand blieb Marianne nichts anderes übrig, als den grausamen Baron Draven zu heiraten. Nach der Geburt hatte er ihr Rosie weggenommen ... und alles, was danach geschah, war reine Vermutung.

Die ersten vier Jahre ihres Lebens waren nichts weiter als undeutliche Schatten. Wann immer sie ihre Mutter danach fragte, wechselte diese das Thema oder verfiel in verbissenes Schweigen, als sei die Erwähnung jener Zeit zu schmerzhaft für sie. Alles, was sie je aus Marianne herausbekommen hatte, war, dass man Rosie nach langem Suchen endlich in der Obhut Sir Gerald Coyners fand, einem kinderlosen Gentleman, der sich immer eine Tochter gewünscht hatte.

An Sir Coyner erinnerte sie sich natürlich, immerhin war er ihr Vormund gewesen, bis sie wieder mit ihrer Mutter zusammenkam. Sie dachte jedoch nicht gerne an Gerry – so wollte er von ihr genannt werden –, da die Erinnerungen an ihn ... verwirrend waren. Er war oft und lange auf Reisen gewesen. Die übrige Zeit jedoch hatte er gut für sie gesorgt, sie mit Geschenken überhäuft und ihr jeden noch so kleinen oder großen Wunsch erfüllt.

Auf der anderen Seite konnte sie jene schreckliche Nacht einfach nicht vergessen, als er beinahe ihre Mutter umgebracht hätte, um Rosie für sich zu behalten. Wäre ihr heldenhafter Stiefvater, Ambrose Kent nicht gewesen – damals war er noch als Beamter bei der Londoner Flusspolizei tätig –, hätte die ganze Sache womöglich ein schlimmes Ende genommen. Doch ihr Papa hatte Marianne gerettet und Gerry besiegt, der schließlich durch sein eigenes Messer gestorben war.

Rosie unterdrückte ein Schaudern. Sie holte tief Luft und versuchte, sich mithilfe eines altbewährten Tricks zu beruhigen: Mit geschlossenen Augen stellte sie sich eine der Puppen in ihrer Sammlung vor. Es spielte keine Rolle, welche es war, denn sie alle hatten liebliche Porzellangesichter und trugen hübsche Rüschenkleidchen. Während das Bild in ihrem Kopf Gestalt annahm, hörte sie eine mädchenhafte Stimme flüstern: *Sei immer bezaubernd schön und charmant, dann kann nichts und niemand dir wehtun.*

Ihr Atem wurde ebenmäßiger. Sie wusste, wie albern diese

Herangehensweise war, aber dank ihr hatte sie die letzten paar Monate hoch erhobenen Hauptes und stolz lächelnd durchgestanden. Dennoch war ihr nach vier erfolglosen Saisons eines unmissverständlich klargeworden: Aufgrund ihrer zweifelhaften Herkunft gab es keine Hoffnung für sie, je eine respektable Partie zu finden. Nicht einmal die Unterstützung ihrer einflussreichen Tante und die Beziehungen ihrer Adoptivfamilie konnten die schändliche Tatsache ausgleichen, dass Rosie ein uneheliches Kind war.

Früher war sie so naiv gewesen zu glauben, dass Beliebtheit gleichzusetzen sei mit Akzeptanz, hatte jedoch auf die harte Tour lernen müssen, wie falsch sie damit lag. Von Anfang an hatte die Londoner Gesellschaft ein hinterhältiges Katz-und-Maus-Spiel mit ihr getrieben. Die sogenannten Gentlemen der *ton* waren immer nur an einem interessiert gewesen ... und zwar nicht an einer Vermählung.

Beschämt dachte sie an die Koketterie – und ja, auch an ein paar heimliche Küsse hier und da – zurück, mit der sie glaubte, sich einen geeigneten Gemahl und somit ihren rechtmäßigen Platz in der Gesellschaft sichern zu können. Stattdessen hatten ihre Tändeleien ihr nichts weiter als gehässige Gerüchte und Skandale eingebracht. Nun war sie als Flittchen *und* Bastard verschrien. Als wäre das nicht schon schlimm genug, hatte sich auch noch ein Klatschblatt über sie lustig gemacht.

Im vergangenen Monat hatte der *Prattler* ein liederliches Gedicht mit dem Titel *Die gerupfte Rose* veröffentlicht:

> Güldene Locken so engelsgleich
> Und Augen so blau wie das Meer
> Wer hätt's gedacht, eine Dame wie sie
> Tollt wild in den Gärten umher!
>
> In Gesellschaft der Lords H., M., N. und S.
> Gar auch mit den Herren R. und P.?

Nimmt diese Liste wohl je ein End'
Oder arbeitet sie sich durch's ganze ABC?

Das Gedicht fand so großen Anklang, als hätte Wordsworth persönlich es verfasst. Obwohl keine Namen genannt wurden, wusste jeder, wer gemeint war. Ihr Vater war tobend vor Wut zum Büro des *Prattlers* marschiert, um zu verlangen, dass man die Veröffentlichung zurückzog, nur um festzustellen, dass der Verlag ganz plötzlich geschlossen worden war (wie jammerschade). Aber der Schaden war bereits angerichtet, und ihr Ruf hing am seidenen Faden.

Was geschehen ist, ist geschehen. Du kannst es immer noch geradebiegen.

Verzweiflung trieb sie entschlossen vorwärts. George Henry Theale, der sechste und jüngst ernannte Graf von Daltry, war die Lösung all ihrer Probleme. Heute Abend *musste* sie ihn einfach dazu bringen, um ihre Hand anzuhalten.

An ihrem vereinbarten Treffpunkt angekommen, sah sie sich noch einmal flüchtig um, bevor sie in das Zimmer schlüpfte und leise die Tür hinter sich schloss. Es war ein gemütlicher kleiner Raum, nur von einem einzelnen Kerzenständer erleuchtet, der auf dem Broadwood-Klavier in der Mitte des Zimmers stand. Im Erdgeschoss gab es noch einen wesentlich größeren Musiksalon, aber Tante Helenas Gemahl hatte dieses private Atelier als Rückzugsort für seine Herzensdame einrichten lassen. Rosie hatte viele glückliche Stunden hier verbracht und die Melodien ihrer Tante mit ihrem Gesang begleitet.

Beinahe schämte sie sich ein wenig, dieses Zimmer mit einem Rendezvous zu entweihen, aber es ging nun einmal nicht anders. Nur mit Mühe war es ihr gelungen, ihren Anstandsdamen zu entwischen, und dies war der einzige Ort, an dem sie ungestört Zeit mit Lord Daltry verbringen konnte. Apropos ... wo steckte der Kerl überhaupt?

Ein Lakai sollte dem Grafen vor knapp fünfzehn Minuten die

Nachricht überbringen, sich hier mit ihr zu treffen. Sie war sich so sicher gewesen, dass er ihrer Einladung folgen würde. Nicht nur hatte er ihr in den letzten Wochen mehr und mehr Beachtung geschenkt, er war außerdem auf der Suche nach einer Gemahlin. Mit knapp fünfzig hatte er vor Kurzem unerwartet einen Grafentitel geerbt, was den wohlhabenden, aber bislang unverheirateten Gentleman vor die dringliche Aufgabe stellte, einen Erben hervorzubringen.

Und genau aus diesem Grund war er der perfekte Kandidat für Rosie: Er brauchte eine junge, gebärfreudige Frau, sie einen Titel, der ihren desolaten Ruf wiederherstellen würde. Da es Januar und mitten im Winter war, sah es auf dem Londoner Heiratsmarkt gerade ziemlich mau aus, und so musste sie die Gelegenheit beim Schopf packen und sich den Grafen angeln, bevor die nächste Ballsaison startete und es vor heiratswilligen Debütantinnen nur so wimmeln würde.

Endlich öffnete sich die Tür, und der Lärm der ausgelassenen Menge drang in den Raum. Trotz ihrer Entschlossenheit schlug ihr das Herz bis zum Hals, als sie die dunklen Umrisse eines Mannes erblickte, der eintrat und die Tür hinter sich schloss. Da er im Schatten stehenblieb, konnte sie sein Gesicht nicht erkennen.

Sie räusperte sich. „Sind Sie das, Lord Daltry?" Obwohl sie sich alle Mühe gab, souverän zu klingen, quietschte ihre Stimme ein wenig.

„Ich bin nicht Daltry."

Der tiefe, maskuline Tonfall jagte ihr einen Schauer über den Rücken. Gleichzeitig erinnerte er sie auch an etwas. Kannte sie diesen Mann? Als er endlich ins Licht trat, kam er ihr jedoch nicht vertraut vor. Wäre es nicht so düster gewesen, hätte sie ihn keinesfalls mit dem Grafen verwechselt.

Der Fremde war um einiges größer und wesentlich breiter gebaut. Sie vermutete, dass er um die dreißig sein musste. Sein dichtes, rotbraunes Haar war ein wenig länger als es die Mode erlaubte und reichte ihm im Nacken bis zum Kragen. Alles in allem strahlte er eine raubtierhafte Eleganz aus. Er trug kein Kostüm, sondern schlichte Abendgarderobe, die seinen gut gebauten Körper vortrefflich zur Geltung brachte. Lediglich seine obere Gesichtshälfte war von einer schwarzen Halbmaske verdeckt.

In dem dämmrigen Licht vermochte sie die Farbe seiner Augen nicht zu bestimmen. Allerdings lag eine sinnliche, beinahe verführerische Trägheit in seinem Blick. Er besaß ein starkes, markantes Kinn sowie weiche, volle Lippen ...

Moment mal, warum konzentrierst du dich so auf seine Lippen? Oder auf seinen Schlafzimmerblick?

Energisch schüttelte sie die ungebetenen Gedanken ab. Dieser Fremde mochte unglaublich attraktiv sein ... aber er war mit Sicherheit kein Lord. Wenn er einer wäre, hätte *sie* ihn erkannt, denn niemand war so vertraut mit dem Londoner Adel wie Rosie Kent.

Verflixt. Allein in Gesellschaft eines umwerfend gut aussehenden, bürgerlichen Wüstlings erwischt zu werden, war das Letzte, was sie gebrauchen konnte. Sie musste ihn schleunigst loswerden.

„Wer sind Sie, Sir?", verlangte sie zu wissen.

„Ein Freund."

„Ausgeschlossen. Wir kennen einander nicht."

Etwas Undeutbares blitzte in seinen Augen auf, wich jedoch sogleich einem spöttischen Funkeln. „Nichtsdestotrotz will ich Ihnen helfen, Miss Kent."

Sie runzelte die Stirn. „Woher wissen Sie, wer ich bin?"

„Ihre strahlende Schönheit ist unverkennbar."

Oh, bitte. Diese Art von Plattitüden konnte er sich wirklich sparen. Sie widerstand dem Bedürfnis, die Augen zu verdrehen, und konzentrierte sich stattdessen darauf, ihn loszuwerden, bevor der Graf erschien.

„Wie dem auch sei, Sie dürfen sich hier nicht aufhalten", wies sie ihn spitz zurecht. „Ich bin nicht in Begleitung einer Anstandsdame."

„Das hat Sie aber nicht davon abgehalten, ein Treffen mit Daltry zu arrangieren."

Teufel noch eins, woher wusste er das?

Im Zweifelsfall einfach schamlos flunkern, flüsterte ihre innere Stimme.

„Ich weiß nicht, was Sie meinen", erwiderte sie kühl.

„Doch, ich glaube, das tun Sie." Nun klang er regelrecht amüsiert. „So ungern ich Sie auch enttäusche, Miss Kent, muss ich Ihnen mitteilen, dass der Graf nicht kommen wird. Ich habe nämlich Ihre Nachricht abgefangen."

Vor Empörung vergaß sie, ihre gespielte Unschuldsmiene aufrechtzuerhalten. „Wie können Sie es wagen, sich in meine Angelegenheiten einzumischen?"

„Normalerweise würde ich das nicht tun, aber Sie ließen mir keine andere Wahl. Es ist eine Sache, mit dem Unglück zu liebäugeln, Miss Kent, aber eine ganz andere, mit ihm ins Bett zu steigen."

Sie wusste nicht, was sie anstößiger finden sollte: seine arrogante Einmischung oder seine schonungslose Direktheit. Nach kurzem Zögern entschied sie sich für Letzteres und straffte die Schultern. „Sie sollten in der Gegenwart einer Dame nicht von Betten sprechen!"

„Wenn Sie sich wie eine solche verhalten würden, müsste ich das auch nicht."

Plötzlich trat er auf sie zu, und sie wich instinktiv ein paar Schritte zurück. Doch er ging an ihr vorbei zu dem Klavier in der Mitte des Zimmers und ließ einen langen Finger über die Elfenbeintasten gleiten, allerdings so leicht, dass sie keinen Ton von sich gaben.

Ihr wurde bewusst, wie gefährlich und nachteilig es war, dass er so viel über sie zu wissen schien, während er ihr völlig fremd war. Sollte er Gerüchte über ihr geplantes Rendezvous mit Daltry verbreiten, wäre ihr Ruf vollends ruiniert. Nur der Hauch eines Skandals würde ausreichen, um den winzigen Hoffnungsschimmer, der ihr noch geblieben war, zu zerstören.

Panik schnürte ihr die Kehle zu. Sie musste schnellstens wieder die Oberhand gewinnen.

Sei immer bezaubernd schön und charmant, dann kann nichts und niemand dir wehtun.

Also setzte sie ein versöhnliches Lächeln auf und trat zu ihm an das Klavier. „Ich weiß Ihre Sorge wirklich zu schätzen, Sir", säuselte sie. „Und es tut mir leid, dass ich so unhöflich war. Sie haben mich einfach, äh, überrascht."

„Weil Sie jemand anderen erwartet haben."

„Weil Sie behaupten, ein Freund zu sein, ohne mir jedoch zu verraten, wer Sie sind", konterte sie.

„Wer ich bin, spielt keine Rolle. Ich bin hier, um mit Ihnen zu reden. Über Ihr Verhalten, um genau zu sein."

Obwohl sie spürte, wie erneut die Wut in ihr hochstieg, bemühte sie sich um einen heiteren Tonfall und brachte sogar ein Lächeln zustande. „Was soll mit meinem Verhalten sein, Sir?"

Als ihre Blicke sich trafen, durchfuhr sie ein elektrisierender Schock. Wie hatte sie sich nur einbilden können, Trägheit in seinen dunklen Augen zu sehen? Er war ein Raubtier, das auf der Lauer lag.

„Zunächst einmal zieren Sie sich nicht, mit jedem Gentleman zu liebäugeln, der Ihnen über den Weg läuft. Lord Thompson, Halper, Sandon, Millcock, Templeby ... Die Liste ist endlos." Seine nüchterne Aufzählung stachelte ihren Zorn nur noch weiter an. „Ich verstehe ja, dass sie nach einer geeigneten Partie suchen", fuhr er fort, „aber die werden Sie wohl kaum finden, wenn Sie sich wie ein Flittchen verhalten. Was ich damit sagen will, Miss Kent, ist, dass Ihr Benehmen einer Dame nicht würdig ist ... ganz besonders nicht *Ihnen*."

Noch nie hatte irgendjemand es gewagt, *so* mit ihr zu sprechen ... schon gar nicht von Angesicht zu Angesicht. Was bildete dieser

Schuft sich ein? Verbissen hielt sie die Tränen zurück, die ihr in die Augen schossen.

„Sie haben kein Recht, so mit mir zu reden", flüsterte sie mit zitternder Stimme.

„Ich tue es wirklich nicht gerne, glauben Sie mir." Seine Gelassenheit erzürnte sie nur noch mehr. „Aber noch weniger möchte ich tatenlos zusehen, wie Sie geradewegs in Ihr Verderben rennen. Männer wie Daltry könnten Sie niemals glücklich machen. Sie verkaufen sich unter Ihrem Wert, Miss Kent, und wir wissen doch beide, dass die *ton* nichts für Billigware übrighat."

Billigware! Das Blut rauschte ihr in den Ohren. Eine explosive Mischung aus Scham und Wut übermannte sie und entriss ihr den letzten Funken Selbstbeherrschung.

„Ach, und wo finde ich dann mein Glück? Etwa bei einem Mann wie *Ihnen?*", fauchte sie. „Einem *Gentleman*, der sich einer unbeaufsichtigten Dame aufdrängt, ohne sich ihr vorzustellen, und ihr Vorträge über Benehmen und Anstand hält?"

Einen Augenblick lang musterte er sie mit undurchdringlicher Miene, bevor seine Mundwinkel sich zu einem zynischen Lächeln verzogen. „Ich bin kein Gentleman, Miss Kent. Das habe ich auch nie behauptet. Und genau das ist der springende Punkt."

„Mir war nicht bewusst, dass es einen gab ... abgesehen davon, dass sie mich offensichtlich beleidigen wollten."

„Es tut mir leid, dass die Wahrheit Sie kränkt. Ich möchte Ihnen nur begreiflich machen, dass man wissen sollte, wer und was man ist ... und sich entsprechend verhält." Er kam um das Klavier herum auf sie zu, doch sie weigerte sich, vor ihm zurückzuweichen. Einen Schritt von ihr entfernt blieb er stehen. „Ich mag kein Gentleman sein, aber *Sie* sind eine Lady."

„Sie kennen mich doch überhaupt nicht", erwiderte sie leise.

Ich bin ein uneheliches Kind, ein hinterhältiges Biest, das vor nichts zurückschreckt, um zu kriegen, was es will ...

„Ich weiß, dass Sie aus gutem Hause stammen. Wollen Sie Ihrer Familie Schande bereiten? Ihr das Herz brechen?"

Seine Worte erfüllten sie mit Schuldgefühlen. Sie wusste, wie sehr ihr Verhalten ihre Eltern beunruhigte, und das gerade jetzt, nach der schwierigen Geburt ihrer Mutter. Angst stieg in ihr auf. Wie kam es, dass dieser Fremde ihre dunkelsten, schändlichsten Gefühle und Geheimnisse zu kennen schien?

Er hob die Brauen. „Wollen Sie sich wirklich weiterhin wie ein verwöhntes Gör aufführen?"

Bevor sie wusste, wie ihr geschah, hob sie die Hand, um ihm eine schallende Ohrfeige zu verpassen, doch er fing sie lässig ab und packte auch noch ihr anderes Handgelenk, als sie einen zweiten Angriff wagte. Im nächsten Moment presste er sie gegen das Klavier. Sie war gefangen, umgeben von seinen starken Armen, unfähig, sich zu bewegen.

„Lassen Sie mich sofort los, sonst schreie ich", drohte sie.

„Das glaube ich kaum. Sie wollen doch nicht mit einem Mann wie mir erwischt werden."

Verflixt und zugenäht. „Sie sind ein elender Bastard!", zischte sie wütend.

„So ist es", gab er freimütig zu. „Also, sind wir uns einig, Miss Kent? Versprechen Sie mir, dass Sie die Finger von Daltry lassen werden? Er ist lediglich ein in die Jahre gekommener Frauenheld. Sie haben etwas Besseres verdient als ihn."

„Was geht Sie das überhaupt an?", rief sie ungehalten.

Energisch versuchte sie, ihn von sich zu stoßen, während er im selben Moment einen Schritt vortrat, sodass ihre Brüste gegen seinen harten Oberkörper gepresst wurden. Sie erstarrte vor Schock. Noch nie war sie einem Mann so nahe gewesen ... schon gar nicht einem solchen Prachtexemplar wie ihm. Mit jedem zitternden Atemzug wurde ihr bewusst, wo sie sich überall berührten. Einer seiner muskulösen Schenkel presste sich leicht zwischen die ihren, und eine seltsame Hitze breitete sich in ihr aus. Ihr war, als legte sich ein Schleier über ihre Sicht ... bis er eine der Federn an ihrer Maske zur Seite strich, die ihr in die Stirn gefallen war.

„Ich kann einfach nicht anders, Küken“, flüsterte er heiser.

Der Spitzname rüttelte an einer tief schlummernden Erinnerung ...

„W-wie haben Sie mich gerade genannt?“, stammelte sie.

Seine Miene verhärtete sich, und er trat einen Schritt zurück.

„Das ist unbedeutend“, erwiderte er kurz angebunden. „Geben Sie mir Ihr Wort, dass Sie sich zukünftig von Daltry und Männern seiner Sorte fernhalten und sich wie eine echte Dame benehmen werden?“

Seine Überheblichkeit brachte sie unsanft auf den Boden der Tatsachen zurück. Ungehalten stürmte sie an ihm vorbei in Richtung Tür, welche sie theatralisch aufriss.

Bevor sie das Zimmer verließ, drehte sie sich noch einmal zu ihm um. Er war ihr nicht gefolgt, sondern stand noch immer vor dem Klavier, nach wie vor der geheimnisvolle, maskierte Fremde, dessen Blick bis in die verborgensten Winkel ihrer Seele vorzudringen schien.

„Ich werde tun und lassen, wonach mir der Sinn steht“, verkündete sie und hob trotzig das Kinn. „Weder Sie noch irgendwer sonst kann mich davon abhalten.“

Mit diesen Worten ließ sie ihn stehen und eilte auf zitternden Beinen davon.

❧ 2 ❧

Die plötzliche Stille in seinem Büro riss Andrew aus seinen Gedanken und verdeutlichte ihm, dass er wieder einmal dem Gespräch nicht gefolgt war ... *verdammt*.

Er richtete sich in seinem Stuhl auf und versuchte, sich auf die in graue Seide gekleidete Frau zu konzentrieren, die ihm gegenübersaß und ihn missbilligend musterte. Vor dem Hintergrund der grün-gestreiften Tapete wirkte sie eher wie eine Matrone, die ihm einen nachmittäglichen Besuch abstattete, als eine Bordellwirtin, die ihrem Arbeitgeber in seinem berüchtigten Freudenhaus den allwöchentlichen Bericht vorlegte.

„Entschuldige, Fanny", sagte er kurz angebunden. „Was hast du gesagt?"

Ihr Blick ruhte unverwandt auf ihm. „Diese Tagträumerei sieht Ihnen gar nicht ähnlich, Corbett. Vor allem, wenn sich das Gespräch um geschäftliche Gewinne dreht."

Wie immer war Fanny Argent viel zu aufmerksam. Allerdings war ihr Scharfsinn auch einer der Hauptgründe gewesen, weshalb er sie vor sechs Jahren eingestellt hatte. Damals hatte sein ohnehin schon florierendes Unternehmen einen rasanten Wachstum verzeichnet, nachdem er aus dem einen Bordell eine

Kette gemacht hatte ... wobei das Corbett's, sein erster und exklusivster Klub, weiterhin das Kronjuwel blieb. Die zierliche, brünette Fanny hatte ihn während ihres Vorstellungsgesprächs mit ihrer Intuition und ihrem eisernen Willen beeindruckt.

Es war nicht leicht gewesen, eine Bordellwirtin zu finden, die seine Unternehmensphilosophie teilte: *Glückliche Angestellte sorgen für glückliche Kundschaft.* Äbtissin Fanny (wie sie allgemein genannt wurde) leitete fünf seiner kleineren Freudenhäuser mit eiserner Faust. Sie war zwar hart, aber gerecht, und sorgte sich um ihre Mitschwestern. Wie Andrew, hatte auch sie langjährige, persönliche Erfahrung mit dem Gewerbe und wusste, wie schwer und gefährlich die Arbeit sein konnte. Daher nahmen beide das Wohlergehen ihrer Dirnen äußerst ernst.

Aus diesem Grund arbeiteten nur die Besten der Besten für ihn. Nicht nur wegen der großzügigen Löhne, sondern auch, weil bekannt war, dass jede Angestellte, von den Prostituierten bis hin zu den Zimmermädchen, drei Mahlzeiten pro Tag erhielt, ebenso wie medizinische Betreuung und bezahlte Urlaubstage. Seine ungewöhnlichen Methoden erregten den Zorn seiner Mitstreiter, die sich über seine „haarsträubenden" Gehälter und Sozialleistungen ausließen, doch die Meinung anderer interessierte ihn nicht.

Der Erfolg gab ihm auf ganzer Linie recht.

„Tut mir leid, Fanny", wiederholte er. „Bitte, fahr fort."

Er legte die weiße Feder nieder, mit der er gedankenverloren herumgespielt hatte, und konzentrierte sich auf den Bericht seiner Bordellwirtin. Auf der ledernen Schreibunterlage wirkte die Feder so anmutig und zerbrechlich ... wie auch ihre Besitzerin. Aber Primrose Kent schien sich ihrer eigenen Verletzlichkeit überhaupt nicht bewusst zu sein.

Sein Küken war zweifellos zu einem Schwan von strahlender Schönheit herangewachsen. Die blonden Locken und elegante Blässe hatte sie von ihrer Mutter, Marianne Kent, geerbt, doch ihre Augen – ein ungewöhnliches Zusammenspiel von Jadegrün und Gold – gehörten allein ihr.

Andrew hatte Mrs Kent vor vierzehn Jahren kennengelernt, als diese auf der Suche nach ihrer verschollenen Tochter war. Ihre erbitterte Entschlossenheit schien sie Primrose vererbt zu haben, denn auch diese besaß einen unbeugsamem Willen. Ausgehend von dem Fiasko der vergangenen Nacht, dürfte es daher um einiges schwieriger werden als angenommen, das Mädchen zu beschützen ... *Nein, sie ist nicht länger ein kleines Mädchen*, erinnerte er sich selbst.

Als er an ihre weichen, weiblichen Kurven dachte, begann seine Lendengegend zu pulsieren. Er runzelte die Stirn. Was zur Hölle war nur los mit ihm? Primrose war doch stets wie eine kleine Schwester für ihn gewesen! Seine heftige Reaktion am Abend zuvor musste daher rühren, dass er seit Gott weiß wie vielen Monaten nicht mehr mit einer Frau geschlafen hatte.

Die Beziehung zu seiner Gelegenheitsliebhaberin hatte er vor zwei Jahren beendet und bedauerte nur, dass er es nicht schon viel früher getan hatte. Aber seitdem waren seine körperlichen Bedürfnisse leider viel zu kurz gekommen. Er bezahlte nicht gerne für Sex – wahrlich, eine Ironie des Schicksals –, und obwohl mehrere seiner Dirnen ihm regelmäßig umsonst ihre Dienste anboten, weigerte er sich, seine Angestellten auf diese Weise auszunutzen. Dummerweise war es gar nicht so einfach, eine Geliebte zu finden, die sich mit gelegentlichem Geschlechtsverkehr zufriedengab.

Hinzu kam, dass seine Arbeit ihn viel zu sehr vereinnahmte.

Was für eine jämmerliche Ausrede, dachte er spöttisch. *Als Nächstes behauptest du noch, du hättest eine Migräne.*

Zugegebenermaßen hatte das Liebesspiel für Andrew seinen früheren Glanz verloren. Vielleicht lag es an seinem Beruf, in dem er den Großteil seiner Zeit von Fleischeslust umgeben war. Vielleicht aber auch daran, dass er seit seinem vierzehnten Lebensjahr herumgevögelt hatte und es nichts mehr gab, was ihn im Bett zu überraschen oder zu erregen vermochte. Oder womöglich wurde er langsam einfach nur alt ... Mit seinen sechsunddreißig Jahren erfüllte ihn die Aussicht auf bedeutungslose Intimität nicht länger mit Enthusiasmus, sondern mit einem seltsamen, unbehaglichen Gefühl.

Nichtsdestotrotz war es seinem Wohlbefinden nicht zuträglich, seine Bedürfnisse zu ignorieren ... vor allem, wenn er plötzlich unangemessene Gedanken gegenüber einer jungen Frau hegte, die er einst als Schwester erachtet hatte. Er mochte zwar kein Kavalier sein, aber seine Absichten Primrose gegenüber waren so ehrbar wie eh und je. Eigentlich hatte er sich ihr am Abend zuvor gar nicht zeigen wollen, wäre sie nicht so unbedacht und leichtsinnig gewesen, was ihm keine andere Wahl ließ, als persönlich einzugreifen.

Immerhin hatte sie ihn nicht wiedererkannt, wofür er äußerst dankbar war. Es stand ihm nicht zu, sich in der Nähe einer Dame ihres Standes aufzuhalten, aber er musste sie nun einmal beschützen, um wiedergutzumachen, dass er sie damals im Stich gelassen hatte ...

„Langweilt Sie mein Bericht?“

Fannys scharfer Tonfall riss ihn erneut aus seinen Gedanken. Nicht ihre säuerliche Miene, sondern der gekränkte Ausdruck in ihren Augen überraschte ihn. Trotz ihres unbeugsamen Charakters hasste sie es, wenn andere ihre Fähigkeiten nicht zu schätzen wussten. Dieses Gefühl kannte er nur zu gut ... womöglich besser als die meisten.

„Es tut mir wirklich leid. Du hast wie immer ausgezeichnete Arbeit geleistet. Mich beschäftigt nur etwas anderes.“

Seine Worte schienen sie ein wenig zu besänftigen. „Möchten Sie darüber sprechen ... oder, besser gesagt, über *sie*?“

Andrew versuchte erst gar nicht, ihr zu widersprechen. Fanny hatte wie immer ins Schwarze getroffen.

„Es ist nicht so, wie du denkst“, erwiderte er.

Sie schmunzelte amüsiert. „Bei Liebhaberinnen ist es nie so, wie man denkt."

„Sie ist nicht meine Liebhaberin", gab er ein wenig patzig zurück.

„Gewiss lassen Sie sich nicht von einer bedeutungslosen Bettgespielin ablenken?"

„Das ist sie ebenso wenig."

Fanny hob die dünnen Augenbrauen. „Was denn dann?"

„Das geht dich nichts an." Andrew erhob sich, um ihr zu bedeuten, dass das Thema damit beendet war. Ungeduldig marschierte er zum Kamin hinüber und trommelte mit den Fingern auf den Sims. „Erzähl mir lieber, wie es mit der Tagesstätte vorangeht."

Die Augen seiner Bordellwirtin funkelten vor Aufregung. „Alles verläuft nach Plan", erklärte sie mit unverhohlener Zufriedenheit. „Die Mädchen können Ende der Woche einziehen."

Mit Fannys Hilfe hatte er eine Initiative ins Leben gerufen, die sich mit einem der größten Probleme seines Gewerbes befasste: der Schwangerschaft. Trotz einiger Vorkehrungen, die er in seinen Klubs getroffen hatte – in Essig getauchte Schwämme und Spülungen für seine Angestellten oder, sofern seine Kunden sich darauf einließen, Präservative auf Kosten des Hauses –, ließ sich eine Empfängnis nicht immer vermeiden.

Als Bastard einer Dirne wusste er das nur zu gut.

Die meisten Zuhälter stellten ihre Prostituierten vor die Wahl: Entweder wurden sie das Kind los ... oder sie wurden gefeuert. Mit diesem Vorgehen war Andrew jedoch alles andere als einverstanden, insbesondere, da er seine eigene Existenz jeden Tag zu schätzen wusste. Zwar würde er Maria Corbett nicht als herausragende Mutter bezeichnen, aber immerhin hatte sie ihm das Leben geschenkt, und dafür liebte er sie.

Natürlich war ihre Entscheidung, ihn zu behalten, nicht ganz uneigennützig gewesen: Sie hatte gehofft, Unterhaltszahlungen von ihrem blaublütigen Freier einfordern zu können. Doch der

Prinzregent hatte, wie sie Andrew im angetrunkenen Zustand regelmäßig verbittert zu erzählen pflegte, seine Schulden nie beglichen.

Andrew wusste nicht, ob er wirklich blaues Blut besaß, aber die Gerüchte um seine möglicherweise königliche Herkunft hatten ihm am Anfang seiner Karriere zu schnellem Erfolg verholfen. Viele Damen der Gesellschaft empfanden es als aufregend, mit einem Stricher von edlem Geblüt zu schlafen. Und eben diese Tatsache, dass er als Sohn einer Prostituierten ein verhältnismäßig komfortables Leben geführt hatte, veranlasste ihn, die Tagesstätte zu errichten.

Sie befand sich im Londoner Viertel St. Giles und bot seinen schwangeren Dirnen einen Zufluchtsort, an dem sie ihre Kinder austragen und diese anschließend betreuen lassen konnten, falls sie ihre Arbeit wieder aufnehmen wollten. In jedem Fall wurde den Müttern und ihrem Nachwuchs dort medizinische Versorgung, Unterkunft sowie Verpflegung geboten, bis sie bereit waren, wieder auf eigenen Beinen zu stehen. Seiner Ansicht nach war das für alle Beteiligten von Vorteil.

„Die Dirnen sind schon so weit, dass sie einziehen können?", hakte er nach.

„Allerdings. Sally Loverly ist hochschwanger und unförmig wie ein Nilpferd", sagte Fanny und hielt kurz inne, bevor sie hinzufügte: „Sie will das Kind nach Ihnen benennen, wenn es ein Junge wird."

„Sag ihr, dass das nicht nötig ist. Sie ist eine unserer beliebtesten Dirnen, und ich hätte es bedauert, sie zu verlieren", erwiderte er schroff.

Bevor Fanny etwas entgegnen konnte, klopfte es dreimal an der Tür, und Horace Grier, Andrews rechte Hand und Faktotum, kam herein. Der ehemalige Matrose war von stämmiger Statur, besaß ein raues, schottisches Temperament und sorgte im Corbett's für Recht und Ordnung.

Als Andrew den argwöhnischen Blick bemerkte, mit dem er

Fanny bedachte – und das feindselige Funkeln in deren Augen –, musste er ein Seufzen unterdrücken. Aus irgendeinem unerfindlichen Grund hatten die beiden einander vom ersten Tag an nicht ausstehen können. Und sie ließen ihren Arbeitgeber bei jeder Gelegenheit spüren, wie sehr sie einander misstrauten.

„Zeit für den Rundgang?", erkundigte Andrew sich.

Grier wandte sich von Fanny ab und nickte eifrig. „Jawohl, Sir. Die Türen öffnen sich in 'ner knappen Stunde."

Andrew pflegte seinen Klub jeden Tag vor der Eröffnung zu inspizieren. Zwar würde er Grier sein Leben anvertrauen – was er auch einmal getan hatte, und nur deshalb weilte er heute noch unter ihnen –, aber dennoch zog er es vor, immer selbst einen letzten Blick auf alles zu werfen.

Der Teufel steckte im Detail ... auf diesem Grundsatz hatte er das Corbett's erbaut.

„Gibt es sonst noch etwas zu berichten?", fragte er, an Fanny gewandt.

Sie hatte sich bereits erhoben und war dabei, ihre Handschuhe überzustreifen. Die Bedachtsamkeit, mit der sie an jedem Finger zupfte, verhieß nichts Gutes.

„Es gibt eine Liste mit zusätzlichen Ausgaben für die Tagesstätte, die Sie noch genehmigen müssten ... nur ein paar kleine Anschaffungen, die den Mädchen mehr Komfort bieten sollen. Was?", fügte sie, an Grier gewandt, hinzu, als dieser (wie zu erwarten) einen erstickten Laut ausstieß. „Haben Sie sich etwa verschluckt?"

Mit ihrer gespielten Unschuldsmiene führte sie jedoch niemanden hinters Licht. Da sein Faktotum kurz vor einem Wutausbruch zu stehen schien, mischte Andrew sich scharf ein: „Lass mir die Liste so bald wie möglich zukommen. Das wäre dann alles, Fanny."

Voller Genugtuung und mit raschelnden Röcken verließ sie den Raum.

Sobald die Tür hinter ihr ins Schloss gefallen war, explodierte

Grier.

„*Zusätzliche* Ausgaben? Mehr *Komfort* für die Mädchen?", brüllte der stämmige Schotte aufgebracht. „Kapiert dieses verfluchte Weib denn nicht, dass Sie bereits viel zu viel Geld in dieses Unterfangen stecken? Dass *Ihr* Kopf dabei aufm Spiel steht?"

Diese Diskussion führten sie nicht zum ersten Mal. „Die Idee für die Tagesstätte stammt nicht von Mrs Argent, sondern von mir", erklärte er daher geduldig. „Sie hilft mir nur bei der Umsetzung."

„Von wegen Hilfe ... wer die zur Freundin hat, braucht keine Feinde", grummelte seine rechte Hand verstimmt. „Und das, obwohl Ihre Konkurrenz diese neue Idee ohnehin nicht gutheißt. Da bahnt sich noch Ärger an, das sag ich Ihnen."

Wie immer wenig erbauende, aber auch keine allzu überraschenden Worte.

„Unterhalten wir uns doch weiter, während wir unsere Runden drehen", schlug Andrew vor.

Gemeinsam mit Grier begab er sich in den vorderen Bereich des Klubs. Als er das Corbett's erbaut hatte, ließ er Geheimgänge hinter den Wänden anlegen, von denen aus er alles beobachten konnte, was unter seinem Dach vor sich ging. Diese Macht nahm er nie als selbstverständlich hin, ebenso wenig wie die Tatsache, dass sein Blut und Schweiß in jeder Mauerritze dieses Emporiums steckte.

Von Anfang an war er sich bewusst gewesen, dass Qualität gut situierte Kunden anzog. Alles im Corbett's war exquisit, von den Dirnen über das Essen bis hin zu anderen Vergnügungen. Ein Gentleman, dem die ersehnte Mitgliedschaft vergönnt war, fühlte sich hier ebenso zu Hause wie im Brook's oder White's ... nur, dass er bei ihm dreimal so viel bezahlen musste.

Die Wartezeit, um als Mitglied akzeptiert zu werden, betrug mittlerweile über ein Jahr.

Wie immer begann Andrew seine Inspektion in der Eingangshalle, einem weitläufigen, vierstöckigen Bereich, der zur Decke hin in einer Kuppel aus Buntglas mündete, auf der Aphrodite abgebildet war, wie sie aus dem Meer stieg. Eine zweiflügelige Treppe aus edlem Mahagoniholz führte in die oberen Stockwerke. Während sie über den auf Hochglanz polierten Marmorboden schritten, setzte Grier seine Tirade über die möglichen Gefahren fort, die ihnen bevorstünden, wenn Andrew die Konkurrenz weiter verärgerte.

Als ob diese Mistkerle sich nicht ohnehin ununterbrochen gegenseitig bekriegen würden, dachte dieser abfällig.

Zuhälterei war ein knallhartes Geschäft und nichts für schwache Nerven.

„Das ist doch alles nichts Neues", warf er ein, als sie eines der Kartenspielzimmer betraten. Sofort entdeckte er einen Fleck auf einer der Büfetttischdecken und rief einen der livrierten Lakaien herbei, welcher sich Entschuldigungen stammelnd eilig darum kümmerte. „Ich schreibe niemandem vor, wie er sein Geschäft zu führen hat, und lasse mir in meine Vorgehensweise auch nicht hineinreden."

„Aber die Art, wie Sie Ihr Unternehmen leiten, hat nun mal Auswirkungen auf die Gewinne der anderen", gab Grier zu bedenken, während sie ins nächste Zimmer gingen.

Der luxuriös ausgestattete Salon mit seinen hohen Wänden, dem Mobiliar aus Palisanderholz und den edlen Aubusson-Teppichen diente seinen Gästen dazu, die Dirnen besser kennenzulernen, bevor sie eine – oder mehrere – von ihnen als Partnerin für den Abend wählten. Anschließend pflegten die Kunden sich in eines der Privatgemächer in den oberen Etagen zurückzuziehen, die allesamt unterschiedliche und exotische Einrichtung aufwiesen. Wer gewillt war, noch ein wenig mehr zu bezahlen, konnte sich einen Raum nach Wunsch gestalten lassen, in dem auch die wildesten Fantasien erfüllt wurden ... egal ob Verlies, Scheune oder Palast eines Sultans.

„Die Bastarde sind sowieso schon stinkwütend über die hohen

Löhne, die wir unseren Dirnen zahlen", sagte Grier beharrlich. „Und auch über die verdammten Präservative. Sie geben Ihnen die Schuld dafür, dass die Huren zu hochnäsig werden und zu viel Geld verlangen. Denen kommt jede Gelegenheit recht, um Sie zu stürzen ... und mit dieser Tagesstätte präsentieren Sie sie ihnen noch aufm Silbertablett!"

„Es ist allein meine Sache, wie ich meine Angestellten behandle", erwiderte Andrew schroff.

„Und meine ist es, Sie am Leben zu halten, aber Sie machen es mir wirklich nicht leicht."

„Bislang kann ich mich über deine Arbeit nicht beschweren, mein Freund."

„Mag sein, aber bislang hat Malcolm Todd auch nicht mitgemischt."

Die Erwähnung seines skrupellosesten Konkurrenten ließ ihn innehalten. „Du hast von Todd gehört?"

„Nicht direkt. Bisher kursieren nur Gerüchte, aber es heißt, er sei nicht begeistert. Und wenn Todd nicht begeistert ist ..."

Grier beendete den Satz nicht. Das musste er auch gar nicht. Jeder in der Londoner Unterwelt wusste, was geschah, wenn man Todd in die Quere kam. Die zerstückelten Teile seiner Feinde, die regelmäßig am Ufer der Themse angeschwemmt wurden, waren Ermahnung genug.

„Bisher hat er Ihnen keine große Beachtung geschenkt, weil Sie in seinen Augen nur 'n kleiner Fisch waren", fuhr Grier fort, nachdem Andrew sich in Schweigen hüllte. „Aber je größer Sie werden, desto weniger Platz ist im Ozean, und früher oder später treffen Sie auf den Hai."

„Ich kann ebenfalls zubeißen, wenn nötig." Früher hatte er Streitigkeiten im Corbett's stets mit den eigenen Fäusten geregelt, und auch heute noch übte er regelmäßig im Boxring, um in Form zu bleiben. Dennoch hatte der wachsende Erfolg größere Sicherheitsmaßnahmen erfordert, und so war er gezwungen gewesen, über ein Dutzend Aufseher einzustellen, die für Ordnung sorgten. „Aber ich verstehe deine Bedenken. Ich werde Mrs Argent bitten, etwas diskreter vorzugehen, was die Tagesstätte betrifft. Und damit lass uns das Thema abhaken."

Sein Faktotum öffnete den Mund ... schloss ihn jedoch gleich darauf wieder. Andrew wusste es zu schätzen, dass der Schotte vernünftig genug war, um zu erkennen, wann er nachgeben musste.

„Wie steht es mit der Angelegenheit, die du für mich überprüfen solltest?", fragte er und hob eine Braue. „Irgendwelche Neuigkeiten?"

„Allerdings", erwiderte Grier bestätigend. „Hab mehr über diesen Daltry rausgefunden, wie Sie es mir aufgetragen haben."

Informationen waren Andrews kostbarstes Gut. Die Gerüchte, die im Corbett's zirkulierten, standen denen in den gehobenen Klubs des St-James's-Viertels in nichts nach. Er wusste über jeden Bescheid, der Fuß in seine Etablissements setzte (und auch über einige, denen der Zutritt verwehrt war). Daltry war zwar kein Stammgast, aber zumindest ein unregelmäßiger Besucher. Er schien ein aufgeblasener Geizhals zu sein, der sich über die hohen Preise beschwerte, während er gleichzeitig nach den exklusivsten Leistungen verlangte, die im Corbett's angeboten wurden.

Ein ungutes Gefühl überkam ihn, als er an Daltrys unverhohlene Vorliebe für junge Blondinen dachte. „Und?"

„Zunächst mal ist er das schwarze Schaf seiner Familie. Seine Eltern sind durchs Handelsgeschäft reich geworden, was in den gehobenen Kreisen ja ziemlich verpönt ist", berichtete Grier und verschränkte die Arme vor der Brust. „Aber dann haben einige seiner schnöseligen Verwandten den Löffel abgegeben, und plötzlich hat er den Grafentitel geerbt. Da hat der Rest der piekfeinen Familie ihn auf einmal mit offenen Armen aufgenommen. Die Witwe des verstorbenen Grafen und eine von Daltrys Tanten geben regelmäßig Teegesellschaften, wo sie ihn in den höchsten Tönen loben. In Wahrheit jedoch können er und seine Verwandtschaft einander nicht ausstehen."

„Wie sieht es mit seinem Privatleben aus?"

„Er war nie verheiratet, hat aber drei uneheliche Kinder von drei verschiedenen Geliebten", erklärte Grier und kratzte sich am Ohr. „Vielleicht gibt's auch noch mehr und ich hab sie nur nicht gefunden. Daltry hat jeder von ihnen hundert Pfund gegeben und sich somit die Hände reingewaschen."

Andrew presste die Zähne zusammen. „Wie laufen seine Geschäfte?"

„Er besitzt 'n paar Fabriken draußen in Lancashire", sagte Grier, und plötzlich verfinsterte sich seine Miene. „Die Arbeitskonditionen sind furchtbar. Frauen und Kinder, die für ihn schuften, haben Gliedmaßen und sogar ihre Leben verloren, aber er unternimmt nichts dagegen. Ihm geht es nur um den Gewinn ... selbst wenn andere dafür leiden müssen."

Andrew ballte die Hände zu Fäusten. *Verdammt, Küken, warum hast du es ausgerechnet auf diesen Mistkerl abgesehen?*

Wie sich am Abend zuvor herausgestellt hatte, war Primrose zu einer äußerst eigensinnigen jungen Dame herangewachsen, und es würde nicht leicht werden, sie von ihrem Vorhaben abzubringen, Daltry zu heiraten.

Aber er musste einen Weg finden, sie vor diesem desaströsen Fehler zu bewahren. Er durfte sie nicht im Stich lassen.

Diesmal nicht.

„DARF ICH SIE ALS NÄCHSTES HALTEN, MARIANNE? BITTE!", bettelte Polly, die frisch gebackene Gräfin von Revelstoke, ihre Schwägerin an.

Rosies Mutter lächelte von ihrem Platz auf dem Sessel aus, wo sie die kleine Sophia Helena, das neueste Mitglied der Kent-Familie, auf dem Arm hielt. „Aber natürlich, meine Liebe."

Rosie unterdrückte ein genervtes Seufzen, als ihre beste Freundin sie auf dem Zweisitzer zurückließ, auf dem sie sich gerade noch unterhalten hatten, um ihre neugeborene Schwester zu bewundern. Seit Pollys Hochzeit vor einigen Monaten hatten die beiden jungen Frauen kaum Zeit miteinander verbracht, und Rosie vermisste ihre engste Vertraute schrecklich. Sie hatte sich so auf einen ausgiebigen Plausch vor dem Abendessen gefreut, aber daraus wurde wohl nichts, wenn sie beobachtete, wie begeistert Polly die kleine Sophie an sich drückte.

Vermutlich war es eine ihrer zahlreichen Charakterschwächen, dass sie einfach nicht begriff, warum alle so ein Aufhebens um den Säugling machten. Sie verspürte nicht das geringste Verlangen danach, ein winziges Geschöpf auf dem Arm zu halten, das ihr neues, lavendelfarbenes Satinkleid vollsabberte und ihr die aufwendige Frisur, die ihre Zofe in mühevoller Arbeit gezaubert hatte, ruinierte. Was war schon so besonders an einem Neugeborenen, das ohnehin nichts weiter tat als zu schlafen, zu spucken und in die Windel zu machen?

Sofort plagten sie Schuldgefühle, als sie realisierte, wie herzlos – und, schlimmer noch, *unschwesterlich* – ihre Gedanken waren.

Was stimmt nur nicht mit mir? Warum kann ich kein guter Mensch sein ... wie der Rest meiner Familie?

Stirnrunzelnd sah sie zu, wie Polly die Kleine auf dem Arm schaukelte und dabei völlig ungeniert alberne Grimassen schnitt. Obwohl die Freundin technisch gesehen ihre Tante war, hatte Rosie sie immer als Schwester betrachtet. Sie waren im gleichen Alter, und seit Rosies achtem Lebensjahr, als Ambrose Mama geheiratet und sie adoptiert hatte, unzertrennlich gewesen. Seitdem gehörte sie offiziell zur Familie Kent.

Allerdings nur dem Namen nach, stichelte eine ungebetene Stimme in ihrem Kopf.

Rosie zählte Aufrichtigkeit zu einer ihrer höchsten Tugenden (von denen es, wenn sie ehrlich war, leider nicht allzu viele gab). Allerdings meinte sie damit nicht Ehrlichkeit gegenüber anderen, o nein. Mit plumper Ernsthaftigkeit und dem Bedürfnis, anderen die Wahrheit zu sagen, brachte man es in der *ton* nicht weit. Daher hatte sie keinerlei Skrupel zu flunkern, um sich in der feinen Gesellschaft beliebt zu machen:

„Lady Fanglebottom, die kleinen Vogelnester in Ihrer Frisur sind einfach bezaubernd!"

„Sind Sie mir während des Walzers tatsächlich auf den Fuß getreten, Lord Kennelly? Das habe ich überhaupt nicht bemerkt!"

Rosie war eine wahre Meisterin darin, andere mit ihrem Charme zu bezirzen und zu manipulieren.

Ihre Aufrichtigkeit bezog sich allein auf sie selbst. Sie erkannte ihre Fehler mit derselben Klarheit, mit der die griechische Sagengestalt Kassandra die Zukunft vorausgesehen hatte. Rosie vermochte persönliche Katastrophen mit schmerzhafter

Genauigkeit zu prophezeien: Sie wusste, dass ihre Charakterschwächen ihr Ärger bereiten würden, schien jedoch machtlos, etwas dagegen zu unternehmen.

Allerdings war sie keine Frau, die ihr Schicksal beklagte oder schnell klein beigab. Sie ließ nicht zu, dass gehässige Bemerkungen wie „unehelich" oder „Kokette" sie um ihren rechtmäßigen Platz in der Gesellschaft brachten. Um die Hautevolee für sich zu gewinnen, musste sie einfach noch hartnäckiger und gescheiter vorgehen.

Früher oder später werden sie mir alle zu Füßen liegen, schwor sie sich. *Und nichts wird mich aufhalten können.*

Nicht einmal ein unerhört attraktiver Fremder hinter einer mysteriösen Maske.

Seit dem Ball vor einer Woche war er ihr nicht mehr aus dem Kopf gegangen und hatte sie selbst bis in ihre Träume verfolgt. Sie war sich sicher, dass sie ihm noch nie begegnet war – einen Mann wie ihn vergaß man nicht so leicht –, und doch hatte sein Anblick ein seltsames Déjà-vu-Gefühl in ihr ausgelöst. Als gäbe es einen tief verborgenen Teil in ihr, der ihn kannte, nur vermochten ihre Erinnerungen ihn nicht zu erreichen. In dem Moment, als er sie „Küken" genannt hatte, war eine sonderbare Wärme in ihr aufgestiegen ...

Frustriert zwang sie sich, nicht weiter darüber nachzugrübeln. Ihr Verstand spielte ihr nur einen Streich, nichts weiter. Wäre er jemand Wichtiges, würde sie sich gewiss an ihn erinnern. Wahrscheinlich war er einfach nur ein überheblicher Flegel, der sich auf ihre Kosten amüsiert hatte. Der Kerl hatte doch tatsächlich die *Frechheit* besessen, ihre Nachricht an Daltry abzufangen. Und dann war er auch noch so unverschämt gewesen, ihr einen Vortrag über ihr Benehmen zu halten!

Die Wut, die in ihr aufstieg, wurde von tiefen Selbstzweifeln verdrängt. Ihr Ruf musste wirklich ruiniert sein, wenn ein dahergelaufener *Niemand* dachte, er könne sich ohne Weiteres in ihre Angelegenheiten einmischen. Nichts würde sie von ihrem Plan abbringen, die zukünftige Gräfin von Daltry zu werden ... aber es könnte doch nichts schaden, dabei ein wenig an sich selbst zu arbeiten, oder? Nicht, weil der Fremde es ihr geraten hatte, sondern weil *sie* ohnehin ein neues Kapitel in ihrem Leben aufschlagen wollte.

Zunächst würde sie damit beginnen, ihre herzlosen Anwandlungen zu zügeln. Wäre das nicht ein perfekter Vorsatz fürs neue Jahr? Sie nahm sich vor, die unschönen Gedanken wie Süßigkeiten zu behandeln: nicht mehr als einen pro Woche ...

„Meine Güte, Sophie lächelt mich an", rief Polly verzückt aus. „Rosie, komm schnell her! Das musst du sehen!"

Brav erhob sie sich und gesellte sich zu ihrer Freundin. Als sie in das rosige Gesicht ihrer Schwester blickte, sah sie jedoch nichts als abwesende, bernsteinfarbene Augen und einen geschürzten Schmollmund.

„Ich glaube, sie hat einfach nur Blähungen", erwiderte sie.

„Nein, eben hat sie mich angesehen und gelächelt ... das hast du doch, nicht wahr, mein Goldstück?", gurrte Polly, an Sophie gewandt.

Das Gurgeln der Kleinen riss die Freundin erneut zu Begeisterungsstürmen hin.

Rosie widerstand dem Bedürfnis, die Augen zu verdrehen. *Man könnte meinen, Sophie habe gerade ein Sonett vorgetragen ... Ach, verflixt!* Das war bereits der zweite herzlose Gedanke gewesen. Sie hatte es nicht einmal bis zum Abendessen geschafft, ohne ihre wöchentliche Quote zu überschreiten.

„Stimmt etwas nicht, Liebes?", erkundigte ihre Mutter sich leise.

Rosie bemühte sich um eine gefasste Miene, bevor sie sich Marianne zuwandte. Weder das Alter noch die Strapazen einer komplizierten Geburt hatten der Schönheit ihrer Mama etwas anhaben können. Ihre silberblonden Locken waren zu einer kunstvollen Frisur aufgesteckt, aus der sich einzelne Strähnen gelöst hatten, die ihr anmutiges Gesicht umrahmten. In ihrem schulterfreien Abendkleid aus weinrotem Samt, das ihre schlanke Figur hervorragend zur Geltung brachte, wirkte sie so elegant und grazil wie eh und je.

Das scharfsinnige Funkeln in ihren smaragdgrünen Augen weckte in Rosie gemischte Gefühle, einen Wirbelsturm aus Liebe und Frustration. Seit ihrer Wiedervereinigung vor einigen Jahren waren sie unzertrennlich gewesen, aber in letzter Zeit lastete eine gewisse Anspannung auf ihrer Beziehung. Immer wieder gerieten sie wegen Rosies Zukunftsplänen aneinander: Obwohl Marianne einst selbst zu den einflussreichsten Frauen der *ton* gehört hatte, schien sie den Wunsch ihrer Tochter, sich einen Titel zu sichern, nicht verstehen zu wollen, und kritisierte bei jeder Gelegenheit deren Vorgehensweise bei der Jagd nach einem Ehemann.

In den Monaten ihrer Schwangerschaft und auch jetzt, nach der Geburt, war ihre Mutter jedoch zu abgelenkt gewesen, um Rosie so scharf im Auge zu behalten wie zuvor. Leider bedeutete das auch, dass die Kluft zwischen ihnen immer größer wurde, was die junge Frau mit einer undefinierbaren Panik erfüllte. Sie wusste nicht, was sie dagegen tun sollte, denn auf keinen Fall wollte sie ihr größtes Ziel aufgeben ... von der Gesellschaft akzeptiert zu werden.

Warum nur will Mama das einfach nicht verstehen?

Sie zwang sich zu einem unbekümmerten Lächeln. „Es ist alles in Ordnung, Mama."

„Du wirkst zerstreut. Willst du mir nicht sagen, was dich beschäftigt?"

„Es ist nichts weiter. Nur eine Lappalie, so unbedeutend, dass ich sie tatsächlich schon wieder vergessen habe."

„Hmmm."

Der abschätzende Blick ihrer Mutter behagte ihr ganz und gar nicht. Marianne war nicht nur umwerfend schön, sondern besaß auch einen messerscharfen Verstand. Rosie musste sich höllisch vorsehen, was sie in ihrer Gegenwart erwähnte und was nicht.

Letzte Woche hatte sie beiläufig über Lord Daltry gesprochen, nur um zu sehen, wie ihre Mutter darauf reagieren würde.

„Daltry ist ein alternder Schürzenjäger. Da hast du weitaus bessere Möglichkeiten", lautete deren Antwort.

Nein, genau die habe ich eben nicht, hatte Rosie mit einem Anflug von Verzweiflung gedacht. *Warum will das nur niemand begreifen?*

Ungeachtet der Skandale, die sich um ihre Person rankten, war sie nun schon fast dreiundzwanzig, ein Alter, in dem unverheiratete Damen langsam, aber sicher als alte, ungenießbare Jungfern abgestempelt wurden. In diesem Zustand wäre sie nur noch für Mitgiftjäger interessant, aber so tief war sie noch nicht gesunken.

Zu ihrer Erleichterung öffnete sich die Tür, und ihr Vater trat ein, wodurch ihr weitere Antworten erspart blieben. Sein Anblick erfüllte Rosie mit einer tiefen Zuneigung, die sie trotz der Differenzen auch für ihre Mutter empfand. Von dem Moment an, als Ambrose Kent in ihr Leben getreten war, hatte sie ihn vergöttert. Ihr zuverlässiger, ehrbarer und ausgeglichener Papa war stets ihr Fels in der Brandung gewesen, was auch immer sie beschäftigte.

Er kam zu ihnen herüber und beugte sich zu Marianne hinunter, um sie auf die Wange zu küssen. Amüsiert stellte Rosie fest, dass ihre sonst so souveräne Mutter wie ein vernarrtes Schulmädchen errötete.

„Was treiben meine Mädels denn so?", erkundigte er sich und ließ den Blick über sämtliche Anwesenden schweifen, einschließlich Rosie.

Das warme Funkeln in seinen bernsteinfarbenen Augen entlockte ihr ein Lächeln. „Ach, wir haben nur auf dich gewartet, Papa", erwiderte sie leichthin.

„Und Sophie bewundert", fügte Polly hinzu.

Als wüsste sie, dass über sie gesprochen wurde, stieß die Kleine, die immer noch in den Armen ihrer Tante lag, einen lauten Schrei aus.

„Ich nehme sie wieder", sagte Marianne sanft.

„Du hattest sie schon den ganzen Tag über, Liebling. Darf ich sie ein wenig halten?", fragte Ambrose und nahm Polly sein kleines Töchterchen ab. „Wie geht es meinem Püppchen?"

Bei dem Kosenamen verspürte Rosie einen seltsamen Stich in ihrem Herzen. Früher hatte er nur *sie* so genannt.

Das ist doch albern. Reiß dich zusammen.

„Lass dich nicht vollsabbern, Papa", hörte sie sich sagen. „Die Spucke verfärbt Seide, weißt du?"

„Ach, tatsächlich?", antwortete ihr Vater abwesend, ohne den Blick von der kleinen Sophie zu wenden.

Bevor sie etwas erwidern konnte, betrat ihr Bruder Edward den Raum. Mit seinen dunklen, zerzausten Locken und der großen, schlaksigen Statur war der Vierzehnjährige das Ebenbild ihres Vaters, die strahlend grünen Augen jedoch hatte er von Marianne. Ihm folgte Sinjin Pelham, der Graf von Revelstoke, und der Anblick von Pollys attraktivem, frisch gebackenem Ehemann trieb Rosie die Schamesröte ins Gesicht.

Vor nicht allzu langer Zeit hatte sie es sich nämlich zum Ziel gesetzt, den Grafen für sich zu gewinnen, und sich dabei ziemlich zum Narren gemacht. Eigentlich war sie nur wegen seines Titels und seines Vermögens an ihm interessiert gewesen ... wobei sein verteufelt gutes Aussehen natürlich auch nicht geschadet hatte. Obwohl ihrerseits keine Gefühle im Spiel gewesen waren, hatte sie sich fürchterlich benommen, als sie herausfand, dass sich zwischen dem Grafen und ihrer schüchternen Schwester eine Romanze anbahnte. Sie hatte immer noch ein schlechtes Gewissen, wenn sie daran dachte.

Dabei war es nicht weiter verwunderlich, dass er sich in Polly verliebt hatte ... Welcher Mann würde sich nicht eine so gutherzige, sanftmütige Frau wie sie wünschen? Natürlich hatte sie Rosie ihr unmögliches Verhalten verziehen, was diese zutiefst zu schätzen wusste. Kein Mann war es wert, wegen ihm ihre beste Freundin zu verlieren. Und außerdem waren Polly und Revelstoke wie füreinander geschaffen, was Rosie wieder einmal bewusst wurde, als sie die beiden nebeneinanderstehen sah.

„Worum geht es?", fragte Edward, kaum, dass er sich zu ihnen gesellt hatte.

Obwohl ihr halbwüchsiger Bruder mitunter eine richtige Nervensäge sein konnte, liebte Rosie ihn sehr. Zu ihrem Leidwesen war er allerdings blitzgescheit und in Sachen Mode ein hoffnungsloser Fall (wie gerne hätte sie ihm das schief sitzende Krawattentuch zurechtgerückt). Seit Sophies Geburt war er jedoch zu einem unerwarteten Verbündeten für sie geworden.

„Wir sprachen gerade über Kinder", erklärte Rosie unschuldig.

„*Schon wieder?*", seufzte Edward, bevor er hinzufügte: „Nicht böse gemeint, Sophie."

Papa hob die dunklen Brauen. „Worüber würdest du dich denn gerne unterhalten?"

„Über deine Arbeit, beispielsweise", erwiderte sein Sohn prompt. „Ich hatte gehofft, du könntest mir ein paar Tipps geben."

Ambrose war der angesehenste Ermittler in ganz London, und seine Detektei, Kent und Partner, war sehr gefragt. Gemeinsam mit seinem Cousin und besten Freund, Freddy, hatte Edward beschlossen, in die Fußstapfen seines Vaters zu treten, weswegen die beiden Jungen ständig bemüht waren, ihre „Spürnasen" zu schulen.

Papa schüttelte bedauernd den Kopf. „Ich glaube, derartige Themen würden sämtliche Anwesenden zu Tode langweilen."

„Mich nicht", protestierte Edward. „Und Revelstoke sicher auch nicht, oder?"

Der Graf räusperte sich, bevor er erwiderte: „Eigentlich haben Polly und ich etwas zu verkünden. Leider hat es jedoch eher mit dem ursprünglichen Gesprächsthema zu tun. Entschuldige, Edward."

Als sie den strahlenden Blick bemerkte, den die Frischvermählten wechselten, schnappte Rosie hörbar nach Luft. „Polly ... bist du etwa ... *schwanger?*"

Ihre Schwester errötete und nickte. „Das Kind kommt nächsten Sommer zur Welt."

Rosie wurde von einem tiefen Glücksgefühl erfüllt. Während alle übrigen Anwesenden in Jubelrufe verfielen und Champagner herbeibeorderten, lief sie zu Polly hinüber und ergriff ihre Hände.

„Oh, ich freue mich ja so für dich", flüsterte sie.

Die Freundin drückte ihre Finger und sie lächelten einander an, bevor sie in die spontane Feierstimmung einfielen.

Nach dem Abendessen zogen die Männer sich mit Zigarren und Kognak ins Arbeitszimmer zurück, während Marianne sich früh zu Bett begab. Endlich hatten Rosie und Polly Zeit, sich ungestört zu unterhalten. Wie schon früher so häufig, machten sie es sich gemeinsam auf Rosies Bett bequem.

„Ich kann nicht glauben, dass du bald Mutter wirst", sagte diese und schüttelte staunend den Kopf.

Polly ließ sich tiefer in die weichen Daunenkissen sinken. „Ich auch nicht. Es kommt mir immer noch so unwirklich vor, überhaupt verheiratet zu sein."

„Immerhin scheinst du mit gewissen Ehepraktiken bestens vertraut."

„*Primrose Kent!*", rief Polly mit gespielter Empörung aus, konnte sich jedoch ein Kichern nicht verkneifen. „Was weißt du denn schon darüber?"

„Oh, *bitte*, nur weil ich noch Jungfrau bin, heißt das nicht, dass ich keine Ahnung von derartigen Dingen habe", erwiderte Rosie, bevor sie ein wenig ernsthafter hinzufügte: „Aber jetzt mal ehrlich: Ist die Ehe so, wie du sie dir erhofft hast?"

„Sie ist so viel mehr, als ich mir je zu erträumen gewagt hätte."

Mit roten Wangen strich Polly sich eine goldbraune Haarsträhne hinters Ohr. „Aber genug von mir. Was gibt es Neues bei dir?"

Na endlich. Gott, wie sehr Rosie ihre engste Vertraute vermisst hatte! Eifrig erzählte sie ihrer Schwester von ihrem Plan, sich auf dem Maskenball der Hartefords mit Daltry zu treffen, und von dem geheimnisvollen Fremden, der ihr in die Quere gekommen war.

„Meine Güte", flüsterte Polly mit weit aufgerissenen Augen. „Und du hast *keine* Ahnung, wer der unbekannte Kerl war?"

„Nicht den leisesten Schimmer. Und du weißt ja, dass ich eigentlich jeden kenne."

„Aber warum sollte er sich in deine Angelegenheiten einmischen?"

„Gute Frage. Vielleicht ist er einfach einer dieser arroganten Schnösel, die ihre Nase in alles hineinstecken, was sie eigentlich nichts angeht."

„Wie merkwürdig." Nachdenklich biss Polly sich auf die Unterlippe. „Rosie ... glaubst du nicht, dass er irgendwie recht hatte? Vielleicht ist Lord Daltry wirklich nicht die beste Wahl für dich ...“

„*Et tu*, Polly?" Missmutig verschränkte Rosie die Arme vor der Brust. „Das Letzte, was ich brauche, sind weitere Belehrungen."

„Das war auch gar nicht meine Absicht", lenkte ihre Schwester ein. „Außerdem steht es mir nicht zu, dich zu belehren. Ich bin nur eine einfache Frau aus der Mittelschicht, die weit über ihrem Stand geheiratet hat. Im Gegensatz zu dir kenne ich mich in der feinen Gesellschaft überhaupt nicht aus."

Rosie wusste nur zu gut, mit welchen Selbstzweifeln ihre Freundin früher zu kämpfen hatte und welche Hürden sie gewillt gewesen war zu überwinden, damit sich ihre Träume erfüllten. „Revelstoke kann sich glücklich schätzen, dich zu haben, Pols. Du verdienst *jedes* Glück dieser Welt."

„Du doch auch! Und genau deshalb ist mir nicht entgangen,

dass du bisher mit keinem Wort erwähnt hast, wie du mit Daltry glücklich zu werden gedenkst."

„Ach, komm, natürlich habe ich auch über seine Vorzüge gesprochen." Das hatte sie doch ... oder nicht?

Polly hob wortlos die Brauen.

„Es gibt so vieles, das für ihn spricht", sagte Rosie beharrlich. „Beispielsweise trägt er einen der ältesten Adelstitel des Landes ..."

„Ich meinte eher Vorzüge, die *nichts* mit seinem Geld und Titel zu tun haben."

Rosie schnaubte irritiert, sprang aus dem Bett und lief zu der Glasvitrine hinüber, in der sie ihre Puppensammlung aufbewahrte. Obwohl sie wusste, dass sie eigentlich zu alt für einen solch kindischen Zeitvertreib war, konnte sie ihren wertvollsten Besitz einfach nicht aufgeben. Die erste Puppe hatte sie damals von Sir Coyner erhalten, und mittlerweile besaß sie mehr als einhundert, allesamt sorgsam hinter Glas aufgereiht und beschützt. Sie öffnete eine der Schranktüren und holte Kalliope heraus, deren anmutiges Porzellangesicht und rosafarbenes Satinkleid stets eine besonders beruhigende Wirkung auf sie hatten.

„Nun, Daltry ist zweiundfünfzig, also nicht steinalt. Außerdem hat er noch recht dichtes Haar und die meisten seiner Zähne." Mit geschickten Fingern band sie die kirschrote Schärpe ihrer Puppe neu, bevor sie sich triumphierend zu Polly umwandte. „Und er ist ganz besessen von der Jagd."

„Rosie, du hasst den Jagdsport!"

„Aber ich liebe London, wo ich mich aufzuhalten gedenke, während er auf dem Land seinen Freizeitbeschäftigungen nachgeht. Unter den Mitgliedern der *ton* ist es verpönt, wenn verheiratete Paare zu viel Zeit miteinander verbringen."

„Ich verbringe gerne Zeit mit Sinjin", erwiderte ihre Freundin stirnrunzelnd. „Marianne und Ambrose sind ebenfalls so gut wie nie voneinander getrennt. Das gilt auch für den Rest der Familie ..."

„Dessen bin ich mir durchaus bewusst", fiel Rosie ihr mit einem Anflug von Wehmut ins Wort.

Sämtliche Kents hatten in der Tat aus Liebe geheiratet: die willensstarke Emma einen Herzog, die sanftmütige Thea einen Marquis und selbst Violet, der unverbesserliche Wildfang, einen Vicomte. Im Gegensatz zu Rosie hatten die Schwestern ihres Vaters ihre Wahl aufgrund ihrer Gefühle, nicht aus praktischen Überlegungen heraus getroffen. Die Kents waren durch und durch idealistische, unvoreingenommene und anständige Menschen.

Das genaue Gegenteil von mir. Gott, der Gedanke war zutiefst deprimierend.

„Was ist mit Liebe?", fragte Polly. „Ist das nicht wichtig für eine Ehe?"

„Nicht für mich", erwiderte Rosie mit einem schweren Kloß im Hals. „Mir läuft die Zeit davon, Pols. Nach vier Saisons bin ich noch immer nicht verheiratet. Noch dazu bin ich ein uneheliches Kind und skandalbehaftet. Ich kann es mir nicht leisten, auf eine Liebesheirat zu warten, die mir die Achtung verschafft, nach der ich mich sehne." Ihr Griff um die Puppe in ihren Händen verstärkte sich. „Die ich mir schon immer mehr als alles andere gewünscht habe."

Polly erhob sich mit raschelnden Röcken, trat zu ihr, und legte ihr eine Hand auf die Schulter. „Nach allem, was du dir von der Gesellschaft gefallen lassen musstest, kann ich gut verstehen, dass du einen Titel und eine Ehe willst, die dir Schutz und Geborgenheit verschaffen."

Rosie nickte. Die Worte ihrer Schwester waren wie Balsam für ihre Seele. Behutsam strich sie Kalliopes Ballkleid glatt, bevor sie die Puppe zurück in die Vitrine setzte und die Tür schloss.

Dann wandte sie sich ihrer besten Freundin zu und flüsterte mit zitternder Stimme: „Lass mich mein Glück auf meine Weise finden, Pols. Ich weiß, was ich will. Bitte hilf mir dabei, meine eigenen Träume zu verwirklichen."

„Natürlich. Ich werde alles in meiner Macht Stehende tun, um dich zu unterstützen."

Rosie musterte ihre Schwester eindringlich. „Wirklich *alles*?"

„Du kannst dich immer auf mich verlassen", bekräftigte Polly.

„Ausgezeichnet. Ich habe nämlich einen Plan", verkündete sie und ergriff die Hände der Freundin. „Aber dafür brauche ich *dringend* deine Hilfe."

$$\text{❧} \quad 4 \quad \text{❧}$$

ZWEI TAGE SPÄTER BETRAT ROSIE IN BEGLEITUNG DER Revelstokes das bunte Treiben des Pantheon-Basars auf der Oxford Street. In diesem warmen, vor der kalten Januarluft geschützten Mekka der Luxusgüter fühlte sie sich wie zu Hause ... und das nicht nur, weil sie für ihr Leben gern einkaufen ging. Der einst prunkvolle Versammlungsort für die Hautevolee hatte aufgrund mehrerer Besitzerwechsel zu Beginn des Jahrhunderts viel von seinem ursprünglichen Glanz verloren, aber in den vergangenen Monaten war er dank drastischer Umgestaltungen erneut zu einem beliebten Einkaufsziel für die Schönen und Reichen geworden.

Dem Pantheon gleich, werde auch ich mich wie ein Phönix aus der Asche der Ungnade erheben.

Nun tummelte sich wieder die Crème de la Crème zwischen den Ständen, die sich in dem von Säulen umsäumten Atrium aneinanderreihten. Im Erdgeschoss des stuckverzierten Gebäudes konnte man erlesene Waren ergattern, im oberen Stockwerk, unter der Kassettenkuppel, befanden sich Kunstgalerien sowie ein gläsernes Gewächshaus, in dem eine Sammlung exotischer Pflanzen und Tiere ausgestellt war.

„Siehst du Daltry irgendwo?", flüsterte Polly.

Rosie, die den Blick über die adrett gekleidete Menge schweifen ließ, schüttelte den Kopf. „In meiner Nachricht schrieb ich, dass ich um vierzehn Uhr im Gewächshaus warten würde. Bis dahin ist es noch eine Stunde hin."

„Bist du dir sicher, dass du das wirklich tun willst?" Das weiße Seidenfutter von Pollys Haube ließ ihre klaren, aquamarinblauen Augen erstrahlen, in denen unverhohlene Sorge lag. „Wir können jederzeit ..."

„Ich bin mir sicher", unterbrach Rosie ihre Schwester. Diese Predigt hatte sie bereits während der Kutschfahrt über sich ergehen lassen müssen. „Sag mir lieber: Wie sehe ich aus?"

Sie fragte nicht aus Eitelkeit, sondern vielmehr aus pragmatischem Grund. Da ihr Erscheinungsbild ihr wichtigstes Kapital war, musste sie sicherstellen, dass sie makellos aussah. Außerdem hoffte sie, durch ein gepflegtes, modisches Auftreten weiteren vernichtenden Gerüchten entgegenwirken zu können.

Zumindest würde sie immer wie eine Dame *aussehen*, egal, was man sonst über sie sagen mochte.

An diesem Tag trug sie daher ein rosafarbenes Merinokleid mit Puffärmeln und vollen Röcken, deren Saum mit schwarzem Seidenband umfasst war. Passend dazu hatte sie ein rosafarbenes Mantelet mit schwarzem Spitzenbesatz gewählt, das von einem Gürtel um ihre Hüfte zusammengehalten wurde. Ihre Haube war von einem zartrosa Band gesäumt und mit Wachskirschen sowie echten Treibhausblumen verziert.

Obwohl ihr das Korsett ein wenig die Luft abschnürte und sie aufgrund des Gewichts der falschen Früchte auf ihrer Haube den Kopf leicht geneigt halten musste, war das Endergebnis die Mühe wert. Sie war ebenso makellos herausgeputzt wie ihre Puppen. In diesem Aufzug war sie mehr als bereit, Daltry zu treffen ... und ihn sich zu angeln.

„Du siehst wunderschön aus, wie immer", erwiderte Polly und stupste ihren Gemahl in die Seite. „Findest du nicht auch, Sinjin?"

„Sie sehen bezaubernd aus, Miss Kent", bestätigte dieser.

Wie er das objektiv feststellen konnte, blieb Rosie ein Rätsel, da er den Blick kaum von seiner Frau abzuwenden vermochte. Offenbar gaben bekehrte Wüstlinge tatsächlich die besten und hingebungsvollsten Ehemänner ab.

Rosie bemühte sich, ihre Belustigung zu verbergen. „Wollen wir uns ins Getümmel stürzen?"

Die folgende halbe Stunde verbrachten sie damit, durch die Stände zu schlendern, aber Rosie war zu sehr von ihrem verwegenen Plan eingenommen, als dass sie sich auf die herrlichen Auslagen des Pantheons hätte konzentrieren können. Jetzt, da Daltry im Besitz eines ehrbaren Titels war, umschwärmten die unverheirateten Damen der *ton* ihn wie Fliegen den Honig, weshalb sie schnell handeln musste. Am Nachmittag zuvor hatte sie ihre französische Zofe heimlich mit einer Nachricht zu ihm geschickt, und Odette war mit einer Zusage zurückgekehrt.

Ich muss das Eisen schmieden, solange es heiß ist.

„Was hältst du von diesem silbernen Kamm?", fragte Polly.

Fachkundig betrachtete Rosie den Haarschmuck, der in einem der Stände auslag. „Die Filigranarbeit ist ganz hübsch, aber der goldene hier würde perfekt zu deinem Teint passen."

„Eine ausgezeichnete Wahl, Miss", stimmte der Händler ihr mit einem strahlenden Lächeln zu, zweifellos erfreut über den deutlich höheren Gewinn, den der Goldschmuck ihm einbringen würde.

„Wir nehmen beide", sagte Polly. „Den silbernen für meine Schwester und den goldenen für mich."

Während Revelstoke die Rechnung beglich, flüsterte Rosie ihrer Freundin zu: „Das hättest du nicht tun müssen, Pols."

„Weiß ich doch", erwiderte diese und hakte sich bei ihr unter, bevor sie ihren Weg fortsetzten. „Aber früher hast du mir stets etwas mitgebracht, wenn du einkaufen warst. Jetzt würde ich den Gefallen einfach gerne erwidern."

„Damals *musste* ich dir modische Accessoires beschaffen, da du dich statt dem Einkaufen lieber deiner gemeinnützigen Arbeit mit den Findelkindern gewidmet hast. Aber jetzt sieh dich nur an“, fügte sie beinahe wehmütig hinzu. „Du bist eine wahre Augenweide.“

„Ich kümmere mich immer noch lieber um meine Schützlinge“, gestand Polly ihr. „Die Garderobe hat Sinjin für mich ausgesucht.“

„Zweifellos kennt er deine Maße auswendig.“

„*Rosie!*“

„Jetzt guck nicht so empört drein“, erwiderte diese lachend. „Spar dir das besser für die guten Neuigkeiten auf, die ich schon bald in Bezug auf Daltry zu berichten habe. Wo wir gerade davon sprechen ... Ich sollte mich langsam auf den Weg zum Gewächshaus machen.“

„Vielleicht sollte ich doch lieber mitkommen ...“

„Nein, ich brauche Privatsphäre. Keine Sorge, ich treffe ihn weit hinten, wo kaum jemand hingeht. Und falls uns doch jemand sieht, gebe ich vor, euch im Gedränge verloren zu haben und auf Daltry gestoßen zu sein, welcher mir anbot, mich zu euch zurückzubegleiten.“

Nervös biss Polly sich auf die Unterlippe. „Also schön. Aber wenn du nicht in *exakt* fünfzehn Minuten wieder hier bist, komme ich und suche nach dir.“

„In Ordnung, du Glucke“, erwiderte Rosie mit einem Zwinkern. „Wünsch mir Glück!“

Ein wenig atemlos erreichte sie das Gewächshaus. Sie hatte sich durch einen Ansturm von Besuchern kämpfen müssen, der sich um einen Teeverkäufer mit frischer Ware aus China drängte. Aus diesem Grund kam sie mit leichter Verspätung zu ihrem Treffpunkt und sah, wie ein uniformierter Angestellter den Eingang zum Gewächshaus absperrte und ein paar hartnäckige Gäste wegscheuchte.

„O nein!", rief sie bestürzt aus. „Es ist doch nicht etwa geschlossen?"

Der Mann tippte sich an die Kappe und verneigte sich knapp. „Leider doch. Wegen der Reinigungsarbeiten, Miss."

Verflixt. War Daltry erschienen und bereits wieder gegangen? Sollte sie hier auf ihn warten oder nach ihm suchen ...?

„Verzeihung, Sie sind nicht zufällig Miss Kent?"

Überrascht sah sie den Wachmann an. „Die bin ich in der Tat."

„Sie werden bereits erwartet, Miss." Er öffnete das Absperrseil für sie. „Hinten, in der Rotunde."

„Vielen Dank!" Sie schenkte dem Angestellten ein erleichtertes Lächeln und trat ein.

Sie hatte diesen Ort noch nie so verlassen erlebt und kam sich vor wie in einem verzauberten Garten, während sie schnellen Schrittes vorwärts eilte. Das Gebäude bestand gänzlich aus Glasscheiben, die von dünnen Eisenstäben zusammengehalten wurden. Blühende Ranken erstreckten sich bis hinauf zur Gewölbedecke, und in der Mitte stand ein steinerner Springbrunnen, der fröhlich vor sich hinplätscherte.

An diesem Ort würde sie die nötige Privatsphäre haben, um ihre gemeinsame Zukunft mit Daltry zu verhandeln. Bislang lief alles nach Plan, sogar besser als das ... Warum war ihr dann so unbehaglich zumute? Woher kam dieses plötzliche Bedürfnis, auf dem Absatz kehrtzumachen und zu fliehen?

Du stehst kurz davor, alles zu erreichen, was du dir wünschst. Verlier jetzt bloß nicht die Nerven!

Am Ende des Pfades erreichte sie die Rotunde, die ebenfalls von Pflanzen überwuchert war. Der Duft von Zitrusfrüchten und Gardenien lag in der Luft, als sie sich ihren Weg durch die großen Topfpflanzen bis zur Mitte des Rundbaus bahnte. Dort angekommen, blieb sie wie angewurzelt stehen: Eine allzu vertraute, breitschultrige Gestalt stand neben einem Becken, in dem sich zahlreiche Fische tummelten.

„Verflixt und zugenäht!", platzte sie heraus. „Was haben *Sie* denn hier zu suchen?"

„Dasselbe könnte ich Sie fragen, Miss Kent", erwiderte der Fremde.

Obwohl „Fremder" nicht ganz zutraf, immerhin hatte der vermaledeite Kerl schon einmal ihre Pläne durchkreuzt. Zu ihrem Missmut sah er im Tageslicht und ohne Maske noch weitaus attraktiver aus, als sie ihn in Erinnerung hatte. Unter der Krempe seines eleganten Hutes glänzte sein dichtes Haar wie polierte Bronze.

Seine Züge glichen denen einer griechischen Marmorstatue: ebenmäßig, markant und stolz. Allerdings schien er ein wenig älter zu sein, als sie zunächst vermutet hatte ... etwa Mitte dreißig. Die leichten Fältchen um Mund und Augen machten ihn menschlicher und verliehen ihm zudem eine sinnliche Aura.

Und nun erkannte sie auch, dass seine Augen, in denen ein beunruhigend wissender Blick lag, von einem warmen, dunklen Braun waren. Als er sich verneigte, bemerkte sie, dass sein azurblauer, doppelreihiger Gehrock, die braune Weste und dazu passende Hose von bester Qualität waren und seine stattliche Figur vortrefflich zur Geltung brachten. Seine hohen, schwarzen Stiefel schmiegten sich wie eine zweite Haut an seinen muskulösen Waden.

Starr ihn nicht so an, du Dummerchen!

Rosie straffte die Schultern und funkelte ihn ungehalten an. „Ich glaube kaum, dass Sie das etwas angeht."

„Sie haben Ihr Versprechen mir gegenüber nicht gehalten", sagte er leise.

„Ich habe Ihnen überhaupt nichts versprochen! Sie gaben sich der falschen Annahme hin, dass Sie mich einfach herumkommandieren könnten", gab sie bissig zurück. „Wenn Sie sich jetzt freundlicherweise entfernen würden. Ich erwarte jemanden ..."

„Daltry wird nicht kommen."

„Woher wollen Sie das wissen?", fragte sie und blinzelte verwirrt. „Was meinen Sie damit?"

„Unglücklicherweise gibt es Probleme mit seiner Kutsche."

Argwöhnisch starrte sie ihn an.

„Haben Sie etwa Daltrys Gefährt *sabotiert*?", rief sie empört. „Und dieser Wachmann draußen ist überhaupt kein Angestellter des Pantheon, nicht wahr? Sie haben das alles eingefädelt!"

Der Unbekannte musterte sie eingehend. „Der Mann arbeitet wirklich hier. Ich habe ihn lediglich bestochen."

„Wie können Sie es wagen?" Sie marschierte auf ihn zu und bohrte ihm einen Zeigefinger in die Brust. „Zum letzten Mal: Wer zum Henker sind Sie, und wieso sind Sie so versessen darauf, mir meine Zukunft zu ruinieren?"

„Wie ich schon sagte: Ich bin ein Freund, und mein einziges Ziel ist es, Sie zu beschützen." Sein dunkler Blick ruhte mit einer Intensität auf ihr, die sie nervös machte. „Daltry wird Ihnen nur Schmerzen zufügen."

„Er besitzt einen der ältesten Grafentitel des Landes", erwiderte sie schnippisch. „Da nehme ich jegliche Torturen bereitwillig auf mich."

„Er hat drei uneheliche Kinder mit drei unterschiedlichen Frauen. Weder seine Mätressen noch seine Nachkommen behandelt er mit Respekt und Verantwortungsbewusstsein."

Mehr noch als diese Informationen schockierte sie der nüchterne Tonfall, in dem der Fremde sie enthüllte. Aber damit wollte sie sich jetzt nicht befassen.

„Man kann vieles über einen Mann behaupten, wenn er nicht anwesend ist, um sich zu verteidigen", schnaubte sie verächtlich.

„Fragen Sie doch Ihre Mutter, wenn Sie mir nicht glauben. Oder Ihren Vater. Er ist immerhin Ermittler, nicht wahr? Gewiss kann er Ihnen Beweise liefern."

„Auf keinen Fall werde ich mit meinen Eltern über Daltrys *angeblich* uneheliche Kinder sprechen!"

„Sollten sie nicht erfahren, was für eine Art von Mann ihr potenzieller Schwiegersohn ist?"

Nichts lag ihr ferner, als Daltry von ihren Eltern unter die Lupe nehmen zu lassen. Mama hielt ihn ohnehin für einen Wüstling, und Papa stimmte ihr für gewöhnlich in allen Dingen zu.

„Wenn Sie ein Freund sind, warum verheimlichen Sie dann Ihre Identität?", versuchte sie es mit einer anderen Taktik.

Ein Schatten huschte über sein Gesicht. „Weil Sie einen Mann wie mich nicht kennen sollten." Sein Kiefer spannte sich sichtlich an. „Und das müssten Sie auch nicht, wenn Sie sich anständig benehmen würden."

Anständig benehmen? Das war ja wohl die Höhe! „Ich bin kein einfältiges Kind, das man nach Lust und Laune herumkommandieren kann!"

„Da bin ich anderer Meinung. Sie brauchen dringend etwas Disziplin. Man hat Ihnen zu viel durchgehen lassen, weshalb Sie nun tun, was immer Sie wollen, ungeachtet der Risiken, denen Sie sich aussetzen", erwiderte er ernst. „Ein tadelloser Ruf ist das wichtigste und wertvollste Gut einer jungen Dame, Miss Kent, und Sie stehen kurz davor, Ihren unwiederbringlich zu verspielen."

Seine Worte trafen sie mit der Präzision eines Scharfschützen und brachten all ihre Schutzvorrichtungen zu Fall, ließen ihre makellose Fassade wie Porzellan zerspringen und bohrten sich tief in ihr Herz. Dahinter kam ihr hässliches, wahres Ich zum Vorschein, das sich wie eine niederträchtige Kreatur gegen das Licht wehrte, welches sie bloßzustellen drohte.

„Wie können Sie es wagen, so mit mir zu reden? Ich *hasse* Sie!", rief sie und hob die Fäuste gegen ihn.

Er jedoch fing sie mühelos ab und hielt ihre Handgelenke fest umschlossen, während sie verzweifelt versuchte, sich zu befreien. Als sie schließlich erschöpft aufgab, wurde sie von einem anderen, finsteren Gefühl durchflutet. Es war, als stünde sie am Rand eines schlummernden Vulkans, der plötzlich wieder zum Leben erwachte.

Zu ihrem Entsetzen spürte sie, wie ihr die Tränen in die Augen stiegen.

Sie hatte seit Ewigkeiten nicht mehr geweint. Nicht einmal, als sie herausfand, dass sie wieder einmal von einem Gentleman benutzt worden war oder als man dieses niederschmetternde Gedicht über sie veröffentlicht hatte. Aber jetzt rannen ihr die Tränen über die Wangen, ohne dass sie etwas dagegen tun konnte.

Plötzlich spürte sie die starken Arme des Unbekannten um sich, und seine tröstende Wärme nahm ihr jeglichen Wind aus den Segeln. Bebend schmiegte sie sich an seine muskulöse Brust, ließ ihre Tränen der Enttäuschung und Erniedrigung in seine hochwertige Wollweste sickern.

Nach einigen Minuten herzzerreißenden Schluchzens fühlte sie sich leichter, befreiter ... Aber vielleicht lag das auch nur daran, dass ihre Haube zu Boden gefallen war. Der Anblick der überall herumkullernden Wachskirschen brachte sie jäh in die Realität zurück. Was war gerade geschehen? Warum hatte sie sich so willentlich in die Arme eines Fremden geworfen ... noch dazu *dieses* Fremden?

Warum fühlte sie sich bei ihm so ... sicher?

Zitternd trat sie einen Schritt zurück.

Er machte keine Anstalten, sie aufzuhalten.

„Ich ... ich weiß nicht, was über mich gekommen ist. Normalerweise bin ich keine Heulsuse", platzte sie heraus.

„Ohne Regen wächst nichts."

Sein verständnisvoller Blick ließ ihren Puls in die Höhe schnellen. Ein seltsames Gefühl der Vertrautheit überkam sie. *Ich kenne ihn ... und er kennt mich.*

Aber wie war das möglich?

„Verraten Sie mir Ihren Namen", flüsterte sie.

Sanft legte er ihr eine Hand an die Wange und strich mit seinem behandschuhten Daumen eine einzelne Träne fort. „Es ist besser, wenn Sie ihn nicht wissen. Aber glauben Sie mir bitte, wenn ich sage, dass ich nur das Beste für Sie will und immer für Sie da sein werde, wenn Sie mich brauchen."

Gebannt von der Eindringlichkeit seiner Worte und der Zärtlichkeit seiner Berührung, erwiderte sie: „Wie soll ich Ihnen glauben, wenn ich nicht weiß, wer Sie sind?"

„Hören Sie auf Ihren Instinkt. Was sagt er Ihnen?"

Die Antwort stieg aus ihrem tiefsten Inneren in ihr auf. Sie legte eine Hand über die seine, die noch immer ihre Wange liebkoste. Durch die Handschuhe spürte sie die Wärme seiner Haut, und bevor sie wusste, was sie tat, hatte sie sich auf die Zehenspitzen gestellt und küsste ihn sanft auf die Wange. Sie hörte, wie er scharf einatmete, und noch bevor ihre Fersen wieder den Boden berührten, hatte er ihr Gesicht mit beiden Händen umschlossen und musterte sie eindringlich.

Du kennst diesen Mann ... Vertraue ihm.

Zitternd atmete sie aus, dann schloss sie die Augen und hob erwartungsvoll das Kinn.

Halt dich zurück. Das ist falsch.

Die warnenden Worte schossen ihm durch den Kopf, während er Primroses liebliches Antlitz betrachtete, ihren frischen, blumigen Duft einsog. Doch seine Vernunft hatte sich in dem Augenblick verabschiedet, als er ihre Lippen auf seiner Haut spürte. Mit nur einem einzigen, unschuldigen Kuss hatte sie ein Verlangen in ihm geweckt, das alles andere als brüderlich war. Ein unerwartetes, unerwünschtes ... und *unleugbares* Verlangen.

Ihre vollen Lippen bebten leicht, ihre dunklen Wimpern flatterten gegen ihre blassen Wangen. Er konnte der süßen Versuchung, die sie ihm bot, nicht widerstehen. Nur ein einziges Mal wollte er sie kosten. Langsam neigte er den Kopf zu ihr hinunter und ließ seine Lippen über die ihren streifen ... *Ah, verdammt.*

Ihr berauschendes Aroma überwältigte ihn und vernebelte ihm völlig die Sinne.

Von seinen Instinkten geleitet, vertiefte er den Kuss, genoss die honigsüße Hitze ihrer Berührung. Doch es war nicht genug, und so ließ er die Zunge fordernd über ihre Lippen gleiten, bis sie ihm nach kurzem Zögern Einlass gewährte.

Gott, sie schmeckte so himmlisch, dass er einfach nicht genug von ihr bekam.

Als er spürte, wie sie unter seinen Liebkosungen erbebte, jagte ihm ein lustvoller Schauer über den Rücken. Er küsste sie immer dringlicher und härter, und stöhnte leise auf, als ihre Zunge schüchtern über die seine streifte.

„Rosie, bist du da drin?"

Die Stimme einer Frau durchbrach den Nebel der Lust und holte ihn unsanft in die Realität zurück. *Verdammt noch mal.*

Hastig ließ er von Primrose ab, die auf zitternden Beinen einen Schritt zurückwich. Als ihre Blicke sich trafen, sah er einen Strudel aus Schock und Begehren in ihren großen, jadegrünen Augen. Eine lose Haarsträhne fiel ihr wie ein umgekehrtes Fragezeichen ins Gesicht.

Was zur Hölle hast du nur getan, du Bastard?

„Rosie, ich komme jetzt rein!", rief die Stimme warnend.

Andrew streckte die Hand nach ihr aus ... und ließ sie wieder fallen. Ihm blieb keine Zeit, etwas zu tun oder zu sagen. Also ließ er sie abermals ohne ein weiteres Wort stehen und verschwand.

$$\maltese \quad 5 \quad \maltese$$

DAMALS

„Wo zum Teufel habt ihr beiden gesteckt?"

Kittys Stimme schrillte durch die beengte Unterkunft, in der sie seit einer Woche wohnten. Das heruntergekommene, von Ungeziefer befallene Gasthaus am Londoner Stadtrand war eine unzumutbare Absteige, die sie sich trotzdem kaum leisten konnten.

Andrew, der gerade mit Primrose zur Tür hereingekommen war, spürte die Hand des kleinen Mädchens in seiner zittern. Das fröhliche Lied, das sie eben noch geträllert hatte, blieb ihr im Halse stecken, und sie sah nervös zwischen Kitty und ihm hin und her. Am Kinn klebten ihr ein paar Pfefferkuchenkrümel ... Sie hatte an diesem Tag zum ersten Mal welchen gegessen und außerordentlich genossen.

„Ich habe dir doch erzählt, dass ich Primrose zu der Veranstaltung mitnehme, wo Arbeitskräfte sich anbieten", erklärte er ruhig. „Sie war noch nie auf einer ..."

„Warum sollte das dämliche Gör auch 'nen Jahrmarkt mit lauter Bauerntölpeln sehen wollen?"

Kitty lallte leicht, und ihre Wangen waren gerötet, was wohl kaum auf Schminke zurückzuführen sein dürfte. Aus ihrem zu einem losen Knoten zusammengefassten Haar hatten sich einige Strähnen gelöst, und ihr Morgenmantel war voller Flecken.

In diesem Zustand war sie keine angenehme Gesellschaft, und unglücklicherweise war sie seit ihrer Flucht vor drei Monaten immer öfter angetrunken. Mittlerweile kannte er ihre bitteren Worte auswendig: Sie hasste es, sich verstecken zu müssen, hasste es, mittellos zu sein ... und vor allem hasste sie es, „Freiwilligenarbeit" leisten zu müssen. Denn trotz ihrer regelmäßigen Briefe an den Mann, der für Primroses Unterhalt aufkommen sollte, war seit Wochen kein Geld mehr eingegangen.

Als Andrew das bösartige Funkeln in ihren Augen bemerkte, krampfte sich sein Magen zusammen. Am besten schaffte er die Kleine hier raus, bevor er versuchte, die Situation zu entschärfen.

„Geh nach draußen zum Spielen", wies er das Mädchen leise an. „Aber bleib in der Nähe."

„Ist gut, Andrew."

Sie wandte sich zum Gehen, erstarrte jedoch, als Kitty sie aufhielt.

„Was hast du da?", fragte diese scharf.

Primrose schluckte schwer. „W-was meinen Sie, Miss Kitty?"

„Das, was du in der Hand hältst, du Dummchen!" Bevor Andrew sie stoppen konnte, war Kitty zu der Kleinen hinübergestampft und hatte ihr den Gegenstand aus den Fingern gerissen. „Woher hast du das?"

Obwohl Primroses Lippen vor Angst bebten, hielt sie diese fest geschlossen und vermied es, in Andrews Richtung zu sehen. Ein seltsames Gefühl von Respekt durchflutete ihn. Die Vierjährige besaß mehr Loyalität und Rückgrat als die meisten Erwachsenen, die er kannte.

„Raus mit der Sprache, sonst ziehe ich dir die Ohren lang! Wer hat dir das gegeben?", verlangte Kitty zu wissen und wedelte mit der billigen Stoffpuppe vor dem Gesicht der Kleinen herum.

„Lass sie in Ruhe", sagte Andrew leise. „Ich habe sie ihr gekauft."

Kitty wirbelte zu ihm herum, und er machte sich auf den Wutausbruch gefasst, der unweigerlich folgen würde.

„*Was* hast du getan?", kreischte sie und schleuderte die Puppe quer durch den Raum.

Er nickte Primrose diskret zu, die seine Aufforderung verstand und schleunigst das Weite suchte ... doch erst, nachdem sie ihre Puppe aufgehoben hatte und wie einen verwundeten Soldaten in den Armen wiegte. Kitty, deren ganzer Zorn sich nun auf Andrew konzentrierte, schien nichts davon zu bemerken.

„Wir leben hier wie die *Bettler*", donnerte sie los. „Und du verschwendest das wenige Geld, das wir haben, an diesen wertlosen, kleinen Blutegel?"

„Sprich nicht so über sie. Sie ist doch noch ein Kind, verflucht noch mal." Er hasste es, wenn Kitty in diesem Zustand war, und wie vertraut es sich anfühlte, eine Schimpftirade unter Alkoholeinfluss über sich ergehen zu lassen. „Außerdem war es nicht *unser* Geld, sondern meines."

Sein über die Jahre mühselig angesparter Notgroschen war mittlerweile so gut wie aufgebraucht. Angesichts der verzweifelten Lage, in der sie sich befanden, war ihm nichts anderes übrig geblieben, als seine Ersparnisse für Unterkunft und Nahrung zu opfern. Hin und wieder gelang es ihm, sich durch ein glückliches Händchen beim Kartenspiel etwas dazuzuverdienen, nicht, dass er ein Freund des Glücksspiels gewesen wäre oder sich auf eine anhaltende Gewinnsträhne verlassen wollte.

„Deine Taschen sind ebenso leer wie meine", erwiderte Kitty verächtlich. „Du bist nur zu *einer* Sache zu gebrauchen, Corby, aber nicht einmal das hast du in letzter Zeit unter Beweis gestellt." Sie warf einen abschätzigen Blick auf seinen Schritt.

In der Tat hatte er nicht mehr mit ihr geschlafen, seit sie untergetaucht waren. Er hatte nicht die geringste Lust dazu verspürt, aber das behielt er angesichts ihrer gegenwärtigen Laune lieber für sich.

Statt auf ihre Sticheleien einzugehen, versuchte er es mit einer anderen Taktik. „Da wir gerade von Fertigkeiten sprechen, genau deshalb war ich ja auf der Einstellungsmesse: um zu sehen, ob es Arbeit für mich gibt."

Kitty starrte ihn einen Augenblick lang ungläubig an, dann warf sie den Kopf in den Nacken und lachte laut auf. „Oh, Corby, du willst mich doch auf den Arm nehmen, hm?"

„Nein, das war mein Ernst", erwiderte er kurz angebunden. „Wir brauchen das Geld."

Sie trat auf ihn zu und ließ einen Finger über seine Brust gleiten. „Und *du* weißt natürlich, wie man sein Handwerk auf einer solchen Messe anbietet, Schätzchen?"

Nur, weil er sein gesamtes Leben in den Londoner Elendsvierteln verbracht hatte, bedeutete das nicht, dass er ein ahnungsloser Einfaltspinsel war. „Man läuft mit einem Werkzeug aus seinem Gewerbe herum. Wenn man keine konkreten Fachkenntnisse hat, aber zeigen möchte, dass man lernwillig ist, hält man einen Mopp."

„Ganz genau", entgegnete Kitty gedehnt. „Was also erhoffst du dir, wenn du mit deinem Riesenschwanz in der Hand durch die Menge stolzierst?"

Er presste die Zähne zusammen. „Ich kann durchaus auch seriöse Arbeit verrichten."

„Das sagst du nur, weil du es noch nie wirklich versucht hast", erwiderte sie mit einem anzüglichen Grinsen. „Was für Talente außer dem Vögeln besitzt du sonst noch, hm? Du bist zu attraktiv für die Feldarbeit, aber viel zu untauglich für den Posten eines Lakaien."

Seine Wangen glühten vor Scham. Darauf wusste er nichts zu erwidern.

„Selbsttäuschung ist nur etwas für einfältige Schwächlinge." Plötzlich packte sie ihn im Schritt, und er sog scharf die Luft ein.

„Außerdem ... Kannst du dir wirklich vorstellen, tagein, tagaus als Diener zu schuften? Und wofür? Für mickrige fünfundzwanzig Pfund pro Jahr?" Sie schnaubte verächtlich. „Du hast viermal so viel in einer Nacht verdient ... und dich dabei wesentlich besser amüsiert. Nein, Corby, Plackerei ist nichts für Leute wie uns."

Obwohl er wusste, dass sie recht hatte, wehrte sich etwas in ihm gegen diese Vorstellung.

Unwirsch schob er ihre Hand weg. „Vielleicht hast du die Hoffnung aufgegeben, weil du langsam senil wirst", entgegnete er trocken, wohl wissend, wie sehr sie es hasste, wenn er ihr Alter ins Spiel brachte. „Aber ich bin noch jung und glaube an Veränderung. Meine ganze Zukunft liegt noch vor mir."

„Du bist ein Stricher, nichts weiter", sagte sie nüchtern. „Ein hübsches Kerlchen, zweifellos, aber dennoch liegt deine Zukunft zwischen deinen Beinen. Vergiss das bloß nicht."

Verbissen versuchte er, die aufkeimende Wut zu unterdrücken. „Ich allein entscheide über meine Zukunft."

„Ohne mich hättest du nicht mal eine! *Ich* habe dich zu dem gemacht, was du bist, Corby. Ich brachte dir Manieren bei, wie man sich vornehm kleidet und ausdrückt. Hätte ich mich deiner nicht angenommen, wärst du nichts weiter als der erbärmliche Bastard einer Hure."

Ihre Worte lösten einen erbitterten Kampf in ihm aus ... Wut gegen Loyalität. Letztere war schon immer seine größte Schwäche gewesen. Denn trotz allem, was vorgefallen war, konnte er nicht ignorieren, was Kitty für ihn getan hatte. Wo er ohne ihre Hilfe womöglich gelandet wäre.

Wahrscheinlich tot in irgendeinem Straßengraben.

„Wegen dir haben wir alles verloren", presste er hervor und ballte frustriert die Hände zu Fäusten. „Wenn du dich von Black ferngehalten hättest, besäßen wir nach wie vor ein Dach über dem Kopf und ein erfolgreiches Geschäft ..."

„Das können wir uns zurückholen." Im Bruchteil einer Sekunde änderte sich ihr Tonfall von gereizt zu verführerisch.

Obwohl er wusste, dass sie eine Meisterin der Manipulation war, ließen die Tränen in ihren grauen Augen und das reumütige Zittern in ihrer Stimme ihn nicht kalt. „Ich weiß, dass ich ein paar schlimme Fehler begangen habe, Corby, aber ich kann das wieder in Ordnung bringen. Mit meinen Plänen werde ich uns aus diesem Schlamassel herausholen."

Argwöhnisch verschränkte er die Arme vor der Brust. „Was für Pläne?"

„Wir sind immer noch zu nah an London dran. Was wir brauchen, ist ein völliger Neuanfang ... weiter draußen auf dem Land", erklärte sie. „Vielleicht in der Gegend von Shropshire. Oder Dorset."

„Wo es nichts gibt außer Schafen und Schweinen", sagte er mit einem verächtlichen Schnauben. „Was zum Henker sollen wir dort tun?"

„Unser Gewerbe wiederaufbauen. Es muss ja nicht unbedingt ein Freudenhaus sein ... obwohl das natürlich die offensichtliche Wahl wäre, angesichts unserer fachkundigen Erfahrung", sagte sie mit einem anzüglichen Blick.

„Womit gemeint ist, dass ich für Geld ficke und du es ausgibst, als wüchse es auf Bäumen."

„Sarkasmus hilft uns jetzt auch nicht weiter."

Er hob eine Braue. „War ich denn sarkastisch?"

„Denk doch nur an die Vorteile, die wir der ländlichen Konkurrenz gegenüber haben werden", fuhr sie fort, als hätte sie ihn nicht gehört. „Wir haben Elan, Klasse und jede Menge exotischer Tricks auf Lager ..."

„Wir?"

„Zumindest anfangs, wenn wir beide mit anpacken müssen. Jetzt sieh mich nicht so an", fügte sie irritiert hinzu. „Ich habe bereits in diesem Metier gearbeitet, als du noch in den Windeln lagst. Das verlernt man nicht."

„Wenn du meinst." Sollte es ihn stören, dass seine Liebhaberin vorhatte, mit anderen Männern zu schlafen? Nein, denn er war kein Heuchler. Und außerdem war es ihm ehrlich gesagt egal. Er war weder besonders eifersüchtig noch besitzergreifend.

„Da wäre nur noch ein winziges Problem."

Ihm gefiel das Funkeln in ihren Augen nicht. „Welches denn?"

„Primrose." Sein Magen krampfte sich zusammen, als sie mit kühler Stimme fortfuhr: „Jetzt, da niemand mehr für ihren Unterhalt zahlt, können wir es uns nicht leisten, sie zu behalten. Wenn mein Plan Erfolg haben soll, müssen wir alle unnötigen Ausgaben streichen ..."

„Primrose bleibt!"

„Sei doch vernünftig." Kitty umschloss sein Gesicht mit beiden Händen und sah ihn flehentlich an. „Immerhin geht es um unsere Zukunft."

„Wo soll sie denn hin? Sie ist doch erst vier, verdammt. Du kannst ein unschuldiges Mädchen nicht einfach auf die Straße setzen ..."

„Warum nicht? Du und ich sind der lebende Beweis dafür, dass man es schaffen kann." Sie ließ die Hände sinken und musterte ihn eindringlich. „Ich hätte dich für schlauer gehalten."

„Ich kümmere mich um sie", presste er hervor. „Du musst keinen Finger rühren."

„Sei doch nicht albern. Du bist kein Held, Corby."

„Das weiß ich selbst", fuhr er sie an. „Wenn du sie bleiben lässt, werde ich alles in meiner Macht Stehende tun, um dir zum Erfolg zu verhelfen, in Ordnung?"

Kitty musterte ihn schweigend, und mit jeder Sekunde schlug sein Herz schneller.

„Also gut", sagte sie schließlich. „Aber wenn du es nicht hinbekommst, muss sie gehen."

Er nickte angespannt.

„Sieht aus, als hätten wir eine Abmachung. Dann lass uns das Eisen schmieden, solange es heiß ist."

„Ich verstehe nicht ganz ..."

„Vorhin habe ich mit einer anderen Reisenden gesprochen, die hier im Gasthaus nächtigt. Wie sich herausstellte, ist sie eine Witwe, die heute Abend ein wenig Gesellschaft vertragen könnte", erklärte Kitty mit einem kühlen Lächeln.

In diesem Moment wurde ihm klar, dass sie ihn hereingelegt hatte. Von Anfang an war dies ihre eigentliche Absicht gewesen. Aber er konnte jetzt keinen Rückzieher machen ... Primroses Zukunft hing von ihm ab. Ihm blieb nichts anderes übrig, als den Weg, den er vor so langer Zeit eingeschlagen hatte, weiterzugehen.

Was machte es auch für einen Unterschied? Nur eine weitere Kundin, ein weiterer unbedeutender Fick. Er hatte gelernt, seinen Geist während der Arbeit von seinem Körper zu trennen. Während er seinen Klientinnen einen Höhepunkt nach dem anderen bescherte, konzentrierte er sich in Gedanken ganz auf den Tag, an dem er sein eigenes Etablissement besitzen, seine eigene Zukunft bestimmen würde. Sein Orgasmus war jedes Mal beflügelt von der Fantasie seines Erfolgs.

Also sollten sie ruhig seinen Schwanz, seinen Mund, seine Hände kaufen ... seine *Träume* gehörten allein ihm.

„Ich werde hinterher nicht die Nacht bei ihr verbringen", sagte er knapp.

„Ich bin mir deiner Regeln durchaus bewusst, Liebling." Jetzt, da sie bekommen hatte, was sie wollte, war Kitty wesentlich versöhnlicher gestimmt. „Du schläfst nie bei Klientinnen. Das würde ich auch niemals von dir verlangen."

„Witwen können äußerst anhänglich sein."

„Ich sagte ihr, für die zwanzig Pfund, die sie mir zahlte, könne sie dich eine Stunde haben. Länger nicht."

Wortlos ging er zu dem wackeligen Waschstand hinüber und machte sich frisch. Dann trat er vor den gesprungenen Spiegel und warf einen letzten, prüfenden Blick hinein. Seine Miene war kühl, gefasst. Er war bereit.

Entschlossen richtete er seine Krawatte, bevor er sich zu seiner Zuhälterin umdrehte. „Bring mich zu ihr."

※ 6 ※

Mit hämmerndem Herzen rannte Rosie den düsteren
Korridor entlang.

Sie wusste nicht genau, wovor sie floh, nur, dass es ihr immer
näherkam, gefährlich nahe, und sie sich dringend verstecken
musste. Plötzlich erreichte sie das Ende des Ganges, von dem drei
Türen abgingen. Welche sollte sie nehmen? Sie entschied sich für
den Türknauf, der ihr am nächsten war, und bemühte sich, ihn
mit ihren klammen Händen zu öffnen. Als es ihr schließlich
gelang, eilte sie hindurch und knallte die Tür hinter sich zu.

Stille. Dunkelheit. Der dicke Teppich unter ihren Pantoffeln
fühlte sich an wie ein Sumpf und verlangsamte ihre Schritte,
während sie sich mühselig auf ein Flackern in der Ferne zube-
wegte. Ein Kamin? Als sie näherkam, bemerkte sie einen großen
Ohrensessel, der mit der Lehne zu ihr stand. Jemand saß darin.
Rauch stieg in einer gespenstischen Spirale auf, und der leicht
fruchtige Geruch bereitete ihr Übelkeit.

Die körperlose Stimme eines Mannes drang zu ihr herüber:
„Komm her, meine kleine Blume ..."

Angstschweiß perlte ihr über die Stirn, und sie floh aus dem
Zimmer, um eine andere Tür zu öffnen.

Diesmal fand sie sich in einer trostlosen Dachkammer wieder, die nur spärlich möbliert war ... aber zum Glück schien sich niemand sonst darin aufzuhalten. Ihre Füße trugen sie zum einzigen Fenster hinüber. Durch die Scheibe fiel das erste Licht des Tages herein und erleuchtete die Hausdächer und Straßen unter ihr. Es wurde immer heller und heller, bis es plötzlich einen seltsam rötlichen Farbton annahm und die Gebäude in flackerndes, orangefarbenes Licht tauchte ...

Dann stieg ihr ein scharfer Geruch in die Nase. *Rauch.*

Erschrocken wirbelte sie herum. Der Raum stand in Flammen.

Das Feuer breitete sich rasend schnell aus und tanzte züngelnd auf sie zu. Panik erfasste sie, als der dichte, schwarze Rauch ihr die Luft abzuschnüren drohte. Es gab nur einen Ausweg. Sie drehte sich um, stieß das Fenster auf und kletterte auf den Sims. Ihr wurde schwindelig, als sie einen Blick nach unten wagte und sah, wie weit das harte Kopfsteinpflaster entfernt war ...

Hinter ihr explodierte etwas, und eine Druckwelle schleuderte sie hinaus in die Luft. Schreiend stürzte sie rücklings hinunter in die Dunkelheit ...

„Öffne die Augen, Kleines.“

Blinzelnd folgte sie der Aufforderung und starrte geradewegs in das Gesicht eines Gottes.

„W-wo bin ich?“, stammelte sie.

„Du bist in Sicherheit.“ Seine braunen Augen waren warm und freundlich, seine tiefe Stimme beruhigend. „Ich habe dich.“

Sie befand sich auf einem Bett, und er lag seitlich neben ihr, wie ein schützender Wall.

„Wer bist du?“, flüsterte sie.

„Du weißt, wer ich bin.“

„Nein, ich ...“ Doch je länger sie sein attraktives Gesicht betrachtete, desto vertrauter kam er ihr vor. Die Erinnerung fegte wie ein Herbstwind durch die bunten Blätter ihres Gedächtnisses:

Gefühle ohne konkrete Bilder, Vertrautheit ohne Fakten. *Ich kenne dich.* Zögerlich legte sie ihm eine Hand an die Wange.

Sein intensiver Blick spiegelte Verlangen wider. Als er langsam den Kopf zu ihr hinunterneigte, schloss sie erwartungsvoll die Augen.

Sein Kuss war wie die Rückkehr in ein Zuhause, das sie nie gekannt hatte. Die Berührung seiner Lippen, so zärtlich und fordernd zugleich, erfüllte sie mit einer tiefen Sehnsucht. *So fühlt sich also Begierde an.* Als seine Zunge die ihre berührte, erbebte sie und schmiegte sich enger an ihn, verlangte nach mehr ...

„Rosie, Liebes, bist du wach?"

Abrupt riss sie die Augen auf. Das Herz klopfte ihr bis zum Hals und es dauerte einen Moment, bis sie die zartgelben Wände ihres Zimmers und die Vitrine, in der ihre Puppen saßen, erkannte. Mit zitternden Fingern berührte sie ihre Lippen, die noch immer leicht kribbelten.

Unter ihrem Nachtgewand ragten ihre steifen Nippel empor, und eine seltsame, feuchte Hitze pulsierte zwischen ihren Schenkeln. Sie war gleichermaßen beschämt und schockiert.

Gütiger Himmel, was ist nur los mit mir? Warum habe ich etwas so Lüsternes geträumt ... noch dazu über ihn?

„Rosie?"

„Ich komme schon, Mama!" Hastig sprang sie aus dem Bett, band sich einen Morgenmantel aus Baumwolle um und holte tief Luft, bevor sie die Tür öffnete.

Marianne stand in einem fliederfarbenen Tageskleid vor ihr.

„Guten Morgen, Liebes", sagte sie fröhlich. „Odette erzählte mir, dass du noch nicht wach seist, daher wollte ich selbst nach dir sehen." Sie betrat das Zimmer, dicht gefolgt von Rosies Zofe. „Stell das Tablett ruhig ab, Odette. Heute helfe ich meiner Tochter selbst beim Zurechtmachen."

Die dunkelhaarige Französin knickste höflich und öffnete die Vorhänge, bevor sie das Zimmer verließ.

Marianne winkte Rosie zu sich an den Frisiertisch aus Palisanderholz heran.

Gehorsam ließ diese sich davor nieder. „Du bist ja früh wach."

„Das habe ich Sophie zu verdanken." Mit einem matten Lächeln goss ihre Mutter dampfendes Wasser aus einem Krug in das Waschbecken. „Libby brachte sie mir heute Morgen bei Tagesanbruch."

„Du solltest eine Säugamme einstellen, wie alle anderen Damen der feinen Gesellschaft."

„Ich stille Sophie lieber selbst. So habe ich es auch bei Edward getan ... und bei dir. Zumindest, solange es mir möglich war." Marianne mied ihren Blick, während sie die Waschutensilien sorgfältig auf dem Frisiertisch zurechtlegte.

Wie immer war jedes ihrer Gespräche von den Geschehnissen der Vergangenheit überschattet. Rosie wusste, dass ihre Mutter keine Schuld an der langen Zeit trug, die sie voneinander getrennt waren. Mamas mittlerweile verstorbener, wenig betrauerter Ehemann, Baron Draven, hatte ihr Rosie damals weggenommen. Dennoch konnte sie eine gewisse Verbitterung über die frühen Jahre ihres Lebens nicht abschütteln. Im Gegensatz zu ihren Halbgeschwistern war sie *unehelich* geboren worden, wurde noch dazu *entführt* ... und wer weiß, was sonst noch alles mit ihr geschehen war, bevor Sir Gerald Coyner zu ihrem Vormund wurde.

Ein dunkles, bedrohliches Gefühl breitete sich in ihr aus und drohte, ihr die Kehle zuzuschnüren. *Denk nicht darüber nach. Ignoriere es.*

Sie wusch sich das Gesicht und trocknete es mit einem Handtuch ab. „Ist Papa schon unterwegs?", brachte sie mit halbwegs unbekümmerter Stimme heraus.

Marianne nickte. „Da er wegen Sophie ebenfalls so früh wach war, hielt er es für das Beste, gleich in die Detektei zu fahren."

Schon *wieder* ging es um Sophie. „Es wundert mich, dass du jetzt nicht bei ihr bist." Sobald ihr die Worte herausgerutscht waren, realisierte Rosie, wie kindisch sie klang, und hoffte, dass ihre Mutter es nicht bemerkt hatte.

„Libby ist früher als üblich mit ihr spazieren gegangen", sagte diese und begann, Rosies Haare mit einer silbernen Bürste zu kämmen. „Ich dachte mir, ich könnte die Gelegenheit nutzen und ein wenig Zeit mit dir verbringen. Wir haben uns in den letzten Monaten nicht viel gesehen, nicht wahr?"

Erleichtert erwiderte sie das Lächeln ihrer Mutter durch den Spiegel. „Das stimmt."

„Helena hat mich gestern besucht, während du einkaufen warst, und da ist mir aufgefallen, dass wir uns noch gar nicht über den Maskenball unterhalten haben."

Sie verspannte sich. Tante Helena, die Marquise von Harteford, war Mamas engste Freundin, und die beiden erzählten sich absolut alles. Hatte ihre Tante Rosies Abwesenheit während des Balls bemerkt?

„Da gibt es nicht viel zu berichten", erwiderte sie leichthin.

„Helena sagte, du sahst in deinem Schwanenkostüm einfach hinreißend aus." Marianne legte die Bürste beiseite und anschließend ihre Hände auf Rosies Schultern. „Hat sich etwas Interessantes für dich ergeben, Liebes?"

Rosie überlegte kurz, ob sie ihr von dem Fremden erzählen sollte (nicht, dass er eine interessante Partie für sie darstellte), verwarf den Gedanken jedoch sogleich wieder. Wenn Mama herausfand, dass sie bereits zweimal unbeaufsichtigt mit demselben Unbekannten Zeit verbracht *und* ihn sogar geküsst hatte, würden die Predigten niemals enden. Außerdem bekäme sie gewiss für den Rest ihres Lebens Stubenarrest.

Aus Angst vor derartigen Konsequenzen hatte sie nicht einmal Polly und Revelstoke von den Geschehnissen berichtet. Als die beiden sie in der Rotunde fanden, war sie ihren Fragen ausgewichen und hatte lediglich behauptet, Daltry sei leider nicht erschienen. Obwohl die beiden sichtlich skeptisch gewesen waren, konnte sie ihnen unmöglich gestehen, dass sie einen

Fremden an einem öffentlichen Ort geküsst und zum ersten Mal in ihrem Leben Begierde verspürt hatte.

„Da war niemand Interessantes", murmelte sie ausweichend.

„Hmmm."

Unter dem scharfsinnigen Blick ihrer Mutter wurde sie nervös. „Was meinst du mit *hmmm?*"

„Du weißt doch, dass ich nur das Beste für dich will, nicht wahr?"

Da war er wieder, dieser Satz, dem unweigerlich eine Predigt folgte. „Aber?"

„Es ist nur ... Helena erwähnte, dass der nette, junge Mr Fellowes dich zum Tanzen aufforderte und du ihn abgewiesen hast ..."

„Weil er weder Titel noch gesellschaftliches Ansehen besitzt", platzte Rosie heraus. „Er war nur eingeladen, weil sein Vater ein Geschäftspartner von Lord Harteford ist. Was hätte es mir gebracht, ihn zu ermutigen, obwohl ich ihn keinesfalls heiraten will? Jemand wie er bringt mir in meiner Lage überhaupt nichts!"

„Kein Grund, dramatisch zu werden. Und deine Lage, wie du es nennst, ist bei Weitem nicht so schlimm, wie du glaubst ..."

„Wie bitte?" Rosie erhob sich und wirbelte zu ihrer Mutter herum. „Nach diesem Gedicht, das veröffentlicht wurde, hängt mein Ruf am seidenen Faden! Wenn ich nicht schnellstens eine *vortreffliche* Partie heirate, werde ich für immer eine Ausgestoßene, ein Niemand sein ..."

„Du bist kein Niemand!", erwiderte Mama scharf. „Warum ist dir die Meinung der *ton* nur so wichtig?"

„Weil es nun mal nichts Wichtigeres gibt." Verzweifelt ballte sie die Hände zu Fäusten. „Ich will doch einfach nur dazugehören. Warum kannst du das nicht verstehen?"

„Ich verstehe dich ja, Rosie. Ich bin nur anderer Meinung. Liebling ..." Marianne berührte sie sanft am Arm, doch sie entzog sich ihrem Griff. „Dieses verzweifelte Benehmen passt nicht zu dir. Du bist so viel besser als das."

Das war sie eben *nicht*. Warum nur wollte das niemand begreifen?

„Ich bin ein *Bastard*", rief sie aus. „Noch dazu wurde ich entführt, und niemand weiß, was mit mir geschah, bevor ich in Gerrys Obhut landete. Ich war schon ruiniert, bevor ich als kokettes Flittchen abgestempelt wurde!"

Schmerz und Schuldgefühle spiegelten sich in Mariannes Miene wider.

„Das habe ich allein zu verantworten", sagte sie steif. „Nicht du."

Ebenso beschämt wie erzürnt hob Rosie das Kinn an. „Nichtsdestotrotz muss *ich* mit den Konsequenzen leben. Ich muss einen Weg finden, den Kopf über Wasser zu halten und zu beweisen, dass ich den anderen Debütantinnen in nichts nachstehe!"

„Aber genau das ist der springende Punkt: Du musst niemandem etwas beweisen. Entgegen deiner Behauptung verstehe ich dich sehr gut. Ich weiß so viel mehr über die Welt als du. Als ich Ambrose heiratete, war die *ton* der Ansicht, ich hätte eine Wahl getroffen, die meiner nicht würdig sei. Aber das stimmt nicht. *Ich* bin diejenige, die sich glücklich schätzen kann, die Liebe dieses Mannes gewonnen zu haben. Und es spielt überhaupt keine Rolle, was der Rest der Gesellschaft darüber denkt."

„Papa ist nun mal ein Prinz unter Männern", erwiderte Rosie ungeduldig. „Aber zumindest hattest du die Wahl, ob du der *ton* den Rücken kehren willst oder nicht. Mich lässt man ja nicht einmal hinein. Dabei wünsche ich mir nichts sehnlicher als einen Platz unter den Reichen und Schönen."

„Sogar mehr als die Liebe?", fragte Mama stirnrunzelnd.

Wer würde schon eine ruinierte Frau wie mich lieben? Jeder ihrer bislang gescheiterten Annäherungsversuche hatte ihr die schmerzliche Wahrheit nur zu deutlich vor Augen geführt. Sie hatte längst den Glauben an die wahre Liebe verloren. Umso mehr ärgerte sie sich über ihre Reaktion auf den rätselhaften Fremden ... Hatte sie denn gar nichts dazu gelernt? Wie alle anderen Männer hatte auch er sich nur mit ihr vergnügt und war beim ersten Anzeichen von möglichen Unannehmlichkeiten geflohen. Und was sollte dieses alberne Geschwafel darüber, dass er sie nur beschützen wollte?

Pah, von wegen! Gentlemen waren nur so lange zuvorkommend, bis sie von einer Frau erhielten, was sie wollten.

Er hat ja gesagt, dass du ein Flittchen bist ... und dann hat er es dir bewiesen.

Der Gedanke war zutiefst demütigend. Ihre beiden Begegnungen mit dem Schuft führten ihr deutlicher denn je vor Augen, wie dringend sie den Schutz einer vorteilhaften Partie benötigte: Eine Vermählung mit einem Mann von Rang und Namen würde sie unantastbar machen, sie vor gehässigen Gerüchten und Ablehnung bewahren.

Sie sah ihrer Mutter geradewegs in die Augen. „Mehr als alles andere."

Mama seufzte tief. „Manchmal verstehe ich dich wirklich nicht."

„Ich weiß." Wieder stieg eine unerklärliche Panik in ihr auf. Als ein schriller Schrei die angespannte Stille durchbrach, atmete sie erleichtert auf. „Sophie ist wohl zurück. Du siehst besser nach ihr."

„Du hast recht." Marianne wandte sich zum Gehen, blieb aber im Türrahmen stehen und drehte sich noch einmal zu ihr um. „Übrigens hatten Papa und ich überlegt, dass uns allen ein Ausflug nach Chudleigh Crest guttun würde. Da Sophie zu früh gekommen ist, mussten wir hier in London bleiben, aber jetzt könnten wir durchaus eine kleine Pause vom Stadtleben gebrauchen."

„Das ist eine *furchtbare* Idee!", rief Rosie entsetzt. „In Chudleigh Crest gibt es keinerlei gesellschaftliche Anlässe! Dabei ist das hier meine letzte Chance, eine geeignete Partie zu finden ..."

„Die begehrten Junggesellen der *ton* haben sich bereits ebenfalls auf ihre Landsitze zurückgezogen. Ich denke, es wäre für uns alle von Vorteil, es ihnen gleichzutun."

„Aber *Mama* ..."

Sophies Schreie wurden immer eindringlicher.

„Es ist nur zu unserem Besten. Glaube mir, Liebes." Mit dieser sanften, aber bestimmen Ansage verließ Marianne sie, um sich ihrer anderen Tochter zu widmen.

„Ein kleiner Einkaufsbummel wird Ihnen bestimmt die Laune versüßen, Miss Primrose", sagte Odette, als sie am folgenden Nachmittag in der Bond Street aus der Kutsche stiegen.

Trotz ihrer Begeisterung für Mode war Rosie nicht in der Lage, ihre Niedergeschlagenheit abzuschütteln, als sie sich Madame Diderots Atelier näherten. Und das, obwohl die Federschmuckmacherin eine der angesehensten Künstlerinnen der *ton* war.

„Was bringen mir hübsche Federn in Chudleigh Crest?", murmelte sie verzweifelt. Ihr Atem formte weiße Wölkchen in der kalten Luft. „Die einzige Aufmerksamkeit, die ich dort erregen werde, ist die der Hühner und Fasane, die ihr Gefieder zurückhaben wollen."

„Ich glaube, Madame Diderot bezieht ihre Ware von exotischeren Vögeln, Mademoiselle", sagte Odette, die offensichtlich ein Grinsen zu unterdrücken versuchte, während sie ihr die Tür aufhielt.

Das Innere des Geschäfts war aufgrund der zahlreichen Federn, die von der Decke hingen, in Schatten getaucht. Im Luftzug der sich schließenden Tür flatterte der in allen Farben des Regenbogens gehaltene Schmuck spielerisch umher. Der Geruch von Färbemitteln, Wachs und etwas Erdigem stieg Rosie in die Nase, während sie beobachtete, wie die Ladenbesitzerin hinter ihrem Tresen hervorkam und auf sie zueilte.

„Mademoiselle Kent", sagte sie mit einem Knicks. „Was für eine freudige Überraschung!"

Rosie fielen die unnatürlich geröteten Wangen der sonst so blassen Modistin auf.

„Die Freude ist ganz meinerseits, Madame. Odette hat mich überredet, dem kalten Wetter zu trotzen und herzukommen, um einen Ersatz für die weiße Straußenfeder zu erwerben, die ich neulich auf einem Maskenball verloren habe", erklärte sie entschuldigend.

„Da haben Sie Glück! Erst heute Morgen erhielt ich eine Lieferung von erlesenen Reiherfedern."

Die Erwähnung der seltenen Vögel ließ Rosie aufhorchen. „Die würde ich nur zu gerne sehen!"

„Sie befinden sich in meinem Präparationszimmer. Leider ist es dort ein wenig beengt. Würde es Ihrer Zofe etwas ausmachen, hier draußen zu warten?"

Bei dem Wort „Präparation" verkrampfte sich ihr Magen. Sie war schon immer ein wenig empfindlich gewesen, und der Gedanke an blutige Tierkadaver verursachte ihr Übelkeit. „Äh, Sie präparieren doch nicht etwa gerade Vögel da drin, oder?"

„Ich arbeite nicht mit Tieren, Mademoiselle. Nur mit den Federn."

„Ah, dann ist ja gut", sagte sie erleichtert. „Ich bin gleich wieder zurück, Odette."

Sie folgte der Schmuckmacherin in das Hinterzimmer, wo ein großer Arbeitstisch stand, auf dem sich zahlreiche Messer, Scheren und sonstiges Werkzeug befanden.

Diderot öffnete eine weitere Seitentür. „Nach Ihnen, Mademoiselle Kent."

Rosie betrat die kleine Kammer ... und erstarrte.

„*Sie!*", rief sie erzürnt aus.

$$\text{❧} \quad 7 \quad \text{❧}$$

Primroses Anblick traf Andrew wie ein Blitz.

Seine Vernunft – einschließlich all der Gründe, mit denen er dieses arrangierte Treffen zu rechtfertigen versucht hatte – war wie weggeblasen. Mit ihren goldblonden Locken, den strahlend grünen Augen und der perfekt in Szene gesetzten Figur unter ihrer blauen Pelisse, war sie eine wahre Augenweide. Es war jedoch mehr als nur ihre Schönheit, die ihn in ihren Bann zog.

Es war *sie*. Die leidenschaftliche, willensstarke junge Dame, zu der sie geworden war. Noch nie hatte eine andere Frau ihn so aus der Bahn geworfen. Seit ihrem Kuss neulich im Pantheon konnte er die Gefühle, die sie in ihm geweckt hatte, nicht länger leugnen. Aber er wäre ein noch größerer Narr, wenn er sich von diesen leiten ließe.

Nur, weil er Primrose nicht länger als kleine Schwester erachtete, hatte er nicht das Recht, sie als Frau zu begehren.

Und genau deshalb hatte er dieses Treffen eingefädelt: um sich in aller Form zu entschuldigen, zu verhindern, dass diese Situation, in die er sie entgegen bester Absichten gebracht hatte, ihren Ruf noch weiter gefährdete. Schlimm genug, dass sie die wankelmütigen Launen ihrer adeligen Verehrer ausbaden musste. Was würde man erst über sie sagen, wenn herauskäme, dass sie einen Zuhälter geküsst hatte?

Ihretwillen musste er sich zurückziehen und sie zukünftig aus sicherer Entfernung beschützen.

Unauffällig nickte er Madame Diderot zu, die leise die Tür hinter sich schloss und ihn mit Primrose in dem kleinen, mit Kartons vollgestellten Lagerraum zurückließ. Auf der gegenüberliegenden Seite befand sich ein Tisch, und über ihnen hingen zahlreiche Federn zum Trocknen an einer Wäscheleine.

„Guten Tag, Miss Kent", sagte er.

Ihr eisiger Blick hätte jeden anderen Mann in die Knie gezwungen. „Woher wussten Sie, dass ich hier sein würde? Haben Sie etwa Madame Diderot bestochen?"

Wähle deine Worte mit Bedacht.

Behutsam zog er die elfenbeinfarbene Feder, die er ihr auf dem Maskenball entwendet hatte, aus der inneren Tasche seines Gehrocks. Wie ein Friedensangebot hielt er sie ihr entgegen. „Ich wusste, dass Sie früher oder später einen Ersatz hierfür erwerben wollen würden. Und ich musste Madame nicht bestechen, da sie mir einen Gefallen schuldete."

Primrose riss ihm die Feder aus der Hand. „Wenn Sie gekommen sind, um mir erneut einen Vortrag über mein Benehmen zu halten, können Sie sich die Mühe sparen."

„Ganz im Gegenteil, ich möchte mich für das meine entschuldigen."

Skeptisch hob sie die Brauen.

„Was neulich im Pantheon geschehen ist ..." Er brach ab und räusperte sich. „Das war allein meine Schuld."

„Zweifellos", erwiderte sie kühl. „Sie haben mir zum zweiten Mal die Gelegenheit zunichtegemacht, mich mit Lord Daltry zu treffen."

„Können Sie Daltry nicht mal für einen verfluchten Augenblick aus dem Spiel lassen?" Überrascht von seiner heftigen Reaktion, fügte er in weitaus sanfterem Tonfall hinzu: „Ich bezog mich nicht auf ihn, sondern auf den Kuss."

Er hatte sich bereits im Vorfeld gefragt, wie sie wohl auf seine Entschuldigung reagieren würde. Ob sie mit glühenden Wangen versuchen würde, es abzustreiten.

Stattdessen zuckte sie ungerührt mit den Schultern. „Es war doch nur ein Kuss."

„*Nur* ein Kuss?" Jetzt musste er sich bemühen, nicht die Fassung zu verlieren. „Wie oft wurden Sie denn bisher geküsst?"

„Das müssten Sie doch wissen. Immerhin sind Sie der Experte, was mein Benehmen angeht." Sie trat an den kleinen Tisch heran, mit dem Rücken zu ihm gewandt, und hob eine purpurne Feder hoch. „Der Vorteil, ein Flittchen zu sein, liegt darin, dass man nicht wegen jedes nichtssagenden Küsschens aus dem Häuschen gerät."

„Es war mehr als nur ein Küsschen, und das wissen Sie auch", erwiderte er schroff. „Und bezeichnen Sie sich nicht als Flittchen."

„Ich gebe nur wieder, was Sie gesagt haben. Übrigens ist Ihre Vertrautheit mit dem Verhalten von leichten Mädchen äußerst fragwürdig."

„Wie bitte?"

Als sie halb den Kopf in seine Richtung drehte, bemerkte er ihr messerscharfes Lächeln. „Nun, Sie haben mich ohne Schwierigkeiten als eines enttarnt, also müssen Sie sich doch bestens mit dieser Sorte Frau auskennen, nicht wahr?"

„Meine persönlichen Angelegenheiten stehen nicht zur Debatte", erwiderte er steif.

„Und genau deswegen sind Sie ein Heuchler, Sir, da Sie sich ohne Skrupel einfach so in meine einmischen." Scheinbar gelangweilt legte sie die Feder zurück auf den Tisch. „Gibt es sonst noch etwas, das Sie mir sagen wollten? Ich bin heute ziemlich beschäftigt."

Er war stets stolz gewesen auf seine eiserne Selbstdisziplin und seine Fähigkeit, einen kühlen Kopf zu bewahren. Über die Jahre hatte er gelernt, sich eine dicke Haut zuzulegen, nichts an sich heranzulassen. Aber in diesem Fall hatte er seine Geduld wohl überschätzt ... oder vielmehr Primrose unterschätzt. Er hatte so viel Zeit und Mühe in die Aufgabe gesteckt, ein vermeintlich unschuldiges Mädchen zu beschützen. Stattdessen sah er sich nun diesem verwöhnten *Gör* gegenüber.

Sie wollte seine Hilfe nicht? Bitte, dann würde er sie ihrem Schicksal überlassen.

„Lassen Sie sich von mir nicht aufhalten", erwiderte er irritiert.

„Das war auch nicht meine Absicht, und ich hoffe doch sehr, dass dies unser letztes Aufeinandertreffen war?"

Ihm lag bereits eine bissige Antwort auf der Zunge, doch dann drehte sie sich zu ihm um, und bei dem Anblick ihrer großen, verdächtig feucht glänzenden Augen blieben ihm die Worte im Hals stecken. Von einer Sekunde zur nächsten war sein Zorn wie weggeblasen. Unwillkürlich trat er einen Schritt auf sie zu.

Sie wich zurück und zischte: „Halten Sie sich von mir fern!"

„Es tut mir leid", sagte er leise. „Ich wollte Sie nicht kränken."

„Von wegen. Sie sind doch genau wie alle anderen Männer. Wegen meines Rufs glauben Sie, mich wie ein Flittchen behandeln zu können." Das leichte Zittern in ihrer Stimme versetzte ihm einen Stich ins Herz. „Wie ein Spielzeug, mit dem man sich vergnügen kann, nur um es dann achtlos beiseitezuwerfen ..."

„Keineswegs", widersprach er ihr. „Ganz im Gegenteil: Ich halte Sie für ein Juwel."

„Das glaube ich Ihnen nicht!"

„Es ist die Wahrheit. Sie sind bezaubernd, aber vor allem besitzen Sie Mut und Verstand. Sie lassen jeden Raum erstrahlen, den Sie betreten. Jeder Mann könnte sich glücklich schätzen, Sie an seiner Seite zu haben."

Etwas Undeutbares flackerte in ihren Augen auf. „Sie lügen."

„Nein, tue ich nicht. Sie sind etwas Besonderes, Primrose", flüsterte er heiser. „Kostbarer, als Worte es auszudrücken vermögen."

„Wenn das wirklich wahr ist", sagte sie mit zitternder Stimme, „warum will mich dann niemand haben?"

Die unverhohlene Verletzlichkeit in ihrem Blick brachte die letzten Mauern seiner Selbstbeherrschung zum Einsturz. Er trat auf sie zu, und als ihr lieblicher Duft ihm in die Nase stieg, entbrannte ein unzähmbares Verlangen in ihm.

„*Ich* will dich", flüsterte er mit rauer Stimme. „So sehr, verdammt."

Ihre vollen Lippen öffneten sich leicht, und ihre Lider flatterten.

Er wusste nicht, wer von ihnen den ersten Schritt gewagt hatte, aber im nächsten Augenblick hielten sie einander eng umschlungen, und ihre Münder verschmolzen zu einem leiden-schaftlichen Kuss. Sie schmiegte sich an ihn, erwiderte die Berüh-rungen seiner fordernden Lippen mit ebenbürtigem Enthusiasmus, und ihre süße Unschuld verjagte auch die letzten Überreste seiner guten Absichten, an die er sich verzweifelt geklammert hatte. Wie im Fieberwahn gab er sich ihrem sinnli-chen Aroma hin.

Als er sie hochhob und mit dem Rücken gegen die Wand gedrückt auf dem Tisch absetzte, nahm Rosie wie durch einen Schleier wahr, dass die Gegenstände, die auf der Tischplatte lagen, zu Boden fielen. Dann konnte sie sich auf nichts anderes mehr konzentrieren als ihn.

Diesen Mann, der sie begehrte.

In dessen Augen sie *kostbar* war.

Der ihr das Gefühl gab, etwas Besonderes zu sein ... und in Sicherheit.

Ihre Angst war wie weggeblasen. Instinktiv schmiegte sie sich in seine Arme und küsste ihn mit all der Leidenschaft, die in ihr erwacht war. Zwar wirkte sie durch ihren Eifer und ihre offensichtliche Unerfahrenheit ein wenig unbeholfen, aber das schien ihn nicht zu stören. Er war in Kontrolle und wusste allem Anschein nach genau, was er tat. Niemand hatte sie je mit so viel Geschick und Zärtlichkeit geküsst. Jede Berührung seiner Lippen schürte die Flamme der Begierde in ihr.

Als er ihr die Haube vom Kopf streifte und zwischen ihre Beine trat, jagte ihr ein lustvoller Schauer über den Rücken. Mit ihm fühlte sich alles so *richtig* an. Sein herber, männlicher Duft und die Stärke seines Körpers raubten ihr völlig die Sinne. Sie klammerte sich an seine Schultern und presste die Knie gegen seine Hüften, verzweifelt bemüht, ihm so nahe zu sein wie nur irgend möglich. Ein kläglicher Laut entrang sich ihrer Kehle, als er die Lippen von den ihren löste. Leise lachte er gegen ihr Ohr, bevor er begann, an ihrem Ohrläppchen zu knabbern. Ihr anfänglicher Schock wich einer berauschenden Verzückung, und sie spürte, wie ihre Brustwarzen hart wurden.

Ein schwindelerregendes Gefühl der Begierde durchflutete sie und raubte ihr den Atem.

Und sie wollte *mehr*.

Als wüsste er genau, was sie dachte, ließ er die Lippen an ihrem Hals entlanggleiten und eine Hand unter ihre Pelisse wandern. Obwohl sie mehrere Lagen trug, fanden seine geschickten Finger ihre steifen Nippel, und er begann, sie durch den Stoff ihres Mieders zu reiben.

Ein herrlich quälender Druck baute sich in ihr auf. Keuchend rutschte sie auf dem Tisch herum, unsicher, wie sie sich Erlösung verschaffen sollte. Aber sie vertraute darauf, dass er es wusste.

„Hilf mir", flüsterte sie. „Bitte."

Das unverhohlene Flehen in ihren funkelnden Augen war sein Niedergang. Sie sehnte sich nach einem Höhepunkt ... und diesen vermochte er ihr mit Leichtigkeit zu bescheren.

Erneut küsste er sie fordernd, während er gleichzeitig ihre Röcke hochschob und eine Hand auf ihrem Schenkel ablegte. Unter dem dünnen Leinenstoff ihrer Damenunterhose spürte er ihr schlankes Bein erzittern. Langsam ließ er die Finger weiter nach oben wandern, bis er den Schlitz in ihrer Unterwäsche fand.

Instinktiv verspannte sie sich und presste die Knie noch fester gegen seine Hüften.

„Nicht so schüchtern, Kleines", murmelte er. „Du bist wunderschön."

„Ich sollte nicht ..."

„Lass mich dir geben, wonach du dich sehnst. Ich werde mich gut um dich kümmern. Vertrau mir, Primrose."

Sie hob den Blick und sah ihn an. Nach einem kurzen Augenblick des Zögerns entspannte sie sich und ließ die Beine auseinanderfallen.

Ihre willige Zustimmung jagte ihm einen elektrisierenden Schock durch den Körper, und als er ihre samtige, feuchte Pussy berührte, schoss ihm in Sekundenschnelle sämtliches Blut in den Schwanz. Gott, sie fühlte sich unglaublich an.

Aber hierbei ging es nicht um seine Befriedigung, sondern um ihre. In diesem Moment wurde ihm etwas klar: Mit Primrose war der Akt des Liebesspiels vielmehr etwas, das man miteinander teilte, als nur ein Tauschhandel. Die Erkenntnis ließ seine schmerzende Erektion vor Verlangen pulsieren.

Andächtig glitten seine Finger über ihre geschwollenen Schamlippen, bis er ihren Kitzler fand, und sie keuchte überrascht auf, als er diesen mit ihrem Nektar benetzte. Ohne den Blick von ihrem Gesicht abzuwenden, rieb und neckte er ihre empfindliche Perle mit unterschiedlicher Intensität und Geschwindigkeit, um ihr die größtmögliche Lust zu bescheren. Nie hatte er etwas Schöneres gesehen als ihre geröteten Wangen und die Art, wie sie verzweifelt auf ihre Unterlippe biss, während sie unaufhaltsam ihrem Höhepunkt entgegenjagte.

Es dauerte nicht lange, bis sie kam. Auf dem Gipfel ihrer Ekstase küsste er sie erneut und spürte die Vibrationen ihrer Verzückungsschreie bis tief in sein Innerstes.

Während Rosie langsam von ihrem Höhenflug herunterkam, wurden ihr mehrere Dinge gleichzeitig bewusst. Zum einen hatte sie soeben unbeschreibliche Lustgefühle verspürt, von denen sie nie zu träumen gewagt hätte. Zweitens, der Mann, der für diesen Zustand verantwortlich war, stand noch immer zwischen ihren Beinen und hatte das Gesicht schwer atmend in ihrem Hals vergraben. Und drittens fielen ihr lose Haarsträhnen wirr in die Stirn ... und sie war feucht zwischen den Schenkeln.

Zu ihrer Überraschung war ihr das alles herzlich egal. Die Scham und Verlegenheit, die sie sonst stetig begleiteten, waren verdächtig abwesend. Statt ihrer verspürte sie nun eine nie gekannte Trägheit, ein Gefühl der Richtigkeit, das keinen Sinn ergab ... und doch ließ es sich nicht abschütteln.

Vertrau mir, Primrose.

Instinktiv hatte sie gewusst, dass sie ihm vertrauen konnte. Zwar schien er weder Titel noch Vermögen zu besitzen, so wie sie es sich ursprünglich von einem potenziellen Ehemann erhofft hatte ... aber das war ihr egal. Zum ersten Mal in ihrem Leben wollte sie mehr als das. Etwas, das sie schon bei ihrer ersten Begegnung mit ihm gespürt hatte. Etwas so Ursprüngliches und Endgültiges, dass sie es nicht leugnen konnte. Sie glaubte daran ... und an sich selbst.

Das ist es also, worum alle so ein Aufhebens machen. Was Polly und Mama mir zu erklären versucht haben ...

Versonnen ließ sie ihre Finger durch sein dichtes Haar gleiten. Die bronzefarbenen Strähnen fühlten sich an wie Seide. Als er den Kopf hob und sie in seine tiefbraunen Augen sah, zerrte etwas an den Saiten ihrer Erinnerung. Sie kam sich vor wie eine Träumerin, die versuchte, in eine Welt zurückzukehren, die sie vor langer Zeit hinter sich gelassen hatte.

„Sag mir, wie du heißt“, flüsterte sie. „Ich muss es wissen.“

Er zögerte kurz. „Andrew.“

Andrew ... Andrew ... Der Name erfüllte sie mit einer seltsamen Freude. Warum nur?

„Woher kennst du mich?“

„Primrose, ich ...“ Er strich ihr eine Locke hinters Ohr, und die zärtliche Berührung ließ ihr Herz höher schlagen. „Es ist besser, wenn du das nicht weißt.“

Seine Worte beunruhigten sie.

„Irgendwann musst du es mir verraten. Vor allem in Anbetracht dessen, was wir ... was gerade geschehen ist ...“ Sie verstummte, als sie sah, wie seine Miene sich verdüsterte.

„Ich habe mich zum wiederholten Male unverzeihlich benommen.“ Er trat einen Schritt zurück und fuhr sich frustriert mit der Hand durchs Haar. „Was ich mit dir getan habe, war falsch ...“

„Du hast gesagt, ich solle dir vertrauen!“ Aufgebracht sprang sie vom Tisch und richtete ihre Röcke, bemüht, die aufsteigende Panik zu unterdrücken. *Bitte, bitte, bitte sei nicht so wie all die anderen.* „Hast ... hast du etwa nicht vor, den ehrbaren Weg zu gehen?“

Einen Augenblick lang starrten sie einander an, und mit jeder Sekunde wurde ihr unbehaglicher zumute.

„Um deine Hand anzuhalten, wäre alles andere als der ehrbare Weg“, murmelte er schließlich. „Außer Geld habe ich dir nichts zu bieten. Weder besitze ich einen Titel noch stamme ich aus einer angesehenen Familie – nicht, dass ich überhaupt eine richtige hätte. Außerdem ist mein Ruf nicht gerade ... respektabel.“

„Das ist mir egal“, flüsterte sie.

„Das glaube ich kaum. Zumindest wird es dir nicht mehr egal sein, wenn du in einer Welt ohne deine gewohnten Privilegien leben musst. Im Moment bist du nur von Lust und Leidenschaft geblendet ... Verdammt, warum habe ich es so weit kommen lassen?", fluchte er verzweifelt. „Man sollte mich aufknöpfen für meine Taten ...“

„Warum hast du mich dann dazu verführt?", rief sie aus. „Weil du mich für ein Flittchen hältst, nicht wahr? Für eine niedere, unwürdige Dirne, mit der sich selbst ein dahergelaufener ... *Niemand* vergnügen und dann davonschlendern kann, ohne sich um die Konsequenzen zu scheren!"

„Nein, das stimmt nicht. Wie ich schon sagte, bist du in meinen Augen ein Engel, aber ich bin nicht gut genug ...“

„Ist das jetzt etwa die alte ‚Es liegt nicht an dir, sondern an mir‘-Leier?", fragte sie erbost. „Wenn du mich schon anlügst, dann lass dir wenigstens etwas Originelleres einfallen!"

„Ich lüge nicht", erwiderte er in angespanntem Tonfall.

„Beantworte mir nur eine Frage: Wirst du mich heiraten oder nicht?“

Widerstrebend schüttelte er den Kopf. „Das kann ich nicht tun ... um deinetwillen.“

„Dann scher dich zum Teufel!" Hastig hob sie ihre Haube auf und eilte zur Tür. Kurz bevor diese hinter ihr ins Schloss fiel, hörte sie gerade noch, wie er ihren Namen flüsterte.

⚜ 8 ⚜

DAMALS

„Du ... du gehst wirklich fort, Andrew?“

Primrose stand im Türrahmen seiner schäbigen Kammer in einem der zahlreichen heruntergekommenen Gasthäuser, die sie in letzter Zeit ihr Zuhause genannt hatten. In einer Hand hielt sie die Stoffpuppe, die er ihr vor ein paar Monaten geschenkt hatte. Sie behielt das Spielzeug stets bei sich, und mittlerweile war es ebenso verwahrlost wie sie. Ihr blondes Haar hing in matten, strähnigen Zöpfen herab, und ihre Kleidung war ähnlich abgetragen und löchrig wie die der Puppe.

Das Zittern in ihrer Stimme und die Tränen, die in ihren Augen schimmerten, schnürten ihm die Kehle zu. Aber seine Entscheidung stand fest. Nach dem Streit, den er am Abend zuvor mit Kitty hatte, gab es kein Zurück mehr.

„So ist es am besten“, sagte er.

Methodisch packte er seine spärlichen Besitztümer in eine abgenutzte Reisetasche. Nachdem Kittys desaströse Pläne ihn auch noch seine letzten Ersparnisse − und beinahe das Leben − gekostet hatten, war ihm nicht mehr viel geblieben. Wie sich herausstellte, war die Konkurrenz auf dem Lande nicht weniger gefährlich als die in London. Die hiesigen Bordellbesitzer hatten ihnen unmissverständlich zu verstehen gegeben, dass sie keine dahergelaufene Zuhälterin aus der Stadt in ihrem Revier dulden würden.

Nach mehreren Monaten, in denen er verzweifelt versucht hatte, sich an ländliche Matronen und Damen auf der Durchreise zu verkaufen, stand er nun mittel- und hoffnungslos da.

Zögerlich trat Primrose ein paar Schritte auf ihn zu. „Aber warum?"

Weil ich nur ein wertloser Stricher bin. Ich kann mich nicht länger um dich kümmern. Ich schaffe es ja kaum, mich selbst am Leben zu halten.

„Kitty und ich gehen fortan getrennte Wege", sagte er.

„Wegen mir?"

Da er den Schmerz in ihren großen Augen nicht länger ertrug, beugte er sich zu ihr hinunter und hob ihr Kinn an. „Nein, Küken. Das ist eine Angelegenheit zwischen Erwachsenen, die rein gar nichts mit dir zu tun hat."

„Kitty sagt, ich bin zu ..." Sie hielt inne und legte nachdenklich die Stirn in Falten. „Zu kostverspielt."

Ein stechender Schmerz durchbohrte seine Brust. Es war schon nicht einfach, sich von Kitty zu trennen – sie beide verband eine lange, komplizierte Vergangenheit –, aber Primrose zurückzulassen, ohne zu wissen, was aus ihr werden würde, war schier unerträglich. Nur wegen ihr war er so lange bei seiner Partnerin geblieben, obwohl ihm schon seit Langem klar war, dass sie keine gemeinsame Zukunft mehr hatten.

„Es liegt nicht an dir, Primrose", wiederholte er nachdrücklich.

Sie griff nach seiner Hand, als er diese zurückziehen wollte. „Dann nimm mich mit. *Bitte.* Ich will nicht bei Kitty bleiben. Ich will bei dir sein!"

Ihre Worte trafen ihn wie Peitschenhiebe. Abrupt erhob er sich. „Das geht nicht."

„W-warum nicht?"

„Weil ... Es geht einfach nicht."

Wenn du Primrose mitnimmst, hetzte ich dir die Gendarmerie auf den Hals, ertönte Kittys wuterfüllte Stimme in seinem Kopf. *Wie sähe das wohl aus ... ein Stricher, der ein kleines Mädchen entführt, hm? Der Mob würde dich lynchen, bevor man dich zum Galgen führen könnte. Ich bin ihr Vormund, und ich besitze die Dokumente, um es zu beweisen. Ich allein entscheide über ihr Schicksal. Wenn es dir nicht passt, dass ich für sie ein nettes Zuhause bei irgendwelchen reichen Schnöseln suche, dann verzieh dich ruhig. Mir egal. Aber solltest du versuchen, sie mitzunehmen, wirst du es bereuen ... das schwöre ich dir.*

Er wusste, dass sie es ernst meinte – und dass sie recht hatte. Vom Gesetz her war er dazu nicht befugt. Außerdem besaß er weder das Geld noch die Mittel, um ein kleines Mädchen zu versorgen.

„Ich verspreche dir auch, dass ich keinen Ärger machen werde. *Bitte*, Andrew!"

Frustriert ballte er die Hände zu Fäusten. Am liebsten würde er etwas oder jemanden zu Kleinholz schlagen.

„Das weiß ich doch. Aber der Ort, an den ich gehe, ist nichts für kleine Mädchen." Er versuchte, nicht zu sehr über seine eigene, trostlose Zukunft nachzudenken.

„Mir egal! Ich will nicht bei Kitty bleiben. Ich *hasse* sie!"

Schluchzend umklammerte Primrose seine Beine. Bislang hatte sie noch nie geäußert, was sie wirklich über ihren Vormund dachte. In der Tat hatte sie weder ein böses Wort verloren noch Gefühlsausbrüche jeglicher Art gezeigt. Sie war stets ein fröhliches, gehorsames Kind gewesen, und plötzlich wurde ihm klar, dass sie einfach zu viel Angst gehabt hatte, etwas anderes zu sein.

Die Erkenntnis traf ihn zutiefst ... Aber was konnte er schon tun?

Kitty hat die Dokumente. Und sie hat recht: Du bist nichts weiter als ein Stricher. Bei dem Gedanken presste er die Zähne zusammen.

Welche Gerichtsbarkeit würde dir Primrose überlassen, selbst wenn du in der Lage wärst, dich um sie zu kümmern?

Behutsam legte er der Kleinen eine Hand auf den Kopf und sagte in sanftem Tonfall: „Ist ja gut. Es wird gar nicht so schlimm werden, du wirst schon sehen. Am Anfang wirst du mich vielleicht ein bisschen vermissen, aber dann wirst du ganz schnell neue Freunde finden."

Trotz seiner aufmunternden Worte überkam ihn ein ungutes Gefühl. Er wusste nicht, welches Schicksal Primrose bevorstand. Kitty war fest entschlossen, das Mädchen an eine wohlhabende Familie zu verkaufen und behauptete, dass es der Kleinen an nichts fehlen würde.

Aber er kannte seine Partnerin. Geld war ihr wichtiger als alles andere. Er fürchtete, dass sie Primrose an denjenigen abgeben würde, der am meisten für sie bot, nicht an denjenigen, dem das Wohl des Kindes am Herzen lag. Obwohl er natürlich hoffte, dass ein reiches, kinderloses Paar das Mädchen aufnehmen würde, konnte er die weitaus schlimmeren Möglichkeiten nicht ignorieren. Es gab genug zwielichtige Gestalten, die im Stadtteil Seven Dials durch die Gassen schlichen und die kleinen Schornsteinfeger und Blumenmädchen mit Süßigkeiten oder ein paar Münzen lockten. Er selbst hatte in jungen Jahren schnell gelernt, sich von ihnen fernzuhalten.

Als er nun in das unschuldige Gesicht seines Schützlings sah, wurde er von einem Strudel der Wut, Gewissensbisse und Verzweiflung ergriffen. Aber was blieb ihm anderes übrig? Natürlich könnte er versuchen, mit Primrose zu fliehen ... doch selbst wenn es ihm gelänge, den Fängen der Gerichtsbarkeit zu entkommen, was könnte er ihr denn bieten? Er würde sie doch nur in eine Zukunft unter Zuhältern, Dirnen, Wüstlingen und Sittenstrolchen führen. Wäre das wirklich die bessere Option? Und wer würde auf sie aufpassen, während er sich für ein paar mickrige Pfund verkaufte, nur um ihnen ein undichtes, schäbiges Dach über dem Kopf zu ermöglichen?

Wenigstens stellte Kittys Plan der Kleinen ein glücklicheres Ende in Aussicht.

„Ich will aber keine neuen F-Freunde. Ich will dich", erwiderte Primrose unter Tränen.

Er atmete tief durch und legte ihr die Hände um die feuchten Wangen. „Du bist noch so jung und wirst mich sicher bald vergessen haben", sagte er. „Ich jedoch werde mich immer an dich erinnern. Von daher wäre es schön, wenn wir uns mit einem Lächeln voneinander verabschieden."

„Ich will aber nicht lächeln!" Primrose stampfte mit dem Fuß auf und warf ihre Puppe nach ihm. „Ich h-hasse dich, und ich bin froh, dass ich dich nie wiedersehen muss!"

Sie wirbelte herum und rannte aus dem Zimmer.

Langsam beugte er sich hinunter, um das schmutzige Spielzeug aufzuheben. Während er mit dem Finger über das verblasste Lächeln auf dem Gesicht der Puppe fuhr, überlegte er, sie für Primrose zurückzulassen, entschied dann jedoch, dass es besser wäre, wenn sie keine Erinnerung an ihn besäße.

Also steckte er die kleine Stofffigur in seine Reisetasche und verließ das Gasthaus.

❧ *9* ❧

IN EINEN MORGENMANTEL GEKLEIDET, SAß ANDREW AUF DEM Rand seines Bettes und betrachtete den Gegenstand in seinen Händen. Die Zeichen der Zeit hatten sich auf der kleinen Stoffpuppe bemerkbar gemacht. Ihre Knopfaugen waren gesprungen, das aufgedruckte Gesicht verblasst, und die meisten Strähnen ihrer gelben Garnlocken hatte sie verloren. Aber er konnte sich einfach nicht von ihr trennen. Sie hatte ihn durch die schwersten Zeiten und auf dem Weg zum Erfolg begleitet, erinnerte ihn stets an alles, was er durchmachen musste, und an alles, was er geschafft hatte. Ihr Anblick allein brachte Erinnerungen und Gefühle an die Oberfläche, die sonst tief in den dunklen Gewässern seines Gedächtnisses schlummerten.

In diesem Moment, als er sie in Händen hielt, weckte sie Gewissensbisse in ihm.

Was zur Hölle habe ich mir nur dabei gedacht?

Um ehrlich zu sein, hatte er überhaupt nicht gedacht. Seit er Primrose auf dem Maskenball begegnet war und sie dann bei Madame Diderot wiedergesehen hatte, schien er jeglichen Sinn für Vernunft verloren zu haben. Doch selbst das intensive, unerklärliche, unwiderstehliche Verlangen, das er für sie empfand, entschuldigte sein Verhalten ihr gegenüber nicht.

Schlimm genug, dass er sich damals von ihr abgewendet hatte, als sie noch ein kleines Mädchen war ... nun hatte er sie schon wieder in einer ausweglosen Situation stehen gelassen. Dabei verdiente sie so viel mehr. Sie verdiente *alles*.

Alles, was du ihr nicht zu geben vermagst.

Aber auch, wenn er sich einredete, dass er nur zu ihrem Besten gehandelt hatte, konnte er die aufkeimende Frustration nicht unterdrücken. Ebenso wenig besänftigte ihn der Gedanke, dass er sie zukünftig aus der Ferne beschützen würde, wie in den Monaten vor seinem desaströsen Einschreiten auf Lady Hartefords Ball. Jetzt, da er Primrose in den Armen gehalten, sie geküsst und berührt hatte ... Die Erinnerung brachte seine Lendengegend zum Pulsieren.

Obwohl er bereits mit unzähligen Frauen geschlafen hatte, ob aus Profit oder zum Spaß, war kein einziges Mal so überwältigend gewesen wie diese Erfahrung mit ihr. Nie zuvor hatte eine Frau ihn so in ihren Bann zu ziehen vermocht, nie hatte er deren Befriedigung so bereitwillig über die seine gestellt.

Sie wird dir niemals gehören. Lass sie gehen.

Er öffnete die Schublade seines Nachttisches und legte die Stoffpuppe behutsam hinein. Dann erhob er sich und lief unruhig in seinem großen, luxuriös eingerichteten Schlafgemach auf und ab. Dieses prunkvolle Stadthaus in Mayfair hatte er vor drei Jahren erworben, und normalerweise gelang es ihm, in diesem Zimmer mit dem Kamin aus weißem Marmor, den edlen Aubusson-Teppichen und den kunstvoll geschnitzten Mahagonimöbeln zur Ruhe zu kommen. Es erinnerte ihn daran, wie weit er es gebracht hatte, dass er nicht länger ein mittelloser Stricher war, sondern ein Geschäftsmann, der mehrere erfolgreiche Etablissements führte und Investitionen tätigte ... alles, wovon er je geträumt hatte.

Doch zum ersten Mal seit Langem stellte sich ihm die Frage: *Ist das wirklich genug?*

„Was zur Hölle ist nur los mit mir?" Seine Worte hallten durch den leeren Raum.

Er fuhr sich mit der Hand durchs Haar, bevor er seinen Kammerdiener herbeirief.

Wenig später ließ er sich in eine mit heißem Wasser gefüllte Kupferwanne sinken. Da er so viele Jahre in Schmutz und Armut verbracht hatte, war das Baden mittlerweile zu einem seiner beliebtesten Rituale geworden. Das Badezimmer war mit modernen Rohrleitungen ausgestattet, welche das heiße Wasser direkt durch Messinghähne in die große Wanne hineinbeförderten. Die Wände und der Boden waren mit hochwertigem italienischem Marmor ausgekleidet, und ein imposanter Kamin hielt den Raum selbst bei kühlem Regenwetter warm und gemütlich. An diesem Rückzugsort war er vor den unerbittlichen Unwettern der Winterzeit geschützt ... nicht aber vor dem Sturm, der in seinem Inneren tobte.

Er war keine geeignete Partie für Primrose, da er weder einen Titel besaß noch einer angesehenen Familie entstammte. Zudem war er allgemein als berüchtigter Bordellbesitzer bekannt. Nichts an ihm war seriös oder achtbar.

Das ist mir egal. Ihre Worte spukten ihm unaufhörlich im Kopf herum.

Frustriert rieb er sich das Gesicht. Wenn sie wüsste, wer er wirklich war – damals und auch heute –, würde sie ihre Meinung gewiss blitzschnell ändern. Dennoch konnte er die leise Stimme nicht verdrängen, die ihm ins Ohr flüsterte: *Was wäre, wenn ...?*

Nein, derartigen Tagträumen durfte er sich nicht hingeben. Primrose brauchte einen Gemahl, dessen Rang und Name sie beschützen würden. Nach den ersten vier Jahren ihres Lebens verdiente sie ein sicheres, stabiles Umfeld. Ob sie wohl wusste, woher ihre Ängste und Zweifel ursprünglich stammten? Erinnerte sie sich an ihre frühe Kindheit, das ständige Umherziehen, die vielen Menschen, die ihr so flüchtig begegnet waren ... einschließlich ihm?

Der Feigling, der sie zurückgelassen hatte.

Wieder stiegen die alten Schuldgefühle in ihm hoch, doch er schob sie energisch beiseite.

Dann griff er nach dem Stück Seife, das sein Diener für ihn besorgt hatte, und schnupperte daran. Er hatte den frischen Geruch der Marke Pears sofort an Primrose erkannt, da viele Frauen, denen er nähergekommen war, das Produkt benutzten. Aber erst vermischt mit ihrem natürlichen Aroma hatte es eine erregende Wirkung auf ihn gehabt.

Bei der Erinnerung an ihren süßen Duft begann sein Schwanz zu pulsieren.

Er ließ das Stück Seife über seine muskulöse Brust gleiten. Vielleicht war sein selbst auferlegtes Keuschheitsgebot einer der Hauptgründe für das unangemessene Verlangen, das er Primrose gegenüber verspürte. Seit dem Ende seiner letzten Beziehung vor zwei Jahren hatte er mit niemandem mehr geschlafen. Es war ihm auch kein Bedürfnis gewesen. Irgendwie hatte die Einsamkeit sich richtig angefühlt. Sein Fokus galt allein dem Geschäft, dem stetig wachsenden Erfolg.

Wann immer er einen gewissen Druck verspürte, hatte er selbst Hand angelegt. Das letzte Mal war nun schon wieder einige Wochen her. Vielleicht musste er einfach ein wenig Dampf ablassen. Er schloss eine Hand um seinen Schaft und begann, langsam auf und ab zu pumpen.

In Gedanken gestattete er sich, zu dem Nachmittag in Madame Diderots Atelier zurückzukehren. Mit geschlossenen Augen beschwor er die Fantasie, die er die ganze Zeit zu unterdrücken versucht hatte, herauf, rief sich Primroses Anblick ins Gedächtnis und den berauschenden Duft ihrer Haut. Er hatte das Gesicht in ihrem Hals vergraben, während seine Finger ihre Pussy liebkosten. Gott, sie war so feucht für ihn gewesen, hatte mit einer solch natürlichen Leidenschaft auf ihn reagiert. Als er mit dem Daumen über ihre empfindliche Perle rieb, hatte er sie geküsst, um ihre ekstatischen Schreie zu schlucken.

Mit jeder Bewegung seiner Hand plätscherte das Wasser und verschmolz mit dem Geräusch ihrer raschelnden Röcke. In seiner Fantasie schob er diese nun noch weiter hoch und kniete vor ihr nieder, um ihre enge, kleine Möse zu bewundern. Seine Daumen schoben ihre geschwollenen Schamlippen auseinander, um seiner Zunge Zugang zu ihrer zartrosa Spalte zu verschaffen.

Sein Atem ging schneller, und sein stahlharter Schwanz zuckte. Er hatte Frauen schon immer gerne mit dem Mund befriedigt, und die Vorstellung, Primrose auf diese Weise Lust zu bescheren, machte ihn unglaublich heiß. Er stellte sich vor, wie seine Zunge ihren Kitzler umkreiste, während sie atemlose Laute der Verzückung ausstieß und ihre Finger in seinem Haar vergrub, um ihn noch näher an sich zu drücken.

Genüsslich ließ er einen Finger in ihre enge, feuchte Pussy gleiten und verstärkte gleichzeitig den Griff um seinen Schaft, damit es den Anschein erweckte, als würden ihre Scheidenmuskeln sich um ihn zusammenziehen. Er hatte noch nie mit einer Jungfrau geschlafen, nie den Wunsch danach verspürt. Doch in diesem Moment ließ ihn die Vorstellung, Primroses erster – und einziger – Partner zu sein, vor Lust erbeben.

Mit einer Hand zog er an seinen Hoden, während die andere immer härter und schneller an seinem Schwanz auf und ab glitt. Wenige Sekunden später erreichte er seinen Höhepunkt und ergoss sich heiß und pulsierend über seine Finger.

Schwer atmend ließ er den Kopf gegen den Rand der Wanne sinken und schloss die Augen. Er war wesentlich entspannter als zuvor, aber nicht befriedigt. Ein Teil von ihm fragte sich, ob es wohl immer so sein würde.

„Ich glaube, so ist es perfekt, Sir." Kendrick, sein Kammerdiener, trat einen Schritt zurück und wartete geduldig auf seine Zustimmung.

Andrew musterte sein Erscheinungsbild prüfend in dem großen Spiegel, vor dem er stand. Er hatte Kendrick einem geizigen, alten Vicomte abgeworben, da der Diener seiner Meinung nach der Beste seines Metiers war. Ganz im Stil des berühmten Beau Brummell, hatte Kendrick sich den strikten Prinzipien schlichter Eleganz verschrieben. Auch diesmal hatte er wieder ganze Arbeit geleistet: Der dunkelblaue Gehrock, die Weste mit Schalkragen und die perfekt sitzende, graue Hose brachten Andrews stattliche Statur perfekt zur Geltung. Das Krawattentuch unter seinem sorgfältig rasierten Kinn war zu einem eleganten Knoten gebunden.

„Ja, so passt es ...", setzte er an, wurde jedoch von einem Klopfen an der Tür unterbrochen.

Ein Lakai betrat das Ankleidezimmer und verneigte sich. „Verzeihen Sie die Störung, Sir, aber eben ist eine junge Dame eingetroffen, die Sie zu sehen wünscht."

Die Worte ließen seinen Puls in die Höhe schnellen. „Wie lautet ihr Name?"

„Den wollte sie mir nicht nennen, Sir, aber sie sagte, es sei dringend und Sie hätten ihr gestattet, sich jederzeit an Sie zu wenden."

Würde Primrose sämtliche Anstandsregeln missachten ... nur um mich zu sehen?

Von freudiger Erwartung erfüllt, eilte er aus seinen Gemächern die Treppe hinunter in den Salon. Als er diesen betrat, blieb er jedoch wie angewurzelt stehen.

Die Frau, die vor dem Fenster auf ihn wartete, war nicht Primrose.

„Odette." Er versuchte, seine Enttäuschung so gut wie möglich zu verbergen, während er seine Angestellte musterte.

„Was tust du hier? Ich habe dir doch aufgetragen, nicht von Miss Kents Seite zu weichen ...“

Er brach ab, als ihn ein ungutes Gefühl überkam.

„Es ist etwas Furchtbares geschehen, Sir“, platzte die dunkelhaarige Französin heraus. „Miss Kent ... ist durchgebrannt!“

10

WÄHREND ROSIE AUS DEM FENSTER IN DIE VERREGNETE Dunkelheit starrte, ging ihr nur ein Gedanke durch den Kopf: *Habe ich einen Fehler begangen?*

Nicht zum ersten Mal während der letzten drei Tage stellte sie sich diese Frage. Seit sie sich auf dieses wilde Abenteuer mit Daltry eingelassen hatte, plagten sie unablässig Zweifel ... aber nun war es zu spät.

Die Flammen des Kaminfeuers spiegelten sich in dem dünnen Goldring an ihrem Ringfinger wider. Wie alles, was ihre Vermählung betraf – von den Reisevorkehrungen über die Zeremonie bis hin zur Reservierung dieser Unterkunft –, war auch die Beschaffung des Schmuckstücks in größter Eile geschehen. Ungebeten kam ihr das alte Sprichwort über eine überstürzte Eheschließung in den Sinn, doch sie schob den Gedanken energisch beiseite.

Was geschehen ist, ist geschehen. Das Geschäft wurde besiegelt ... zumindest so gut wie.

Als ihr Blick zu der Tür wanderte, die ihr Gemach mit dem ihres frisch angetrauten Ehemannes verband, wuchs ihr Unbehagen. Obwohl sie gewusst hatte, dass dies der Preis war, den sie bezahlen musste, vermisste sie ihre Familie schrecklich. Nie zuvor hatte sie sich so einsam gefühlt wie in diesem Augenblick, allein in einem unbekannten Gasthaus, während sie auf ihren Bräutigam wartete. So wie es die anderen Debütantinnen stets beschrieben hatten, schien die Vollziehung der Ehe ein notwendiges Übel zu sein. Wie beim Schnüren eines Korsetts musste man den Schmerz eben ertragen, um die erwünschten Resultate zu erzielen.

Natürlich wusste sie, dass nicht alles, was sich im ehelichen Schlafgemach abspielte, unangenehm und abschreckend war. Immerhin schienen sämtliche verheirateten Paare innerhalb ihrer Familie die traute Zweisamkeit in vollen Zügen zu genießen. Und dann waren da noch ihre eigenen jüngsten Erfahrungen ... Gegen ihren Willen schossen ihr die leidenschaftlichen Momente mit Andrew durch den Kopf. Gott, die Art, wie er sie geküsst und in den Armen gehalten hatte, die unglaubliche Lust, die er ihr mit seinen geschickten Fingern bescherte ...So sehr sie sich auch bemühte, konnte sie diese Erinnerungen einfach nicht vergessen.

Daran klammerte sie sich im Geiste fest, und sie machten ihr Mut für das, was ihr bevorstand.

Obwohl sie die Bürde mit sich herumtrug, ein uneheliches Kindes zu sein, das zudem noch als Flittchen abgestempelt worden war, über das man sogar reißerische Gedichte schrieb, hatte *nichts* sie je so sehr verletzt wie Andrews Zurückweisung. Auch, wenn es eigentlich keinen Sinn ergab, wusste sie, dass sie diese Narbe auf ewig zurückbehalten würde.

Vertrau mir, Primrose, hatte er gesagt.

Ihre Brust schnürte sich schmerzhaft zusammen. Er war so viel schlimmer gewesen als alle anderen Verehrer, denen sie je nähergekommen war, denn er hatte ihre Hoffnung geweckt, sie dazu gebracht, ihm zu vertrauen, zum ersten Mal in ihrem Leben von etwas zu träumen ...

Etwas, das du niemals haben wirst.

Denn am Ende war sie doch nur ein schamloses, verruchtes Flittchen, das es verdiente, achtlos beiseitegeworfen zu werden.

Andrew hatte ihr einmal mehr die schmerzliche Wahrheit vor Augen geführt: Liebe war nichts für sie.

Tränen traten ihr in die Augen, doch sie weigerte sich, ihnen freien Lauf zu lassen. Auf der untersten Stufe ihrer Existenz angekommen, hatte sie nichts mehr zu verlieren. Zur Hölle mit Andrew und seiner Sorte. Daltry mochte zwar nicht der Mann ihrer Träume sein, aber immerhin besaß sie dank ihm nun einen gesellschaftlichen Stand, der es ihr erlaubte, auf Kerle wie Andrew zu pfeifen.

Ich bin jetzt eine Gräfin, dachte sie grimmig.

Warum nur brachte ihr der Gedanke bei Weitem nicht so viel Trost wie erhofft?

Nach einer anstrengenden Reise – Daltry und sie waren die Strecke durchgefahren und hatten hin und wieder nur kurz angehalten, um die Pferde zu wechseln – hatten sie Gretna Green am frühen Nachmittag erreicht. Gleich nachdem der Schmied sie über dem Amboss getraut hatte, waren sie in diesem Gasthaus abgestiegen. Rosie war vor Erschöpfung augenblicklich eingeschlafen, und als sie erwachte, war sie allein. Da sie wusste, dass ihre Gnadenfrist schon bald ein Ende haben würde, straffte sie die Schultern und begann, sich auf die unausweichliche Vollziehung ihrer Ehe vorzubereiten.

Sie hatte sich heißes Wasser für ein Bad bringen lassen und die zwölf Schritte ihrer Reinigung ohne die Hilfe einer Zofe ausgeführt, so gründlich und verbissen wie ein Krieger, der kurz davor stand, in die Schlacht zu ziehen. Anschließend streifte sie sich ein mit Spitze besetztes Nachtgewand über und bürstete ihr Haar die erforderlichen hundert Mal, bevor sie es zu einem schlichten Zopf flocht. Als sie sich im Spiegel betrachtete, starrte ihr ein perfektes Endergebnis mit strahlender Porzellanhaut und leblosen Augen entgegen.

Zwei Stunden später hatte ihr Bräutigam sich noch immer nicht blicken lassen. Von unten aus der Taverne tönte ausgelassener Lärm herauf. Ob Daltry sich unter das bunte Treiben gemischt hatte? Laut der Gastwirtin war es in dieser Gegend Brauch, dass der frisch gebackene Ehemann den ansässigen Gästen Getränke ausgab. Je mehr er spendierte, desto glücklicher sollte angeblich die Ehe werden. Und desto voller klingelten natürlich die Taschen der Besitzer, dachte Rosie trocken. Was für eine Geldverschwendung. Leider konnte sie nicht einfach ohne Begleitung hinuntergehen, um nachzusehen, ob Daltry auf den albernen Aberglauben der Landsleute hereingefallen war.

Da sie nichts Besseres zu tun hatte, ging sie hinüber zu dem Tisch vor dem Kamin, auf dem ein kaltes Büfett aufgebaut worden war. Allerdings war sie zu nervös, um etwas zu essen, also goss sie sich lediglich ein Glas von dem Wein ein ... der überraschend gut schmeckte. So gut, in der Tat, dass sie sich ein zweites Mal nachschenkte. Nach dem dritten Glas hatten ihre Nerven sich ein wenig beruhigt, und sie machte es sich in einem der Sessel vor dem Feuer bequem, prostete den flackernden Flammen zu und sagte: „Hoch soll sie leben, die frisch gebackene Lady Daltry.“

Die Worte hallten dumpf durch das kleine Zimmer. Minuten wurden zu einer Ewigkeit, während sie gedankenverloren in die Glut starrte. Schließlich flog die Tür auf und riss sie aus ihrem tranceartigen Zustand.

„Du bissja noch wach, meine Teure“, stellte Daltry fest.

Sein offensichtliches Lallen und die Art, wie er unbeholfen versuchte, die Tür hinter sich zu schließen, verrieten ihr, dass er sich tatsächlich unten in der Taverne vergnügt hatte. Sie erhob sich ... und musste sich am Tisch abstützen, als sie gefährlich zu schwanken begann.

„Ich habe auf dich gewartet“, sagte sie.

„Kannst es wohl kaum erwarten, die Ehe zu vollziehen, hm?“, nuschelte er mit einem anzüglichen Grinsen. „Was für eine hervorragende Gemahlin du doch abgibst.“

Sie hütete sich, ihm zu widersprechen, insbesondere, da ihr in den letzten Stunden wieder einmal niederträchtige Gedanken durch den Kopf geschossen waren. Während der langen Fahrt hatte sie diese mit Mühe und Not unterdrücken können ... was bei Weitem nicht leicht gewesen war. Zum einen war der Graf nicht gerade für seine geistreichen Konversationsfertigkeiten bekannt, und zum anderen wanderten seine Hände mit Vorliebe dorthin, wo sie nichts zu suchen hatten. Es war eine Herausforderung gewesen, ihn bei Laune zu halten und gleichzeitig unberührt an ihr Ziel zu gelangen.

Sie hatte genug Erfahrung gesammelt, um zu wissen, wie Männer tickten. Keiner von ihnen war erpicht darauf, die Kuh zu kaufen, wenn es die Milch umsonst gab. Daher hatte sie auf ihrem Standpunkt beharrt, dass es vor der Hochzeitsnacht keine Kostprobe geben würde. (Sie hatte eben doch aus ihren Fehlern gelernt!)

Jetzt, da sie gesetzlich an ihn gebunden war, hatte er als Ehemann jedoch das Recht, gewisse Pflichten einzufordern. In ihrem leicht angetrunkenen Zustand sah sie die Situation mit brutaler Klarheit. Und was sie sah, war äußerst ... entmutigend. Daltry war kein besonders attraktiver Mann. Er war etwa so groß wie sie, und mit dem schütter werdenden Haar und dem hervorstehenden Bauch ließ sich sein fortgeschrittenes Alter nicht leugnen.

Sie versuchte, sich einzureden, dass sein Erscheinungsbild keine Rolle spielte. Was wirklich zählte, war sein einflussreicher Titel. Nichtsdestotrotz kam sie nicht umhin, sich zu wünschen, er würde etwas mehr Wert auf sein Äußeres legen und zumindest versuchen, mehr aus seinen von der Natur gegebenen Attributen zu machen.

Stattdessen schien er eine gewisse Abneigung gegen persönliche Körperpflege zu hegen. Sein spärliches Haar lag in fettigen Strähnen auf seinem Haupt, sein Gesicht war gerötet und glänzte speckig, und seine blassblauen Augen waren blutunterlaufen. Auf seinem Krawattenschal waren deutliche Flecken zu erkennen, und an seiner Weste fehlten mehrere Knöpfe. Als er sich ihr näherte, stellte sie fest, dass er sich seit ihrer Ankunft nicht gewaschen hatte, denn er stank nach Schweiß und ... o Gott, *Erbrochenem?*

Bei dem beißenden Geruch drehte sich ihr der Magen um.

Er streckte die Hand nach ihr aus und griff nach ihrem Zopf. „Ich hatte schon immer eine Vorliebe für Blondinen.“

Sie versuchte, nicht durch die Nase zu atmen, um seinen Gestank nicht länger ertragen zu müssen. „Danke. Ich habe mich bemüht, ohne die Hilfe einer Zofe auszukommen.“

„Zum Glück hast du keine mitgebracht. Die wäre uns nur im Weg, hm?“

Verzweifelt unterdrückte sie die aufsteigende Übelkeit, bevor sie erwiderte: „Ich hatte ein herrlich erfrischendes Bad nach dem Ausruhen. Vielleicht möchtest du ebenfalls eines ...“

„Nicht nötig.“ Er ließ ihren Zopf aus seinen Wurstfingern gleiten und begann, sich aus seinem Gehrock zu schälen. „Ich werde mich ja eh gleich wieder einsauen.“

Seine ungehobelte Ausdrucksweise widerte sie an. Er war nie ein besonders kultivierter Mann gewesen, aber jetzt, da sie verheiratet waren, schien er jeglichen Anschein, ein Gentleman zu sein, fallen gelassen zu haben.

„Vielleicht sollten wir uns erst bei einem Glas Wein entspannen“, schlug sie mit schwacher Stimme vor.

„Jetzt zier dich nicht so, junge Dame.“ Mit etwas Anstrengung gelang es ihm, die Knöpfe seiner Weste zu öffnen und diese abzustreifen. „Immerhin habe ich dich hauptsächlich aus dem Grund geheiratet, dass du ein schamloses Flittchen bist.“

Sie errötete heftig. „Ich bin kein ...“

„Ich habe doch die Gerüchte gehört. Und dann kamst du auf mich zu und hast mir ein Angebot unterbreitet, das ich unmöglich ablehnen konnte. Wozu macht dich das wohl, hm?“ Er grinste anzüglich und machte sich an seinem Hosenbund zu schaffen. „Aber keine Sorge: Mir gefällt ein temperamentvolles Weib im Bett. Außerdem kann ich es kaum erwarten, dich meiner hochnäsigen Verwandtschaft vorzustellen. Die werden vor Wut platzen.“

Er hatte sie also nur geheiratet, um seine Familie zu ärgern? Die Erkenntnis beunruhigte sie zutiefst, insbesondere deshalb, weil die Grafenwitwe, Lady Charlotte Daltry, und auch seine Tante, Mrs Antonia James, beträchtlichen gesellschaftlichen Einfluss besaßen. Die beiden Damen richteten regelmäßig Veranstaltungen aus, die so exklusiv waren, dass selbst der Zutritt zu Gesellschaftsklubs wie dem Almack's wie das reinste Kinderspiel erschienen. Um sich den Respekt der *ton* zu sichern, brauchte Rosie Verbündete unter den Daltrys, nicht Feinde.

Zaghaft sagte sie: „Vielleicht wird unsere Vermählung ja die Wogen glätten ..."

„Ach, zur Hölle mit diesen Heuchlern!", donnerte Daltry. „Die haben mich allesamt wie Dreck behandelt, bevor ich den Titel erbte. Der Gedanke an ehrliche Berufstätigkeit widert sie an, aber trotzdem betteln sie bei jeder Gelegenheit um Almosen. Im Übrigen haben die auch keine reinen Westen, o nein! Die haben genauso viel Dreck am Stecken wie jeder andere, und ich kenne *jedes* noch so schmutzige Geheimnis." Er grinste voller Genugtuung. „Jetzt müssen sie nicht nur einem Kaufmann die Stiefel lecken, sondern auch seinem unehelichen Flittchen von einer Frau. Ha!"

Seine Worte trafen sie wie ein Peitschenhieb ... doch noch schockierender war der Anblick seines nackten Körpers, als er sich auch seiner restlichen Kleidung entledigt hatte.

Gütiger Himmel. Nicht einmal ihr leicht angetrunkener Zustand vermochte das Bild, das er abgab, zu beschönigen. Dann drehte er sich um und gewährte ihr einen Blick auf seine Kehrseite. *Igitt.* Sie hätte nicht gedacht, dass ein Mann *so* haarig sein könnte.

Mit zitternden Händen griff sie nach ihrem Weinglas und leerte es in einem Zug.

„Genug des albernen Geschwätzes. Es wird höchste Zeit, den ehelichen Pflichten nachzukommen, junge Dame."

„Könnten wir das Licht dimmen?", flüsterte sie.

„Jetzt reicht es aber mit diesem jungfräulichen Getue …"

„Ich *bin* eine Jungfrau", fiel sie ihm ungehalten ins Wort.

„Das werden wir ja gleich sehen. Nicht, dass ich mir viel daraus mache … Hauptsache, du bist gebärfreudig, hm? Aber gut, dann eben dieses eine Mal", fügte er nuschelnd hinzu. „Und jetzt raus aus den Klamotten und rein ins Bett, hörst du?"

Unbeholfen stolperte er durchs Zimmer und löschte sämtliche Lichtquellen. Sobald es dunkel genug war, streifte Rosie sich zitternd das Nachtgewand ab und schlüpfte hastig unter die kühle Bettdecke. Mit hämmerndem Herzen lag sie da und wartete.

Wie man sich bettet, so liegt man. Das hast du dir selbst zuzuschreiben, flüsterte die Stimme in ihrem Kopf ungerührt.

Dann spürte sie, wie die Matratze neben ihr einsank.

In den frühen Morgenstunden betrat Andrew das Gasthaus, nahm den Hut ab und schüttelte sich den Regen aus den Haaren. Heftige Unwetter hatten seine Reise um einen halben Tag verzögert und ihn immer wieder gezwungen, in den Wirtschaften auf dem Weg nach Gretna Green Unterschlupf zu suchen. Während der letzten drei Tage hatte er kaum geschlafen, da er jedes Mal, wenn er kurz in der Kutsche eindöste, sofort wieder von einem Gefühl unguter Vorahnung wachgerissen wurde.

Wo zum Teufel bist du, Primrose?

Vor drei Stunden war er endlich in Gretna eingetroffen … nur um festzustellen, dass die Schmiede längst geschlossen hatte. Er konnte nur hoffen, dass Primrose und Daltry ebenfalls durch das schlechte Wetter aufgehalten worden waren und die Trauung über dem Amboss noch nicht vollzogen hatten. Anschließend hatte er ein Gasthaus nach dem anderen abgesucht, da die beiden ja irgendwo die Nacht verbringen mussten, falls sie bereits eingetroffen sein sollten. Angespannt trat er an den Tresen dieses Etablissements und schlug auf die Klingel.

Ein paar Minuten später erschien ein verschlafen dreinblickender Mann in Morgenmantel und Schlafmütze. Als er Andrews elegante Aufmachung registrierte, wirkte er gleich viel wacher. „Sie sind ja recht spät noch unterwegs, was, Sir? Aber keine Sorge, ich habe genau das richtige Zimmer für einen Gentlemen wie Sie. Mein Name ist Alfred McCready, und ich heiße Sie recht herzlich hier im Galloway Arms willkommen, einer Hochburg schottischer Gastfreundschaft ...“

„Ich suche nach einem Paar“, unterbrach Andrew ihn ungeduldig. „Einem älteren Herrn in Begleitung einer jungen Dame. Haben Sie die beiden gesehen?“

McCreadys argwöhnischer Blick verriet ihm, dass der Gastwirt sich nicht zum ersten Mal mit einer derartigen Situation konfrontiert sah ... was wenig überraschend war, wenn man bedachte, dass Gretna Green seinen Hauptprofit aus Hochzeiten für durchgebrannte Paare schlug. „Da kann ich Ihnen leider nicht weiterhelfen, Sir. Wir hatten wegen des Wetters ein paar ziemlich turbulente Tage ...“

„Vielleicht hilft das hier Ihrem Gedächtnis auf die Sprünge.“ Andrew ließ einen Beutel voller Münzen auf den Tresen fallen. „Sein Name ist Daltry, und er wird von einer gewissen Miss Kent begleitet.“

Der Gastwirt hielt den Beutel einen Augenblick lang abwägend in der Hand, bevor er ihn in einer Schublade verschwinden ließ. Dann öffnete er das Gästeregister und fuhr mit dem Finger über die letzten Einträge. „Nein, Sir, ich sehe hier niemanden mit diesen Namen.“

„Er ist Anfang fünfzig, klein, beinahe kahl. Sie ist blond ... und bildschön“, erklärte er knapp.

„Hmmm, die Beschreibung trifft auf Mr und Mrs Jones zu. Die beiden sind heute um die Mittagszeit eingetroffen und haben die Gemächer für Frischvermählte bezogen.“

Andrews Magen krampfte sich zusammen. „Führen Sie mich zu Ihnen.“

„Hören Sie, ich will keinen Ärger ...“

„Wenn Sie mich nicht augenblicklich zu ihnen bringen, werde ich Sie und Ihr Etablissement kurz und klein schlagen“, drohte Andrew ihm mit grimmiger Miene.

„Ich verstehe, Sir.“ Hastig schnappte McCready sich einen Schlüsselbund sowie eine Lampe und kam hinter dem Tresen hervor. „Hier entlang, bitte, Sir.“

Andrew folgte ihm eine schmale Treppe hinauf in den ersten Stock. Das Licht der Kerze tauchte die dunkle Holzeinrichtung in gespenstische Schatten.

„Die Gemächer liegen gleich am Ende des Gangs ...“, setzte der Gastwirt an, wurde jedoch von einem gellenden Schrei unterbrochen.

11

PANISCH SCHRIE ROSIE EIN ZWEITES MAL AUS VOLLEM HALSE.

„Ruhig, Kleines. Es ist alles gut." Zärtlich legten sich Hände um ihre Schultern. „Bist du verletzt?"

Sie begriff nicht so recht, was vor sich ging. Wie betäubt starrte sie in ein vom Mondlicht erhelltes Gesicht, dessen leichte Fältchen um Mund und Augen ihr seltsam vertraut vorkamen. „A-Andrew?", stammelte sie fassungslos.

„Ja, ich bin es. Was ist passiert? Ich habe dich schreien gehört …"

Er verstummte, als sein Blick auf die leblose Gestalt neben ihr fiel, deren leere, ausdruckslose Augen das Erste gewesen waren, was sie sah, als sie plötzlich erwachte. Mit einem Mal wurde ihr entsetzlich schwindelig. Vielleicht war das alles nur ein böser Traum … *Bitte, mach, dass es nur ein Traum ist …*

„Was ist denn los, Sir?" Ein Mann, der eine Schlafmütze trug – der Gastwirt, wie sie feststellte –, lugte über Andrews Schulter und hielt seine Kerze höher. „Heilige Mutter Gottes, ist er etwa …?"

„Was ist passiert, Primrose? Sag es mir", forderte Andrew sie auf.

Also war es doch kein Traum. Eine Welle der Übelkeit übermannte sie, und sie schluckte schwer.

„Ich weiß es nicht. Als ich vor ein p-paar Minuten aufgewacht bin, lag er schon s-so da." Ihr war so fürchterlich kalt. Sie konnte einfach nicht aufhören zu zittern. „E-es ging ihm gut, b-bevor ich einschlief ..."

„Ich verstehe." Andrew zog seinen Gehrock aus und legte ihn ihr um die Schultern. „Keine Sorge, ich werde mich um alles kümmern."

Sie kuschelte sich tiefer in die warme, würzig riechende Wolljacke. Nach ein paar Sekunden hatte sie sich so weit gesammelt, dass sie ihm eine Frage stellen konnte. „W-was machst du hier? W-wie hast du mich gefunden?"

„Das erkläre ich dir später", erwiderte er und wandte sich dann dem Gastwirt zu. „McCready, lassen Sie Miss Kent von einem Dienstmädchen in ein anderes Zimmer bringen. Und sorgen Sie dafür, dass sie etwas zu essen und zu trinken erhält. Ein Kognak wäre nicht schlecht." Sein Blick wanderte zurück zu dem Toten, bevor er grimmig hinzufügte: „Es wird eine lange Nacht."

Später an diesem Morgen fand er Primrose in ihren neuen Gemächern vor. Sie war angekleidet und kauerte auf einem Sessel vor dem Fenster, die Arme um die Knie geschlungen. Der Anblick versetzte ihm einen Stich ins Herz. Als kleines Mädchen war sie oft auf diese Weise dagesessen, so unschuldig und gleichzeitig auf der Hut. Sie drehte den Kopf in seine Richtung, als sie ihn eintreten hörte, und der Ausdruck in ihren Augen machte ihm unmissverständlich klar, dass sie nun eine erwachsene Frau war, die bereits zu viel Schmerzhaftes erlebt hatte.

Wie gerne hätte er diesen Schmerz ungeschehen gemacht ... doch das war unmöglich.

Sein Blick fiel auf das unberührte Glas neben ihr. „Du hast deinen Kognak nicht getrunken."

„Ich bin auch so schon durcheinander genug." Sie stellte die Füße auf dem Boden ab und straffte die Schultern ein wenig. „Was hast du mit Daltry gemacht?"

„Der Bestatter kümmert sich um seine sterblichen Überreste. Ich habe veranlasst, dass der Leichnam zurück nach London überführt wird."

„Danke", flüsterte sie.

Er nickte knapp. „Wie geht es dir?"

„Ich komme mir vor wie in einem Traum ... einem Albtraum. Das kann doch unmöglich geschehen sein." Sie erhob sich und wickelte sich ihren Schal fester um die Schultern. „Wir waren nicht einmal einen ganzen Tag verheiratet."

„Ich weiß." Der Gastwirt hatte Andrew die Situation in allen Einzelheiten geschildert.

Das habe ich schon hundertmal gesehen, hatte McCready in verschwörerischem Tonfall gesagt. *Ein in die Jahre gekommener Gentleman brennt mit einem jungen Ding durch und denkt, er hat das große Los gezogen. Aber wenn es dann an's Vollziehen der Ehe geht, macht die alte Pumpe schlapp. Eines sag ich Ihnen, Sir: Hochzeitsnächte können lebensgefährlich sein.*

„Jetzt ist Daltry tot. Und ich bin eine *Witwe*", flüsterte sie mit erstickter Stimme.

Schnellen Schrittes durchquerte er das Zimmer und nahm sie in die Arme, während sie herzzerreißend zu schluchzen begann. Er strich ihr sanft übers Haar und murmelte beschwichtigend auf sie ein, bis sie sich wieder ein wenig beruhigt hatte. Ihr lieblicher Duft stieg ihm in die Nase, und er konnte nicht anders als festzustellen, wie perfekt ihre weiblichen Rundungen mit seinen harten Muskeln harmonierten.

Obwohl er es nicht tun sollte, vergrub er die Finger in ihren seidigen Locken.

„Sobald wir wieder in London sind, kann deine Familie die Ehe für nichtig erklären lassen", sagte er mit heiserer Stimme.

Sie erstarrte, dann löste sie sich von ihm und trat einen Schritt zurück.

Es kostete ihn all seine Willenskraft, sie gehen zu lassen.

„Warum sollte ich das tun wollen?", fragte sie. Ihre Stimme zitterte, doch ihr Blick ruhte unverwandt auf ihm.

„Weil …" Er hielt inne und schluckte die Worte hinunter, die ihm eigentlich auf der Zunge lagen. „Weil ihr nur wenige Stunden verheiratet wart. Du könntest darauf beharren, dass die Ehe nicht vollzogen wurde. Dann wärst du wieder eine ungebundene Frau."

„Und warum sollte ich das wollen?"

Der verletzliche Ausdruck in ihren goldgrünen Augen zog ihn völlig in seinen Bann. Er schluckte schwer, wohl wissend, was wirklich hinter ihrer Frage steckte.

Aber was sie will, kannst du ihr nicht geben, du Bastard.

„Weil du noch jung bist und dein ganzes Leben vor dir hast", presste er hervor.

Ihre Unterlippe begann zu zittern. „Welche Rolle spielst du in diesem Plan, der mein zukünftiges Glück betrifft?"

„Ich will nur das Beste für dich, Primrose."

„Und das bist nicht du?"

„Nein." Es brachte ihn schier um, dieses eine Wort auszusprechen.

Sie straffte die Schultern. „Wenn dem so ist … Danke für deine Hilfe. Ab jetzt komme ich allein zurecht."

„Sei nicht albern", erwiderte er kurz angebunden. „Ich werde dich zurück nach London begleiten."

„Wenn du mich nicht willst, warum lässt du mich dann nicht einfach in Ruhe?", rief sie aus.

„Was ich will, spielt keine Rolle", sagte er und fuhr sich frustriert mit der Hand durchs Haar. „Fakt ist, ich kann dir nicht geben, was du brauchst. Verdammt, ich kann dich ja nicht einmal aus Schwierigkeiten heraushalten."

„Ich bin weder eine Verwandte, ein Haustier noch dein Eigentum, und deshalb bist du auch nicht für mich verantwortlich." Im Bruchteil einer Sekunde war sie von dem verletzlichen Mädchen, das er einst kannte, zu einer wütenden Sirene geworden. Ihre smaragdgrünen Augen blitzten vor Zorn. „Was ich tue – und mit wem ich es tue –, geht dich rein gar nichts an. Allerdings gibt es da eine Frage, die du mir noch immer nicht beantwortet hast: Wie hast du mich hier gefunden?"

Dies war wohl kaum der richtige Zeitpunkt, um ihr zu gestehen, dass Odette eigentlich für ihn arbeitete. „Ich habe gewisse Kontakte."

„Was bist du ... eine Art Spion?", fragte sie spöttisch.

„Nein. Aber mein Gewerbe ermöglicht es mir, Informationen einzuholen." Das war zumindest nicht ganz gelogen.

„Und was für ein Gewerbe ist das?" Als er nicht gleich antwortete, verschränkte sie missmutig die Arme vor der Brust. „Lass mich raten: Es ist besser, wenn ich das nicht weiß."

„Volltreffer", murmelte er.

„Gott, du bist so was von unausstehlich, weißt du das?" Sie sah aus, als würde sie jeden Moment frustriert mit dem Fuß aufstampfen, und trotz seiner miesen Laune zuckten seine Mundwinkel amüsiert. Ihre nächsten Worte verjagten jedoch jeden Anflug von Belustigung. „Also gut, Mr Andrew Wer-auch-immer-du-sein-magst, von jetzt an wünsche ich, dass du dich aus meinem Leben heraushältst. Als die Gräfin von Daltry bin ich nicht auf die Hilfe eines dahergelaufenen Fremden angewiesen, der sich selbst für einen Glücksritter hält."

„Bist du das wirklich ... die Gräfin von Daltry?", fragte er schroff.

Sie zögerte kurz, dann hob sie herausfordernd das Kinn. „Jawohl."

Die Bestätigung traf ihn wie ein Peitschenhieb. Nachdem der Bestatter den Leichnam des Grafen fortgeschafft hatte, war Andrew zurück in das Zimmer gegangen, um das Bettlaken auf

Blut zu untersuchen. Er hatte keines gefunden ... was jedoch nichts heißen musste. Als Zuhälter und ehemaliger Stricher wusste er nur zu gut, dass die Jungfräulichkeit einer Frau etwas ganz Individuelles war. Manche Damen verloren diese beispielsweise schon bei einem etwas wilderen Ausritt, anderen gelang es, sich mehrere Male als Jungfrau auszugeben.

Die Wahrheit aus Primroses Mund zu hören, löste einen Sturm der Emotionen in ihm aus. Eifersucht, Enttäuschung ... und vor allem Wut auf sich selbst, weil er ein verdammter Narr war.

„Ich verstehe", sagte er leise.

„Ich verstehe, *Mylady*."

Nun war er vor allen Dingen irritiert. „Pack besser deine Sachen, *Mylady*", erwiderte er kühl. „Dann können wir aufbrechen. Deine Familie ist bestimmt außer sich vor Sorge. Insbesondere deine Mutter, da sie dich schon einmal verloren hat ..."

„Was hast du da gerade gesagt?" Ihre Augen weiteten sich schockiert.

Insgeheim verfluchte er sich für seine Unachtsamkeit.

„Woher weißt du, dass Mama mich *verloren* hat? Diese Information hat nie den engsten Familienkreis verlassen", flüsterte sie. „Der Rest der Gesellschaft glaubt, sie hätte mich bei Verwandten auf dem Land untergebracht und erst wieder zu sich geholt, als sie Papa heiratete."

Unter ihrem scharfen Blick wurde er zunehmend nervös. „Ich meinte nur, dass deine Eltern sich bestimmt große Sorgen machen ..."

„So hast du es aber nicht gesagt." Er sah förmlich, wie es in ihrem Kopf rumorte. „Wir kennen einander von früher, nicht wahr? Deshalb kamst du mir immer so ... vertraut vor."

Er wollte sie nicht länger anlügen. Aber die schreckliche Wahrheit wollte er ihr auch nicht verraten. „Primrose, ich ..."

Plötzlich vernahm er laute Schritte draußen im Gang und wirbelte herum. Es klopfte energisch an der Tür.

„Rosie, bist du da drin?", rief eine männliche Stimme. „Mach sofort auf!"

„*Papa*", hauchte sie, bevor sie zur Tür hinüberlief und diese aufriss. Zwei Männer stürmten herein, und sie fiel dem, der zuerst eingetreten war, in die Arme. „Oh, Papa!"

„Rosie ... *Gott sei Dank*! Wir haben überall nach dir gesucht!", sagte Ambrose Kent und drückte seine Tochter fest an sich. „Geht es dir gut?"

Der zweite Mann blickte zu Andrew hinüber.

„Na so was!", rief der Graf von Revelstoke verblüfft aus. „Was zum Henker haben Sie denn hier zu suchen, Corbett?"

12

Während die Kutsche am darauffolgenden Tag über die holprige Straße rollte, ließ das Unwetter nach, und schwache Sonnenstrahlen fielen durch die dichte Wolkendecke. Vielleicht war dem Himmel zeitweise der Regen ausgegangen ... so wie Papa die Worte. Rosie klingelten immer noch die Ohren von seiner letzten Predigt. Nachdem er sich davon überzeugt hatte, dass es ihr gut ging, war seine Besorgnis blitzschnell in väterlichen Zorn umgeschlagen.

Sie wusste, dass sie nichts anderes verdient hatte. Noch mehr jedoch als sein scharfer Tadel peinigte sie der gequälte Ausdruck auf seinem Gesicht. Wie er ihr so gegenübersaß und grübelnd aus dem Kutschenfenster blickte, wirkte er müde und abgespannt, und das Haar an seinen Schläfen glänzte silbern im Sonnenlicht. Dass er sich so schrecklich fühlte, war allein ihre Schuld.

Sie schluckte schwer. Am liebsten würde sie sich erneut entschuldigen, wusste aber, dass es zwecklos wäre. Was geschehen war, ließ sich nicht rückgängig machen. Als sie ihre Familie vor vier Tagen verließ, war sie ein naives Mädchen gewesen. Nun war sie die verwitwete Gräfin von Daltry. Manche Väter würden eine solch vorteilhafte Wahl begrüßen ... nicht aber ihr Papa.

Sie unterdrückte ein Seufzen. Ambrose Kent machte sich nichts aus Geld und Adelstiteln. Im Gegenteil, die Tatsache, dass Mama eine wohlhabende Baronin gewesen war, als sie einander kennenlernten, hätte ihn beinahe davon *abgehalten*, ihr einen Antrag zu machen. Wie also könnte er je verstehen, warum seine eigene Tochter gesellschaftlichen Status statt Liebe wählte?

Bei dem Gedanken an die Liebe schlug ihr Herz höher. Obwohl ihr Leben gerade im Chaos versank, konnte sie aus irgendeinem Grund an nichts anderes denken als Andrew ... Andrew *Corbett*. Wenigstens kannte sie nun seinen vollen Namen. Revelstokes Enthüllung hatte sie zutiefst überrascht.

Im Jahr zuvor hatten Polly und ihr Graf durch eine Reihe turbulenter Ereignisse zueinandergefunden: Revelstoke war beschuldigt worden, eine Dirne namens Nicoletta verprügelt zu haben, und er hatte sich an Ambrose gewandt, um mit dessen Hilfe seinen Namen reinzuwaschen. Nicolettas Arbeitgeber (und Besitzer des Klubs, wo das Verbrechen angeblich stattgefunden haben sollte) hatte Anzeige erstatten wollen ... und eben dieser Besitzer war ein gewisser Mr Corbett gewesen.

Das kann kein Zufall sein. Wenn Andrew also jener Mr Corbett war, gehörte ihm das angesehenste Bordell Londons. Folglich war er ... ein Zuhälter.

Es fiel ihr schwer, das Bild, das sie von ihm hatte, mit seinem Beruf unter einen Hut zu bringen. Nicht, dass sie zahlreiche Bordellbesitzer zu ihren Bekanntschaften zählte, aber irgendwie hatte sie sich diese Sorte Männer immer als herzlose, üble Menschen vorgestellt. Trotz allem, was zwischen ihr und Andrew vorgefallen war, wusste sie tief in ihrem Herzen, dass nichts davon auf ihn zutraf. Er hatte versucht, sie vor Daltry zu beschützen ... war ihr deswegen bis nach Gretna Green gefolgt. In seiner Gegenwart hatte sie sich stets verstanden und behütet gefühlt.

Langsam fragte sie sich, ob er nicht doch die Wahrheit gesagt hatte, ob er sie wirklich nur deshalb nicht heiraten wollte, weil er sie vor *ihm* zu beschützen versuchte.

Du bist ein Engel, aber ich bin nicht gut genug ...

Hatte er sie um ihretwillen zurückgewiesen?

Was auch immer seine Gründe gewesen sein mochten, nichts hatte sie je so sehr verletzt wie seine Abweisung. Ihre heftige Reaktion darauf verwirrte sie ebenso sehr wie die Tatsache, dass er von ihrer Entführung damals im Kindesalter zu wissen schien. Außer ihrer Familie und denjenigen, die involviert gewesen waren, wusste *niemand* davon.

War Andrew Teil meiner Vergangenheit? Diese Frage ging ihr nicht mehr aus dem Kopf. Nach Papas und Revelstokes Ankunft hatte er sich privat mit ihnen unterhalten – Rosie durfte dem Gespräch natürlich nicht beiwohnen (Überraschung) –, und war anschließend verschwunden, ohne sich von ihr zu verabschieden.

Mit jeder Minute wuchs ihre Frustration. Sie *musste* unbedingt die Wahrheit herausfinden. Tatsache war: Sie fühlte sich mehr als nur körperlich zu ihm hingezogen und war sich ziemlich sicher, dass ihre Vergangenheit etwas damit zu tun hatte. Genauer gesagt, der finstere Teil, der in ihrer Familie niemals erwähnt wurde und den sie selbst aus ihrer Erinnerung verbannt hatte.

Jetzt jedoch riefen die Schatten nach ihr.

„Kopf hoch, Miss Kent.“

Revelstokes tiefe Stimme riss sie aus ihren Gedanken und sie wandte sich dem Grafen zu, der neben ihr saß. Für gewöhnlich schenkte er ihr nicht allzu viel Beachtung, was wohl daran lag, dass er sie nicht sonderlich leiden konnte ... und sie vermochte es ihm nicht zu verdenken. Sie hatte sich wie ein verzogenes Gör aufgeführt, als er Polly seine Gefühle gestand und nicht ihr. Bis zum heutigen Tag schämte sie sich für ihr unmögliches Benehmen.

In diesem Moment wirkte er jedoch aufrichtig mitfühlend, was vermutlich Pollys Verdienst war. Unglaublich, wie die Liebe den ehemals so zynischen Wüstling in einen gefühlvollen Mann verwandelt hatte.

„Vielen Dank, Mylord", erwiderte sie zögernd. „Nur ist es angesichts meiner Taten angebracht, dass ich schuldbewusst den Kopf senke."

„So erging es mir früher auch oft. Aber wie Polly mich stets zu erinnern pflegt: Irren ist menschlich."

„Dann bin ich wohl *sehr* menschlich."

„Damit wären wir schon zwei." Revelstoke schenkte ihr ein reumütiges Lächeln. „Übrigens ist Polly nur unter lautem Protest zu Hause geblieben. Hätte ich nicht ein Machtwort gesprochen, wäre sie mitgekommen."

„In ihrem Zustand?", rief Rosie entsetzt aus. „Zum Glück haben Sie ihr das ausgeredet! Ich würde es mir nie verzeihen, wenn ihr etwas zugestoßen wäre."

„Das habe ich ihr auch gesagt."

Die unerwartete Kameradschaft zwischen ihnen erhellte ihr die Stimmung ... und verlieh ihr neuen Mut. Verstohlen warf sie ihrem Vater einen Blick zu, der noch immer in Gedanken versunken aus dem Fenster starrte.

Sie holte tief Luft, bevor sie sagte: „Mich beschäftigt da eine Frage, Mylord."

„Die da wäre?"

„Was halten Sie von Andrew Corbett?"

Die Stille, die ihren Worten folgte, hatte etwas Unheilvolles an sich. Revelstoke sah zu Ambrose hinüber und hob die Brauen, als wollte er sagen: *Übernimm du das.*

„Das hat dich überhaupt nicht zu interessieren, junge Dame", ermahnte ihr Vater sie streng.

„Hat es wohl! In den letzten Wochen hat Mr Corbett mehrmals versucht, mich ... vor einem öffentlichen Skandal zu bewahren." Sie wählte ihre Worte mit Bedacht. „Dabei hat er jedoch nie seine Identität preisgegeben. Jetzt, da ich weiß, dass er zu Revelstokes, äh, Bekannten zählt, möchte ich mehr über ihn erfahren."

„Du musst nur wissen, dass er richtig daran tat, seine Identität zu verheimlichen", erwiderte Papa ernst. „Zwar bin ich nicht mit seiner Vorgehensweise einverstanden, wohl aber mit seiner Diskretion. Du wirst ab jetzt keinen Kontakt mehr zu ihm haben, Rosie."

„Ist er denn wirklich so frevelhaft?", fragte sie verhalten.

Ihr Vater schien mit sich zu ringen, bevor er antwortete. *Interessant.*

„Die Welt lässt sich nicht immer in Schwarz oder Weiß einteilen", sagte er schließlich. „Ich kann Corbett nicht guten Gewissens übel nachreden, aber eines steht fest: Er ist nicht der passende Umgang für dich."

„Aber er ist ein Teil meiner Vergangenheit, oder nicht?"

Papa erstarrte und musterte sie wachsam. „Hat er das behauptet?"

Langsam riss ihr der Geduldsfaden. „Er hat überhaupt nichts behauptet! Und von dir erfahre ich offensichtlich auch nichts. Ich bin kein Kind mehr! Warum will mir niemand die Wahrheit sagen?"

Ein beklemmendes Gefühl beschlich sie. Was war so fürchterlich an ihrer Vergangenheit, dass ihre Eltern es um jeden Preis zu verbergen versuchten?

„Du bist in der Tat kein Kind mehr", seufzte ihr Vater. „Aber es liegt nicht an mir, dir von Corbett zu berichten. Sprich mit deiner Mutter, sobald wir zu Hause sind."

„Wozu? Sie erzählt mir ja auch nie etwas", gab Rosie mürrisch zurück.

„Doch nur, weil sie dich beschützen will. Sie liebt dich, Kleines, mehr als dir bewusst ist. Aber ich fürchte, ihr könnt euch nicht länger vor der Vergangenheit verstecken." Seine sorgenvolle Miene löste sofort wieder Schuldgefühle in ihr aus ... und Angst.

Zwei Tage später saß Rosie abends im Wohngemach ihrer Mutter. Als kleines Mädchen hatte sie sich stets gefreut, diesen geheiligten Rückzugsort betreten zu dürfen. Mama ließ ihre Zimmer zwar hin und wieder neu dekorieren, aber immer strahlten sie unverkennbare Eleganz und guten Geschmack aus. Aktuell waren die Wände mit zartgelber Seide tapeziert und die Sitzmöbel in cremefarbenem Samt gehalten. Den einzig aufmunternden Farbfleck stellten die frisch geschnittenen Pfingstrosen auf dem Sekretär dar.

„Wie konntest du nur so unüberlegt handeln, Rosie?" Marianne lief in ihrem smaragdgrünen Morgenmantel vor der Couch auf und ab, auf der ihre Tochter saß. „Was du getan hast, ist ganz und gar inakzeptabel!"

„Beruhige dich, Liebling", sagte Papa, der vor dem Kamin stand und sich mit einem Arm auf dem Sims abstützte. „Du bist noch immer ein wenig geschwächt ..."

„Das ist alles meine Schuld." Mamas hohe Wangenknochen waren erschreckend blass. „Wäre ich nicht ans Bett gebunden gewesen, hätte ich besser auf sie Acht geben und diese *Katastrophe* verhindern können."

Völlig zerknirscht beobachtete Rosie, wie Ambrose zu seiner Frau hinübereilte und sie in die Arme schloss. Beruhigend flüsterte er auf sie ein, während er ihr sanft über die silberblonden Locken strich. Es hatte sie immer besänftigt zu sehen, wie sehr ihre Eltern sich liebten, ihr ein Gefühl von Sicherheit verliehen, aber in diesem Augenblick stiegen noch ganz andere Emotionen in ihr auf.

Zum einen die Sehnsucht, zu haben, was die beiden miteinander teilten. Zum anderen das unbezwingbare Bedürfnis, die Wahrheit über ihre eigene Vergangenheit zu erfahren.

Und auch ein plötzlicher Anflug von Wut.

Sie erhob sich. „Es tut mir leid, dass ich euch solchen Kummer bereitet habe, aber ich bin kein Kind mehr, über das man reden kann, als sei es nicht anwesend."

Mama hob den Kopf von Papas Schulter und sah sie an. „Warum hast du dich dann dermaßen kindisch aufgeführt? Einfach aus Jux und Tollerei mit einem berüchtigten Wüstling durchzubrennen ...“

„Das war nicht aus irgendeiner Laune heraus.“ Rosie war stolz darauf, wie gefasst sie klang. „Sondern die einzig logische Lösung für meine Probleme.“

„Einen lüsternen alten Gentleman zu heiraten, hat all deine Probleme gelöst?“

„Ich habe mir eben ein Beispiel an dir genommen.“

Sie war zu wütend, um sich von Mariannes fassungslosem Blick Gewissensbisse einflößen zu lassen.

„Primrose Kent“, mischte ihr Vater sich sichtlich aufgebracht ein. „Du wirst dich augenblicklich bei deiner Mutter entschuldigen.“

„Es tut mir leid, Papa, aber ich werde mich nicht für die Wahrheit entschuldigen.“ Sie schluckte schwer, bevor sie hinzufügte: „Ich bin jetzt vier Jahre älter als Mama damals bei ihrer Hochzeit mit Baron Draven. Und ich bin durchaus in der Lage, meine eigenen Entscheidungen zu treffen. Wenn wir also eine Unterhaltung führen wollen, möchte ich als Erwachsene behandelt werden.“

Papa schien etwas erwidern zu wollen, aber Marianne legte ihm beschwichtigend eine Hand auf den Arm. „Ich glaube, ich rede besser unter vier Augen mit ihr, Ambrose.“

„Also gut, wenn du dir sicher bist, Liebling.“ Nachdem seine Frau ihm bestätigend zugenickt hatte, verließ er mit einem letzten, warnenden Blick auf Rosie das Zimmer.

„Ich will auf keinen Fall, dass du dieselben Fehler begehst wie ich, Rosie“, sagte Mama leise, sobald sie allein waren. „Ich habe nichts mehr bereut als meine Ehe mit Draven.“

„Nicht einmal die Geburt deines unehelichen Kindes?“ Die Worte waren ihr herausgerutscht, bevor sie sich zurückhalten konnte.

„Wie könnte ich es bereuen, dich zur Welt gebracht zu haben, Liebes?" Mama trat auf sie zu und hob ihr Kinn mit einem Finger an, um ihr in die Augen sehen zu können. „Von dem Moment an, als ich dich zum ersten Mal in den Armen hielt, warst du der Sinn meines Lebens. Als Draven dich entführte, schwor ich, alles zu tun, um dich zurückzubekommen, nicht eher zu ruhen, bis du wieder bei mir warst."

Rosie spürte, wie ihr die Tränen kamen, als sie das feuchte Schimmern in den Augen ihrer Mutter sah. „Ich hasse es, ein Bastard zu sein", platzte sie heraus.

„Ich weiß. Und es tut mir leid", flüsterte Mama.

Als sie eine Hand nach Rosie ausstreckte, wich diese jedoch einen Schritt zurück. „Das sage ich nicht, damit du dich schuldig fühlst. Ich weiß, dass du stets alles in deiner Macht Stehende getan hast, um mir eine gute Mutter zu sein. Dass du mich liebst."

„Das tue ich Rosie", erwiderte Mama mit erstickter Stimme. „Ich liebe dich so sehr."

„Dann verrate mir endlich die Wahrheit über meine Vergangenheit", forderte sie, obwohl ihre Kehle sich vor Angst zuschnürte. „Erzähl mir von Andrew Corbett."

Mama wickelte ihren Morgenmantel fester um sich. „Bist du sicher, dass du die Wahrheit wissen willst? Sie ist ... grausam." Ein Schatten huschte über ihr Gesicht. „Deswegen habe ich versucht, dich so lange es ging vor ihr zu beschützen."

„Ich muss es einfach wissen", erwiderte Rosie mit zitternder Stimme. „Mr Corbett ... Er kennt mich von früher, nicht wahr?"

Marianne ließ sich auf das Sofa sinken und nickte leicht.

Bebend vor Aufregung nahm Rosie neben ihr Platz. „Wie? Wann?"

„Es war während deiner frühen Kindheit. Vor Coyner."

Wann immer Mama über Gerry sprach, nahm ihre Stimme einen feindseligen Tonfall an ... was verständlich war, wenn man bedachte, dass der Mann Rosie entführt und beinahe umgebracht hätte. In den seltenen Augenblicken, in denen sie über ihren damaligen Vormund nachdachte, wurde sie von einem Strudel verwirrender Gefühle erfasst. Es fiel ihr schwer, den liebenswerten, wenn auch oft abwesenden Gentleman mit dem Bild des Schurken zu vereinen, zu dem er geworden war. Manchmal träumte sie sogar noch von jener schrecklichen Nacht, in der sie Papa geholfen hatte, Mama zu retten und Gerry zu besiegen.

Energisch unterdrückte sie ein aufkeimendes Gefühl von Panik. „Ich erinnere mich nicht mehr an das, was vor Coyner war."

„Und ich hoffte, dass es so bleiben würde", sagte Marianne und holte tief Luft. „Wie du weißt, nahm Draven dich mir recht bald nach der Geburt weg und benutzte dich als Druckmittel, damit ich mich seinem Willen unterwarf. Vier Jahre später, nachdem er gestorben war, durchsuchte ich seinen Besitz nach irgendeinem Hinweis auf deinen Verbleib und fand ... eine Quittung." Sie hielt kurz inne und schluckte schwer. „Er hatte eine Frau namens Kitty Barnes dafür bezahlt, dass sie sich um dich kümmerte."

„Kitty Barnes", wiederholte Rosie, doch obwohl der Name ihr nichts sagte, überkam sie ein seltsames Gefühl der Unruhe. „An sie erinnere ich mich nicht."

„Das überrascht mich nicht, immerhin warst du nur bis zu deinem vierten Lebensjahr in ihrer Obhut. Nachdem ich von Barnes erfahren hatte, dauerte es noch weitere vier Jahre, bis ich sie endlich aufspürte. Während der Suche nach ihr traf ich auf Andrew Corbett."

Rosies Puls begann zu rasen. „Du kennst And... ich meine, Mr Corbett?"

„Ich bin ihm nur flüchtig begegnet." Aus irgendeinem Grund errötete Marianne. „Die Detektive, die ich angeheuert hatte, um dich zu finden, waren weitgehend nutzlos, allerdings förderte ihre Ermittlung einen Hinweis zutage. Kitty Barnes hatte damals einen Geschäftspartner und Liebhaber namens Augustus Longfellow."

Als sie verstummte und sichtlich unentschlossen war, ob sie fortfahren sollte, flehte Rosie sie an: „Sprich weiter, Mama. *Bitte*."

„Longfellow war wesentlich einfacher aufzuspüren als Barnes. Als ich ihn ausfindig machte, arbeitete er unter seinem richtigen Namen, Andrew Corbett, im Freudenhaus einer Kupplerin namens Mrs Wilson."

Rosie blinzelte verwirrt. „Er arbeitete dort? Du meinst, als Lakai?"

„Als Prostituierter", erklärte Mama geradeheraus. „Es gibt durchaus Bordelle, die auf Frauen ausgerichtet sind, und Mrs Wilsons Etablissement war das angesehenste seiner Zeit. Corbett war gewissermaßen die Hauptattraktion. Gerüchte darüber, dass er ein unehelicher Spross des Prinzregenten sei, förderten seine Beliebtheit nur noch."

Rosie drehte sich der Kopf. Andrew hatte als *Prostituierter* gearbeitet? Und war womöglich von *königlichem* Blut? Während sie versuchte, all diese Informationen zu verarbeiten, musste sie unwillkürlich daran denken, wie geschickt er ihr Befriedigung verschafft hatte, und errötete heftig.

„Durch Corbett gelang es mir schließlich, Barnes aufzuspüren. Zwar hatten ihre Wege sich einige Jahre zuvor getrennt, aber er wusste, dass sie untergetaucht war, weil sie hohe Schulden bei einem Halsabschneider namens Bartholomew Black hatte." Marianne hielt kurz inne. „Dank dieser Informationen war es mir möglich, dich schlussendlich zu finden. Er hätte mir nicht helfen müssen, doch er tat es. Und weigerte sich, die Belohnung anzunehmen, die ich ihm anbot."

„Warum hat er dir geholfen?"

„Weil er ein Gentleman ist. Nicht in den Augen der Gesellschaft, versteht sich, sondern im wahren Sinne. Ich glaube, sein Ehrgefühl trieb ihn dazu, das Richtige zu tun." Nervös verschränkte sie die Hände in ihrem Schoß. „Sein Ehrgefühl ... und du."

„Ich?"

„Er erzählte mir, dass Kitty dich ... verkaufen wollte. An den Höchstbietenden", fuhr Mama flüsternd fort. „Da er mit dieser Entscheidung nicht einverstanden war, verließ er sie."

Übelkeit und Schrecken schnürten Rosie die Kehle zu. Sie brachte kein Wort heraus, konnte die furchtbaren Fragen, die ihr durch den Kopf schwirrten, nicht laut aussprechen.

„Gerry?", presste sie schließlich hervor.

„Dir ist nichts geschehen." Marianne griff nach ihren Händen, die sie kaum noch spürte. „Das musst du mir glauben. Als dein Vater und ich Coyner endlich aufgespürt hatten, fanden wir jedoch Beweise dafür, dass er vorhatte ..."

„Was?", fragte sie gequält.

„Vorhatte, dich zu heiraten ... zu seiner Kindsbraut zu machen." Tränen glänzten in Mamas smaragdgrünen Augen. „Aber als wir dich fanden, warst du vollkommen unberührt, Rosie. Es ist *nichts* geschehen, da er noch warten wollte, bis du ein wenig reifer warst, bevor er seinen abscheulichen Plan in die Tat umsetzte."

Sie würde sich übergeben müssen. Gleich hier und jetzt, auf die kostbaren Samtkissen. Ruckartig stand sie auf und wandte sich von ihrer Mutter ab.

„Rosie?" Mama erhob sich ebenfalls und streckte eine Hand nach ihr aus.

„Fass mich nicht an!" Sie wich einen Schritt zurück und legte schützend die Arme um sich selbst. „Warum hast du mir das nicht schon früher erzählt? Warum haben Papa und du mich all die Jahre über angelogen?"

„Deinen Vater trifft keine Schuld. Er wollte dir die Wahrheit sagen", erwiderte Marianne mit erstickter Stimme. „Aber das habe ich nicht zugelassen. Ich konnte den Gedanken nicht ertragen, dir diese Bürde aufzuerlegen. Du musst mir glauben: Coyner hat dich nie ..."

„Warum sollte ich auch nur ein Wort von dem glauben, was du

sagst?", rief sie verzweifelt. „Warum sollte ich dir je wieder glauben, wo du mich mein ganzes Leben lang nur angelogen hast?"

Stumme Tränen rannen über die Wangen ihrer Mutter. Rosie spürte, wie ihre eigenen Augen sich zu füllen begannen, wirbelte herum und eilte aus dem Zimmer.

❧ 13 ☙

DAMALS

ANDREW SAß AUF SEINEM BETT, DIE ELLBOGEN AUF DEN KNIEN abgestützt. Neben ihm auf dem Nachttisch stand eine halbvolle Flasche Whiskey. Es war fünf Uhr morgens, und er hatte gerade seine Schicht beendet. Sein Haar war noch feucht vom Baden und die Haut unter seinem Morgenmantel prickelte irritiert, weil er sich so rigoros abgeschrubbt hatte.

Es war eine lange Nacht gewesen, die Art von Nacht, nach der man sich einfach schmutzig fühlte, egal, wie oft man badete. Er hatte drei Frauen gleichzeitig bespaßt, feine Damen der Gesellschaft, denen die Vorstellung gefiel, sich einen hübschen, jungen Stricher aus dem Elendsviertel zu teilen. Unverhohlen hatten sie ihn durch ihre juwelenbesetzten Masken hindurch beäugt wie ein exquisites Stück Frischfleisch.

Meine Güte, seht euch diesen Schwanz an! Ein Wunder, dass er damit überhaupt laufen kann, hatte eine von ihnen kichernd angemerkt.

Er ist mindestens doppelt so groß wie der meines glorreichen Gemahls, hatte eine ihrer Freundinnen hinzugefügt.

Die Größe mag zwar beeindruckend sein, meldete die Dritte sich zu Wort, *aber weiß er mit diesem Riesending auch umzugehen?*

Hielten sie ihn ernsthaft für zu dumm zum Ficken? Wie ein Zirkuspferd hatte er jedem ihrer Befehle gehorsam Folge geleistet und ihnen gegeben, wonach sie verlangten. Erst nachdem er sie alle drei völlig ausgelaugt und befriedigt zurückgelassen hatte, wurde ihm bewusst, dass keine von ihnen ihn je direkt angesprochen hatte.

Er war offenbar weniger wert als ein Diener, dessen Namen man zumindest kannte.

Kaum ein Mensch.

Er nahm einen tiefen Schluck aus seiner Whiskeyflasche und konzentrierte sich auf das brennende Gefühl in seinem Hals. Wenn er sich nicht sauber fühlen konnte, war es besser, gar nichts zu fühlen. Gott, er hasste es, in eine dieser Launen zu verfallen. Hasste seine Schwäche, die alberne Sehnsucht nach …

Sei nicht so töricht, wie ich es war, mein Junge, schossen ihm die letzten Worte seiner Mutter durch den Kopf. *Liebe ist nichts für unseresgleichen.*

Auf die Liebe konnte er verzichten. Er wollte einfach nur ein wenig Respekt, verdammt.

Es war auch nicht hilfreich, dass er vor dieser erniedrigenden Nacht einen heftigen Streit mit Kitty gehabt hatte … wieder einmal. Ihre Pläne, das Geschäft auszubauen, scheiterten kläglich, und ihre Schulden bei Bartholomew Black stiegen in astronomische Höhen. Sie hasste es, wenn Andrew sie darauf hinwies, aber noch viel mehr hasste sie es, wenn er ihr seine Hilfe anbot, so wie an diesem Abend.

Du *willst eines meiner Freudenhäuser leiten?* Ihr abfälliges Lachen hatte ihn tief getroffen. *Mach dir doch nichts vor, Schätzchen. Bleib lieber bei dem, was du gut kannst. Für heute Abend habe ich drei Damen gebucht, die einen ordentlichen Fick vertragen können. Das dürfte selbst für einen talentierten Bastard wie dich eine Herausforderung werden.*

Er nahm einen weiteren großen Schluck von seinem Whiskey, um die verächtlichen Worte aus seinem Gedächtnis zu verdrängen.

Als er ein leises Knarren vernahm, drehte er den Kopf in Richtung Tür. Hoffentlich war es nicht Kitty. *Wenn sie will, dass ich mit einer weiteren Kundin schlafe – oder gar mit ihr ...*

„Andrew?“ Primrose lugte vorsichtig ins Zimmer.

Beim Anblick ihres verweinten Gesichts verflog seine Wut augenblicklich.

„Was ist denn los, Küken?“, fragte er besorgt. „Hast du wieder schlecht geträumt?“

Die Dreijährige wurde regelmäßig von Albträumen heimgesucht. Er hatte Kitty bereits mehrmals gesagt, dass Primrose ein Kindermädchen brauchte, das nachts auf sie aufpasste, woraufhin seine Partnerin jedoch erwidert hatte: *Und ich brauche ein hübsches Stadthaus in Mayfair, aber weder das eine noch das andere lässt sich einrichten.*

Er klopfte auf den Platz neben sich. „Willst du mir davon erzählen?“

Das kleine Mädchen rannte auf ihn zu, kletterte auf das Bett und schlang die Ärmchen um seine Taille. „Es war ganz schlimm“, schluchzte sie. „Ich hatte solche Angst!“

„Waren es wieder die Monster?“, fragte er sanft.

Sie nickte, und er spürte, wie ihre Tränen seinen Morgenmantel durchnässten. „*Riesige* Monster. Sie sind ganz laut und polternd durchs Haus gestampft.“

Er fluchte innerlich. Ein Bordell war wahrlich kein geeigneter Ort, um ein Kind aufzuziehen.

„Monster gibt es überhaupt nicht“, sagte er.

Primrose sah ihn mit großen, glänzenden Augen an. „I-ich habe welche im Gang gesehen. *Drei* Stück sogar. Die waren so hässlich, dass sie Masken tragen mussten!“

Andrew musste ein Lachen unterdrücken. *Kindermund tut Wahrheit kund ...*

Schmunzelnd erwiderte er: „Hier drin bist du in Sicherheit. Ich beschütze dich vor den Monstern.“

„Ich weiß.“ Ihr strahlendes Lächeln vertrieb sogar zeitweise seine eigenen dunklen Dämonen. „Andrew?“

„Ja?“

„Hast *du* je Angst?“

Er zögerte kurz. „Natürlich.“

„Wovor denn?“

Ihm wirbelten Erinnerungen an gesichtslose Kundinnen, überparfümierte Kammern in trostlosen Freudenhäusern und niederschmetternde Armut durch den Kopf.

„Davor, dass die Dinge sich nie ändern werden“, erwiderte er leise.

Noch nie zuvor hatte er seine größten Ängste in Worte gefasst. Warum er es ausgerechnet vor Primrose tat, die kaum alt genug war, um ihn zu verstehen, wusste er auch nicht.

„Ich mag keine Veränderung“, sagte sie mit zitternder Unterlippe. „Ich mag keine neuen Dinge.“

„Nicht alles Neue ist schlecht. Wünschst du dir denn keine neuen Kleider oder ein schönes Haus, in dem du wohnen kannst?“

Sie schüttelte den Kopf und schmiegte sich noch enger an ihn. „Ich will nichts außer dich!“

Ihre Worte berührten ihn tief. Im Gegensatz zu allen anderen Menschen in seinem Leben versuchte sie nicht, ihm das Herz zu brechen oder es nach ihren Vorstellungen zu manipulieren. Vielmehr schien sie es behutsam in Händen zu halten, wie einen verletzten Vogel, den sie wieder zum Fliegen ermuntern wollte.

Der Gedanke schnürte ihm die Kehle zu. „Du hast mich doch, Kleines.“

„Versprochen?“ Sie legte den Kopf in den Nacken und sah ihm forschend ins Gesicht.

„Versprochen.“ Zärtlich strich er ihr über die goldenen Löckchen. „Und jetzt ab ins Bett.“

Gemeinsam mit ihr legte er sich hin und zog die Decke über

sie beide. Eine Weile lang beobachtete er sie, bis ihr die Augen zufielen und sie ruhig und regelmäßig zu atmen begann. Erst dann gestattete er sich, ebenfalls in einen tiefen Schlaf zu sinken.

❧ 14 ❧

Rosie stand in der holzgetäfelten Eingangshalle von Daltrys Stadthaus und beriet sich mit Mr Horton, einem Anwaltsgehilfen der Kanzlei, die sich um die rechtlichen Angelegenheiten ihres verstorbenen Gemahls kümmerte.

„Das Trauergefolge wäre jetzt so weit, Mylady", teilte Mr Horton ihr leise mit. „Darf ich ihnen sagen, dass sie beginnen können?"

„Ja, bitte", erwiderte Rosie erschöpft. „Und vielen Dank."

„Es ist mir eine Ehre, Ihnen behilflich zu sein", sagte der junge Mann, und fügte nach einer kurzen Pause hinzu: „Die Kanzlei möchte sich abermals für Mr Mayhews Abwesenheit entschuldigen. Aber ich soll Ihnen versichern, dass er so schnell wie möglich nach London zurückkehren wird."

Mr Mayhew, Daltrys Testamentsvollstrecker, war geschäftlich in Europa unterwegs.

„Sie leisten hervorragende Arbeit an seiner Statt, Mr Horton", erwiderte sie mit aufrichtiger Dankbarkeit.

Er verneigte sich und begab sich dann in den Salon, um zu veranlassen, dass der Sarg, der dort aufgebahrt war, nach draußen getragen wurde, wo bereits ein Gefährt auf ihn wartete. Der

Mann war wahrhaftig ein Geschenk des Himmels, sie wusste nicht, was sie ohne ihn getan hätte. Er hatte sich um den gesamten Ablauf der Bestattung gekümmert, einschließlich der Trauerfeier in Daltrys Stadthaus, welches Rosie vor diesem Tag noch nie betreten hatte.

Es war ein weiterer Beweis für ihr kaltherziges Naturell, dass sie keine Trauer verspürte ... sie fühlte sich einfach nur wie betäubt. Was ihre Ehe mit Daltry anging, hatte sie sich keinerlei Illusionen hingegeben. Ihr Bündnis glich einem Geschäft, das am Tag der Eröffnung in Konkurs geraten war. Sie hielt es jedoch für besser, ihn in großem Stil zu verabschieden als die trauernde Witwe zu spielen, von daher hatte sie Mr Horton angewiesen, keine Kosten und Mühen zu scheuen.

Ein Teil von ihr kam nicht umhin, sich zu fragen, ob sie unter einem schlechten Stern geboren worden war. Wie sonst schaffte sie es immer wieder, vom Regen in die verflixte Traufe zu geraten? Nach all dem Ärger, den sie auf sich genommen hatte, um sich Daltry zu angeln und mit ihm durchzubrennen – ganz zu schweigen von den Demütigungen der Hochzeitsnacht (sie ignorierte das verunsicherte Flattern in ihrem Magen) –, war sie nun wesentlich schlimmer dran als zuvor.

Gut, sie war eine Gräfin, aber eine, deren Ehe vom Anfang bis zum Ende skandalös verlaufen war. Im Augenblick verlieh ihr der Trauerstatus eine gesellschaftliche Schonfrist, aber wer wusste, wie ihr Schicksal nach diesem Zeitraum aussehen würde? Würde die *ton* sie als eine der ihren aufnehmen ... oder sie zur Außenseiterin machen?

Der Gedanke schnürte ihr die Kehle zu. Warum nur war sie mit Daltry durchgebrannt?

Du weißt genau, warum.

Ein heftiges Gefühl von Reue übermannte sie. Seit seiner überstürzten Abreise aus Gretna hatte sie nichts mehr von Andrew gehört, und sie ... vermisste ihn. Irgendwie waren ihre unerwarteten Begegnungen in den letzten Monaten ein Trost für sie gewesen, ebenso wie der Gedanke, dass er wie ein aufmerksamer Schutzengel über sie gewacht hatte. Jetzt, da sie von ihrer gemeinsamen Vergangenheit wusste, wollte sie unbedingt mehr darüber erfahren ...

Ob es ihm genauso erging? Hielt er sich wirklich nur deshalb von ihr fern, weil er glaubte, nicht gut genug für sie zu sein? Oder wollte er nur deshalb nichts mehr mit ihr zu tun haben, weil sie nun entehrt war?

Ihre Brust zog sich schmerzhaft zusammen, und abermals überkam sie ein tiefes Bedauern. Wenn sie aufgrund ihres verletzten Stolzes doch nur nicht so voreilig gehandelt hätte. Wenn sie doch nur versucht hätte, die Wahrheit über Andrew herauszufinden – den Grund, warum er sie nicht heiraten wollte, warum sie das Gefühl hatte, ihn wie die Luft zum Atmen zu brauchen –, anstatt mit einem anderen Mann durchzubrennen. Wenn sie sich doch nur nicht so flatterhaft und verrucht benommen hätte, obwohl sie genau das war ...

„Rosie?"

Als sie sich umdrehte, sah sie, wie Polly den Gang entlang auf sie zukam, dicht gefolgt von Tante Helena, der Marquise von Harteford. Wie Rosie waren beide ebenfalls in Schwarz gekleidet. Sie hatten ihr in den letzten Tagen zur Seite gestanden, während sie die Trauergäste empfing, die dem Verstorbenen die letzte Ehre erweisen wollten.

„Ist alles in Ordnung?", fragte Helena und musterte sie besorgt.

„Ja ... Nein." Seufzend verdrängte Rosie sämtliche Gedanken an Andrew aus ihrem Kopf. „Der Trauerzug ist bereit zum Aufbruch."

Die Männer – einschließlich Daltrys Nachfolger, Mr Peter Theale, sowie Mr Alastair James, der Stiefsohn von Daltrys Tante – würden den Leichnam zum Friedhof geleiten. Um ihrem verblichenen Lord die ihm gebührende Ehre zu erweisen, hatte Rosie Mr Horton gebeten, einen nächtlichen Marsch zu organisieren,

der von einem Dutzend schwarzer Pferde mit prunkvollem Feder-
kopfschmuck sowie professionellem Trauergeleit begleitet wurde,
um die ganze Prozession möglichst dramatisch und gut besucht
wirken zu lassen.

„Es wird auch langsam Zeit." Aufmunternd drückte Polly ihr
die Hand. „Das war ein langer Tag für dich, du Ärmste."

„Ich weiß nicht, wie ich ihn ohne euch beide hätte durch-
stehen sollen. Aber noch ist er nicht vorüber." Mit gedämpfter
Stimme fügte sie hinzu: „Wie ist die Stimmung im Salon?"

Der Blick, den Polly und Tante Helena wechselten, sagte mehr
als tausend Worte.

Sie hatte an diesem Tag zum ersten Mal den Rest der
Verwandtschaft kennengelernt, und der Empfang war nicht
gerade herzlich gewesen. Der Einzige, der ihr zumindest ein
wenig Mitgefühl entgegengebracht hatte, war Peter Theale,
Daltrys Cousin und Erbe.

Der rothaarige Mann hatte ihr unbeholfen stotternd sein
Beileid ausgesprochen und ihr anschließend versichert: „S-Sie
brauchen sich keine S-Sorgen um Ihren zukünftigen Komfort zu
machen, meine Teure."

Sie war nicht besorgt ... zumindest nicht, was ihre finanzielle
Situation anbelangte. Aus diesem Grund hatte sie Daltry nicht
geheiratet, und sie wusste, dass ihre Eltern sie immer unterstützen würden. Außerdem wollte sie keinesfalls Almosen von
dem neuen Grafen annehmen.

Nichtsdestotrotz war Mr Theales Freundlichkeit eine will-
kommene Abwechslung zu dem kühlen Empfang gewesen, den
die weiblichen Verwandten ihres verstorbenen Gemahls ihr
bereitet hatten. Vier von ihnen – seine Tanten, Mrs Antonia
James und Lady Charlotte Daltry, sowie seine beiden Cousinen,
Miss Sybil und Miss Eloisa Fossey – warteten mit frostiger
Contenance im Salon auf Rosie.

„Mrs James hat sich mehr als einmal über den, äh, Geruch

beschwert", murmelte Polly. „Und Lady Daltry, die Grafenwitwe, scheint über die späte Stunde pikiert zu sein."

„Jeder weiß doch, dass nächtliche Bestattungen der letzte Schrei sind", erwiderte Rosie, doch ihre Hoffnung, die Tanten ihres Mannes für sich zu gewinnen, schwand mit jeder Minute mehr. Dabei brauchte sie deren Unterstützung, um das, was von ihrem Ruf noch übrig geblieben war, zu retten. „Und da Daltry von Gretna zurück nach London gebracht werden musste, ließ sich sein muffiger Zustand wohl kaum vermeiden. Das ist doch nicht meine Schuld! Ich habe wirklich versucht, mein Bestes zu geben."

„Das ist dir auch gelungen", pflichtete Helena ihr bei. „Unter gegebenen Umständen solltest du dir keine Gedanken darüber machen, seine Verwandtschaft zu beeindrucken."

Rosie biss sich nervös auf die Unterlippe. „Aber ich brauche sie, Tante Helena. Das weißt du doch."

Die hübsche Brünette seufzte tief, widersprach ihr aber nicht. „Deine Mutter wüsste sicher, was zu tun ist. Du solltest wirklich mit ihr reden, Rosie. Diese Kluft zwischen euch verletzt Marianne sehr, weißt du?"

Natürlich wusste sie das. Allein der Gedanke daran schmerzte auch sie zutiefst. Aber jedes Mal, wenn sie sich daran erinnerte, was Mama ihr verheimlicht hatte – Coyners finstere Pläne, selbst wenn er diese nicht in die Tat umzusetzen vermochte –, verkrampfte sich ihr Magen und sie brachte es nicht über sich, das Schweigen zu brechen. Noch nicht. Nicht mit allem, was sie gerade durchzustehen hatte.

Aus diesem Grund hatte sie ihre Mutter die letzten Tage gemieden und war vorübergehend bei Polly eingezogen. Während der Trauerfeier hatten sie ein paar steife Worte miteinander gewechselt, aber ihre Eltern waren bald wieder gegangen, da sie sich um Sophie kümmern mussten.

„Ich bin noch nicht bereit für ein Gespräch", sagte Rosie, den Blick fest auf ihre schwarzen Pantoffeln gerichtet.

„Alles, was Marianne getan hat, geschah aus Liebe." Tante Helena legte ihr einen Finger unter das Kinn und hob es sanft an. „Das verstehst du doch, oder?"

„Ich liebe sie ja auch, aber ich kann gerade einfach nicht ..." Zu ihrem Entsetzen versagte ihr die Stimme.

„Ist schon gut, Liebes. Alles zu seiner Zeit." Helena nahm ihre Hand und drückte sie aufmunternd. „Sollen wir uns erst einmal gemeinsam den Drachen stellen?"

Rosie nickte dankbar und begab sich in Begleitung ihrer beiden engsten Vertrauten zurück in den Salon.

Der Sarg war fortgeschafft worden, und die Bediensteten hatten aufgeräumt. Mrs Antonia James, Daltrys dunkelhaarige Tante, schritt gereizt vor dem verhangenen Fenster auf und ab. Sie war eine hochgewachsene, hagere Frau Anfang vierzig, mit markanten Wangenknochen und katzenartigen Zügen. Bei Lady Charlotte Daltry hingegen, deren Gemahl vor Rosies den Grafentitel innehielt, handelte es sich um eine kleine, rundliche Dame mit silbernen Locken und scharfsinnigem Blick.

Neben der Grafenwitwe saßen ihre beiden Schützlinge, Sybil und Eloisa Fossey. Da Lady Charlotte selbst kinderlos war, hatte sie die verwaisten, unverheirateten Nichten ihres Mannes unter ihre Fittiche genommen. Die jüngere der beiden Schwestern, Miss Eloisa, war eine hübsche Dame Anfang zwanzig, mit kastanienbraunem Haar, blasser Haut und saphirblauen Augen. Miss Sybil, die ältere von beiden, war eine unscheinbare Jungfer mit dunkelblonden Locken und fahler Haut. In ihren blassblauen Augen lag ein Ausdruck der Zurückhaltung.

Als Rosie den Raum betrat, schlug ihr ein Gemisch aus Misstrauen und Feindseligkeit entgegen.

Was seine Familie anbelangt, hatte Daltry eindeutig recht, dachte Rosie und seufzte innerlich. Wenn sie ihn aufgrund seiner beruflichen Tätigkeit schon nicht respektiert hatten, würden sie wohl kaum seine unehelich geborene Braut, mit der er zudem weniger als einen Tag verheiratet gewesen war, in ihrer Sippe willkommen heißen.

Aber sie brauchte unbedingt die Unterstützung seiner Verwandtschaft. Andernfalls war ihr gesellschaftliches Ansehen noch weitaus gefährdeter als vor der Vermählung. Diese Frauen hielten den Schlüssel zu ihrem Überleben innerhalb der *ton* in den Händen.

Sie zwang sich zu einem Lächeln und sagte: „Verzeihen Sie meine Abwesenheit. Ich war damit beschäftigt, den Trauerzug zu überwachen. Darf ich Ihnen Erfrischungen bringen lassen?"

„Darum habe ich mich bereits gekümmert", erwiderte Mrs James, deren Augen wie zwei pechschwarze Perlen funkelten. „Da ich und mein Stiefsohn Alastair – der übrigens zu den Lieblingen Ihres verstorbenen Gatten zählte – in diesem Haus so häufig ein und aus gehen, erwarteten die Angestellten natürlich, dass ich die Rolle der Gastgeberin übernähme. Ich hoffe, das stört Sie nicht."

„Keineswegs, Ma'am", antwortete Rosie höflich. „Mir ist es wichtig, dass Sie sich wohlfühlen."

In der angespannten Stille, die ihren Worten folgte, übernahm Helena die Führung.

„Lady Daltry", begann sie in freundlichem Tonfall und trat einen Schritt vor. „Unsere letzte Begegnung liegt bereits ein wenig länger zurück, aber darf ich Ihnen trotz der zutiefst bedauerlichen Umstände sagen, wie hinreißend Sie aussehen?"

„Vielen Dank, Lady Harteford." Die Grafenwitwe neigte gnädig den Kopf. „Ihrem Gemahl und Ihren Söhnen geht es gut, nehme ich an?"

„Sehr gut, danke der Nachfrage."

Als Tante Helena sich auf einem der Sofas niederließ, folgten die übrigen Anwesenden ihrem Beispiel.

Erneut breitete sich Schweigen im Salon aus, das nur von dem lauten Ticken der Kaminuhr durchbrochen wurde.

„Ich wollte mich bei Ihnen bedanken", setzte Rosie schließlich an. „Für Ihre Unterstützung heute ..."

„Da haben Sie wohl etwas missverstanden", unterbrach Mrs James sie kühl. „Wir sind nicht hier, um Sie zu unterstützen."

„Antonia ...", begann die Grafenwitwe protestierend.

„Du kannst gerne weiterhin so tun, als wäre dies eine gemütliche Familienzusammenkunft, Charlotte, aber ich spiele da nicht länger mit", verkündete Mrs James und verschränkte die Arme vor ihrer mageren Brust, wobei sie Rosie einen wütenden Blick zuwarf. „Nicht, nachdem dieses Weibsbild Schande über uns gebracht hat. Himmel, sie hat den armen George zum Gespött der Gesellschaft gemacht ... zur Pointe eines ordinären Witzes."

Rosies Wangen brannten vor Scham.

„Was geschehen ist, war nicht ihre Schuld", eilte Polly ihr zu Hilfe.

„Nun, zweifellos scheiden sich unsere Meinungen, was moralische Fehltritte anbelangt ... Lady *Revelstoke*."

Vor ihrer Vermählung war Pollys Gemahl ein berüchtigter Wüstling gewesen, der von vielen Mitgliedern der *ton* gemieden wurde. Mrs James schien eine von ihnen zu sein.

Als Rosie sah, wie Pollys Unterlippe zu zittern begann, wurde sie wütend. „Mir ist egal, wie Sie mit mir sprechen, Mrs James, aber keinesfalls gestatte ich Ihnen, in diesem Tonfall mit meiner Schwester zu reden."

Die hagere Dame hob spöttisch die Brauen. „Ich habe nur die Wahrheit gesagt."

„Da dieser Tag für alle ziemlich aufwühlend war, sollten wir dieses Gespräch lieber ein andermal fortsetzen", mischte Tante Helena sich ein. „Sobald die Gemüter sich ein wenig beruhigt haben."

„Ich bin ganz Ihrer Meinung", stimmte Lady Charlotte ihr zu. „Eine Trauerfeier ist wohl kaum der angemessene Zeitpunkt, um Familienangelegenheiten zu klären."

„Geht es denn wirklich um *Familien*angelegenheiten, Tante Charlotte?", fragte Miss Eloisa mit leiser, aber eiserner Stimme.

„Sei still", fuhr die Grafenwitwe ihrem Schützling über den Mund. „Was sind denn das für Manieren?"

„Aber jeder spricht doch darüber", protestierte Miss Eloisa. „Und das weißt du auch, Tante Charlotte. Wäre es nicht besser, wenn sie es erführe?"

„Eloisa", meldete Miss Sybil sich zaghaft zu Wort. „Vielleicht ist jetzt nicht der richtige Zeitpunkt ..."

„Wer hat dich denn nach deiner Meinung gefragt?", konterte ihre jüngere Schwester schnippisch.

Miss Sybil verstummte sofort wieder.

Rosie schluckte unbehaglich. „Was sagt man über mich?"

„Wie drücke ich das nur höflich aus?" Nachdenklich tippte Miss Eloisa sich gegen das Kinn. „Nun ja ... es heißt, Ihre Ehe sei ein Schwindel gewesen."

Panik stieg in ihr auf. „Das war sie nicht. Ich habe die Dokumente ..."

„Dokumente sind unbedeutend", unterbrach Mrs James sie und erhob sich.

Tante Helena und die Grafenwitwe standen ebenfalls auf.

„Antonia, ich muss doch bitten ...", begann Letztere.

„Möchten Sie offiziell als Teil dieser Familie anerkannt werden?", fragte Mrs James, an Rosie gewandt.

„Ja", flüsterte diese. „Das möchte ich."

„Und wünschen Sie, dass wir Ihnen nach diesem Skandal, den Sie verursacht haben, beistehen, anstatt Sie den Wölfen zum Fraß vorzuwerfen?"

Rosie nickte verzweifelt.

„Dann müssen Sie uns Beweise liefern."

„Beweise ... wofür?"

Etwas Gefährliches, Verurteilendes flackerte in Mrs James' Augen auf. „Dass die Ehe vollzogen wurde."

$$\text{❧ } 15 \text{ ❧}$$

15

„WIR HABEN EIN PROBLEM", VERKÜNDETE HORACE GRIER.

Was ist es denn diesmal?, dachte Andrew genervt. Ihm blieben nur wenige Stunden am Nachmittag, um sich seiner Arbeit zu widmen, bevor der Klub seine Türen öffnete. Auf dem Schreibtisch vor ihm lag ein Stapel Kontobücher, den er eigentlich hatte überprüfen wollen, als Grier und Fanny plötzlich hereingestürmt kamen und sich schnaufend und einander feindselig anfunkelnd vor ihm aufbauten.

Er legte seinen Federhalter nieder und betrachtete die beiden. „Worum geht es denn?"

„Um Malcolm Todd, wen denn sonst", erwiderte Grier.

Bei der Erwähnung seines Rivalen verspannte er sich. „Ich habe mich doch gerade erst mit ihm getroffen und ihm versichert, dass die neue Tagesstätte keine Bedrohung für sein Geschäft darstelle."

Vor drei Tagen hatte er eine Unterredung mit Todd einberufen, um jegliche Gerüchte über sein jüngstes Projekt im Keim zu ersticken und dadurch mögliches Blutvergießen zu vermeiden. Er erklärte dem anderen Bordellbesitzer, dessen Etablissement sich nur zwei Blocks entfernt befand, dass er von dieser Einrichtung für Andrews schwangere Mitarbeiterinnen und diejenigen, die sich um ihre Neugeborenen kümmern wollten, nichts zu befürchten habe.

„Offensichtlich sind Ihre Worte auf taube Ohren gestoßen. Er lässt die Tagesstätte von seinen Männern überwachen", sagte Grier. „Und er erzählt überall rum, dass Sie ihm sein Revier streitig machen wollen."

Ungehalten schlug Andrew mit der Faust auf den Tisch. „Dieser verdammte Lügner! Er war schon seit geraumer Zeit auf Krawall gebürstet, und jetzt nutzt er die Gelegenheit, um einen Krieg anzuzetteln."

„Wählen Sie Ihre Schlachten weise", riet Grier ihm. „Dieser Kampf ist es nicht wert."

„Sie wollen doch nicht etwa vorschlagen, die Einrichtung zu schließen, nur um Todd bei Laune zu halten?", mischte Fanny sich ein und verschränkte die Arme vor der Brust. Sie trug ein weit ausgeschnittenes, purpurfarbenes Gewand und war stark geschminkt. Für ihre abendlichen Schichten schlüpfte sie wirklich mit Haut und Haaren in die Rolle der Äbtissin. „Warum sollte Mr Corbett vor diesem Mistkerl katzbuckeln, hm?"

„Weil das klug wäre, wenn er nicht den Kopf verlieren will", knurrte Grier.

„Ich dachte, es sei Ihre Aufgabe, dafür zu sorgen, dass genau das nicht passiert", konterte Fanny. „Aber wie es scheint, sind Sie dieser Herausforderung nicht gewachsen."

„Ich schwöre bei Gott, wenn Sie mich noch einmal ..."

„Das reicht jetzt, zum Henker noch mal", fuhr Andrew dazwischen und erhob sich. „Ihr habt beide recht. Ich muss meine Schlachten bewusst wählen ... aber keinesfalls werde ich klein beigeben. Dadurch würde ich nur Schwäche zeigen. Sobald diese Haie Blut im Wasser wittern, kommen sie angeschwommen und kreisen ihr Opfer erbarmungslos ein."

„Was soll ich dann Ihrer Meinung nach unternehmen, Sir?", wollte sein Faktotum wissen.

„Todd ist einflussreich", sagte Andrew grimmig. „Aber auch er muss mit Bedacht handeln, sich ebenso an die Abmachung halten wie wir anderen. Wenn er gewaltsam gegen mich vorgehen würde, bräche er die Regeln, auf die wir alle uns geeinigt hatten. Dann müsste er sich nicht nur vor mir, sondern auch vor dem König verantworten."

Während der letzten Jahre hatte in der Londoner Unterwelt eine stille Revolution stattgefunden. Die blutigen Machtkämpfe waren dermaßen aus dem Ruder gelaufen und hatten so großen Schaden angerichtet, dass die mächtigsten Drahtzieher der Elendsviertel zusammenkamen, um gemeinsam eine Lösung zu finden. Sowohl Andrew als auch Todd waren dabei gewesen, als man die Stadt in Reviere aufteilte und über die Regeln verhandelte. Zu guter Letzt war Bartholomew Black, der gefährlichste und einflussreichste Bastard unter ihnen, zum König der Unterwelt gekrönt worden. In dieser Position stand es ihm zu, Dispute zu schlichten und Recht zu sprechen, wann immer die Situation es erforderte.

In gewisser Weise erinnerte das System an König Artus' Tafelrunde, nur dass in diesem Fall ein Halsabschneider auf dem Thron saß, dessen Ritter ihr Geld mit den niedersten Gewerben der Londoner Schattenwelt verdienten.

„Das dürfte Todd kaum jucken", erwiderte Grier mit einem verächtlichen Schnauben. „Immerhin ist der König sein Schwiegervater."

„Black mag skrupellos sein, aber er ist gerecht." Andrew strich die Dokumente auf seinem Schreibtisch glatt. „Außerdem sind er und Todd selten einer Meinung, und Letzterer würde niemals den Zorn eines so einflussreichen Mannes riskieren. Lass die Tagesstätte fürs Erste rund um die Uhr bewachen. Deine Männer sollen aber nicht angreifen, sondern sofort Bericht erstatten, falls sie Ärger wittern."

Grummelnd entfernte Grier sich, aber nicht, ohne vorher noch einen Blick auf Fannys Dekolleté zu werfen.

Gütiger Himmel. Andrew kam hinter seinem Schreibtisch hervor und ging zu der Anrichte hinüber, auf der seine Whiskeykaraffe stand. Es war gerade einmal halb vier Uhr nachmittags, und er brauchte bereits einen Drink. Das konnte ja heiter werden.

Fanny gesellte sich zu ihm. „Sie werden das Frauenhaus doch nicht schließen, oder? Die Mädchen haben sich gerade erst eingelebt und ...“

„Natürlich nicht.“ Er kippte seinen Whiskey in einem Zug hinunter.

Seine Bordellwirtin studierte ihn eindringlich. „Sie sehen furchtbar aus. Soweit man das von einem Adonis wie Ihnen behaupten kann.“

„Soll das ein Kompliment oder eine Beleidigung sein?“, fragte er, bevor er ein weiteres Glas leerte.

„Vielmehr eine Feststellung. Sie sehen aus, als hätten Sie seit Tagen nicht geschlafen.“

Das hatte er auch nicht ... und zwar wegen Primrose. Jede Nacht suchte sie ihn in seinen Träumen heim und quälte ihn mit dem, was er niemals würde haben können. Jetzt, da sie wusste, wer und was er wirklich war, musste ihr klar geworden sein, dass es keine gemeinsame Zukunft für sie gab. Denn die eine Sache, die sie sich mehr als alles andere wünschte – Anerkennung –, vermochte er ihr nicht zu geben. Aber je mehr er sich einzureden versuchte, dass sie ohne ihn besser dran war, dass es ihm nicht zustand, Teil ihres Lebens zu sein, desto deprimierter wurde er.

„Außerdem wirken Sie seit Ihrer Rückkehr so abwesend“, fügte Fanny hinzu und hob besorgt die Brauen. „Möchten Sie vielleicht reden ... über *sie?*“

Die Antwort blieb ihm glücklicherweise erspart, da es an der Tür klopfte.

Tim, einer der Lakaien, steckte den Kopf ins Zimmer. „Verzeihen Sie die Störung, Sir, aber Sie haben Besuch.“

„Ich erwarte niemanden“, erwiderte Andrew stirnrunzelnd. „Hat er Ihnen seinen Namen genannt?“

„Es ist eine Dame, Sir. Sie kam durch die Hintertür herein, ganz in Schwarz gekleidet und verschleiert ... wie ein Gespenst." Tim hielt inne und erschauderte sichtlich. „Hat die Köchin und ihre Küchenmädchen fast zu Tode erschreckt."

Ein winziger Hoffnungsschimmer keimte in ihm auf. *Sei nicht albern. Primrose würde niemals hierherkommen. Gewiss will sie nichts mehr mit dir zu tun haben, jetzt, da sie weiß, wer du bist.*

„Schicken Sie sie herein." Nachdem der Lakai sich entfernt hatte, fügte er, an Fanny gewandt, hinzu: „Wir unterhalten uns später weiter."

Seine Bordellwirtin nickte, ließ sich jedoch verdächtig viel Zeit, um ihre Sachen aufzusammeln. Als die Tür sich öffnete und Primrose das Zimmer betrat, vergaß er jedoch alles andere um sich herum. Obwohl sie von Kopf bis Fuß in schwarze Trauerkleidung gehüllt und ihr Gesicht von einem schwarzen Spitzenschleier verdeckt war, hätte er sie überall erkannt. Sie hob den Schleier und sah ihn aus diesen großen, goldgrünen Augen an, die ihn Tag und Nacht verfolgten.

Er näherte sich ihr und betrachtete ihr liebreizendes Gesicht so eingehend, als wollte er sich davon überzeugen, dass er nicht träumte. Unwillkürlich hob er eine Hand und strich ihr sanft über die Wange ... Ihre Haut war genauso glatt und samtig, wie er sie in Erinnerung hatte.

„Was tust du denn hier, Primrose?", fragte er heiser.

„Ich musste dich sehen", erwiderte sie mit zitternder Stimme.

Ein seltsames Gefühl machte sich in ihm breit. Es dauerte einen Augenblick, bis er es als Freude erkannte.

„Ähem."

Das diskrete Räuspern hinter ihm brachte ihn unsanft auf den Boden der Tatsachen zurück. Verdammt, Primrose und er waren nicht allein. Er drehte sich zu Fanny um, wobei er versuchte, Primrose so gut es ging vor ihren neugierigen Blicken abzuschirmen.

„Wolltest du nicht gerade gehen?", fragte er schnippisch.

„Wollte ich das?", gab sie zurück.

Bevor er Fanny eigenhändig aus dem Zimmer schieben konnte, lugte Primrose ihm über die Schulter und fragte: „Wer ist sie?"

Auf keinen Fall würde er sie einer Zuhälterin vorstellen. „Niemand von Bedeut..."

„Mein Name ist Mrs Fanny Argent. Ich arbeite für Corbett", fiel seine Bordellwirtin ihm ins Wort und musterte Primrose mit hochgezogenen Brauen. „Und wer sind Sie?"

Primrose erstarrte. Noch bevor Andrew so richtig begriff, was gerade geschah, standen die beiden Frauen einander gegenüber und starrten sich mit unverhohlener Feindseligkeit an.

„Ich bin eine Freundin von Mr Corbett", erklärte die junge Frau mit erhobenem Haupt. „Nicht, dass Sie das etwas angeht, immerhin sind Sie nur eine ... Angestellte."

Der Blick, mit dem sie Fanny bedachte, verriet Andrew, dass sie die Bordellwirtin für eine der Dirnen hielt.

„Ich bitte vielmals um Verzeihung." Das gefährliche Funkeln in Fannys Augen strafte ihre Entschuldigung Lügen. „Aufgrund meiner *engen* Partnerschaft mit Corbett lerne ich so viele seiner piekfeinen Freundinnen kennen, dass es manchmal schwer ist, eine von der anderen zu unterscheiden."

Primrose errötete heftig.

Jetzt reicht es aber. „Raus mit dir, Fanny", wies er sie streng an.

Diese grinste nur selbstgefällig und verließ das Zimmer. Andrew marschierte hinüber zur Tür und schloss sie hinter ihr ab.

Kaum hatte er sich wieder zu Primrose umgedreht, platzte diese heraus: „Wer ist sie?"

„Sie arbeitet für mich." Er konnte den Blick nicht von ihr abwenden, konnte kaum glauben, dass sie wirklich vor ihm stand. Hier, in seinem Klub ... Moment mal! Was zur Hölle dachte sie sich dabei? „Du solltest nicht hier sein. Dein Ruf ..."

„Ist sie deine Liebhaberin?"

Er blinzelte verwirrt. „Wer ... *Fanny?*"

Primrose nickte säuerlich. War sie etwa ... eifersüchtig? Obwohl er besitzergreifende Frauen normalerweise tunlichst mied, fand er diesen Wesenszug an ihr irgendwie liebreizend.

Er trat auf sie zu und strich ihr zärtlich über die Wange. „Nein, ist sie nicht. Sie leitet lediglich einige meiner Etablissements."

„Soll das heißen, sie ist eine ... Zuhälterin?" Primrose sah ihn mit großen Augen an.

„Ja ... genauso wie ich", fügte er widerwillig hinzu.

Nervös wartete er auf ihre Reaktion. Er wusste nicht, was ihre Eltern ihr über seine Vergangenheit erzählt hatten, aber da sie ihn nun hier besuchte, sollte ihr klar sein, wer und was er mittlerweile war.

„Mir gefällt ihre Art nicht", stellte Primrose mit finsterer Miene fest.

Zu seiner Überraschung musste er sich ein Lächeln verkneifen. Gott, sie war so verdammt hinreißend. Gleichzeitig erinnerte der vernünftige Teil seines Verstands ihn daran, dass ihre Anwesenheit hier ein nicht unerhebliches Risiko darstellte.

„Du solltest nicht hier sein. Wenn dich irgendwer sieht ..."

„Ich war vorsichtig", erwiderte sie und deutete auf ihren Schleier. „Außerdem bin ich durch die Hintertür hereingekommen."

„Deine Eltern ..."

„Ich wohne vorübergehend bei meiner Schwester, und sie glaubt, ich sei unterwegs, um Besorgungen zu machen. *Bitte*, Andrew", fügte sie flehentlich hinzu. „Schick mich nicht weg. Du hast mir einst versprochen, dass du für mich da sein würdest. Es ist so vieles geschehen, und ich muss unbedingt mit dir sprechen." Verzweifelt sah sie ihn an. „Nur du kannst mir dabei helfen, meine Vergangenheit zu verstehen."

Gegen ihr Flehen war er machtlos. Es war nur natürlich, dass sie in Erfahrung bringen wollte, was man ihr so viele Jahre verschwiegen hatte ... und es war das Einzige, was er ihr zu geben vermochte. Also würde er ihr erzählen, was sie zu wissen verlangte. Wenigstens konnte er so ein wenig Zeit mit ihr verbringen.

Aber anschließend würde er sie ein für alle Mal gehen lassen.

„Setzen wir uns doch", sagte er leise und führte sie zu der Chaiselongue vor dem Kamin, wo er ihr den Mantel abnahm, während sie ihre Haube abstreifte. „Soll ich Erfrischungen bringen lassen?"

„Nein. Ich will nur die Wahrheit, sonst nichts." Mit den goldenen Locken, die im Schein des Feuers glänzten, und dem stolz erhobenen Haupt sah sie aus wie eine Kriegerprinzessin. „Mama hat sie mir so lange verheimlicht, und ich halte es einfach nicht mehr aus. Ich *muss* wissen, was früher war."

Er ließ sich neben ihr nieder. „Wie viel weißt du bereits?"

„Mama hat mir von dir erzählt ... und von Kitty Barnes." Sie errötete leicht, bevor sie hinzufügte: „Und was deine, äh, Beschäftigung war."

„Ich habe mit Frauen für Geld geschlafen." Er weigerte sich, die Tatsachen zu beschönigen oder sich ihrer zu schämen. Nicht einmal vor ihr. „Kitty war meine Zuhälterin. Und gelegentlich auch meine Liebhaberin."

„Das hat Mama auch erwähnt. Aber ich kann mich überhaupt nicht an die Zeit erinnern, die ich bei euch verbrachte."

Als er die Unsicherheit in ihrem Blick bemerkte, überkam ihn wieder einmal dieses vertraute Bedürfnis, sie zu beschützen. Nur diesmal war es begleitet von einem gefährlichen Gefühl der Begierde.

Reiß dich zusammen.

„Das überrascht mich nicht. Du warst erst vier, als unsere Wege sich trennten", sagte er.

„Was weißt du noch über diese Jahre? Über ... mich?"

Viel zu viel. Alles.

„Du warst ein kleines Küken, ein wahrer Sonnenschein, der jedem ein Lächeln ins Gesicht zauberte. Und du warst tapfer.

Obwohl das Leben nicht einfach war und wir oft umziehen mussten, hast du dich nie beschwert."

„Waren wir Freunde?", fragte sie und musterte ihn forschend.

„Gewissermaßen. Aufgrund unseres Altersunterschieds sah ich dich eher als kleine Schwester."

„Siehst du mich jetzt immer noch so?", flüsterte sie.

Herr im Himmel, was sollte denn *diese* Frage?

Verlegen rieb er sich den Nacken und murmelte: „Ich glaube, die Antwort ist mehr als offensichtlich."

Ihr zögerliches Lächeln weckte Gefühle in ihm, die er noch nie zuvor für eine Frau empfunden hatte.

„Ich muss dich etwas Wichtiges fragen. Versprichst du mir, dass du mir die Wahrheit sagen wirst?"

„Ich werde dich nicht anlügen", erwiderte er.

Sie senkte den Blick und verschränkte die Finger ineinander. „Was weißt du über den Mann, an den Kitty Barnes mich verkauft hat?"

Sein Magen verkrampfte sich. „Nicht viel. Unsere Wege hatten sich zuvor getrennt."

„Wusstest du, was sie mit mir vorhatte?" Der gequälte Ausdruck in ihren glänzenden Augen riss die alten Wunden auf und erfüllte ihn mit stechenden Schuldgefühlen.

„Ich wusste, dass sie es sich nicht länger leisten konnte, dich zu versorgen. Sie sagte mir, sie wolle dich bei einer wohlhabenden Familie unterbringen. Ich versuchte, sie aufzuhalten", erklärte er mit rauer Stimme, „aber dazu hatte ich weder die nötigen Mittel noch den Einfluss. Du warst ihr Mündel, nicht meines. Am Ende blieb mir nichts anderes übrig als zu gehen."

Selbstverachtung schoss wie brennende Säure durch seine Adern. Wenigstens wusste sie jetzt, was für ein Feigling er gewesen war. Mit angehaltenem Atem erwartete er ihre Verurteilung.

„Ich *hasse* Kitty Barnes. Sie ist eine herzlose, berechnende Hexe!", rief Primrose. Ihre Stimme zitterte nicht vor Angst, sondern vor Wut. „Wo auch immer sie jetzt steckt, ich hoffe, sie leidet ebenso sehr, wie ich wegen ihr leiden musste."

Kurz überlegte er, ob er es ihr erzählen sollte, entschied sich jedoch dagegen. Es spielte keine Rolle mehr. Was auch immer ihn je mit Kitty verbunden haben mochte, war Vergangenheit und hatte keinen Einfluss auf das, was sich zwischen ihm und Primrose abspielte.

„Du hast mich verwirrt", sagte sie plötzlich. „Als du wie aus dem Nichts auf Tante Helenas Maskenball auftauchtest und mir vorschreiben wolltest, was ich zu tun hätte. Ohne dich mir zu erkennen zu geben."

„Ich bin die Sache von Anfang an falsch angegangen", gab er unumwunden zu. „Ich hielt meine Identität geheim, weil ich nicht wollte, dass du einen Mann wie mich kennst. Es wäre besser gewesen, ich hätte mich wie zuvor aus der Ferne um die Angelegenheit gekümmert ..."

„Moment mal", unterbrach sie ihn und kniff die Augen zusammen. „Was soll das heißen: *aus der Ferne darum gekümmert?*"

Mist. Er sah sie schief von der Seite an. Wie wütend wäre sie wohl über dieses Geständnis?

„Seit einigen Monaten habe ich ... ein Auge auf dich gehabt", erklärte er vorsichtig.

„Inwiefern?"

„Als die ersten Gerüchte über dich und diese Männer aufkamen, erstickte ich sie so gut es ging im Keim", gab er zu. „Zwar konnte ich das Gerede nicht vollständig eindämmen, aber ich stellte zumindest sicher, dass besagte Mistkerle den Mund hielten."

Sie starrte ihn überrascht an. „Wie hast du das angestellt?"

„Ich weiß einiges über sie, was nicht an die Öffentlichkeit gelangen sollte. Außerdem hat die Hälfte der Londoner Gentlemen Schuldscheine bei mir. Sagen wir einfach, es war nicht weiter schwierig, sie dazu zu bewegen, zu kooperieren."

„Du hast sie *erpresst?*", fragte sie ungläubig. „Für mich?"

„Ich habe die Druckmittel genutzt, die mir zur Verfügung standen, um ein paar aufgeblasenen Lügnern das Maul zu stopfen", erwiderte er nüchtern. „*Sie* haben mit dir geschäkert, nicht umgekehrt. Wenn jemand dafür verurteilt werden sollte, dann sie. Die Mistkerle können sich glücklich schätzen, dass ich sie nicht öffentlich angeprangert habe. Davon habe ich nur abgesehen, weil es einen noch größeren Skandal für dich bedeutet hätte."

„Dasselbe sagte Mama zu Papa, als er die Kerle zur Rede stellen wollte", murmelte sie. „Ihrer Ansicht nach war es besser, Gras über die Sache wachsen zu lassen. Und das wäre es auch, wenn man nicht dieses grässliche Gedicht veröffentlicht hätte ..." Sie hielt inne und sah ihn wie vom Donner gerührt an. „Du meine Güte ... Hast du etwa auch den Inhaber dieses Klatschblattes erpresst?"

„Nein, ich habe ihm lediglich eine Abfindung gezahlt", sagte Andrew mit einem Achselzucken. „Mit der mehr als großzügigen Summe hat er sich direkt zur Ruhe gesetzt."

Ihre Augen waren weit aufgerissen. „Was hast du sonst noch meinetwegen getan?"

Er war so weit gekommen, nun konnte er ihr auch die ganze Wahrheit erzählen.

„Odette arbeitet eigentlich für mich. Durch sie habe ich von deiner Verabredung mit Daltry im Pantheon erfahren und davon, dass du mit ihm durchgebrannt bist." Er hielt kurz inne, bevor er hinzufügte: „Aber das ist alles. Ich schwöre es."

Primrose senkte den Blick und war eine ganze Weile lang ungewöhnlich still. Was ihr wohl durch den Kopf ging? Wie nahm sie diese Informationen auf? Für eine behütete junge Dame wie sie mussten seine Aktionen skrupellos wirken., aber das war ihm egal. Niemand würde ihr auch nur ein Haar krümmen, solange er es zu verhindern wusste.

„Ich tat, was getan werden musste", sagte er schließlich. „Und ich bereue nichts."

Als sie zu ihm aufsah, raubte der Ausdruck tiefer Dankbarkeit in ihren Augen ihm den Atem.

„Danke", flüsterte sie.

Er nickte wortlos.

„Weißt du", fuhr sie nach einer kurzen Pause fort, „es war nicht deine Identität, die mich am meisten verwirrte, sondern die Gefühle, die du in mir ausgelöst hast. Obwohl du ein Fremder warst, fühlte ich mich in deiner Gegenwart sicher. Behütet. Wie konnte ich jemandem, den ich nicht einmal kannte, blind vertrauen?" Sie musterte ihn forschend. „Jetzt ist mir alles klar. Du hast mich schon immer beschützt, nicht wahr?"

„Zumindest habe ich es versucht", erwiderte er, und fügte mit rauer Stimme hinzu: „Mehr als alles andere wünsche ich mir, dass du glücklich bist, Primrose."

Sie straffte die Schultern und hob das Kinn an, als hätte sie soeben einen wagemutigen Entschluss gefasst. „Wenn das so ist ... würdest du mir einen Gefallen tun?"

Natürlich. Jederzeit. Sag mir, was du brauchst, und ich lasse es geschehen.

Er hütete sich jedoch, die enthusiastische Antwort seines Herzens laut auszusprechen.

„Kommt darauf an", erwiderte er stattdessen. „Worum geht es denn?"

„Könntest du ... Ich meine, *würdest* du ... Wärst du so freundlich ..."

„Ja?"

Sie hielt inne und holte tief Luft. „Würdest du mir bitte meine Unschuld nehmen?"

16

PRIMROSE KONNTE NICHT GLAUBEN, DASS SIE DIESE WORTE LAUT ausgesprochen hatte.

Einem Instinkt folgend, hatte sie Andrew aufgesucht. Alles, was er ihr an diesem Abend gestanden hatte, die Tatsache, dass er sie die ganze Zeit über beschützte, bestätigte ihr, dass es die richtige Entscheidung gewesen war. Sie konnte kaum glauben, was er für sie getan hatte. Obwohl sie bereits so tief in seiner Schuld stand, hatte sie ihn nun auch noch um einen weiteren Gefallen gebeten, der alles, was er bisher für sie getan hatte, übertraf.

Aber sie vertraute darauf, dass er ihr helfen würde. Angesichts seiner langjährigen Erfahrung in diesem Metier war er wohl der einzige Mann in London, den ein derartiges Gesuch nicht schockieren würde. Als sie jedoch den verblüfften Ausdruck auf seinem Gesicht bemerkte, wurde ihr klar, dass sie sich wohl geirrt hatte.

„Wie bitte?", stammelte er.

„Bitte verlang nicht von mir, dass ich es wiederhole", murmelte sie mit hochroten Wangen. „Du hast mich schon verstanden."

Er starrte sie an, ohne dass sie seinen Blick zu deuten

vermochte. Dann erhob er sich abrupt. „Ich brauche einen Drink."

Während er zu seiner Anrichte hinüberging, auf der eine Karaffe stand, rief sie ihm nach: „Ich hätte ebenfalls gerne einen."

„Leider habe ich keinen Ratafia oder Sherry hier."

„Ich nehme das, was du trinkst."

„Whiskey", sagte er und kippte das Glas, das er sich eingeschenkt hatte, in einem Zug hinunter.

Obwohl sie nie zuvor welchen getrunken hatte, erschien ihr dieser Zeitpunkt angemessen für einen ersten Versuch. „Klingt gut."

Wortlos schenkte er sich nach, bevor er ein Glas für sie befüllte und es ihr brachte. Als er ihr das Getränk reichte, berührten ihre Finger sich leicht, und die Wärme seiner Haut jagte ihr einen elektrisierenden Schock durch den Körper.

Ruckartig zog er die Hand zurück und begann, vor dem Kamin auf und ab zu schreiten. „Vielleicht möchtest du dein ... Gesuch etwas genauer erläutern?"

Sie nahm einen vorsichtigen Schluck von ihrem Drink. Die bernsteinfarbene Flüssigkeit brannte wie Feuer in ihrer Kehle. „Daltrys Familie verlangt einen Beweis dafür, dass unsere Ehe vollzogen wurde."

„In Gretna hast du behautet, dass dem so wäre."

Sein eindringlicher Blick machte sie zunehmend nervös. „Was ich *sagte*, war, dass ich die Gräfin von Daltry sei. Und das stimmt auch. Die Hochzeitsdokumente beweisen es." Sie holte tief Luft. „Außerdem ... habe ich das Bett mit Daltry geteilt."

„Hast du mit ihm gevögelt?"

„Es gibt keinen Grund, so vulgär zu werden ..."

„Du hast mich gebeten, dir deine Unschuld zu nehmen. In Anbetracht der Tatsache können wir das Kind auch getrost beim Namen nennen", erwiderte er nüchtern. „Also, hat er dich gevögelt?"

„Ähm ... schon möglich?"

„Verdammt noch mal", knurrte er. „Lass die Spielchen. Die Sache ist doch glasklar: Entweder Daltry hat seinen Schwanz in dich gesteckt oder nicht."

Das gefährliche Funkeln in seinen Augen – gepaart mit seiner derben Ausdrucksweise – ließ sie erschaudern. „Ich spiele keine Spielchen", verteidigte sie sich. „Ich bin mir nur nicht sicher, was genau geschehen ist. Es war dunkel, weißt du, und ich hatte vorher recht viel Wein getrunken. Daltry kam zu mir ins Bett und begann, mich zu, äh, berühren ... dort unten."

„Was hat er sonst noch getan?" Offensichtlich um Beherrschung bemüht, stellte Andrew sein Glas auf dem Kaminsims ab.

Sie versuchte ebenfalls, die Fassung zu wahren, sich betont gleichgültig zu geben.

„Er rollte sich auf mich. Er war so schwer, dass ich kaum Luft bekam ..." Sie brach ab, als eine Welle der Panik sie erfasste. Auf keinen Fall sollte er bemerken, wie sehr ihre Stimme zitterte. „Und ab da bin ich mir unsicher. Einen Moment lang fummelte er unbeholfen herum, und ich spürte ein leichtes Ziehen ... dort unten. Aber ich weiß nicht, ob es seine Finger waren oder sein ... Du-weißt-schon-was. Er fing an zu fluchen und schrie, dass ihm das noch nie passiert sei und die Schuld allein bei mir läge ..."

Zu ihrem Entsetzen versagte ihr die Stimme und sie spürte, wie ihr die Tränen in die Augen stiegen.

Andrew nahm ihr das Glas aus der Hand und stellte es beiseite, bevor er sie in seine starken Arme schloss. Trostsuchend schmiegte sie sich an ihn.

„Ist schon gut. Du brauchst nichts weiter zu sagen."

„Ich habe bisher niemandem davon erzählt ... Ich schäme mich so sehr", flüsterte sie gegen seine Brust. „Warum glaubte ich, mit dir darüber reden zu können?"

„Du kannst über alles mit mir reden, Sonnenschein."

„Hasst du mich jetzt?"

„Nein, Primrose. Ich könnte dich nie hassen."

Besänftigt durch die Überzeugung in seiner Stimme und

seinen warmen, vertrauten Duft, schniefte sie erleichtert. „Ich habe mich völlig zum Narren gemacht. Nach deiner Zurückweisung war ich so wütend, dass ich mich Daltry an den Hals geworfen habe.“

„Es lag niemals daran, dass ich dich nicht wollte. Das weißt du doch, oder?“

„Also hast du mich nur zurückgewiesen, um mich zu beschützen?“, fragte sie zögerlich.

„So ist es.“ An seinem Blick erkannte sie, dass er die Wahrheit sagte. „Du wünschst dir nichts sehnlicher als Anerkennung, aber genau die kann ich dir nicht geben.“

Seine Aufrichtigkeit ermutigte sie dazu, ihm gegenüber ebenfalls ehrlich zu sein.

„Ich verdiene keine Anerkennung. Bislang haben die Männer sich nur wegen meines Äußeren für mich interessiert. Aber im Inneren bin ich frivol und hinterhältig. Durch und durch verdorben“, gestand sie ihm kleinlaut.

Sie spürte, wie seine Brust vibrierte. *Lachte* er etwa über sie? Obwohl sie ihm gerade ihre größten Charakterschwächen anvertraut hatte?

Gekränkt löste sie sich aus seiner Umarmung. „Das ist nicht lustig.“

Er zog sie jedoch wieder an sich und hob ihr Kinn mit einem Finger an. „Doch, irgendwie schon. Ein unschuldiges, kleines Ding wie du, das sich verdorben nennt.“

„Ich *bin* verdorben“, beharrte sie. „Eine Kokette, die mit einem Mann durchgebrannt ist, den sie noch nicht einmal mochte.“

„Warum hast du es dann getan?“

„Weil ich oberflächlich und frivol bin“, sagte sie mit tonloser Stimme. „Ich wollte die Gräfin von Daltry werden.“

„Wegen seines Reichtums?“

„Nein. Ich meine, Geld ist natürlich vorteilhaft, aber dank meiner Eltern mangelt es mir nicht daran. Deswegen habe ich

Daltry nicht geheiratet, sondern wegen des Titels ... dem gesellschaftlichen Ansehen. Ich will, dass man mich mit *Mylady* anspricht, mich in den höheren Kreisen willkommen heißt, dass die *ton* mich als eine der ihren akzeptiert", erklärte sie mit einem Anflug von Trotz. „Siehst du jetzt, wie schrecklich ich bin?"

„Nein." Zärtlich fuhr er ihr mit dem Daumen über die Unterlippe. „Das sehe ich nicht."

„Dann musst du blind sein", sagte sie, obwohl seine Berührung sie erzittern ließ.

Seine Augen funkelten amüsiert. „Ich habe den vollen Durchblick, glaube mir. In der Tat sehe ich dich klarer als du dich selbst, und ich weiß, was du wirklich willst."

Was für eine arrogante Behauptung! Dennoch kam sie nicht umhin, zu fragen: „Und was will ich deiner Meinung nach?"

„Ein Leben ohne Angst führen." Mit den Fingerknöcheln strich er ihr sanft über die Wange, und die Berührung verzauberte sie ebenso sehr wie seine Worte. „Du bist es leid, ständig davonzulaufen, nicht wahr?"

Plötzlich wurde ihr klar, dass er ins Schwarze getroffen hatte ... Seit sie denken konnte, war die Angst ihr stetiger Begleiter gewesen. Lange unterdrückte Erinnerungen bahnten sich ihren Weg an die Oberfläche: wie sie auf zitternden Beinen den dunklen Steg entlangstolperte, an dessen Ende Sir Coyner wartete, den Lauf seiner Pistole an Mamas Schläfe gedrückt ... wie sie nervös neben dem Fenster wartete, wenn Papa später als üblich von der Arbeit kam ... wie qualvoll Mama während Sophies Geburt geschrien und gestöhnt hatte ...

Ein finsterer Strudel erfasste sie und drohte, sie in die eisige Tiefe zu ziehen.

Mit wild pochendem Herzen kämpfte sie dagegen an. *Du kannst die Vergangenheit nicht ändern. Konzentriere dich auf die Zukunft ... auf das, was in deiner Kontrolle liegt. Nur das zählt.*

„Ich hasse es, so viel Wert darauf zu legen, was die Gesellschaft über mich denkt", flüsterte sie mit erstickter Stimme.

„Aber ich kann es nicht ändern. Wenn es Daltrys Verwandtschaft gelingt, die Ehe für nichtig zu erklären, bin ich ruiniert. Alle werden mich als unverheiratetes Flittchen ansehen, das mit einem Mann durchgebrannt ist, nur um eine Nacht mit ihm zu verbringen. Man wird mich verstoßen.“

Andrew musterte sie eindringlich, doch sie konnte seinen Blick nicht deuten.

„Es gibt nur einen Ausweg“, fuhr sie beharrlich fort. „Ich darf keine Jungfrau mehr sein, wenn der Arzt mich untersucht. Und du bist der Einzige, dem ich vertraue. Der mir helfen kann.“

Sein Kiefer zuckte, doch er sagte nichts.

„Andrew“, setzte sie an, hielt jedoch inne, um ihren ganzen Mut zu sammeln. „Würdest du bitte ... mit mir schlafen?“

Er erhob sich so abrupt, dass sie erschrocken zusammenzuckte. Seine Augen blitzten wütend, und er hatte die Hände in die Hüften gestemmt.

„Warum ich?“, fragte er.

Nervös fuhr sie sich mit der Zunge über die Lippen. Zahllose Gründe schossen ihr durch den Kopf. „Weil du ein Mann mit Erfahrung bist. Du verstehst meine Situation, und dass es nur um eine Nacht geht ... Ich meine, hoffentlich war das ersichtlich“, fügte sie hastig hinzu, als ihr klar wurde, dass sie die Konditionen bisher nicht laut genannt hatte. War er deshalb so aufgebracht? „Du würdest mir damit nur einen Gefallen erweisen, der keine Verbindlichkeiten nach sich zieht. Jedoch hoffe ich, dass wir danach Freunde bleiben können.“

„Ich verstehe. Und das ist völlig normal unter Freunden, hm? Man schläft miteinander, und dann geht man getrennte Wege?“

Sein höhnischer Tonfall traf sie wie ein Peitschenhieb.

Sie erhob sich, bemüht, nicht die Fassung zu verlieren. „Es war ein Fehler, dich aufzusuchen. Ich weiß selbst nicht, warum ich überhaupt hergekommen bin.“

„Wie du schon sagtest: Du brauchst einen Mann mit Erfahrung“, erwiderte er und hob eine Braue. „Sofern ich dich nicht völlig falsch eingeschätzt habe, glaube ich kaum, dass du noch andere ehemalige Stricher kennst."

„Das meinte ich damit doch gar nicht", rief sie verzweifelt aus. „Mit *Erfahrung* bezog ich mich auf deine Weltgewandtheit, und dass dich nichts aus der Ruhe zu bringen scheint. Ich kam zu dir, weil ich glaubte, du würdest meine Notlage und die damit einhergehende Bitte verstehen können. Aber da habe ich mich offensichtlich getäuscht. Bitte verzeih die Störung."

Sie hatte es fast bis zur Tür geschafft, als ein Arm um die Taille sie zurückhielt. Er zog sie an seine harte, muskulöse Brust.

„Geh nicht", flüsterte er ihr mit rauer Stimme ins Ohr.

„Ich werde keinesfalls hierbleiben und mich verhöhnen lassen ..."

„Es tut mir leid." Sie spürte, wie angestrengt sein Brustkorb sich hob und senkte. „Ich dachte, du wolltest meine Hilfe nur wegen meiner früheren Beschäftigung. Und das gefiel mir nicht."

Sie löste sich aus seinen Armen und wirbelte herum, um ihm in die Augen zu sehen. Sein ernster Blick spiegelte Ehrlichkeit wider ... doch dahinter verbarg sich ein Schatten. Erst jetzt begriff sie, dass sie nicht die Einzige war, die ihr Leben lang vor etwas davonzulaufen versuchte.

„Spieglein, Spieglein an der Wand", murmelte sie, mehr in sich gekehrt.

„Wie bitte?"

„Du sagtest, ich würde vor meinen Ängsten davonlaufen. Aber du bist auch vor etwas geflohen, nicht wahr?"

Er hielt ihrem forschenden Blick stand. „Ich schäme mich meiner Vergangenheit nicht. Sie hat mich zu dem Menschen gemacht, der ich heute bin. Aber den Mann, der ich früher war, gibt es nicht mehr ... und ich lasse mich von niemandem mehr auf diese Weise ausnutzen ... weder von dir noch sonst irgendwem."

„Das verstehe ich."

Sie meinte es ernst. Aufgrund ihres befleckten Rufs hatten zahlreiche Gentlemen geglaubt, sie einfach küssen oder weitaus

Unanständigeres mit ihr anstellen zu können, ohne die Konsequenzen tragen zu müssen. Sie war sich schäbig vorgekommen, wie ein Objekt, ein Spielzeug, das man benutzen und anschließend beiseite werfen konnte.

Andrew hatte die Wahl getroffen, seinen Körper zu verkaufen, um in der Londoner Unterwelt zu überleben, und dessen schämte er sich nicht. Das war auch nicht nötig. Dennoch konnte es nicht einfach sein, sich an diese Zeiten zu erinnern, als man ihn wie Ware behandelte, die anderen zur Befriedigung diente.

„Nichts liegt mir ferner, als dich zu benutzen", versicherte sie ihm. „Eigentlich stehe ich schon viel zu tief in deiner Schuld. Ich weiß nicht, wie ich dir je zurückzahlen soll, was du für mich getan hast."

„Du bist mir nichts schuldig."

„O doch." Sanft legte sie ihm eine Hand an die Wange. „Ich will, dass wir als Freunde auseinandergehen."

Als sie ihre Hand wieder wegziehen wollte, legte er seine eigene darüber.

„Warum?", fragte er und musterte sie eindringlich.

„Weil ..." *Weil es mir wichtig ist, was du über mich denkst. Deine Meinung bedeutet mir viel ... zu viel.* „Wir müssen deshalb doch nicht zu Feinden werden", erklärte sie schließlich lahm.

„Das meinte ich nicht. Warum *ich*? Warum soll ich derjenige sein, der mit dir schläft, Primrose?"

Das Herz schlug ihr bis zum Hals. Sie stand kurz davor, ihm eine weitere Ausrede aufzutischen, aber dann entschied sie sich, ihm mit der Ehrlichkeit zu begegnen, die er verdiente.

„Wie ich schon sagte, fühle ich mich bei dir sicher. Aus irgendeinem Grund weiß ich, dass ich in deine Arme gehöre."

Einen Augenblick lang starrte er sie schweigend an. Unter ihrer Handfläche spürte sie, dass sein Herz ebenso heftig pochte wie das ihre.

Dann hob er sie plötzlich hoch, und sie schaffte es gerade noch, die Arme um seinen Hals zu schlingen, bevor er fordernd seine Lippen auf die ihren presste. Er küsste sie tief, hungrig, und sie reagierte mit ebenbürtigem Enthusiasmus. Es war unglaublich befreiend, ihre Begierde nicht zügeln zu müssen, da sie wusste, er würde sie niemals dafür verurteilen.

Als er sie vor dem Sofa absetzte, zitterten ihre Knie so sehr, dass sie sich kaum noch auf den Beinen halten konnte, doch er zog sie fest in seine Arme und löste seine Lippen von den ihren, um an ihrem Ohrläppchen zu saugen. Die sinnliche Berührung raubte ihr den Atem, und sie spürte, wie ihre Brustwarzen steif wurden. Ein heißes, prickelndes Gefühl durchfuhr sie, als sein Mund an ihrem Hals entlangwanderte und er gleichzeitig begann, sie ihrer Kleidung zu entledigen.

Kaum hatte er ihr die Chemise abgestreift, sodass sie nur noch in schwarzen Strumpfhaltern und Seidenstrümpfen vor ihm stand, kehrte Primrose plötzlich unsanft in die Realität zurück. Was gab sie gerade wohl für ein Bild ab? War ihre Frisur zerzaust? Als er sich auf dem Sofa niederließ und sie auf seinen Schoß zog, erfasste sie eine Welle der Panik. Sie war sich ihres undamenhaften, entblößten Zustands nur zu deutlich bewusst, wie auch der Tatsache, dass er hingegen noch tadellos bekleidet war.

Verlegen senkte sie den Blick und versuchte, ihre Nacktheit zu bedecken.

Er hob ihr Kinn an und zwang sie, ihm in die Augen zu sehen. „Keine Sorge, du bist wunderschön. Es gibt nichts, was du vor mir verstecken müsstest."

„Aber ich bin nicht angemessen ..."

„Du bist perfekt, so wie du bist. Unvergleichlich hinreißend", flüsterte er mit heiserer Stimme. „Keine Frau hat mich je so um den Verstand gebracht wie du."

Er schien es ernst zu meinen. Selbst, wenn sie an seinen Worten zweifelte, ließ seine körperliche Reaktion sich nicht leugnen: Sie spürte den eindeutigen Beweis seiner Erregung hart und heiß gegen ihre Kehrseite gepresst.

In diesem Moment verflog ihre Angst, und sie hauchte sehnsüchtig: „Schlaf mit mir, Andrew."

Sein Blick verdunkelte sich vor Lust und er beugte sich vor, um sie erneut zu küssen. Die Wärme seiner Lippen vertrieb auch die letzten Zweifel und erfüllte sie stattdessen mit einem tiefen, brennenden Begehren. Als er ihre Brüste mit den Händen umschloss, konnte sie nicht umhin festzustellen, dass seine selbstsicheren Berührungen in *keiner* Weise mit Daltrys unbeholfenem Gefummel zu vergleichen waren. Andrew liebkoste und neckte ihre harten Knospen, bis sie ungeduldig gegen seine Lippen stöhnte.

„Deine Nippel sind zum Anbeißen. Zartrosa und fest wie zwei kleine Beeren", raunte er mit tiefer, samtiger Stimme. „Ich frage mich, ob sie wohl so gut schmecken, wie sie aussehen?"

„Schmecken?", wiederholte sie verwirrt.

Sein träges, sinnliches Lächeln verursachte ihr Schmetterlinge im Bauch. Er nahm eine ihrer Hände und führte sie zu seinem Mund, um an ihrem Zeigefinger zu saugen. Jede Berührung seiner Zunge jagte ihr einen elektrisierenden Schock durch den Körper. Die feuchte Stelle zwischen ihren Schenkeln begann heftig zu pulsieren. Dann führte er ihren Finger zu ihrer Brustwarze und brachte sie dazu, über die steife Spitze zu reiben.

„Stell dir vor, ich würde dich hier küssen", murmelte er. „Würde dir das gefallen?"

Obwohl sie sonst so forsch und selbstbewusst war, brachte sie kein Wort über die Lippen. Ihr Körper hingegen war weniger zurückhaltend. Entsetzt bemerkte sie, wie ihr Nektar der Lust den Stoff seiner Hose durchtränkte.

Wie aus dem Nichts schoss ihr Daltrys abfällige Stimme durch den Kopf: *Du bist ein schamloses Flittchen.*

Verzweifelt versuchte sie, sich aus Andrews Armen zu lösen und aufzustehen, doch er hielt sie fest gegen sich gedrückt.

„Deine Reaktion ist völlig normal und perfekt, genau wie du", sagte er.

„Aber ich habe ... Deine Hose ...", druckste sie mit hochroten Wangen herum.

„Es gefällt mir, dass du feucht für mich bist. Je feuchter, desto besser." Trotz seiner derben Worte strahlten seine Augen eine sanfte Wärme aus. „Auf diese Weise gibt mir dein Körper zu verstehen, wie sehr du mich willst."

Wieder einmal war sie unendlich dankbar für seine Erfahrung und Ehrlichkeit. Langsam entspannte sie sich ein wenig und ließ sich von ihm auf die Sofakissen niederlegen, während er sich auf den Boden neben sie kniete. Ihr Puls begann zu rasen, als seine Lippen zu ihren Brüsten hinunterwanderten und diese mit Küssen bedeckten, ohne jedoch ihre schmerzhaft harten Nippel zu berühren.

Ungeduldig wand sie sich unter ihm, bis sie es schließlich nicht mehr aushielt und die Finger in seinem dichten, bronzefarbenen Haar vergrub, um ihn dorthin zu führen, wo sie ihn haben wollte ... ihn *brauchte*. Er lachte leise, und dann spürte sie, wie sein heißer Mund eine ihrer Brustwarzen umschloss.

Das heftige Pulsieren zwischen ihren Schenkeln war kaum zu ertragen, während er an ihren steifen Spitzen knabberte und saugte, bis sie vor Lust den Verstand zu verlieren drohte. Sie wusste nicht, wie sie ihm mitteilen sollte, was sie sich von ihm wünschte, aber das war auch gar nicht nötig. Seine Hand wanderte bereits von ihren Rippen über ihren Bauch bis hinunter zu ihrer heißen, geschwollenen Scham.

„Deine Pussy ist so unglaublich feucht für mich", flüsterte er mit kehliger Stimme und warf ihr einen lüsternen Blick zu. „Hast du eine Ahnung, wie sehr mich das anmacht?"

„Wie sehr?", fragte sie schüchtern.

„Ich fühle mich wie ein Grünschnabel bei seinem ersten Mal."

„Mir geht es ebenso", murmelte sie.

Ein Anflug von Belustigung huschte über sein attraktives Gesicht. „Es ist ja auch dein erstes Mal, du Dummchen."

„Genau das weiß ich ja eben nicht ..."

„Aber ich."

Bevor sie noch etwas erwidern konnte, brachte er sie mit einem leidenschaftlichen Kuss zum Schweigen. Sie hätte ohnehin nichts mehr hervorgebracht, da er in diesem Moment begann, über ihr Zentrum der Lust zu reiben, und jegliche Gedanken lösten sich in Rauch auf. Fieberhaft hob sie ihre Hüften jeder seiner Bewegungen entgegen, verzweifelt auf der Jagd nach Erlösung. Als der Druck in ihr kaum noch zu ertragen war, brach plötzlich ein Damm in ihr, und sie wurde von einer Welle der Ekstase erfasst. Sie keuchte seinen Namen, während sie sich ihrem überwältigenden Höhepunkt hingab.

Nachdem sie wieder zu sich gekommen war, stellte sie mit immer noch wild pochendem Herzen fest, dass Andrew sie eingehend beobachtete.

„Wirst du jetzt ... mit mir schlafen?", fragte sie verlegen.

Er legte den Kopf schief und wirkte beinahe ein wenig nachdenklich.

„Nein", antwortete er nur.

17

„WAS?" UNGEHALTEN RICHTETE PRIMROSE SICH AUF DEM Sofa auf.

Eine atemberaubend schöne, splitternackte Frau zurückzuweisen, lag eigentlich nicht in Andrews Natur, vor allem, wenn er zwischen ihren Beinen kniete und sie ihm einen derart unwiderstehlichen Anblick bot. Die blonden Locken fielen ihr wild über die Schultern und bedeckten ihre Brüste. Zwischen den glänzenden Strähnen spitzten neckisch ihre zartrosa Brustwarzen hindurch, und ihr goldblondes Schamhaar war noch immer feucht von ihrem heftigen Orgasmus. Doch obwohl sein Schwanz vor Begierde heiß zu pulsieren begann, ermahnte seine innere Stimme ihn, dass es sich bei ihr nicht um irgendeine unbedeutende Frau handelte.

Sondern um Primrose.

Sie verdiente so viel mehr als einen bedeutungslosen Fick.

Und er ebenfalls.

Er gab sich nicht der Illusion hin, dass ihnen eine gemeinsame Zukunft vergönnt war. Sie hatte ihm unmissverständlich zu verstehen gegeben, dass sie sich nichts sehnlicher wünschte als Anerkennung, und diese vermochte er ihr nicht zu geben.

Dennoch kam er nicht umhin, sich vorzustellen, wie ein Leben mit ihr aussehen könnte. Vor ihrer Ehe hätte er nicht einmal im Traum daran gedacht, aber die Dinge hatten sich verändert. Sie war nun eine Witwe ... und es lag im Bereich des Möglichen, den Rang und Namen zu erlangen, nach dem sie sich so sehnte. Vorausgesetzt, er half ihr, ihr „Problem" zu lösen.

Außerdem wäre sie frei ... ungebunden.

Der Gedanke erregte und beunruhigte ihn zugleich. Zweifellos würde es nicht lange dauern, bis Horden von Männern um ihre Aufmerksamkeit buhlten. Zwar hatten viele Gentlemen sie aufgrund ihrer Herkunft und ihres Rufes bislang nicht als heiratsfähig erachtet, aber selbst diese würden in der frisch gebackenen Witwe nun eine ansprechende Liebhaberin sehen. Und da sie selbst noch jung und leidenschaftlich war, konnte es nicht lange dauern, bis sie sich ebenfalls einen Gefährten an ihrer Seite wünschte.

Die Vorstellung, dass Primrose sich einen Geliebten nehmen könnte, gefiel ihm ganz und gar nicht. Niemand außer ihm sollte je wieder das Bett mit ihr teilen. Eine Affäre war zwar nicht gerade das, was er sich erhoffte, aber er würde mit dem vorliebnehmen, was er kriegen konnte.

Er wollte sie mehr als alles andere auf der Welt.

Deshalb musste er seine Karten mit Bedacht ausspielen, was ihm nicht allzu schwerfallen dürfte. Wenn es ein Spiel gab, auf das er sich verstand, war es die Verführung.

„Aber du wolltest mir doch helfen!", rief sie verzweifelt.

„Das werde ich auch." In seinem Kopf reifte ein Plan heran. Schnell legte er ihr die Hände auf die Schenkel, um sie am Aufstehen zu hindern. Der Anblick der schwarzen Strumpfbänder auf ihrer samtigen, blassen Haut, brachte ihn beinahe um die Beherrschung, aber er riss sich zusammen und fügte ruhig hinzu: „Allerdings auf meine Weise."

„Und wie sieht die aus?", fragte sie argwöhnisch und kniff die Augen zusammen.

„So." Er packte sie am Hintern, hob ihre Hüften ein wenig an und senkte den Kopf.

„Was hast du ...?", stammelte sie. „Nein, tu das nicht! Ich bin nicht gewaschen, das ... Oh, *gütiger Himmel* ..."

Das Aroma ihrer Pussy entfachte ein Feuer der Begierde in ihm. Gott, sie schmeckte so süß und gleichzeitig salzig, eine berauschende Mischung, die so viel besser war als alles, was er sich in seinen Fantasien auszumalen vermocht hatte. Er musste ein selbstgefälliges Grinsen unterdrücken, als ihre Protestrufe in lautes Stöhnen übergingen. Ihre anfänglichen Vorbehalte schmolzen dahin und förderten die leidenschaftliche Frau zutage, die in ihrem Inneren verborgen lag.

Er leckte ihre Möse mit einem unersättlichen Verlangen, das er seit Wochen zu unterdrücken versucht hatte. Mit den Fingern schob er ihre Schamlippen auseinander und ließ seine Zunge um ihre zartrosa Spalte kreisen. Als sie laut aufstöhnte und sich keuchend an die Sofakissen klammerte, ließ er seinen Mittelfinger in sie hineingleiten.

Verdammt, sie war so unglaublich eng! Glücklicherweise war sie immer noch feucht von ihrem ersten Orgasmus und schien keine Schmerzen zu verspüren. Langsam ließ er den Finger bis zum Knöchel in sie sinken.

Sie stieß einen leisen Laut aus, der wie sein Name klang.

„Alles in Ordnung, Sonnenschein?"

„Ja ... o ja ..." Sie wirkte halb benommen vor Lust.

Er fügte einen zweiten Finger hinzu und bewegte beide auf eine Weise in ihr, die jegliche Spur ihrer Jungfräulichkeit beseitigen würde. Immer wieder stieß er tief in sie hinein, und die Art, wie ihre enge Pussy sich um ihn zusammenzog, trieb ihm den Schweiß auf die Stirn. Verflucht, wenn er ihre feuchte Hitze doch nur um seinen Schwanz spüren könnte ...

Ihre Schenkel begannen zu zittern und sie ließ den Kopf gegen die Sofalehne fallen. Zweifellos stand sie kurz vor dem Höhepunkt, und es wäre so einfach für ihn, sich die Hose abzustreifen und seinen pulsierenden Schaft in ihr zu vergraben, sich der Leidenschaft hinzugeben, die wie Elektrizität zwischen ihnen knisterte. Doch seine Vernunft behielt die Überhand. Er rief sich ins Gedächtnis, dass ihre Lust einem bestimmten Ziel diente.

Und dieses Ziel bist nicht du ... es sei denn, dir gelingt es, sie vom Gegenteil zu überzeugen.

Nach einem letzten, kräftigen Stoß, der ihr ein lautes Stöhnen entlockte, zog er seine Finger zurück.

Sie hob den Kopf und starrte ihn schwer atmend an. „Warum hast du ...?"

„Damit sollte nichts mehr von deiner Jungfräulichkeit übrig sein", sagte er. „Du hast nicht geblutet, was mich vermuten lässt, dass dein Jungfernhäutchen bereits beim Ausreiten oder ähnlichen Aktivitäten gerissen ist. Das kommt bei jungen Frauen häufig vor."

Sprachlos sah sie ihn an.

Er erhob sich und fischte nach ihrer Chemise. „Hier, lass mich dir beim Ankleiden helfen. Du warst schon viel zu lange hier."

„Aber willst du es denn nicht ... zu Ende bringen?" Ihr enttäuschter Blick und die Art, wie sie sich mit der Zunge über die Unterlippe fuhr, führten ihn stark in Versuchung. „Es würde mir nichts ausmachen. Als ich mich entschlossen habe, herzukommen, war ich darauf vorbereitet ..."

„Mit mir zu schlafen?", fragte er sanft.

Sie nickte nur, und ihm entging der verstohlene Blick nicht, den sie auf seinen Schritt warf. Ohne falsche Bescheidenheit musste er zugeben, dass dieser Teil seiner Anatomie recht eindrucksvoll war. Nur die ausgezeichnete Qualität seiner grauen Hose sowie seine eiserne Willensstärke hinderten seinen Schwanz daran, sich durch den Stoff zu bohren.

„Ich weiß, dass du mir einen Gefallen getan hast", fuhr sie stockend fort. „Aber ich nahm an, dass du im Zuge dessen ebenfalls Befriedigung erfahren würdest. Mir erschien die ganze Sache jedoch etwas ... einseitig."

„Willst du, dass ich mit dir schlafe, Primrose?", fragte er ruhig.

Nervös biss sie sich auf die Lippe. „Ich ... ich glaube schon."

Ihre Worte brachten seine Selbstbeherrschung beinahe zum Einsturz. Beinahe.

„Sag mir Bescheid, sobald du dir ganz sicher bist." Er half ihr auf die Füße und forderte sie anschließend auf: „Arme hoch, Sonnenschein." Sie gehorchte ihm mit liebenswerter Verwirrtheit und ließ sich von ihm Chemise und Korsett überstreifen. Während er Letzteres zuschnürte, fügte er hinzu: „Ach, und damit eines klar ist: Ich werde nur unter einer Bedingung mit dir schlafen."

Sie runzelte die Stirn. „Die da wäre?"

„Wenn ich dich nehme, dann nicht nur ein einziges Mal, weil du deine Unschuld verlieren oder wissen willst, wie es sich anfühlt. Und auch nicht, weil du darauf vertraust, dass es sich mit mir gut anfühlt."

„Was würde dich dann dazu bewegen?", verlangte sie ein wenig schnippisch zu wissen.

„Ich werde erst dann mit dir schlafen, wenn du *mich* willst", sagte er. „Wenn du nicht aufhören kannst, darüber nachzudenken, wie ich dich küsse, dich berühre, dich mit meinem Schwanz ausfülle." Voller Genugtuung bemerkte er die glühende Röte ihrer Wangen und wie stark ihre Pupillen vor Erregung geweitet waren. „Ich werde erst dann mit dir schlafen, wenn du bereit bist zuzugeben, dass ich der einzige Mann bin, der dir geben kann, was du brauchst."

„Da ist aber jemand ziemlich von sich selbst überzeugt, nicht wahr?" Ihr atemloser Tonfall strafte ihre spitzen Worte Lügen.

Mit geübten Bewegungen knöpfte er ihr Kleid zu und setzte ihr abschließend die Haube auf. „Ich bin nur ehrlich. Wenn du so weit bist, dir und mir gegenüber ehrlich zu sein, lass es mich wissen." Behutsam zupfte er den Schleier vor ihrem verdutzten Gesicht zurecht. „Aber tu uns beiden einen Gefallen, Sonnenschein, und lass mich nicht ewig warten."

❦ 18 ❦

ZWEI TAGE SPÄTER KEHRTE ROSIE ÄUßERST ÜBEL GELAUNT IN das Stadthaus der Revelstokes zurück. Man hätte meinen können, die erniedrigende Leibesuntersuchung an diesem Morgen trüge die Schuld an ihrer miesen Stimmung. Wenigstens war der Vollzug ihrer Ehe damit eindeutig bewiesen. Mr Mayhew, Daltrys Testamentsvollstrecker, war ebenfalls nach London zurückgekehrt und wollte sich am folgenden Tag mit ihr treffen, um die Angelegenheiten ihres verstorbenen Gemahls zu regeln. Sie konnte es kaum erwarten, diese ganze Misere endlich hinter sich zu lassen.

Doch das war es nicht, was sie so missmutig stimmte. Vielmehr machte sie einen gewissen Andrew Corbett dafür verantwortlich. Seine Worte gingen ihr einfach nicht mehr aus dem Kopf, und sie war sich ziemlich sicher, dass er das beabsichtigt hatte.

Ich bin der einzige Mann, der dir geben kann, was du brauchst.

Er vereinnahmte jede ihrer wachen Minuten ... und verfolgte sie selbst in ihren Träumen. Ihre Wangen begannen zu glühen, als sie an die verruchten Fantasien dachte, die sie im Schlaf heimsuchten. Er hatte ein Verlangen in ihr geweckt, das sich nicht mehr kontrollieren ließ.

Selbst jetzt spürte sie seine Berührungen noch an ihrem ganzen Körper. Ihre steifen Brustwarzen rieben gegen ihr Mieder, pulsierten sehnsüchtig, als sie sich daran erinnerte, wie er an ihnen gesaugt hatte. Und wie gut sein geschickter Mund sich erst zwischen ihren Schenkeln angefühlt hatte ... Gütiger Himmel, hatte sie wirklich zugelassen, dass er ihre ... Pussy küsste? Allein das Wort brachte ihren Puls zum Rasen.

Verflixt, dachte sie missmutig. *Jetzt muss ich mich nicht nur vor niederträchtigen Gedanken hüten, sondern auch noch vor* unzüchtigen.

Dank Andrew spukten ihr ständig vulgäre Begriffe wie *Schwanz* und *ficken* durch den Kopf.

Himmel noch eins ... sie war wirklich ein schamloses Flittchen.

Dennoch konnte sie sich der Vorstellung nicht erwehren, wie es wohl wäre, in seinem Bett zu liegen, seine tiefe Stimme zu hören, die ihr ins Ohr flüsterte, was er mit ihr anzustellen gedachte. Seinen Schwanz in sich zu spüren, der sie vollkommen ausfüllte und sie alles um sich herum vergessen ließ ...

Sei nicht so töricht! Willst du wirklich alles wegwerfen, wofür du so hart gearbeitet hast, nur um eine Affäre *zu haben?*

Frustriert über ihre eigene Dummheit stampfte sie durch die Eingangshalle in Richtung Salon. Die Tür stand offen, und Rosie blieb wie angewurzelt stehen, als sie Polly erblickte ... jedoch nicht allein. Revelstoke hatte seine Gemahlin gegen die Wand gepresst, beide deutlich sichtbar von der Tür aus, aber sie schienen nichts außer einander wahrzunehmen.

Der Graf hatte eine Hand neben Pollys Kopf abgestützt. Ihre Augen waren geschlossen, ihre Lippen leicht geöffnet, während seine Lippen an ihrem Hals entlangwanderten. Rosies Haut prickelte elektrisierend, als sie sich daran erinnerte, wie Andrew sie auf dieselbe Weise verwöhnt, an ihrem Ohrläppchen geknabbert hatte, so wie Revelstoke es nun bei seiner Gräfin tat. Diese stieß einen sinnlichen Seufzer aus ... und erst jetzt bemerkte Rosie, dass die Röcke ihrer Freundin bis zu deren Hüfte hochgeschoben waren und die andere Hand des Grafen unter den Stofflagen verborgen war, während sein intensiver Blick voller Lust und Verehrung auf dem Gesicht seiner Angebeteten ruhte.

Eine unerträgliche Sehnsucht durchflutete Rosie. Wie es wohl wäre, auf diese Art und Weise von Andrew angesehen zu werden? Sich ihm hinzugeben ... und die brennende Leidenschaft zwischen ihnen zuzulassen?

Im selben Moment wurde ihr bewusst, dass sie wie eine Voyeurin herumlungerte und einen intimen Augenblick zwischen zwei Eheleuten beobachtete, der sie nichts anging. Zutiefst beschämt wirbelte sie herum ... und stieß prompt mit dem Butler zusammen.

Durch den Aufprall landete Rosie unsanft auf dem Hintern, während der arme Harvey ächzend rückwärts stolperte, wobei ihm ein voll beladenes Tablett aus der Hand flog. Tee und Gebäck prasselte auf sie herab, während das Silberbesteck mit lautem Klirren zu Boden fiel.

Sekunden später erschien Polly auf der Bildfläche, dicht gefolgt von Revelstoke.

„Was um alles in der Welt ist denn hier los?", rief sie. „Geht es euch beiden gut?"

„Ich bitte vielmals um Verzeihung!" Mit hochrotem Kopf eilte Harvey sich, Rosie aufzuhelfen, hielt jedoch inne, als er bemerkte, dass seine ausgestreckte Hand mit Sahne beschmiert war.

„Ist schon in Ordnung, Harvey", sagte Revelstoke, der Rosie auf die Füße zog.

„Ich weiß nicht, wie ich so unvorsichtig sein konnte", stammelte der Butler.

„Es war meine Schuld", murmelte Rosie. „Ich war viel zu schnell unterwegs ..."

Sie verstummte, als sie den verärgerten Blick bemerkte, den Polly ihrem Gemahl zuwarf. Die Freundin war lange Zeit in der Lage gewesen, die Emotionen anderer Menschen wahrzunehmen, hatte diese einzigartige Gabe jedoch stets als Fluch empfunden und sich gefreut, als sie diese vor nicht allzu langer Zeit losgeworden war. Allerdings besaß sie nach wie vor einen angeborenen Scharfsinn und konnte sich offensichtlich denken, weshalb Rosie es so eilig gehabt hatte.

Da sie sowohl ihrer Schwester als auch sich selbst weitere Peinlichkeiten ersparen wollte, entfernte sie sich mit einer hastig gemurmelten Entschuldigung: „Ich, äh, gehe mich besser umziehen."

Nur wenige Minuten, nachdem sie ihr Zimmer erreicht hatte, klopfte es an der Tür.

Es war Polly, die nervös auf ihrer Unterlippe kauend auf der Schwelle stand. „Ich dachte mir, du könntest vielleicht ein wenig Hilfe gebrauchen."

„Das ist lieb, vielen Dank." Um ihre Verlegenheit zu überspielen, zog Rosie die Freundin in ihr Schlafgemach und schloss die Tür hinter ihr. Dann öffnete sie ihren Schrank und fragte leichthin: „Was soll ich nur anziehen ... das Schwarze ... oder doch lieber das Schwarze?"

Polly lächelte verhalten. „Wie wäre es mit dem Schwarzen?"

„Hervorragende Wahl!"

Sie zog ein dunkles Taftkleid heraus und hängte es über die spanische Wand neben dem großen Standspiegel.

Polly trat neben sie, um ihr zu helfen. Den Blick geflissentlich auf die Knöpfe gerichtet, die sie öffnete, murmelte sie: „Tut mir leid, was du da eben mit ansehen musstest." Ihre Stimme zitterte vor Verlegenheit. „Sinjin und ich ..."

„Ihr seid frisch verheiratet", unterbrach Rosie sie hastig. „Dafür musst du dich wirklich nicht entschuldigen. Insbesondere, da ihr beide mich so großzügig aufgenommen und eure Privatsphäre geopfert habt."

„Unsinn. Unser Heim ist ebenso deines. Aber was musst du nun von uns denken ...?"

„Dass du nichts als Glück verdienst und es offensichtlich

gefunden hast. Allerdings trage ich mich schon seit einer Weile mit dem Gedanken, dass ich mein eigenes Domizil brauche."

Die Idee spukte ihr seit gut einer Woche im Kopf herum. So herzlich Polly und der Graf auch sein mochten, ließ sich eine gewisse Befangenheit zwischen ihr und den Frischvermählten nicht leugnen. Sie fühlte sich wie das fünfte Rad am Wagen. Aber keinesfalls wollte sie in das Haus ihrer Eltern zurückkehren. Nicht nur wegen des Zwists zwischen ihr und ihrer Mutter – welcher zweifellos irgendwann angesprochen werden musste, aber noch fehlte ihr dazu der Mut –, sondern weil sie zu einer schmerzlichen, aber notwendigen Einsicht gelangt war: deren Heim war nicht länger ihr Zuhause.

Sie war nicht mehr das unschuldige Mädchen von früher, sondern eine Witwe, und so kurzlebig ihre Ehe auch gewesen sein mochte, hatte sie doch alles verändert. Nun trug sie den Titel der Gräfin von Daltry und musste diese hart erkämpfte Position dazu nutzen, um sich eine eigene Zukunft zu schaffen.

„Du kannst bei uns bleiben, solange du willst", sagte Polly mit Nachdruck.

„Das weiß ich doch. Aber ich kann nun einmal nicht ewig in solch ungewissen Verhältnissen leben." Nachdenklich biss Rosie sich auf die Lippe. „Ich habe so viel Chaos angerichtet ... mit der heimlichen Hochzeit und meinem leichtsinnigen Verhalten zuvor. Auch wenn ich die Vergangenheit nicht ändern kann, sollte ich zumindest die Verantwortung für meine Zukunft übernehmen. Ich bin jetzt eine unabhängige Frau, und sollte mich besser wie eine benehmen."

„Aber musst du dafür alleine wohnen?", fragte Polly besorgt. „Wirst du nicht furchtbar einsam sein?"

„Die Einsamkeit wird mir womöglich sogar guttun. Und sobald die Trauerzeit vorüber ist, werde ich mich vor gesellschaftlichen Terminen gewiss kaum retten können ... insbesondere, wenn ich Daltrys Tanten dazu überreden kann, mich zu unterstützen." Bei der Testamentsverlesung am folgenden Tag wollte sie ihren Plan in die Tat umsetzen, Mrs James und Lady Charlotte für sich zu gewinnen.

Polly runzelte die Stirn. „Aber wo genau willst du wohnen? Und wie willst du dafür bezahlen?"

Also schön, ein paar Einzelheiten bedurften noch der weiteren Klärung.

„Ehrlich gesagt, weiß ich gar nicht, wie viel es kosten würde, sich etwas anzumieten", gestand sie. „Hast du eine Ahnung?"

Polly schüttelte den Kopf. „Ich könnte Sinjin fragen. Gewiss kennt er sich mit solchen Dingen aus."

„Ich brauche ja auch nichts Ausgefallenes, ein kleines Häuschen würde mir schon genügen. Dafür dürften die Zuschüsse meiner Eltern ausreichen. Und sollten sie mir diese verwehren, weil sie mit meinem Plan nicht einverstanden sind, dann ... dann verkaufe ich eben meine Juwelen und Kleider", verkündet Rosie entschlossen. „Irgendwie finde ich schon einen Weg, mir meine Zukunft zu finanzieren."

„Ich glaube kaum, dass derart drastische Maßnahmen notwendig sein werden", erwiderte ihre Schwester trocken. „Und da wir gerade von deiner Zukunft sprechen ..."

„Ja?"

Während Polly ihr aus der verschmutzten Kleidung und in das neue Gewand half, fragte sie wie beiläufig: „Was ist eigentlich mit Mr Corbett?"

Nach ihrer Rückkehr aus Gretna hatte Rosie die Freundin über alles in Kenntnis gesetzt, was zwischen ihr und Andrew vorgefallen war ... mit Ausnahme ihres letzten Besuchs bei ihm. So sehr sie Polly auch liebte, gab es gewisse Dinge, über die sie einfach nicht sprechen konnte. Wie zum Beispiel die Tatsache, dass sie einen Mann gebeten hatte, ihr die Unschuld zu nehmen.

„Was soll mit ihm sein?", entgegnete sie vorsichtig.

Polly nahm ihre Hand und zog sie mit sich zum Bett hinüber, auf dem sie sich gemeinsam niederließen. „Wenn man bedenkt, was zwischen euch vorgefallen ist, muss ich mich einfach fragen, ob er nicht auch Teil deiner Zukunftsplanung sein könnte?"

Die Worte entfachten eine glühende Sehnsucht in ihr ... die jedoch ebenso schnell wieder erlosch, als sie sich daran erinnerte, wie vehement er sich weigerte, sie zu heiraten. Zwar verstand sie nun den Grund für seine Zurückweisung, aber deshalb schmerzte sie nicht weniger, und sie wollte keinesfalls noch tiefer verletzt werden, indem sie sich albernen Hoffnungen hingab.

Er hatte ja recht: Eine Ehe zwischen ihnen war schlichtweg unmöglich. Er konnte ihr nicht das Ansehen bieten, das sie sich wünschte, und sie war sich auch nicht so sicher, welche Vorzüge *er* aus einer Verbindung mit *ihr* ziehen könnte. Mit seinem Aussehen und Vermögen hatte er gewiss keine Schwierigkeiten, eine Frau zu finden, die sein Bett – und sein Leben – mit ihm teilen wollen würde. Was war schon besonders an ihr, einer Nicht-mehr-ganz-Jungfrau, die ihm nichts als Ärger einbrachte?

Warum sollte ich mir die Mühe machen, um etwas zu kämpfen, das niemals glücklich enden wird? Wozu den Schmerz und die Qualen auf mich nehmen?

„Er kann nicht Teil meiner Zukunft sein", erwiderte sie tonlos.

„Warum nicht?"

„Weil er ein Bordellbesitzer ist, deshalb. Und außerdem ist er viel zu gut für mich."

Polly blinzelte verwirrt. „Das musst du mir genauer erklären."

Abgesehen von ihrer Bitte an Andrew, sie zu entjungfern, gestand Rosie der Freundin, was sie bei ihrem letzten Besuch bei ihm herausgefunden hatte ... was er getan hatte, um sie zu beschützen.

„Du meine Güte", hauchte Polly ehrfürchtig. „Wenn du ihn nicht heiratest, werde *ich* es tun!"

„Lass das bloß nicht deinen Mann hören", erwiderte Rosie, halb im Scherz. Der Graf war ziemlich besitzergreifend, wenn es um seine Angebetete ging.

„Mr Corbett ist also dein Ritter in glänzender Rüstung",

seufzte Polly mit einem verklärten Lächeln. „Er hat dich die ganze Zeit über beschützt, ohne dass du es wusstest. Und dann hat er auch noch den *Prattler* aufgekauft? Etwas Romantischeres kann ich mir wirklich nicht vorstellen!"

Rosie spürte, wie ihr eiserner Wille einzustürzen drohte, und klammerte sich verbissen an ihren gesunden Menschenverstand. „Das spielt keine Rolle. Ich kann mich unmöglich auf ihn einlassen, nicht jetzt, nachdem ich endlich alles besitze, was ich mir so sehnlich gewünscht habe."

Polly hob die Brauen. „Tust du das?"

„Ich habe einen Titel. Sobald ich mir die Unterstützung von Mrs James und Lady Daltry zugesichert habe, werde ich auch das Ansehen der *ton* erlangen. Nie wieder wird irgendwer mich verhöhnen oder brüskieren können", erklärte sie.

„Ich weiß ja, wie wichtig dir die Akzeptanz anderer ist, aber meiner Meinung nach verdienst du so viel mehr."

„Was denn, etwa Liebe?" Sie schüttelte den Kopf. „Die ist für andere Menschen bestimmt ..."

„Das habe ich früher auch stets gedacht. Und als ich mich mit einer Zweckehe ohne Liebe zufriedengeben wollte, sagtest du mir, ich hätte etwas Besseres verdient. Jetzt erwidere ich den Gefallen." Polly ergriff Rosies Hände und sah sie ernst an. „Wenn ich eines gelernt habe, dann das: *Nichts* ist so wichtig wie die Liebe."

„Ich habe nie behauptet, dass ich in Andrew Corbett verliebt sei", beeilte sie sich zu sagen.

Die Schwester musterte sie eindringlich. „Aber du hast Gefühle für ihn?"

Rosie errötete. „Vielleicht fühle ich mich ein wenig zu ihm hingezogen ... aber das spielt keine Rolle", sagte sie mit einem Anflug von Verzweiflung. „Außerdem hat er nicht die geringste Absicht, mich zu heiraten. Ich habe praktisch um seine Hand angehalten, und er hat mich abblitzen lassen."

Wenigstens ist er konsistent, dachte sie verbittert. *Er hat nie so getan, als sei eine Ehe zwischen uns möglich. Wahrscheinlich will er eine Ehefrau, die mehr kann als nur hübsch aussehen.*

„Aber doch nur, weil er versucht hat, ehrenhaft zu sein und das Richtige zu tun", warf Polly ein. „Wenn du ihm gestehen würdest, dass es dir egal ist, was die Gesellschaft denkt ..."

„Ist es aber nicht." Verzweifelt ballte sie die Hände zu Fäusten. „Ich kann nicht aufgrund eines Anflugs von Leidenschaft alles hinschmeißen, wofür ich so hart gekämpft habe. Auf keinen Fall werde ich der *ton* beweisen, dass sie recht hatten, indem mich wie ein Flittchen in eine Affäre stürze."

„Deinen Gefühlen zu folgen, macht dich nicht zu einem Flittchen", sagte Polly sanft und berührte sie am Arm. „Als ich nicht wusste, was ich wegen Sinjin unternehmen sollte, habe ich einfach auf mein Herz gehört. Ich hoffe, du wirst dasselbe tun. Und egal, wofür du dich entscheidest, ich bin für dich da."

Rosie legte eine Hand über die ihrer Schwester und lächelte sie dankbar an. „Was würde ich nur ohne dich tun?"

„Das wirst du zum Glück nie herausfinden müssen."

Später am Abend saß Polly nach ihrem Bad vor dem Frisiertisch ihres Schlafgemachs und ließ sich von einer Zofe die Haare bürsten. Als Sinjin durch die Tür kam, die ihre Zimmer miteinander verband, jagte ihr ein wohliger Schauer über den Rücken. Sie konnte immer noch nicht glauben, dass dieser gut aussehende, liebevolle Mann ganz allein der ihre war.

Nachdem er die Zofe weggeschickt hatte, trat er hinter Polly und legte ihr die Hände auf die Schultern. Ihre Blicke trafen sich im Spiegel, und er schenkte ihr ein sinnliches Lächeln. „Bist du bereit fürs Bett, Liebling?", murmelte er.

„Ich bin noch nicht müde", gestand sie ihm. Ihr ging einfach zu viel im Kopf herum.

„Ausgezeichnet." Ein Kichern entfuhr ihr, als er sie mühelos hochhob und zu ihrem Bett hinübertrug. Mit geübten Handgriffen entledigte er sie beide ihrer Morgenmäntel, drückte Polly sanft hinunter auf die Matratze und räkelte sich über ihr wie ein sinnlicher, verspielter Panther. „Also, wo waren wir stehengeblieben, bevor wir heute Nachmittag unterbrochen wurden?"

Obwohl der Anblick ihres attraktiven Gemahls ein Feuer der Begierde in ihr entfachte, konnte sie ihre Besorgnis nicht abschütteln.

„Was ist los?", fragte Sinjin stirnrunzelnd. „Geht es dir nicht gut? Ist es das Kind ...?"

„Nein, uns geht es gut", erwiderte sie schnell.

„Willst du darüber reden?"

Es beeindruckte sie immer noch, wie leicht er sie zu durchschauen vermochte. Und sie liebte ihn dafür, dass er so verständnisvoll war, selbst wenn er eindeutig andere Pläne hatte, wie die pulsierende Erektion, die sie gegen ihren Bauch gepresst spürte, ihr verriet.

„Ich mache mir solche Sorgen um Rosie", platzte sie heraus.

Sinjin seufzte und rollte von ihr herunter. „Erzähl mir, was passiert ist."

Dankbar folgte sie seiner Aufforderung und schloss mit den Worten: „Deshalb glaube ich, dass sie in Mr Corbett verliebt ist, auch wenn sie es nicht zugeben will. Ich habe sie noch nie zuvor auf diese Weise über einen Gentleman reden hören. Mit so viel Gefühl. So viel *Sehnsucht*."

„Für mich hatte es stets den Anschein, als sei sie schnell und regelmäßig an verschiedenen Herren der Gesellschaft interessiert", erwiderte Sinjin trocken.

„Aber nicht auf diese Weise. Nicht mit dem Herzen", sagte Polly. „Sie mag flatterhaft erscheinen, aber wenn es darauf ankommt, ist sie eine loyale, liebevolle Person. Ich wünschte, sie würde ihrem Instinkt vertrauen."

„Und liegt ihr Instinkt richtig damit, sie zu Corbett zu führen?"

„Nach allem, was er für sie getan hat? Ohne Zweifel!" Polly warf ihrem Mann einen bedeutsamen Blick zu. „Und auch nach allem, was du mir über ihn erzählt hast."

Vor ihrer Heirat war Sinjin beschuldigt worden, eine Dirne namens Nicoletta in Mr Corbetts Herrenklub körperlich angegriffen zu haben. Der Bordellbesitzer war scharf gegen Sinjin vorgegangen, da er um jeden Preis Gerechtigkeit für seine Angestellte hatte erwirken wollen. Als jedoch die Wahrheit ans Licht kam und Revestokes Name reingewaschen wurde, hatte Corbett sich umgehend bei diesem entschuldigt und ihm sogar Informationen geliefert, die letztendlich zur Ergreifung des eigentlichen Verbrechers führten.

„Trotz unserer anfänglichen Differenzen respektiere ich Corbett", stimmte Sinjin ihr zu. „Er tat nur, was er hinsichtlich seiner Angestellten als richtig empfand. Die meisten anderen Zuhälter würden gewiss nicht so weit gehen. Und er hat sich für seinen Fehler entschuldigt … was ebenfalls nicht viele andere Männer tun würden. Aber hältst du ihn in Anbetracht seiner Vorgeschichte wirklich geeignet für deine Schwester?"

„Was die Ehe angeht, halte ich nicht viel von Konventionen, wie du weißt …"

„Allerdings." Sanft strich er ihr mit den Knöcheln über die Wange. „Immerhin hast du mich geheiratet."

„Du bist ein wohlhabender Graf. Und zudem ein ehrbarer und verdammt attraktiver Mann", erwiderte sie mit einem verschmitzten Lächeln. „Ich glaube, ich habe keine allzu schlechte Wahl getroffen."

„Aber das ist nicht alles, was ich bin. Und dennoch hast du mich mit allen meinen Schwächen und Fehlern akzeptiert."

Als sie den Schatten bemerkte, der sich über sein Gesicht legte, umschloss sie dieses sanft mit beiden Händen. „Ebenso wie du mich akzeptiert hast. Ich liebe dich genau so, wie du bist. Du machst mich unendlich glücklich."

„Du mich noch viel mehr."

Er küsste sie fordernd, und sie erwiderte den Kuss mit ebenbürtiger Leidenschaft. Bevor sie sich jedoch völlig der lodernden Lust hingab, löste sie sich noch einmal von ihm und keuchte: „Glaubst du, es war richtig von mir, Rosie zu raten, ihrem Herzen zu folgen?"

„Diese Strategie hat sich in unserem Fall bewährt. Hoffen wir, dass auch sie damit Erfolg haben wird", murmelte Sinjin. „Was auch immer geschehen mag, wir werden für sie da sein."

„Ja, ich ..." Sie brach ab und stöhnte laut auf. „Ich kann nicht denken, wenn du das tust, Sinjin!"

„Denken wird ohnehin überbewertet. Fühlt sich das hier nicht viel besser an? Oder *das*?"

Himmel, er hatte recht. Und auch damit, dass sie für Rosie da sein würden, egal, für welchen Weg sie sich entschied. Mit diesem Gedanken schob sie ihre Sorgen beiseite und gab sich seufzend den meisterhaften Liebkosungen ihres Gemahls hin.

❦ 19 ❦

„Kopf hoch, Püppchen", murmelte Papa. „Bald ist es geschafft."

Sie befanden sich in dem Wartezimmer vor Arthur Mayhews Büro, Daltrys Testamentsvollstrecker. Die übrigen Familienmitglieder des Grafen waren ebenfalls anwesend. Zwar war die Begrüßung seitens Mrs Antonia James und Miss Eloisa Fossey recht frostig ausgefallen, die von Lady Charlotte und Miss Sybil jedoch deutlich wärmer, was Rosie ein wenig Hoffnung verlieh.

Mr Peter Theale, Daltrys rothaariger Erbe, war so liebenswürdig gewesen wie immer, und Mr Alastair James, Antonias Stiefsohn, sogar ein wenig *zu* freundlich. Der blonde Lebemann schien eine ziemlich hohe Meinung von sich selbst zu haben und gab sich offenbar der fälschlichen Annahme hin, dass andere es ihm gleichtäten. Selbst jetzt grinste er sie ununterbrochen an, während er wie ein aufgeblasener Pfau durch den Warteraum stolzierte.

Rosie wandte sich ihrem Vater zu, der mit seinem dunklen Anzug und dem ordentlich frisierten Haar Würde und Autorität ausstrahlte.

„Danke, dass du mich heute begleitet hast, Papa", sagte sie, erleichtert über seine Anwesenheit.

Er musterte sie eindringlich. „Mama wäre auch gern mitgekommen, weißt du?"

Da es so viele Dinge zu regeln gab, hatte sie das klärende Gespräch mit ihrer Mutter bislang aufgeschoben. „Ich rede bald mit ihr, versprochen", erwiderte sie schuldbewusst.

Papa sah aus, als wollte er etwas darauf erwidern, doch in diesem Moment öffnete sich die Tür zu Mr Mayhews Büro, und sämtliche Anwesenden wurden hereingebeten.

Die dunkle Holzverkleidung, das eintönige Grün der Sitzmöbel sowie die zugezogenen Vorhänge verliehen dem Zimmer eine bedrückende Atmosphäre. Ein massiver Tisch, vor dem mehrere Stühle in einem Halbkreis aufgestellt waren, dominierte den Raum. Nachdem alle Platz genommen hatten, ergriff Mr Mayhew, ein stämmiger Mann mit hängenden Wangen und weit auseinanderstehenden Augen, der sich hinter seinem Schreibtisch niedergelassen hatte, das Wort.

„Zunächst möchte ich mich für die Verzögerung in dieser Angelegenheit entschuldigen", sagte er mit tiefer, volltönender Stimme. „Unglücklicherweise befand ich mich im Ausland, als Lord Daltry verstarb."

„Das kam *äußerst* ungelegen", erwiderte Mrs James.

„Stiefmama wartet nicht gerne", fügte Alastair James, der neben ihr saß, gedehnt hinzu. „Vor allem nicht auf die Hilfskräfte."

Mr Mayhew riss empört die Augen auf und lief puterrot an.

Rosie, der der Mann leidtat, ging schnell dazwischen. „Vielen Dank, dass Sie Mr Horton geschickt haben, um uns während Ihrer Abwesenheit zu unterstützen. Ich weiß nicht, was ich ohne ihn getan hätte."

Der Testamentsvollstrecker nickte ihr wohlwollend zu. „Gern geschehen, Mylady. Mr Horton hat mir berichtet, dass die Beerdigung äußerst würdevoll ablief. Da George Theale einer meiner langjährigsten und treuesten Klienten war, ist es mir eine Ehre, seinen letzten Willen zu erfüllen." Er nahm ein Dokument von seinem Schreibtisch. „Kommen wir daher ohne Umschweife zur Sache. Sehr geehrte Damen und Herren, hiermit verlese ich das Testament von George Henry Theale, dem fünften Grafen von Daltry ..."

Mayhew begann mit der Benennungsurkunde, welche den Grafentitel und alle damit verbundenen Rechte auf Peter Theale überschrieb. Während der Anwalt die verschiedenen Ländereien und Vermögensquellen aufzählte, wanderten Rosies Gedanken zurück zu Andrew. Ihr gestriges Gespräch mit Polly hatte ihre Sehnsucht erneut entfacht, und sie hatte die halbe Nacht wach gelegen und über eine mögliche Zukunft mit ihm nachgegrübelt.

Schließlich war ihr praktisch veranlagter Verstand zu einem Kompromiss gelangt: Was, wenn sie sich erlaubte, ihre Gefühle für Andrew zu erkunden ... *ohne* die Aussicht auf eine Vermählung? Sie war nun eine Witwe, und jeder wusste, dass für Witwen andere Regeln galten. Solange sie diskret vorging, konnte sie sich einen Liebhaber nehmen ... und Andrew war der Einzige, den sie wollte.

Ich werde erst dann mit dir schlafen, wenn du bereit bist zuzugeben, dass ich der einzige Mann bin, der dir geben kann, was du brauchst.

Verflixt. So ungern sie auch vor ihm eingestehen wollte, dass er recht hatte, war diese Kapitulation dennoch ein kleiner Preis dafür, in seinen Armen liegen zu können. Trotz der wachsenden Aufregung, die sie durchflutete, mahnte sie sich zur Vorsicht. Wenn sie sich wirklich auf eine Affäre mit Andrew einlassen wollte, *musste* sie ihr Herz beschützen.

Keinesfalls durfte sie sich mehr erhoffen als eine Liebschaft. Außerdem war eine Zurückweisung schmerzhaft genug gewesen, auf eine weitere konnte sie gut und gerne verzichten. Folglich würde sie ihm ihre Bedingungen präsentieren: Sie wäre bereit, eine Affäre mit ihm einzugehen, solange (a) keine weiteren Verpflichtungen daran gebunden waren, (b) sie diskret vorgingen und (c) ihr Ziel, von der Gesellschaft akzeptiert zu werden, nicht gefährdet war.

Stolz auf ihren Plan, der von Reife zeugte (und auf sich selbst), erinnerte sie sich jedoch an ihr eigentliches Vorhaben, Daltrys Verwandtschaft für sich zu gewinnen. Nach einem schnellen Blick auf die Grafenwitwe und Mrs James beschloss sie, die Damen zu einem Mittagessen einzuladen, bei dem sie ein exquisites Menü kredenzen und nicht mit Komplimenten geizen würde. Vielleicht gelänge es ihr auf diese Weise, die beiden dazu zu bringen, sie bei deren nächstem Teekränzchen wohlwollend zu erwähnen.

Diese Idee gefiel ihr. Die Crème de la Crème war wie eine Horde Lemminge: Sobald einer von ihnen den Kurs änderte, folgten die anderen auf dem Fuße. Sie musste nur Lady Charlotte oder Mrs James von ihren Vorzügen überzeugen ...

In diesem Moment drehten die Damen die Köpfe und starrten Rosie an. Panisch schnellte ihr Puls in die Höhe. Hatten die beiden erahnt, was sie sich im Stillen zurechtgelegt hatte? Aber dann fiel ihr auf, dass sie nicht die Einzigen waren, die sich ihr zugewandt hatten ... *sämtliche* Augenpaare der Anwesenden waren auf sie gerichtet.

Oh-oh. Das Herz schlug ihr bis zum Hals. *Was habe ich jetzt wieder angerichtet?*

„Das ist einfach *unzumutbar*!" Alastair James sprang auf die Füße, seine aufgesetzte Langeweile war verflogen. Wut blitzte in seinen blauen Augen auf. „*Ich* war Daltrys Favorit. Nach all der Zeit, die ich ihm geopfert habe, hat der Bastard *kein Recht*, mir das anzutun. Niemandem von uns!"

„Ganz im Gegenteil", erwiderte Mr Mayhew. „Lord Daltry hatte jedes Recht, mit seinem persönlichen Vermögen zu verfahren, wie es ihm beliebte."

„A-aber die Ländereien", stammelte Peter Theale verwirrt. Er war erschreckend blass geworden. „Wie zum T-Teufel soll ich diese instand halten?"

„Unerhört!", zischte Mrs James. „Hier muss ein Irrtum vorliegen."

Völlig überrumpelt versuchte Rosie nachzuvollziehen, was sie soeben verpasst hatte.

„Es handelt sich nicht um einen Irrtum", erklärte der Anwalt in einem Tonfall, der keinen Widerspruch duldete. „Lord Daltry hat das Testament im Beisein zweier Geschäftspartner unterschrieben. Sie können und werden Ihnen bestätigen, dass er im vollen Besitz seiner geistigen Zurechnungsfähigkeit war."

„Wir sollen uns auf das Wort von *Kaufmännern* verlassen?", rief Mrs James wutentbrannt aus. „Dagegen weigere ich mich entschieden. Auf keinen Fall werde ich zulassen, dass diese ... *Dirne* die Zukunft der Daltrys zerstört", fügte sie mit einem hasserfüllten Blick auf Rosie hinzu.

Papa erhob sich und funkelte die Frau wütend an. „Sie werden meiner Tochter gefälligst ein wenig Respekt entgegenbringen."

Herausfordernd reckte Mrs James das Kinn vor und setzte zu einer Erwiderung an.

„Es ist nur ein ziemlicher Schock für uns, wissen Sie?", mischte Lady Charlotte sich ein und wechselte einen Blick mit ihren Schützlingen. Miss Eloisa saß starr und mit zusammengepressten Lippen da, während Miss Sybil sich wie ein verängstigtes Kaninchen nervös im Zimmer umsah. „Keiner von uns hat damit gerechnet."

Rosie konnte nicht länger an sich halten. „Womit gerechnet? Was ist hier los?"

Alle starrten sie an, als hätte sie den Verstand verloren.

Nach einem Augenblick angespannter Stille räusperte Mr Mayhew sich. „Ihr Gemahl hat Ihnen sein gesamtes Vermögen hinterlassen, Lady Daltry."

Schock durchfuhr sie wie ein Blitz. „Aber ...", stammelte sie verwirrt, „aber ich dachte, sein Besitz und die Ländereien würden an seinen Erben gehen."

„So ist es auch. Doch sein persönliches Vermögen bezog er

nicht aus dem Besitz der Daltrys, sondern aus seinen Geschäften und Investitionen. Mit diesem hat er die Grafschaft wieder instand gesetzt", erklärte der Anwalt und betrachtete sie ernst. „Und eben dieses hat er Ihnen vermacht."

Sie blinzelte überrascht. „Tatsächlich?"

„Ja, Mylady." Mr Mayhew ließ den Blick über die übrigen Anwesenden schweifen. Als er ihn wieder auf Rosie richtete, lag ein unverkennbarer Anflug von Genugtuung darin. „Um genau zu sein, haben Sie eine Summe von hunderttausend Pfund geerbt."

❦ 20 ❦

„BEHALTE LORD MICHAELS IM AUGE", BEFAHL ANDREW SEINEM
Faktotum und schloss das Guckloch, durch das er den betrunkenen Schnösel beobachtet hatte. „Verdünne seine Getränke mit
Wasser und sag Tim, er soll vor den Gemächern Wache stehen.
Sollte Michaels auch nur die Stimme gegen Lizzie erheben, fliegt
er raus."

Das Licht der Wandleuchten warf Schatten über Griers raues
Gesicht. „Ich kümmere mich darum."

Es war Mitternacht, und die beiden drehten ihre übliche
Runde durch die Geheimgänge, die sich durch den Klub zogen.
Von dieser verborgenen Position aus hatte Andrew sein Reich
vollständig im Blick. Jeder, der das Corbett's betrat, wusste, wie
ernst er seine Verantwortung nahm und kannte die Spielregeln.
Gäste, die töricht genug waren, die Dirnen anzugehen oder
anderweitig aus der Rolle zu fallen, wurden aufs Schärfste
zurechtgewiesen. Für Ordnung und Disziplin zu sorgen, war eine
Herausforderung, die Andrew gehörig auf Trab hielt.

Für gewöhnlich widmete er sich dieser Aufgabe mit Enthusiasmus. An diesem Abend jedoch war er aufgrund des Schlafmangels und der unterschwelligen Begierde zu erschöpft, um ganz bei der Sache zu sein. Es war zwar erst zwei Tage her, seit er Primrose sein Ultimatum gestellt hatte, aber es fühlte sich an wie eine Ewigkeit.

Warum war sie nicht längst mit ihrer Antwort zu ihm gekommen? Hatte er zu hoch gepokert? Die Situation falsch eingeschätzt?

„Da wäre noch etwas, Sir."

Irritiert über sein albernes, liebeskrankes Verhalten, fragte er knapp: „Was denn?"

Grier sah ihn grimmig an. „Einer der Wachmänner, die Sie vor der Tagesstätte postiert hatten, meldete sich vorhin. Es gab einen weiteren Vorfall."

Andrews Schultern verspannten sich. „Mit Malcom Todds Handlangern?"

„Jawohl, Sir. Sie versuchten, Lieferungen an das Haus abzufangen. Der Lebensmittelhändler war halb von Sinnen vor Angst, bevor die Wachen bemerkten, was vor sich ging und die Mistkerle vertrieben."

Fahr zur Hölle, Todd. Wütend ballte Andrew die Hände zu Fäusten. „Arrangiere eine Unterredung bei Bartholomew Black. Wir werden dieses Problem ein für alle Mal aus der Welt schaffen."

Obwohl Grier sich durch nichts so leicht einschüchtern ließ, verzog er bei der Erwähnung des Königs der Unterwelt das Gesicht. „Sie sind sich aber schon bewusst, was passieren könnte, wenn wir Black hinzuziehen?"

„Ich werde mich nicht länger auf Todds Spielchen einlassen. Wenn er mich herausfordern will, soll er es öffentlich und unter dem Blick des Königs tun", sagte Andrew. „Sollte er dann immer noch auf Blutvergießen aus sein, werde ich ihm seinen Wunsch erfüllen."

Sein Faktotum nickte knapp. „Sonst noch was, Sir?"

„Nein, behalte einfach nur Michaels und Lizzie im Auge. Ich beende den Rundgang allein."

Grier verließ ihn, um sich seiner Aufgabe zu widmen, und Andrew machte sich auf den Weg in die oberen Stockwerke. Lautlos bewegte er sich durch die geheimen Korridore und hielt gelegentlich an, um zu überprüfen, dass alles mit rechten Dingen zuging. In den meisten Gemächern wurde auf unterschiedlichste Arten kopuliert: zu zweit, zu dritt, und im beliebten Haremszimmer fand sogar eine ausgelassene Orgie statt. Alles schien unter Kontrolle ... was man von der Situation mit Malcolm Todd nicht gerade behaupten konnte.

Wenn er nicht äußerst vorsichtig an dieses Problem heranginge, könnte das schwerwiegende Konsequenzen für beide Seiten haben.

Als er ins Erdgeschoss zurückkehrte, erregte ein lautes Gespräch seine Aufmerksamkeit. Er hörte, wie einer seiner Lakaien sich argwöhnisch nach dem Grund des Besuchs eines Gastes erkundigte.

„Ich versichere Ihnen, dass Mr Corbett höchstpersönlich mich eingeladen hat", ertönte eine weibliche Stimme, die Andrews Puls in die Höhe schnellen ließ. „Ich habe mich auf dem Weg zu seinem Arbeitszimmer lediglich verlaufen ..."

Andrew drückte auf einen Knopf, durch den das Wandpaneel vor ihm aufschwang. Er trat hinaus auf den Gang, in dem sich zu seiner Erleichterung niemand außer Primrose und dem Angestellten befand. Wie zuvor war sie auch diesmal ganz in Schwarz gekleidet und verschleiert.

„Ich kümmere mich um die Dame", sagte er zu dem Lakaien. „Lassen Sie Erfrischungen in meine Gemächer bringen." Nachdem der junge Mann sich entfernt hatte, winkte er Primrose mit einem gekrümmten Finger zu sich. „Du ... komm mit."

Sie folgte ihm in den verborgenen Korridor, und er schloss das Paneel hinter ihr.

Sobald sie allein waren, hob sie ihren Schleier und flüsterte aufgeregt: „Ist das etwa ein Geheimgang? Wie aufregend! Führt er durch das ganze ..."

Er legte ihr einen Finger auf die Lippen, um sie zum Schweigen zu bringen. Verdammt, ihr Mund war so einladend voll und samtig. Andrew konnte dem Drang nicht widerstehen, seinen Daumen über ihre Unterlippe gleiten zu lassen und lächelte in sich hinein, als er hörte, wie ihr der Atem stockte.

Anscheinend hatte er doch nicht zu hoch gepokert: Sie war zurückgekommen.

„Hättest du mich von deinen Plänen in Kenntnis gesetzt, hätte ich dir einen ordentlichen Empfang beschert", murmelte er mit heiserer Stimme.

„Ich habe nicht *geplant*, herzukommen", erwiderte sie spitz. „Aber ich konnte einfach nicht schlafen. Ständig muss ich daran denken, wie sehr ich dich sehen will. Also habe ich mich aus Pollys Haus geschlichen und bin mit einer Mietdroschke hierhergefahren."

„Du bist mitten in der Nacht mit der Kutsche gefahren ... *allein?*" Er runzelte die Stirn. Nun war er nicht mehr so selbstgefällig angesichts ihres Erscheinens. „Das war viel zu gefährlich."

„Es ist etwas vorgefallen, und du bist der Einzige mit dem ich darüber reden kann. Die Angelegenheit ist wirklich *äußerst* dringlich."

Obwohl sie durchaus zur Theatralik neigen konnte, war die Dringlichkeit in ihrer Stimme real, ebenso wie die Panik in ihren Augen. Ein ungutes Gefühl beschlich ihn.

„Lass uns in meinen Gemächern reden", sagte er. „Komm mit."

Er führte sie in Richtung seines privaten Bereichs im hinteren Teil es Gebäudes. Die Luft in dem verborgenen Gang war schwül und stickig, und Primroses frischer, betörender Duft stieg ihm in die Nase. Durch die Wände hörte man deutlich das rege Treiben seiner Gäste: angeregte Unterhaltungen, ausgelassenes Gelächter ... und ungehemmtes, sinnliches Stöhnen.

Er hatte sich längst an diese Geräusche gewöhnt, doch gepaart mit Primroses Nähe durchfuhren sie ihn wie ein Blitz, schienen viel lauter und intensiver zu ihm durchzudringen. Ihr liebliches Parfüm rief Erinnerungen an das süße Aroma ihrer Lippen und ihrer Pussy in ihm wach.

In Sekundenschnelle war er hart. Glücklicherweise war er nicht der einzige, den die Erregung übermannt hatte. Aus dem Augenwinkel bemerkte er die Röte auf ihren Wangen, hörte, wie schnell und flach ihr Atem ging. Neugierig betrachtete sie die Holzlatten, die in Augenhöhe und in regelmäßigen Abständen an der Wand angebracht waren.

„Wofür sind die?", flüsterte sie.

„Das sind Gucklöcher. Mit ihrer Hilfe kann ich den Überblick über alles behalten, was im Klub vor sich geht", erklärte er nüchtern, allerdings auch gespannt, wie sie darauf reagieren würde.

„Oh." Sie blinzelte überrascht. „Heißt das, du kannst deine ... äh ... Gäste beobachten?"

Er nickte, und stellte interessiert fest, dass der Gedanke an Voyeurismus sie nicht abzuschrecken schien. Vielmehr errötete sie noch heftiger und riss die Augen auf. Als sie sich mit der Zunge über die Lippen fuhr, musste er ein lautes Stöhnen zurückhalten.

Aufgrund seines Gewerbes erkannte er Erregung, wenn er sie sah. Und trotz ihrer Unschuld war Primrose eine heißblütige Frau. Die Vorstellung, herauszufinden, was genau die Flammen ihrer Leidenschaft entfachte, ließ seinen Schwanz schmerzhaft pulsieren.

In diesem Moment hätte er sie am liebsten gegen die Wand in diesem düsteren Korridor gepresst und sie genommen, sie so ungehemmt und heftig gefickt, bis sie vor Lust aufschrie und gemeinsam mit ihm den Höhepunkt erreichte.

Stattdessen führte er sie weiter, bis sie seine Privatgemächer erreichten, obwohl seine Hände vor unterdrückter Begierde so sehr zitterten, dass er kaum den Mechanismus betätigen konnte, durch den sich das Wandpaneel öffnete.

Als Primrose das geschmackvoll eingerichtete, in Blau- und

Grautönen gehaltene Zimmer betrat, kam er nicht umhin festzustellen, wie perfekt sie hierherzugehören schien. Neugierig betrachtete sie den geblümten Axminster-Teppich unter ihren Pantoffeln, der in Azurblau, Burgunderrot und Creme gehalten war. Dann zog sie ihre Handschuhe aus und ließ die Finger über die Rückenlehne der Samtcouch sowie seines bevorzugten Ledersessels gleiten.

„Oh, wie bezaubernd", hauchte sie.

Ihr andächtiger Tonfall entlockte ihm ein Lächeln. „Nicht ganz das, was du von einem Zuhälter erwartet hättest?"

„So habe ich das nicht gemeint", erwiderte sie mit einem Stirnrunzeln. „Ich habe zwar stets vermutet, dass du einen erlesenen Geschmack besitzt, nur hätte ich nicht erwartet, derart luxuriöse Privatgemächer an deinem Arbeitsplatz vorzufinden."

„Ich habe auch andere Häuser", erklärte er schroff. „Nur arbeite ich viel und es wird oft sehr spät. Manchmal ist es einfacher, hier zu schlafen."

In Wahrheit verbrachte er den Großteil seiner Zeit hier und hielt sich selten in einer seiner privaten Residenzen auf. Der Klub erforderte viel Aufmerksamkeit ... und es war ja nicht so, als warteten am Ende des Tages eine Frau oder Familie auf ihn. Obwohl es ihn nie gestört hatte, dass sein Leben sich hauptsächlich um die Arbeit drehte, musste er in diesem Moment ein unbehagliches Gefühl abschütteln.

Ein Klopfen an der Tür signalisierte das Eintreffen der Erfrischungen. Andrew schickte den Lakai weg und schob den Wagen selbst ins Zimmer. Auf mehreren Etageren waren kalte Häppchen und knuspriges Gebäck kunstvoll angerichtet.

Primrose legte ihre Haube ab und nahm die Köstlichkeiten genauer in Augenschein. „Diese Auswahl ist ja eines Königs würdig!"

„Eines Prinzen, um genau zu sein. Mein Konditor war früher am österreichischen Königshof angestellt." Erwartungsvoll hielt er die silberne Greifzange hoch. „Was darf ich dir anbieten?"

„Oh, ich möchte nichts, danke."

Trotz ihrer Worte entging ihm der sehnsüchtige Blick nicht, mit dem sie die Desserts bedachte … insbesondere das Stück Schokoladenbiskuit mit Aprikosenmarmelade und Schokoladenglasur.

„Nicht einmal Chef Franz' Spezialität?", fragte er und deutete auf das Stück Biskuitkuchen. „Manche Klubmitglieder schwören, dass sie ebenso oft deswegen herkommen wie aus … anderen Gründen."

Er wusste nicht, warum er so um den heißen Brei herumredete. Ihr war doch mittlerweile klar, was er beruflich tat. Und es überraschte ihn immer wieder, wie wenig sie die Gesellschaft eines Zuhälters abzuschrecken schien.

„Es sieht wirklich ganz köstlich aus", sagte sie seufzend, „aber leider kann ich mir eine solche Schwäche nicht leisten."

Er runzelte die Stirn. „Warum nicht? Du bist gertenschlank."

„Weil ich darauf achte, was ich esse. Wie dem auch sei, meine Ernährung spielt wohl keine Rolle mehr, jetzt da mich erneut ein furchtbares *Desaster* ereilt hat", verkündete sie theatralisch.

Er legte die Greifzange nieder. „Brauche ich einen Whiskey für das, was jetzt kommt?"

Sie nickte heftig, und er ging zu seiner Anrichte hinüber, um ihre Drinks zuzubereiten. Anschließend setzte er sich neben sie auf das Sofa, seinen Whiskey in der einen, ihren Ratafia in der anderen Hand. Mit zusammengekniffenen Augen nahm sie ihm das Glas ab.

„Möchtest du lieber etwas anderes?", fragte er. Er hatte angenommen, sie würde den süßen Pfirsichlikör bevorzugen, den die meisten Frauen mit Vorliebe tranken.

„Ratafia ist in Ordnung, danke. Allerdings sagtest du doch, dass du in deinem Büro keinen hättest", fügte sie schmollend hinzu. „Warum dann in deinen Privatgemächern?"

Überrascht stellte er fest, dass ihm ihr kindlicher Anflug von Eifersucht gefiel. Schmunzelnd strich er ihr über die Wange.

„Weil ich gerne Abwechslung in meiner persönlichen Bar habe, Dummchen. Also, was ist so Schlimmes vorgefallen, dass du unbedingt mit mir darüber sprechen musst?"

Sie hörte auf zu schmollen und holte tief Luft. „Gestern wurde Daltrys Testament verlesen."

„Tatsächlich?" Er nahm einen Schluck von seinem Whiskey, wobei er sich fragte, wie sie nur so verdammt verführerisch in ihrer Trauerkleidung aussehen konnte. „Hat er dir etwas Erwähnenswertes hinterlassen?"

„Könnte man so sagen. Vorausgesetzt, du erachtest hunderttausend Pfund als erwähnenswert."

Andrew verschluckte sich beinahe an seinem Whiskey. „Wie bitte?"

„Du hast mich schon verstanden. Was um alles in der Welt soll ich denn jetzt tun?", rief sie.

Ihm fiele da so einiges ein, was man mit einer derart astronomischen Summe anstellen könnte. Allerdings kannte er sie auch gut genug, um zu wissen, wie zwiegespalten sie war. „Du fühlst dich schuldig, das Geld anzunehmen."

„Ich will es nicht", bekräftigte sie und stellte ihr Glas energisch auf dem Couchtisch ab. „Keinen einzigen Penny! Aber ablehnen kann ich es auch nicht. Das würde nur Argwohn erwecken. Und keinesfalls will ich die Anerkennung gefährden, der ich nun so nahe bin."

„Das ist in der Tat ein Dilemma." Seine Mundwinkel zuckten belustigt, obwohl er sich bemühte, ernst zu bleiben.

Primrose schaffte es wirklich immer, sich selbst im Weg zu stehen.

„Amüsiert dich das etwa?"

„Du musst zugeben, dass der Situation eine gewisse Ironie anhaftet. Erst wolltest du unbedingt die Rechtmäßigkeit deiner Ehe beweisen, und nun willst du diese wieder zerstören. Aber nur einen Teil davon." Er zuckte mit den Achseln. „Man kann nicht auf zwei Hochzeiten gleichzeitig tanzen, wie es so schön heißt."

„Du bist mir keine große Hilfe", erwiderte sie und funkelte ihn ungehalten an. „Warum bin ich überhaupt hergekommen?"

„Darauf kommen wir gleich zurück", murmelte er. „Aber willst du zunächst meinen Rat hören?"

Sie nickte so widerwillig, dass er sich erneut ein Lächeln verkneifen musste.

„Nimm das Geld an."

„Das kann ich unmöglich tun ..."

„Warum nicht? Daltry hat es dir hinterlassen, oder nicht?"

Abermals nickte sie widerwillig. „Offenbar traf er sich mit seinem Anwalt, bevor wir durchbrannten, und legte fest, dass im Falle seines Ablebens sämtlicher persönlicher Besitz an mich übergehen solle ... und an unsere zukünftigen Kinder."

„Seinen Angehörigen hat er nichts vermacht?"

„Die stehen in der Erbfolge nun *hinter* mir und sehen so lange keinen Penny, bis ich erneut heirate oder sterbe ... was auch immer zuerst geschieht. Für ihn war das die ultimative Vergeltung", erklärte sie bedrückt. „In unserer Hochzeitsnacht hat er sie allesamt als Heuchler beschimpft, weil sie einerseits sein hart erarbeitetes Vermögen verachteten, gleichzeitig jedoch um finanzielle Unterstützung bettelten. Der Gedanke, dass sie mich – ein uneheliches Flittchen – um Geld bitten müssten, hat ihn gewiss bis zu seinem letzten Atemzug amüsiert."

„Daltry war ein Mistkerl", stellte Andrew trocken fest. „Aber ungeachtet seiner Beweggründe wollte er, dass du sein Vermögen erbst. Du hast nichts Falsches getan."

„Aber ich ... ich war ihm keine richtige Ehefrau." Nervös verschränkte sie die Finger in ihrem Schoß.

„Es ist doch nicht deine Schuld, dass er die Ehe nicht vollziehen konnte. Oder dass er in der Hochzeitsnacht den Löffel abgegeben hat. Ab dem Moment, als ihr die Heiratsurkunde unterschrieben habt, gehörte das Geld dir."

„Ich will es aber nicht."

„Das Leben gibt uns nicht immer, was wir wollen, Primrose."

„Wie kannst du diese Angelegenheit nur so gleichgültig hinnehmen?"

„Es gibt Schlimmeres, als ein ansehnliches Vermögen zu erben. Dein Mann hat dich benutzt, um es seinen Verwandten heimzuzahlen. Warum solltest du dich dafür verantwortlich fühlen?", erwiderte er unverblümt. „Wenn du das Geld nicht für dich selbst ausgeben willst, dann verwende es, um Gutes für andere zu tun."

„Wohltätigkeitsarbeit ist nicht gerade meine Stärke", gab sie zu. „Polly arbeitet ehrenamtlich in einer Schule für Findelkinder, aber mit der Idee konnte ich mich nie anfreunden. Kinder sind so schmutzig und klebrig. Das ist nichts für mich. Einmal versuchte ich mich darin, die Bewohner einer Nervenanstalt durch meinen Gesang aufzuheitern. Das Konzert verlief wirklich gut … bis einer der Patienten mich mit einem Messer bedrohte." Sie rümpfte die Nase. „Nach diesem Vorfall gab ich meine selbstlosen Bemühungen auf."

Er musterte sie, hin- und hergerissen zwischen Wut über das, was ihr zugestoßen war, und dem Verlangen, laut aufzulachen angesichts ihrer Theatralik. Niemand außer ihr war in der Lage, ein wohltätiges Unterfangen in ein Drama zu verwandeln, das man im Theatre Royal auf der Drury Lane aufführen könnte. Er wusste nicht, warum er diese Eigenschaft an ihr so anziehend – und unterhaltsam – fand, aber verdammt, er konnte es einfach nicht leugnen.

„Du musst dich ja nicht persönlich mit der wohltätigen Arbeit befassen", sagte er. „Es reicht völlig, wenn du dein Geld für besagte Zwecke spendest."

„Das stimmt allerdings. Was für eine hervorragende Idee! Wenn ich eines gut kann, dann Geld ausgeben." Offensichtlich aufgemuntert, berührte sie sanft seinen Arm. „Danke. Ich wusste, hierherzukommen war die richtige Entscheidung."

„Gern geschehen. Allerdings hast du mich doch nicht

deswegen aufgesucht, um dir meinen Rat bezüglich Daltrys Erbe zu holen."

Sie schluckte schwer. „Doch, natürlich."

Er umschloss ihr Kinn mit Daumen und Zeigefinger. „Du solltest weder dich noch mich anlügen."

„Warum sollte ich sonst hergekommen sein?" Nervös fuhr sie sich mit der Zunge über die Lippen. Ihr weiter, unschuldiger Blick täuschte ihn nicht.

„Deswegen", flüsterte er und presste seine Lippen auf die ihren.

VERFLIXT. Wieder einmal hatte er sie mit Leichtigkeit durchschaut.

Natürlich war sie froh um seinen Rat, aber eigentlich war sie nur hergekommen, weil sie *ihn* wollte.

Glücklicherweise schien ihn das nicht zu stören.

Seine zarten, innigen Küsse entfachten ein Feuer der Leidenschaft in ihr, und sie ließ die Finger durch sein seidiges Haar gleiten, während sie ihn mit ebenbürtigem Enthusiasmus küsste, diesen unglaublichen, weltgewandten Mann, der so gut zu ihr war, sich nicht damit brüstete, ihren Willenskampf gewonnen zu haben ... wodurch sie ihn nur noch *mehr* wollte.

Sie öffnete leicht die Lippen, doch er vertiefte den Kuss nicht, als ob er nicht zu schnell zu viel fordern wollte ... als versuchte er, sie mit Zärtlichkeit und Aufmerksamkeit zu umwerben. Wusste er denn nicht, wie sehr sie ihn begehrte?

Keuchend löste sie sich von ihm. „Bitte, Andrew. Ich will dich so sehr."

Ein zufriedenes Funkeln trat in seine Augen, bevor er sie sanft, aber bestimmt zurück in die Sofakissen drückte und sich über sie legte. Nicht länger sanft, sondern wild und ungehemmt, glitt seine Zunge zwischen ihre Lippen, und das sinnliche Aroma aus Whiskey und Andrew vernebelte ihr völlig die Sinne. Als ihre Zungen zu einem leidenschaftlichen Tanz miteinander verschmolzen, stöhnte er laut auf und vergrub das Gesicht in ihrer Halsbeuge.

Sie neigte den Kopf leicht zur Seite und seufzte wohlig, als er an ihrem Ohrläppchen zu knabbern begann. Mit geschickten Fingern öffnete er die Knöpfe und Schnürungen an ihrer Kleidung, während sie ihm dabei half, sie aus den unzähligen Lagen zu befreien, es kaum erwarten könnend, ihm endlich so nahe wie möglich zu sein, ohne Barrieren, die ihre Haut voneinander trennte.

Als sie jedoch völlig entblößt vor ihm lag, überkam sie plötzlich eine Welle der Verunsicherung. Was, wenn sie nicht hübsch genug für ihn war?

Er musterte sie mit vor Erregung geweiteten Pupillen. „Gott, du bist wahrlich eine Augenweide."

Seine Worte ließen sie erröten, ermutigten sie aber auch. Entschlossen griff sie nach seinem Krawattentuch. „Ich will dich ebenfalls sehen."

„Lass mich nur machen, Liebling." Er erhob sich, zerrte sich den feinen Seidenschal vom Hals und entledigte sich seines Gehrocks und seiner Weste. Als er sich das Hemd über den Kopf zog, raubte der Anblick seines nackten Oberkörpers ihr den Atem.

Er war der zweite Mann, den sie je in ihrem Leben unbekleidet gesehen hatte, und seine Schönheit war geradezu überwältigend. Seine Haut glänzte golden im Schein des Feuers, seine Schultern waren stark und breit, die Brust sowie sein Bauch wohl definiert. Sein bronzefarbenes Brusthaar führte in einem schmalen Streifen bis hinunter zu seinem Bauchnabel, wo es unter dem Bund seiner Hose verschwand.

Er deutete auf die Knopfleiste seiner Hose und fragte: „An oder aus?"

„Zieh sie aus." Himmel, sie klang ja völlig außer Atem! „Bitte."

Sein träges Lächeln ließ ihren Puls in die Höhe schnellen. Kurzerhand entledigte er sich seiner Stiefel, Hose und Unterwäsche. Als er schließlich völlig entblößt in seiner ganzen Pracht vor ihr stand, fürchtete sie, die Besinnung zu verlieren.

Gütiger Himmel.

Seine Mundwinkel zuckten amüsiert, während er ihr einen ausgiebigen Blick auf seine männliche Statur gewährte. Die untere Hälfte seines Körpers war ebenso beeindruckend und muskulös wie die obere: schmale Hüften, lange, kräftige Beine, und zwischen den Schenkeln ...

Sie atmete scharf ein. Keine der griechischen Aktstatuen, die sie je gesehen hatte, ließ sich damit vergleichen. Sein Gemächt ragte stolz und steif hervor, die geschwollene Spitze reichte ihm fast bis zum Bauchnabel. Der lange, dicke Schaft war von hervortretenden Venen gezeichnet, und seine Hoden hingen schwer zwischen seinen Schenkeln. Als er einen Schritt auf sie zutrat, wippte sein Glied wie ein Mast auf und ab.

Meine Güte, wie soll das Ding jemals in mich hineinpassen?

Während sie versuchte, die Fassung wiederzuerlangen, stand er ruhig da, selbstbewusst (allerdings ohne eine Spur von Arroganz, obwohl diese durchaus angebracht wäre) und geduldig. Als ihre Blicke sich trafen, konnte sie deutlich die Botschaft darin ausmachen, die seine warmen, braunen Augen ihr vermittelten: *Dieses Verlangen zwischen uns ist etwas ganz Natürliches. Du brauchst keine Angst zu haben, brauchst dich nicht zu verstecken.* Sofort entspannte sie sich wieder.

Das hier war Andrew. Er würde sie niemals verletzen.

Bevor sie erneut die Nerven verlor, streckte sie die Arme nach ihm aus und flüsterte: „Komm her."

Abermals legte er sich auf sie, und als sie endlich seine nackte Haut an ihrer spürte, erbebte sie. Ein Sturm von Emotionen und Eindrücken brach über sie herein: die Hitze und Härte seines Körpers, sein herber, männlicher Duft, das Pulsieren seines steifen Glieds gegen ihren Bauch. Die ganze Situation war so überwältigend, dass sie einen Augenblick lang fürchtete, vor Lust und Begehren zu verglühen.

„Wir passen perfekt zusammen", murmelte er. „Spürst du es?"

Und wie sie es spürte. „Es fühlt sich *zu* gut an", erwiderte sie und wand sich ungeduldig unter ihm.

„Oh, Sonnenschein ... Es wird noch *viel* besser", flüsterte er amüsiert.

Dann bahnte er sich küssend und liebkosend einen Weg an ihrem Körper hinunter, und sie gab sich ganz der wilden, ungezügelten Lust hin, die er in ihr entfachte. Es war einfach zu viel. Zu gut. Sie hatte stets das Gefühl gehabt, gegen sich selbst zu kämpfen, und nun, endlich, blieb ihr keine andere Wahl als aufzugeben und ihm zu erlauben, sie auf diese Weise zu verwöhnen. Genüsslich saugte er an ihren Brustwarzen, bevor seine Zunge über ihre Rippen und ihren Bauch weiter nach unten wanderte.

Zu ihrer Überraschung packte er ihre Hüften und drehte sie um. Mit dem Gesicht in die samtigen Kissen gedrückt, erschauderte sie vor Wonne, als seine warmen Lippen über ihre Wirbelsäule glitten, bis er ihren Hintern erreichte und ihre prallen Pobacken küsste, bevor seine Zunge spielerisch zwischen sie glitt. Er schien ihren Körper besser zu kennen als sie selbst, vermochte jede Faser und jeden Nerv vor Lust brennen zu lassen. Nie hätte sie gedacht, dass ihre Kniekehlen oder Knöchel oder gar die Unterseite ihrer Füße derart empfindlich reagieren könnten.

Als er sie schließlich wieder auf den Rücken drehte, war sie halb von Sinnen vor Begierde. Genüsslich küsste er an ihren Beinen entlang, und als er ihre Schenkel auseinanderdrückte, wusste sie, was er vorhatte, machte jedoch keine Anstalten, ihn davon abzuhalten. Ein elektrisierender Schock durchfuhr sie, als seine Zunge über ihre feuchte Spalte glitt.

„Gott, ich liebe dein Aroma", flüsterte er mit heiserer Stimme. „Ich will, dass du nur durch meine Zunge kommst, Sonnenschein. Würdest du das für mich tun?"

Was blieb ihr anderes übrig? Er ließ ihr keine Wahl, so wie er sie leckte und liebkoste, als sei sie die süßeste Köstlichkeit, die ihm je untergekommen war. Sie zitterte unkontrolliert, als er begann, an ihrer Perle zu saugen und sie gleichzeitig mit seinen geschickten Fingern zu reizen, bis sie kaum mehr einen klaren Gedanken fassen konnte und nur noch zusammenhanglose Wörter zu stammeln vermochte. *Ja. Mehr. Bitte.*

„Komm für mich, Liebling", spornte er sie an. „Lass mich deinen süßen Nektar kosten."

Als seine Zunge zwischen ihre Schamlippen glitt und sie im Inneren berührte, war es um sie geschehen. Eine Welle der Befriedigung erfasste sie und riss sie mit sich, und sie ließ sich auf den Wogen der Ekstase treiben. Noch bevor sie von ihrem Höhenflug heruntergekommen war, bedeckte er ihren Körper mit dem seinen und stieß sein heißes, mächtiges Glied in sie. Überrascht keuchte sie auf.

„Alles in Ordnung, Sonnenschein?", fragte er und studierte aufmerksam ihr Gesicht. Schweißperlen standen ihm auf der Stirn, und die Venen an seinem Hals traten hervor. Offensichtlich war er bemüht, sich nicht zu bewegen, bis er sich versichert hatte, dass es ihr gut ging. „Es tut nicht weh, oder?"

Seine Zurückhaltung und die Sorge um ihr Wohlergehen rührten sie und weckten in ihr den Wunsch, ihn ebenso sehr zu befriedigen wie er sie. In Wahrheit verspürte sie trotz seiner beachtlichen Größe keinen Schmerz. Oder vielleicht bemerkte sie diesen in den Nachwirkungen ihrer Ekstase nur nicht. Wie dem auch sei, es war unglaublich, ganz von ihm ausgefüllt zu werden. Es kam ihr vor, als passte er perfekt in sie.

Zärtlich legte sie ihm eine Hand an die Wange und flüsterte beinahe ein wenig ehrfürchtig: „Es fühlt sich so ... richtig an."

„Allerdings." Seine Stimme zitterte vor Emotionen, sein glühender Blick schien sie zu verbrennen.

Langsam begann er, sich in ihr zu bewegen, und mit jedem Stoß seines riesigen, harten Schwanzes brachte er ihr neue, ungeahnte Empfindungen, ein köstliches, leicht quälendes Spiel aus Lust und Reizüberflutung. Wenn er sich zurückzog, überkam sie Erleichterung, gefolgt von einer tiefen Sehnsucht, und sobald er wieder ganz in ihr war, glaubte sie, vor Wonne den Verstand zu verlieren.

Es war zu viel ... und dennoch wollte sie mehr.

„Du bist so eng", keuchte er.

Seine Worte lösten Selbstzweifel in ihr aus. „Mache ich etwas falsch?"

„Um Himmels willen, nein! Du bist perfekt. Noch nie hat es sich so gut angefühlt wie mit dir." Das Funkeln in seinen Augen verriet ihr, dass er die Wahrheit sagte. „Am liebsten würde ich nie aufhören, deine enge Pussy zu ficken. Ich will, dass du meine Schwanz umklammerst, als wolltest du mich nie wieder gehen lassen."

Seine verruchten Worte, gepaart mit den tiefen Stößen seiner Hüften, entrissen ihr ein kehliges Stöhnen. Sie spürte, wie feucht sie wurde, wie ihr Nektar zu fließen begann, doch bevor sie deswegen in Panik geraten konnte, knurrte er: „Ja, so ist es gut, Liebling. Hilf mir, dich so tief zu ficken, wie es geht."

Mit dem nächsten Stoß sank er weiter in sie hinein als je zuvor. Ihr Tau erleichterte ihm das Eindringen, und er erreichte einen Punkt in ihr, der sie auf völlig neue Weise erbeben ließ. Ein berauschender, quälender Druck baute sich in ihr auf, den er noch zusätzlich verstärkte, indem er ihren Hintern packte und sie seinen Hüften mit jedem Stoß entgegen hob.

Instinktiv schlang sie die Beine um ihn und klammerte sich an seine Schultern, während sein Rhythmus immer wilder und rauer wurde. Von Andrew, dem Kavalier, war nun nichts mehr übrig, er war zu einem ungezügelten Tier geworden, das unnachgiebig seinem und ihrem Höhepunkt hinterherjagte. Sie ließ sich von seiner brennenden Leidenschaft mitreißen, sich mit jedem Rollen seiner Hüften dem Gipfel der Ekstase näherbringen.

„Komm für mich", befahl er ihr mit heiserer Stimme.

Seine Worte jagten ihr einen Schock durch den Körper und ließen sie heftig erzittern. Mit seinem Schwanz in ihr fühlte sich der Orgasmus noch viel intensiver an. Zuckend zogen ihre Scheidenmuskeln sich um ihn zusammen, während sie auf den Wogen der Befriedigung dahinritt.

Während sie versuchte, wieder zu Atem zu kommen, zog er sich plötzlich aus ihr zurück, kniete sich zwischen ihre Schenkel und begann, seine Erektion mit der Faust zu pumpen. Er atmete schwer, den Blick unverwandt auf ihr Gesicht gerichtet.

„Ich will, dass du mich spürst", stöhnte er.

Dann erschauderte er heftig und ergoss sich in dicken, weißen Spritzern auf ihre Schenkel, ihre Rippen, ihre Brüste. Ein heißer Tropfen landete auf ihrer steifen Brustwarze, und sie rieb mit einem zitternden Finger darüber. Die Berührung jagte ihr einen elektrisierenden Schauer über den Rücken.

Stöhnend sank er auf das Sofa und zog sie in seine Arme.

Einen Augenblick lang lagen sie schweigend da, und Rosie genoss die Stille, in der sie nichts weiter als ihre im Einklang pochenden Herzen vernahm.

„So fühlt sich also wahre Intimität an", flüsterte sie schließlich. „Das hätte ich nie erwartet."

„Ich auch nicht, Sonnenschein." In seiner tiefen Stimme schwang ein Anflug von Triumph mit ... und von Verwunderung. „Bei Gott, ich auch nicht."

„ANDREW, WIR MÜSSEN REDEN.“

Seiner Erfahrung nach verhießen diese Worte aus dem Mund einer Frau selten etwas Gutes. Aber mit Primrose fest an sich gedrückt, während die Kutsche gemächlich dahinrollte, konnte er sich nicht dazu bringen, auf der Hut zu sein. Er fühlte sich immer noch tief befriedigt und viel zu entspannt, um sich dem Ernst des Lebens zu stellen.

Mit Primrose zu schlafen ... war eine Offenbarung gewesen. Und das wollte schon etwas heißen für einen Mann mit seiner Erfahrung. Aber in all den Jahren hatte er nie etwas Ähnliches mit einer anderen Frau erlebt wie mit ihr. Die Vereinigung ihrer Körper war weit über das Physische hinausgegangen. Es war mehr gewesen als nur ein Austausch, ein Handel. Es hatte sich ehrlich angefühlt ... kostbar.

Allein die Erinnerung an seinen heißen Samen auf ihrer samtigen Haut brachte seinen Schwanz erneut zum Pulsieren. Gott, am liebsten würde er sie auf der Stelle noch einmal nehmen, obwohl er vor gut einer halben Stunde so heftig gekommen war wie noch nie zuvor. In ihrer Nähe war er so spitz wie ein unerfahrener Grünschnabel.

Er zog sie fester an sich. „Worüber möchtest du denn reden?"

„Wir hätten gewisse Dinge klären sollen ... bevor wir miteinander schliefen." Sie hob den Kopf, um ihm in die Augen sehen zu können. „Ich will keine falschen Erwartungen in dir wecken."

Ihre Worte ernüchterten ihn ein wenig. Natürlich wusste er genau, worauf sie hinauswollte. Er hatte sich nur für einen kurzen Augenblick in der Lust und Leidenschaft ihres Liebesspiels verloren.

Nun aber brachte sein Sinn für Ironie ihn unsanft auf den Boden der Tatsachen zurück. Schon komisch, wie das Blatt sich gewendet hatte, nicht wahr? Sonst war stets er es gewesen, der ebendiese Worte zu Frauen gesagt hatte, die mehr von ihm wollten als nur einen belanglosen Fick.

„Sag mir, was du dir vorstellst", erwiderte er ruhig.

„Ich kann dir nicht mehr geben als das, was gerade zwischen uns vorgefallen ist." Sie musterte ihn forschend. „Eine angesehene Position in der Gesellschaft innezuhalten, ist äußerst wichtig für mich. Das werde ich auf keinen Fall aufgeben. Für niemanden."

Verdammt, wie sehr er es hasste, dass er ihr nicht das Leben bieten konnte, das sie sich wünschte. Zum ersten Mal empfand er beinahe so etwas wie Reue hinsichtlich der Entscheidungen, die er bislang getroffen hatte. Aber gleichzeitig war er auch ein Realist.

„Das verstehe ich."

„Wirklich?", fragte sie mit einem besorgten Stirnrunzeln. „Und du bist nicht ... enttäuscht von mir?"

„Du warst von Anfang an ehrlich, was deine Prioritäten angeht. Das respektiere ich." Er legte ihr eine Hand an die Wange und strich sanft mit dem Daumen über ihre Unterlippe. „Und ich bin durchaus gewillt, auf deine Bedürfnisse einzugehen ... solange du mir denselben Gefallen erweist."

„Welche, äh, Bedürfnisse wären das?" Trotz der düsteren Lichtverhältnisse entging ihm die Röte auf ihren Wangen nicht.

„Ich beabsichtige, dich zu nehmen, Primrose", erklärte er mit rauer Stimme. „So oft und auf so unterschiedliche, raffinierte Arten wie möglich. Wir werden diese Leidenschaft zwischen uns ungehemmt erforschen, und wann immer wir zusammen sind, will ich, dass du dich in keiner Weise zurückhältst. Du wirst dich mir ganz hingeben, und im Gegenzug beschere ich dir ungeahnte Befriedigung. Natürlich wird das alles mit äußerster Diskretion ablaufen."

Ihr Atem ging schneller, und ihre Pupillen weiteten sich. Verdammt, allein seine Worte schienen sie zu erregen. Sein Schwanz zuckte erwartungsvoll.

„Das würdest du für mich tun?", fragte sie.

„Bei meiner Ehre. Und auf diese solltest du ja wohl mittlerweile vertrauen können." Er wackelte neckisch mit den Brauen. „Immerhin habe ich dich heute Nacht wieder einmal vor unerwünschten Konsequenzen beschützt."

Sie sah ihn verwirrt an. „Du meinst, weil du mich nach Hause bringst?"

Gott, manchmal vergaß er, wie unerfahren sie im Grunde doch noch war, wie geschickt sie sich hinter ihrer weltlichen, eigensinnigen Fassade verbarg. Obwohl sie behauptete, verdorben zu sein, war ihr Herz überraschend rein und unschuldig.

„Nein, das meinte ich nicht, aber darüber reden wir ein andermal", sagte er. „Jedenfalls gebe ich dir mein Wort, dass ich alles tun werde, um dein Wohlbefinden und deinen Ruf zu schützen."

„Danke", erwiderte sie sanft. „Also sind wir uns einig, dass es nur um, äh, Sex geht?"

„Ich habe nie gesagt, dass es mir nur um Sex geht", sagte er ruhig. „Allerdings stelle ich keine Erwartungen an dich, was Ehe und dergleichen anbelangt."

„Oh." Gemischte Gefühle standen ihr ins Gesicht geschrieben: Angst, Sehnsucht und etwas anderes, das er nicht ganz zu deuten vermochte.

Er lehnte sich zu ihr und küsste sie zärtlich, bevor sie sich zu viele Gedanken machen konnte.

Nach einer Weile drückte sie ihn an den Schultern von sich. „Da wäre nur noch eine Sache."

Fragend hob er eine Braue.

„Nach allem, was du für mich getan hast, habe ich eigentlich kein Recht, dich darum zu bitten ... aber ich tue es trotzdem." Sie holte tief Luft. „Ich würde es zu schätzen wissen, wenn du dir während der Dauer unserer Affäre keine andere Liebhaberin nimmst."

Ihre Worte überraschten ihn. Nicht so sehr deswegen, weil sie ihr besitzergreifendes Naturell zeigten – mit diesem war er bereits vertraut –, sondern weil sie offenbar angenommen hatte, er würde ihr nicht seine volle Aufmerksamkeit und Hingabe schenken.

„Ich teile nicht, was mir gehört", erwiderte er mit fester Stimme. „Und Ähnliches erwarte ich auch von dir."

„Das freut mich zu hören", sagte sie, offensichtlich erleichtert. „Darüber habe ich mir wirklich Sorgen gemacht."

„Primrose, nur weil wir nicht heiraten können, heißt das nicht, dass unsere Beziehung nicht von Bedeutung ist", sagte er und musterte sie eindringlich. „Als ich sagte, wir würden die Leidenschaft zwischen uns erforschen, meinte ich damit nicht nur ein bedeutungsloses Verhältnis. Ich erwarte, dass du nicht nur deinen Körper mit mir teilst, sondern auch deine Seele, deinen Geist."

Sie zögerte kurz. „Und wirst du mir im Gegenzug dasselbe geben?"

„Ich werde dir mehr von mir geben als je einer anderen Frau zuvor", erwiderte er heiser.

„Oh, das klingt wundervoll", flüsterte sie.

Seine Mundwinkel zuckten amüsiert, und er hob sanft ihr Kinn an. „Wir sind ganz schön habgierig, nicht wahr?"

„Das gefällt dir doch", konterte sie mit einem Lächeln. „Wann sehen wir uns wieder?"

„Ich werde etwas in die Wege leiten. Keinesfalls wirst du aber mals ein solches Risiko eingehen wie heute Nacht", sagte er streng.

„Niemand hat mich gesehen ..."

„Es geht nicht nur darum. Ich arbeite in einem gefährlichen Metier und befinde mich aktuell im Clinch mit einem berüchtigten Halsabschneider. Du darfst auf keinen Fall zwischen die Fronten geraten. Daher bitte ich dich zu warten, bis ich ein sicheres Treffen arrangieren kann."

„Ein *Halsabschneider?*", wiederholte sie mit großen Augen. „Muss ich mir Sorgen um *dich* machen?"

„Nicht nötig", murmelte er. „Ich habe schon Schlimmeres überlebt als Mistkerle wie Malcolm Todd. Hauptsache, ich weiß dich in Sicherheit."

Nachdenklich nagte sie an ihrer Unterlippe. „Ich hätte da einen Vorschlag."

„So sehr ich deinen Scharfsinn und deine vielen Talente auch zu schätzen weiß, glaube ich kaum, dass du weißt, wie man mit derartigen Kerlen fertig wird."

„Doch nicht darauf bezogen! Es geht um einen Ort, an dem wir uns treffen könnten." Sie senkte den Blick und strich sich die Röcke glatt. „Zusätzlich zu seinem Vermögen hat Daltry mir einige Immobilien hinterlassen, unter anderem ein Häuschen auf der Curzon Street. Ich hatte mir überlegt, für eine Weile dort zu wohnen ... zumindest, bis ich mir über meine Zukunft klar geworden bin. Langsam falle ich Polly und Revelstoke zur Last, aber zu meinen Eltern zurückkehren will ich ebenso wenig."

„Du solltest tun, was am besten für dich ist", erwiderte Andrew. „Wofür auch immer du dich entscheidest, ich werde unsere Treffen entsprechend arrangieren, verlass dich drauf."

„Ich möchte endlich unabhängig sein, die Privatsphäre meines eigenen Haushalts genießen."

„Dann tu das."

„Ich hoffe, Mama und Papa zeigen sich ebenso einsichtig. Sie behandeln mich immer noch wie ein kleines Mädchen, das unfähig ist, eigene Entscheidungen zu treffen. Wahrscheinlich werden sie diesen Entschluss auch wieder als eine meiner närrischen Ideen abtun."

Sie schmollte missmutig, und er musste sich ein Lächeln verkneifen.

„Gib ihnen Zeit, sich an die Veränderung zu gewöhnen", sagte er mit ernster Miene. „Wenn du deine Gründe auf erwachsene Weise vorbringst, werden sie dich mit anderen Augen betrachten."

Sie kniff die Augen zusammen. „Willst du damit sagen, ich habe mich bisher nicht erwachsen verhalten?"

Er setzte eine ausdruckslose Miene auf, und sie lenkte laut seufzend ein. „Du hast ja recht. Mit Daltry durchzubrennen, die Aussprache mit Mama zu vermeiden und mich heimlich aus Pollys Haus zu stehlen, zeugen nicht gerade von Reife, nicht wahr? Es wird Zeit, dass ich mich meinen Problemen endlich stelle, anstatt immer nur vor ihnen davonzulaufen."

Ihre Einsicht überraschte ihn ... aber andererseits auch nicht. Immerhin war sie einer der gescheitesten, mutigsten und aufrichtigsten Menschen, die er kannte.

„Du bist wirklich beeindruckend", sagte er.

Sie schenkte ihm ein verlegenes Lächeln. „Du ebenfalls."

Die Kutsche wurde langsamer und blieb schließlich vor dem Stadthaus der Revelstokes stehen.

„Ich wünschte, die Nacht würde nie zu Ende gehen", flüsterte sie und fuhr mit den Fingern über den Kragen seines Mantels.

„Es liegen noch viele weitere Nächte vor uns, Sonnenschein", erwiderte er und küsste sie sanft zum Abschied. „Bringen wir dich besser hinein, bevor noch jemand deine Abwesenheit bemerkt."

Er öffnete die Kutschentür und kletterte leichtfüßig hinaus. Der Mond spitzte zwischen den Wolken hervor und tauchte die stattlichen Anwesen in ein gespenstisches Licht. Obwohl London niemals schlief, wurde der Lärm der Stadt hier in Mayfair von den majestätischen Bäumen und der unantastbaren Aura des Wohlstands gedämpft. Andrew half Primrose behutsam auf den Gehweg und begleitete sie zur Eingangstür, wo er geduldig wartete, während sie nach ihrem Schlüssel suchte. Plötzliches Hufgetrappel erregte seine Aufmerksamkeit, und er wandte sich der Straße zu.

Ein dunkel gekleideter Reiter näherte sich ihnen. Als das Mondlicht ihn erfasste, bemerkte Andrew, dass sein Gesicht von einem schwarzen Schal verhüllt war ... und dass er etwas Glänzendes, Metallisches in der ausgestreckten Hand hielt.

Mit einem Satz stürzte Andrew sich auf Primrose und zog sie mit sich zu Boden.

Ein ohrenbetäubender Knall übertönte ihren schockierten Schrei. Ein stechender Schmerz durchbohrte seinen Arm, während er sie mit seinem Körper abzuschirmen versuchte und gleichzeitig nach seinem Kutscher, Jem, rief, der von seinem Sitz heruntersprang und ein paar Schüsse auf den davongaloppierenden Reiter abfeuerte.

Nach einigen Augenblicken erhob er sich und half Primrose ebenfalls auf die Füße.

„Geht es dir gut?", erkundigte er sich schroff.

„Ich ... ich glaube schon." Mit zitternder Hand strich sie sich eine Locke aus der Stirn. „Hat da eben jemand auf uns *geschossen*?"

„Ja." Da bereits die ersten Lichter in den umliegenden Häusern angingen, wies er Jem an, Wache zu stehen, während er Primrose in Richtung Eingangstür drängte.

„Meine Güte, dein Arm blutet ja! Du wurdest verletzt", rief sie entsetzt aus. „Ist einer deiner Feinde dafür verantwortlich?"

Seine Gedanken wanderten zurück zu dem Winkel, aus dem gefeuert wurde, der beinahe tödlichen Treffsicherheit des Schützen.

„Nein", erwiderte er grimmig, und ein eisiger Schauer jagte ihm über den Rücken. „Einer von deinen."

23

Zwei Tage später saß Rosie im Büro der Detektei ihres Vaters, die sich nahe des Soho Square befand. Sie liebte das kleine, zwischen einer Bäckerei und einem Klavierbauer gelegene Gebäude, das vor ein paar Jahren nach einem Brand restauriert und umgestaltet worden war. Die schlichte Eleganz der Holzverkleidung, der ledernen Sitzmöbel sowie des steinernen Kamins untermalten perfekt die Autorität und Seriosität ihres Vaters.

Aus der Werkstatt des Klavierbauers ertönte kein Laut, aber aus der Bäckerstube wehte der Duft von frisch gebackenem Pfefferkuchen zu ihnen herüber. Als Kind hatte sie das würzig-süße Gebäck geliebt, mittlerweile jedoch erlaubte sie sich derartige Leckereien aufgrund ihrer strengen Diät kaum noch. In diesem Augenblick hätte sie allerdings ihr gesamtes Vermögen für einen Bissen gegeben. In Anbetracht dessen, was ihr bevorstand, hatte sie zum Frühstück nicht mehr als eine Tasse Tee heruntergebracht.

Polly, die neben ihr saß, raunte ihr zu: „Du bist ein noch schlimmerer Zappelphilipp als Violet."

Verflixt. Rosie bemühte sich, ihre Füße stillzuhalten. Nervös warf sie ihrer Mutter einen Blick zu, die auf einem Stuhl neben

Papas Schreibtisch saß und ein Taschentuch mit Sophies Initialen bestickte. Das war kein gutes Zeichen. Mama beschäftigte sich nur dann mit Handarbeiten, wenn sie aufgebracht war und sich abzulenken versuchte.

Seit dem Überfall neulich Nacht hatte sie bereits zwölf Taschentücher angefertigt.

Außerdem war sie Rosie nicht von der Seite gewichen. Diese war erleichtert darüber, dass aufgrund der drohenden Gefahr die Anspannung zwischen ihnen verflogen war. Obwohl es sie immer noch ärgerte, dass Marianne ihr die Wahrheit verschwiegen hatte, konnte sie deren Beweggründe zumindest verstehen. Und sie liebte ihre Mutter zu sehr, als dass sie diese Distanz noch länger aufrechterhalten wollte.

Also hatte sie beschlossen, das Kriegsbeil zu begraben ... und mit ihm die ganze Coyner-Geschichte. Weiter darauf herumzureiten, obwohl nichts Gravierendes hinsichtlich körperlicher Übergriffe geschehen war, würde nur zu weiteren Konflikten führen.

Nein, am besten wäre es, keinen Gedanken mehr an diese abscheuliche Angelegenheit zu verschwenden.

Obendrein musste sie sich auf Wichtigeres konzentrieren: Andrew würde jede Minute eintreffen.

Nach dem Angriff hatte er Polly und Revelstoke sogleich reinen Wein eingeschenkt. Obwohl er keine Details über ihr Treffen preisgab (*dem Himmel sei Dank!*), hatte er ihnen ruhig erklärt, dass er Rosie nach Hause begleitet hatte, ohne die Tatsache zu verbergen, dass sie mitten in der Nacht ohne Aufsicht zusammen gewesen waren.

Glücklicherweise waren Polly und der Graf besorgter über den lebensbedrohlichen Angriff gewesen als über ihr unangemessenes Verhalten. Solange sie keine Fragen stellten, würde sie sich hüten, darüber zu reden. Außerdem standen ihr als Witwe gewisse Freiheiten zu, weshalb sie ihre Entscheidungen zur Not hoch erhobenen Hauptes verteidigen würde.

Als Andrew ihr jedoch eröffnete, dass er auch ihren Vater über die Geschehnisse zu informieren gedachte, hatte sie aufs Schärfste protestiert ... allerdings vergeblich.

„Du schwebst in Lebensgefahr, und ich werde alles in meiner Macht Stehende tun, um dich zu beschützen", hatte er in einem Tonfall gesagt, der keinen Widerspruch duldete. „Ich werde Wachmänner herschicken, die dich im Auge behalten, bis ich mit deinem Vater gesprochen habe. Und du wirst das Haus nicht allein verlassen, ist das klar?"

Seine Überheblichkeit ging ihr zwar gehörig gegen den Strich, aber seine ernste Miene brachte sie zum Nachdenken. Nicht umsonst war er einer der erfolgreichsten Männer in einem der gefährlichsten Gewerbe Londons. Hinter seiner herrischen Fassade spürte sie seine Angst um sie, weshalb sie sich seinen Anordnungen schließlich widerspruchslos fügte.

Außerdem hatte er eine Kugel für sie abgefangen.

Glücklicherweise war es nur ein Streifschuss gewesen, dennoch hatte er ohne zu zögern sein Leben für sie riskiert. Wie konnte sie sich da gegen ihn stellen? „In Ordnung, Andrew", hatte sie ihm daher zugestimmt.

Seine Antwort war ein knappes Nicken gewesen, bevor er mit Revelstoke das Zimmer verlassen hatte. Das alles war gestern bei Tagesanbruch geschehen. Rosie wusste, dass er sich inzwischen mit ihrem Vater getroffen hatte, um einen Plan auszuarbeiten, der sie und ihren Ruf schützen sollte.

„Ich bin zu nervös, als dass ich stillsitzen könnte", flüsterte Rosie ihrer Schwester zu.

„Kein Wunder, nachdem man auf dich geschossen hat", erwiderte Polly mitfühlend.

„Oh, doch nicht *deswegen*. Papa und Andrew werden schon dafür sorgen, dass mir nichts widerfährt."

Sie setzte großes Vertrauen in die beiden. Nachdem der anfängliche Schock über den Angriff verflogen war, hatte sie keine Angst, sondern vielmehr Wut verspürt. Endlich schien der Sturm der letzten Wochen sich zu lichten, nur um sogleich das nächste Unglück nach sich zu ziehen. Das war einfach nicht gerecht!

„Weswegen denn dann?", fragte Polly verwirrt.

„Ist das nicht offensichtlich?", murmelte Rosie leise. „Meine Eltern und Mr Corbett werden gleich im selben Zimmer aufeinandertreffen."

Ihre Freundin drückte ihr wortlos die Hand. Was sollte sie schon groß dazu sagen, dass Rosie im Begriff stand, Mama und Papa ihren Liebhaber vorzustellen?

Warum finde ausgerechnet ich mich immer in derart unangenehmen, riskanten Situationen wieder? Sie war hin- und hergerissen zwischen Verlegenheit und Sorge. Hoffentlich würden ihre Eltern Andrew respektvoll behandeln ... Andernfalls würde sie nicht zögern, ihn zu verteidigen.

Endlich öffnete sich die Tür, und ihr Vater trat in Begleitung seiner Geschäftspartner ein, einem stämmigen Schotten namens Mr McLeod und einem großen, dunkelhäutigen Mann namens Mr Lugo. Beide Gentlemen, die Rosie seit ihrer Kindheit kannten, nickten ihr zum Gruße zu und zogen sich in den hinteren Teil des Büros zurück. Ihnen folgte Andrew, und als ihre Blicke sich trafen, geschah etwas Merkwürdiges: Rosies Sorgen verflogen wie Rauch im Wind.

Er trat auf sie zu und verneigte sich vor ihr und Polly. „Guten Tag, die Damen."

Während Polly ihm freundlich zulächelte, versuchte Rosie, nicht wie ein aufgeregtes Schulmädchen zu kichern. Andrew war ein waschechter Kavalier, von seinem Benehmen über seinen Charakter bis hin zu seinem gepflegten, attraktiven Erscheinungsbild. Wie immer umschmeichelte sein maßgeschneiderter Anzug seine muskulöse Figur wie eine zweite Haut.

Als sie die leichte Ausbeulung unter dem Ärmel seines graugrünen Gehrocks bemerkte, platzte sie heraus: „Wie geht es Ihrem Arm?"

„Es war doch nur ein Kratzer, Mylady." Trotz seines höflichen

Tonfalls strahlten seine Augen eine Wärme aus, die ihr Herz höherschlagen ließ. Mit einer eleganten Bewegung zauberte er eine kleine Schachtel hinter seinem Rücken hervor. „Eine kleine Aufmerksamkeit, mit besten Empfehlungen für Ihr Wohlbefinden."

„Oh, wie freundlich." Strahlend nahm sie das Geschenk an sich. „Was ist es?"

„Öffnen Sie es."

Schnell löste sie das schlichte Band und hob den Deckel an. Im Inneren lag ein kleines Stück Pfefferkuchen mit weißer Glasur und einer Verzierung aus kandierten Zitronenscheiben. Bei dem Anblick lief ihr das Wasser im Mund zusammen.

„Woher wussten Sie, dass ich eine Schwäche für Pfefferkuchen habe?", fragte sie.

Ein amüsiertes Funkeln trat in seine Augen. „Ein Zufallstreffer, würde ich sagen."

Bevor sie sich bei ihm bedanken konnte, schnitt die leise, aber durchdringende Stimme ihrer Mutter ihr das Wort ab.

„Mr Corbett, ich möchte Ihnen etwas sagen." Mama erhob sich und trat auf Andrew zu. Sie hatte die Schultern gestrafft, ihre Haltung ebenso ernst und stählern wie ihr graues Kaschmirkleid.

Er neigte höflich den Kopf, konnte einen Anflug von Argwohn jedoch nicht verbergen. „Ja, Ma'am?"

Rosie hielt gebannt den Atem an. *Bitte sei nett zu ihm ...*

„Vielen Dank, Sir", flüsterte Marianne mit zitternder Stimme. „Dafür, dass Sie meine Tochter gerettet haben ... zum wiederholten Mal."

Der offensichtliche Kummer in ihrem Gesicht trieb Rosie die Tränen in die Augen. Bevor sie jedoch zu ihrer Mutter eilen konnte, war Papa bereits an deren Seite getreten und legte einen Arm um ihre Taille.

„Gern geschehen", erwiderte Andrew leise. „Es war mir eine Ehre, Ma'am."

„Wir stehen tief in Ihrer Schuld, Corbett", sagte Ambrose,

und fügte dann mit einem scharfen Blick in Rosies Richtung hinzu: „Allerdings kann ich nicht gutheißen, unter welchen Umständen es zu dieser Rettungsaktion kam."

Sie errötete heftig und warf Andrew, der stolz und aufrecht neben ihr stand, einen flüchtigen Blick zu. Seine Miene wirkte gelassen, und weder bestritt er die Anschuldigungen, noch bestätigte er sie. Dennoch schien seine Haltung auszudrücken, dass er sich nicht vorschreiben lassen würde, was er zu tun oder zu lassen hatte.

Wie gerne wäre sie ebenso selbstsicher wie er, besäße seine Stärke und Kultiviertheit. Stattdessen war ihr Selbstvertrauen zerbrechlicher als Porzellan ... und was ihre Weltgewandtheit betraf?

Nun, sie war ein einfältiges Ding, das immer noch Puppen sammelte.

Du bist kein kleines Mädchen mehr, sondern eine erwachsene Frau, widersprach ihre innere Stimme ihr. *Noch dazu eine Witwe, die ein Recht auf ein unabhängiges Leben hat.*

Verhalte dich entsprechend, und man wird dich mit anderen Augen betrachten, schossen ihr auch Andrews Worte durch den Kopf.

Sie holte noch einmal tief Luft, bevor sie das Wort ergriff. „Es war unverantwortlich von mir, an diesem Abend das Haus zu verlassen, ohne Polly und Revelstoke Bescheid zu geben. Dafür möchte ich mich entschuldigen", erklärte sie aufrichtig. „Außerdem tut es mir sehr leid, dass ich euch allen in den letzten Wochen so viele Sorgen bereitet habe."

„Nicht nur in den letzten Wochen", murmelte Papa.

„Lass sie ausreden, Ambrose", ermahnte Marianne ihn leise.

„Ich möchte ein neues Kapitel aufschlagen", fuhr sie, an ihre Eltern gewandt, fort. „Von jetzt an werde ich euch gegenüber ehrlich sein und die Verantwortung für meine Taten übernehmen." Sie hielt inne und sah zu Andrew auf, dessen anerkennender Blick sie ermutigte. „Und auch wenn ihr diese Entscheidungen nicht gutheißen solltet, bitte ich euch, sie dennoch zu respektieren. Ich bin eine erwachsene Frau ... eine Witwe, um genau zu sein.“

„Darüber sprechen wir später“, erwiderte ihr Vater. „Erst einmal sollten wir uns darauf konzentrieren, was wir tun können, um dich zu beschützen.“

Ob nun der richtige Zeitpunkt war, ihre Familie davon in Kenntnis zu setzen, dass sie allein in das Haus auf der Curzon Street ziehen wollte? Niemand, nicht einmal ein bewaffneter Angreifer, würde sie davon abhalten, ihr Leben nach ihren eigenen Vorstellungen zu führen ... Außerdem wollte sie keinesfalls ihre Liebsten in Gefahr bringen. Was, wenn Polly oder Revelstoke die Eingangstür geöffnet hätten und ins Kreuzfeuer geraten wären?

Bei dem Gedanken erschauderte sie. Nein, das konnte – *würde* – sie unmöglich zulassen.

Als sie jedoch die strenge Miene ihres Vaters wahrnahm, wurde ihr klar, dass sie äußerst geschickt und behutsam vorgehen und den richtigen Moment abpassen musste.

„Natürlich, Papa“, stimmte sie daher kleinlaut zu.

Ambrose führte Marianne zu ihrem Stuhl zurück, bevor er sich gegen seinen Schreibtisch lehnte, um sämtliche Anwesenden anzusprechen.

„Anhand der Informationen, die Corbett uns geliefert hat, haben meine Partner und ich eine Strategie entwickelt. Da Eile geboten ist, werden wir die Aufgaben unter uns aufteilen. McLeod wird die Suche nach dem Angreifer leiten.“

Der braunhaarige Schotte, der bislang schweigend an der rückwärtigen Wand gelehnt hatte, richtete sich auf. „Ich habe den Tatort untersucht“, erklärte er. „Im Türrahmen der Revelstokes steckten zwei Kugeln, daher suchen wir nach einem doppelläufigen Gewehr. Leider hat niemand einen guten Blick auf den Schützen erhaschen können, aber dafür identifizierte Corbett das Pferd als Fuchs mit Blesse. Sein Kutscher, Jem, feuerte ebenfalls ein paar Schüsse ab und glaubt, den Angreifer an der linken

Schulter getroffen zu haben. Meine Männer suchen das Elendsviertel also nach einem verletzten Verbrecher ab, der ein entsprechendes Pferd reitet und eine doppelläufige Waffe besitzt. Die Bewohner der Londoner Unterwelt können mitunter recht verschlossen sein, aber wir werden nicht aufgeben, bis wir ihn finden."

„Vielen Dank, Mr McLeod", sagte Rosie erleichtert.

Der schroffe Schotte bedachte sie mit einem warmen Lächeln. „Keine Sorge, wir werden Sie schon beschützen, Miss Ros... äh, Mylady. Und Annabelle lässt Sie schön grüßen."

Rosie vergötterte seine stürmische, rothaarige Gemahlin. „Richten Sie ihr und den Mädchen bitte ebenfalls Grüße von mir aus."

„Ich habe mich gerade gefragt, ob Revelstoke und ich nicht auch helfen könnten?", meldete Polly sich schüchtern zu Wort.

Der Graf runzelte die Stirn. „Ich glaube kaum, dass du in deinem Zustand ..."

„Natürlich würde ich nicht *selbst* nach dem Schurken suchen", unterbrach seine Frau ihn hastig, „aber wir kennen Personen, die dazu in der Lage wären und sich in den Elendsvierteln gut auskennen."

„Ah, die Gassenjungen", sagte Revelstoke.

Durch ihre wohltätige Arbeit in der Akademie für Findelkinder hatte Polly sich mit einigen Straßenkindern angefreundet, die an den schlammigen Ufern der Themse nach Geld und Kostbarkeiten suchten. Und Revelstoke hatte ihrem Anführer während eines gefährlichen Abenteuers einst das Leben gerettet.

„Sie würden uns bestimmt helfen. Immerhin haben sie ihre Augen und Ohren überall", gab Polly zu bedenken.

„Ich rede nachher mit ihnen", bot der Graf an.

„Danke, ihr beiden", sagte Ambrose. „Lugo und ich haben bereits damit begonnen, die Verdächtigen in zwei Kategorien einzuteilen: Feinde von Corbett ... und diejenigen, die Rosie Schaden zufügen wollen", fügte er mit finsterer Miene hinzu.

„Der Schütze hatte es zweifellos auf Lady Daltry abgesehen", erklärte Andrew unverblümt. „Er zielte auf sie. Und falls er doch hinter mir her war, kann ich es durchaus selbst mit meinen Feinden aufnehmen."

Papa hob die Brauen. „Wie viele haben Sie denn, Sir?"

„Mehr als manche, weniger als andere", erwiderte Andrew. „Wichtig ist, dass wir uns vorrangig auf Lady Daltrys Gegner konzentrieren ... Sie hat ebenfalls einige geerbt. Es gibt sechs Personen, die hunderttausend gute Gründe hätten, sie aus dem Weg schaffen zu wollen."

„Peter Theale, Antonia und Alastair James, Lady Charlotte Daltry sowie Miss Sybil und Miss Eloisa Fossey", zählte Mr Lugo auf. „Alle von ihnen zählen zu unseren Verdächtigen."

„Gestern trafen Lugo und ich uns mit Daltrys Testamentsvollstrecker, Mr Mayhew", fuhr Papa fort. „Dieser bestätigte uns, dass Rosie das Geld bis zu ihrem Tod oder einer Wiederheirat gehört. In beiden Fällen würde das Vermögen anschließend zurück an den ursprünglichen Begünstigten, Peter Theale, fallen."

„Also ist Theale einer der Hauptverdächtigen", sagte Mr McLeod.

„Ja, allerdings würden die übrigen Angehörigen ebenfalls einen beachtlichen Anteil erhalten, einschließlich Alastair James. Er ist zwar kein Blutsverwandter, hat aber eine enge Beziehung zu Daltry aufgebaut. Nach Theale hätte James mit einer jährlichen Apanage von fünftausend Pfund am meisten zu gewinnen. Die Damen wären ihrerseits mit zweitausend Pfund pro Jahr bedacht", erklärte Ambrose.

„Dann werden Kent und ich die beiden Herren zuerst in Augenschein nehmen", sagte Lugo.

„Ich habe bereits Informationen über ihre finanzielle Situation eingeholt", meldete Andrew sich zu Wort.

Alle Köpfe wandten sich ihm zu.

„Tatsächlich?", fragte Papa überrascht. „Der Angriff ist kaum länger als einen Tag her, und normalerweise dauert es ewig, derartige Informationen zu beschaffen.“

„Über diese Dinge Bescheid zu wissen, gehört zu meinem Geschäft“, erwiderte Andrew ruhig. „Meiner Erfahrung nach führt die Spur des Geldes einen am schnellsten zum Schuldigen.“

„Dem kann ich nur zustimmen“, sagte Papa und räusperte sich. „Also, was haben Sie herausgefunden?“

„Kurz gesagt, stecken beide Herrschaften bis zum Hals in Schulden. Theale stammt aus einer langen Ahnenlinie von Zweitgeborenen und hat neben der angeborenen finanziellen Durststrecke konstant Pech beim Glücksspiel. Mittlerweile schuldet er einem Geldverleiher rund fünftausend Pfund zuzüglich horrender Zinsen, die den Schuldenbetrag innerhalb von sechs Monaten verdoppelt haben.“

„Aber Mr Theale wirkt immer so freundlich“, warf Rose überrascht ein.

Andrews Lippen zuckten amüsiert. „Ich kenne einige nette Kerle, die im Schuldengefängnis sitzen. Da macht das Gesetz keine Ausnahmen. Aber ich weiß, was Sie meinen. Immerhin scheint Theale aus Verzweiflung zu spielen, während Alastair James seinen Lastern mit dem Enthusiasmus eines wahren Wüstlings frönt. Er hat Schulden bei so ziemlich jeder Spielhölle, jedem Bordell und jedem Gasthaus in Covent Garden. Vor ein paar Wochen hat er mit einem Typen im White’s darum gewettet, wer die meisten Fleischpasteten essen kann.“

Neugierig legte Rosie den Kopf schief. „Und, wie ist es ausgegangen?“

„Der Narr hat nicht nur seine Konten geleert“, sagte Andrew verächtlich. „Es ist nur eine Frage der Zeit, bis er die Suppe auslöffeln muss ... oder sich auf den Kontinent absetzt.“

„Gute Arbeit, Corbett.“

Ambrose klang beeindruckt, was er, wie Rosie wusste, nicht oft war. Auch sie bewunderte Andrews Tüchtigkeit, wie meisterhaft und geschickt er diese (und jede andere) Situation meisterte.

„Vielleicht sollten wir ihn einstellen, Kent", sagte Mr Lugo. „Das würde uns einiges an Kosten und Schuhleder ersparen."

„Von wegen, den könnten wir uns niemals leisten", mischte Mr McLeod sich ein und schüttelte den Kopf. „Weißt du nicht, wie viel er mit seinem Klub verdient?"

„Vielleicht arbeitet er ja umsonst für uns", erwiderte Mr Lugo mit einem Grinsen. „Wegen der Familienbeziehungen."

Rosie errötete, als die beiden Männer in raues Gelächter ausbrachen. Verstohlen schielte sie zu Andrew hinüber, besorgt, wie er auf die gutmütigen Sticheleien reagieren würde. Glücklicherweise schien er nicht verärgert zu sein, sondern vielmehr ... amüsiert?

„Wenn ihr beide so weit seid, würde ich gerne mit dem Plan fortfahren", sagte Ambrose mit einem strengen Blick auf seine Partner. „Während McLeod also nach dem Schützen sucht, werden Lugo und ich uns mit Theale und James unterhalten. Ich halte es für wahrscheinlicher, dass ein männlicher Täter einen Halsabschneider anheuern würde. Hinterher nehmen wir uns die Damen vor. Emma wird die Befragung der weiblichen Verdächtigen vornehmen wollen."

„Emma kommt extra aus Schottland hierher?", fragte Rosie überrascht.

„Wir haben den Rest der Familie über die Geschehnisse informiert", erklärte Mama. „Ich gehe davon aus, dass nicht nur Emma, sondern auch Thea und Violet so schnell wie möglich eintreffen werden."

„Ebenso wie Harry", fügte Papa hinzu. Sein jüngerer Bruder studierte als Wissenschaftler an der Universität zu Cambridge. „Gott weiß, wir können jede Hilfe gebrauchen. Einstweilen werden wir dir zwei Wachmänner zuweisen, Rosie. Du ziehst wieder bei uns ein, und du wirst nirgendwo allein hingehen. Um genau zu sein, wirst du das Haus nicht verlassen, bis dieser Fall geklärt ist."

Obwohl sie die Sorge ihres Vaters zu schätzen wusste, würde

sie ihn, Mama oder ihre Geschwister keinesfalls in Gefahr bringen. Außerdem wollte sie sich nicht länger wie ein kleines Kind
behandeln lassen, das untätig in seinem Zimmer herumsaß,
während die Erwachsenen über sein Schicksal entschieden.

Nein, sie hatte ihre eigenen Pläne ... und diesmal würde sie
nicht betteln, schmollen oder schmeicheln, bis sie ihren Willen
bekam. Sie wollte die Angelegenheit mit Bedacht und Gefasstheit
zur Sprache bringen, wie es von einer erwachsenen Frau erwartet
wurde.

„Ich weiß eure Hilfe wirklich zu schätzen", sagte sie ernst,
„aber ich habe euch etwas Wichtiges mitzuteilen."

„Was denn?", fragte ihr Vater mit offensichtlicher
Anspannung.

Jetzt oder nie. „Ich werde in mein eigenes Haus ziehen",
erklärte sie.

24

„Haben wir das Richtige getan, Ambrose?“, fragte Marianne später an diesem Abend.

Ambrose streifte seinen Morgenmantel ab und schlüpfte unter die Bettdecke, wo er seine Frau in die Arme nahm und ihr sanft über das seidige Haar strich, während er nachdenklich das Zusammenspiel von Licht und Schatten an den Wänden ihres Schlafgemachs beobachtete.

„Ich weiß es nicht“, gab er schließlich zu. „Aber abgesehen davon, Rosie in ihrem Zimmer einzusperren – wogegen ich nichts einzuwenden hätte, wenn ich ganz ehrlich bin –, wüsste ich nicht, was wir sonst hätten tun können. Du weißt doch, wie sie ist, wenn sie sich etwas in den Kopf gesetzt hat.“

„Natürlich. Woher hat sie diese Sturheit wohl, hm?“

Seine Lippen zuckten amüsiert. „Dich trifft keine Schuld, Liebling. Ich bin derjenige, der strenger mit ihr hätte sein müssen, als sie noch klein war.“

Vor seinem inneren Auge sah er Rosie als kleines Mädchen mit strahlendem Lächeln und blonden Löckchen, und seine Brust verkrampfte sich schmerzhaft. Wie konnte die Zeit nur so schnell verfliegen? Im Bruchteil einer Sekunde war sein Püppchen zu einer Frau herangewachsen ... die sich nun in lebensbedrohlicher Gefahr befand.

„Ich habe ihr zu viel durchgehen lassen", fügte er schwermütig hinzu.

„Du hast stets dein Bestes gegeben, Liebling. Rosie hat immer einen Weg gefunden, sich vor Konsequenzen zu drücken und sich aus Ärger herauszuwinden", sagte Marianne seufzend. „Nachdem wir sie aus den Klauen dieses Monsters gerettet hatten, waren wir zu vorsichtig mit ihr. Vor allem ich. Es war nicht richtig, ihr die Wahrheit vorzuenthalten. Ich hätte auf dich hören und ihr schon viel früher gestehen sollen, was Coyner mit ihr vorhatte."

„Du wolltest sie doch nur beschützen. Liebling, du bist und warst schon immer eine hingebungsvolle Mutter." Sanft küsste Ambrose sie auf die Stirn. „Rosie wird nichts zustoßen, das verspreche ich dir. Ich werde meine besten Wachmänner in der Curzon Street postieren. Man braucht nur fünf Minuten mit der Kutsche dorthin, und sie wird dort ebenso sicher sein wie hier." Er hielt kurz inne, bevor er hinzufügte: „Außerdem besteht Corbett darauf, unsere Wacheinheiten zu unterstützen. Da wir ziemlich unterbesetzt sind, könnte ich die Hilfe gut gebrauchen."

„Was spielt sich da zwischen Rosie und ihm ab?", fragte Marianne stirnrunzelnd.

Darüber wollte Ambrose gar nicht so genau nachdenken. Normalerweise zog er es vor, der Realität ins Auge zu sehen, aber die Vorstellung, seine Tochter könnte Unzucht mit einem Mann – noch dazu einem Bordellbesitzer – treiben, verdrängte er lieber.

Marianne hingegen schien darüber reden zu wollen.

„Sie haben etwas miteinander, nicht wahr?", sagte sie leise. „Rosie hat noch nie einen Mann so angesehen wie ihn. Und was Corbett angeht ... Er ist auf dem besten Weg, sich in sie zu verlieben."

Ambrose runzelte die Stirn. „Du billigst ihr Verhalten doch nicht etwa?"

Seine Frau hob den Kopf von seiner Brust und betrachtete ihn mit einem amüsierten Funkeln in den Augen. „Ich bin beileibe nicht prüde, Liebling. Immerhin war ich selbst eine Witwe, die eine ziemlich unkonventionelle Affäre einging."

„Das war etwas völlig anderes. Ich war immerhin Polizist, kein Zuhälter", erwiderte er. „Außerdem war es nur eine Frage der Zeit, bis wir heirateten. Meine Absichten dir gegenüber waren stets ehrenhaft."

„Und du glaubst nicht, dass Corbett ähnlich für Rosie empfindet?"

„Kann ein Zuhälter überhaupt ehrbar sein?" Diese Worte klangen selbst in seinen Ohren unglaublich hochnäsig und herablassend. Er seufzte tief und setzte sich aufrechter hin, wobei er Marianne mit sich zog.

„Das war nicht fair", gab er zu. „Logisch gesehen habe ich keine Bedenken, was Corbetts Charakter angeht. Abgesehen von seinem Metier hat er sich als Mann mit Prinzipien erwiesen. Damals war er dir behilflich, Rosie zu finden. Während des Skandals um Revelstoke stand er seinen Angestellten mit ungewöhnlicher Integrität zur Seite. Und dann sind da noch sämtliche Maßnahmen, die er offenbar ergriffen hat, um Rosie zu beschützen."

Zwar war Corbett nicht ins Detail gegangen, aber immerhin hatte er Ambrose wissen lassen, dass er aus der Ferne über Rosie wachte. Wie beiläufig hatte er erwähnt, dass er „ein paar Gefallen einforderte", um die Gerüchte zum Schweigen zu bringen, die über sie kursierten, und dass er mit Josiah Jenkins, dem Besitzer des mittlerweile stillgelegten *Prattlers*, „zu einer Übereinkunft gekommen war".

Um sein eigenes Gewissen zu beruhigen, hatte Ambrose Jenkins noch am selben Nachmittag aufgesucht und zur Rede gestellt.

„Als ich mit dem ehemaligen Besitzer des *Prattlers* sprach, erzählte er mir, dass Corbett ihm eintausend Pfund bot, damit er sein Geschäft dichtmacht. *Eintausend Pfund*, nur um dieses verdammte Gedicht aus dem Umlauf zu nehmen. Ich weiß nicht, ob ich Corbett aus Dankbarkeit die Hand schütteln oder ihm raten soll, seinen Kopf untersuchen zu lassen. Und ich wette mit dir, er würde mein Angebot ausschlagen, ihm die Kosten zu erstatten."

„Nichtsdestotrotz kannst du ihn nicht leiden?", fragte Marianne und hob die Brauen.

„Ob ich ihn leiden kann oder nicht, spielt keine Rolle. Was für ein Leben würde Rosie als Gemahlin eines Mannes mit seinem Ruf führen?"

„Du gehst also davon aus, dass sie heiraten werden", merkte seine Frau trocken an.

Seine Schultern verspannten sich. „Sollte er nichts weiter im Sinn haben, als sich mit unserer Tochter zu vergnügen, schwöre ich bei Gott ..."

„Bevor du Corbett an den Pranger stellst, sollte ich dich vielleicht darauf hinweisen, dass es sich in aller Wahrscheinlichkeit umgekehrt verhält."

Stirnrunzelnd sah Ambrose sie an. „Was meinst du damit?"

„Liebling, du weißt doch, wie Rosie ist, wie viel ihr eine respektable Stellung in der Gesellschaft bedeutet. Als uneheliches Kind musste sie die Grausamkeiten der *ton* über sich ergehen lassen, und jetzt glaubt sie endlich zu besitzen, was sie sich so lange gewünscht hat", sagte Marianne mit vor unterdrückter Schuld zitternder Stimme. „Einen Titel, der ihr Anerkennung verschafft. Ich glaube kaum, dass sie all das aufgeben würde ... selbst, wenn sie Gefühle für Corbett hegt."

„Sie kann ja wohl schlecht auf Dauer eine Affäre mit ihm führen", erwiderte er hitzig.

„Für Witwen und verheiratete Frauen ist das nichts Ungewöhnliches. Solange sie sich dabei diskret verhalten, sieht die Gesellschaft darüber hinweg. Und Corbett ist ein Meister, was Diskretion anbelangt."

„Das werde ich nicht zulassen. Keine meiner Töchter, ob sie

nun verwitwet ist oder nicht, wird sich auf etwas derart Anrüchiges einlassen", verkündete Ambrose. „Wenn sie wirklich Gefühle für ihn hat, muss sie verflixt noch mal das Richtige tun."

„Du willst also, dass sie ihn heiratet?"

Er öffnete den Mund ... und schloss ihn wieder.

„Verdammt", murmelte er schließlich. „Kann ich mich wirklich mit einem Zuhälter als Schwiegersohn abfinden?"

„Besser man wählt das Übel, welches man bereits kennt", erwiderte Marianne schmunzelnd. „Und soll ich dir etwas verraten?"

Erwartungsvoll hob er eine Braue.

„Ich heiße Corbett tausendmal lieber in der Familie willkommen als Daltry", erklärte seine Frau mit Nachdruck.

Dem hatte Ambrose nichts entgegenzusetzen. „Also sollen wir diese ... Geschichte zwischen ihm und Rosie einfach akzeptieren?"

„So ist es." Etwas Berechnendes blitzte in Mariannes Augen auf. „Außerdem kennst du unsere Tochter doch: Wenn wir ihr verbieten, sich mit Corbett zu treffen, verstärken wir ihren Wunsch, ihn zu sehen, nur noch. Glaube mir, es ist besser, wir halten uns zurück und lassen sie ihre eigenen Entscheidungen treffen. Anders gesagt ... Wir behandeln sie wie die erwachsene Frau, die sie zu sein behauptet."

„*Behauptet* ist der springende Punkt", seufzte Ambrose. So sehr er seine Tochter auch liebte, kam er nicht umhin, ihr Urteilsvermögen anzuzweifeln. „Wie können wir uns sicher sein, dass sie in ihrem besten Interesse handelt?"

„Was bleibt uns anderes übrig? Sie ist jetzt eine unabhängige Frau", sagte Marianne und runzelte nachdenklich die Stirn. „Und langsam frage ich mich, ob es ein Fehler war, ihr *nicht* zu vertrauen. Womöglich ist das der Grund für dieses ganze Fiasko."

„Wie meinst du das?"

„Durch mein überfürsorgliches Verhalten könnte ich sie dazu gebracht haben, an sich selbst zu zweifeln", erklärte Marianne.

„Im Nachhinein glaube ich, dass sie nicht so verunsichert wäre, wenn ich ihr von Anfang an die Wahrheit gesagt hätte. Unbeabsichtigt habe ich ihr dadurch vermittelt, dass ich sie nicht für fähig halte, sich der Realität zu stellen. Und nun zweifelt sie meinetwegen an ihren Werten."

„Dafür darfst du dir nicht die Schuld geben", widersprach Ambrose. „Außerdem glaube ich kaum, dass es Rosie an Selbstvertrauen mangelt."

„Ach, nein?", fragte seine Frau mit einem traurigen Lächeln. „Zweifellos strahlt sie Selbstbewusstsein und Charme aus, aber würde eine wirklich selbstsichere Frau so viel darauf geben, was die *ton* über sie denkt? So sehr nach Akzeptanz streben, dass sie sogar die Liebe dafür schmäht?"

Auf diese Weise hatte er die Situation noch nie betrachtet. Der Gedanke, dass seine kluge, mutige, bezaubernde Tochter sich für *ungenügend* halten könnte, versetzte ihm einen Stich ins Herz.

„Wie können wir ihr helfen?", fragte er betrübt.

„Indem wir sie − sanft − in die richtige Richtung lenken. Ich denke, es wäre in unser aller bestem Interesse, wenn du etwas mehr Zeit mit Corbett verbrächtest, um sicherzustellen, dass er in der Tat ein ehrenhafter Mann und geeigneter Gemahl für Rosie ist. Das würde dir doch nichts ausmachen, oder, Liebling?"

Er rieb sich den vor väterlicher Sorge verspannten Nacken. „Keineswegs."

„Vielen Dank." Zärtlich streiften Mariannes Lippen über seine Wange. „Ich wusste, dass du Verständnis zeigen würdest."

„Eines ist jedenfalls sicher."

„Und das wäre, Liebster?"

„Ich werde zumindest Sophie hinter Schloss und Riegel halten", erklärte er grimmig. „Kein Gentleman wird sich unserer anderen Tochter nähern."

Marianne lachte leise auf. Offenbar glaubte sie, er würde scherzen.

„Ich liebe diese beschützende Seite an dir." Ihre Hände

wanderten spielerisch über seinen Körper, und wie immer reagierte ein gewisser Teil seiner Anatomie prompt auf ihre sinn-lichen Berührungen. „Sie sind mein Held, Mr Kent."

Er rollte sie auf den Rücken und legte sich auf sie. „Vergessen Sie das bloß niemals, Mrs Kent", flüsterte er.

Dann küsste er sie mit einer Leidenschaft, die über die Jahre hinweg nur an Intensität und Dringlichkeit gewonnen hatte. Sie erwiderte seine Küsse mit einem Eifer, der sein Blut noch heftiger in Wallung brachte. Gemeinsam gaben sie sich mit Körper und Seele der zügellosen Lust und Liebe hin, die ihnen stets die Kraft gegeben hatten, sämtliche Hürden des Lebens zu meistern.

❧ 25 ❧

Am darauffolgenden Tag betrat Andrew in Griers Begleitung Will Nightingales Kaffeehaus im Zentrum des Seven-Dials-Viertels. Das Nightingale's war eine historische Institution, ein Relikt vergangener Zeiten, als das Volk sich an derartigen Orten versammelte, um die wichtigsten Neuigkeiten des Tages zu erfahren und frei seine Meinungen zu äußern. Trotz der wachsenden Beliebtheit privater Klubs und Teestuben hielt das Kaffeehaus stur mit seiner Konkurrenz mit.

An der Einrichtung hatte sich in den zwanzig Jahren, seit Andrew den Laden zum ersten Mal betreten hatte, nicht viel verändert. Die fein gehobelten Holzdielen waren immer noch dieselben, und die Luft war wie damals rauchgeschwängert. An den Wänden hingen die Köpfe einiger Jagdtrophäen, und dazwischen ein paar Bilder, die ihm neu waren: amateurhafte Aquarelle, die wie wilde Blumen zwischen den Tierköpfen hervorwuchsen.

Wie immer war das Kaffeehaus gut besucht, und die jungen Kellner eilten geschäftig an den langen Holztischen entlang, um die Tassen der Gäste mit dem dunklen, dampfenden Gebräu zu füllen, für welches das Nightingale's sich rühmte. Jedoch war der Kaffee selbst nicht der Schlüssel zum Erfolg des langlebigen

Etablissements. Dafür zeichnete ein Tisch im hinteren Bereich der Stube verantwortlich.

Andrew steuerte geradewegs auf besagte Nische zu, dicht gefolgt von Grier.

„Stechen Sie, wenn's geht, nicht ins Wespennest", flüsterte der Schotte ihm zu.

„Wenn ich einen Stachel sehe, werde ich mich verteidigen", erklärte Andrew ruhig.

Um sich ganz auf Primroses Sicherheit konzentrieren zu können, musste er zunächst bei sich selbst klar Schiff machen. Und das bedeutete, die Fehde mit Malcolm Todd aus der Welt zu schaffen ... auf welche Art auch immer.

Als er und Grier sich ihrem Ziel näherten, versperrten zwei massiv gebaute Handlanger ihnen den Weg. Wortlos warteten die beiden Wachen auf ein Wort ihres Herrn.

Nach einigen Augenblicken nickte Bartholomew Black, der auf einem thronartigen Stuhl saß, in Andrews Richtung. „Nur der da."

Grier warf seinem Vorgesetzten noch einen letzten warnenden Blick zu, bevor die Wachmänner ihn wegführten.

„Guten Morgen, Sir." Andrew verneigte sich tief, wie es sich vor dem mächtigsten Mann Londons gehörte.

Diejenigen, die Black nicht kannten, könnten ihn aufgrund seiner Aufmachung fälschlicherweise für einen tatterigen Exzentriker halten: Mit seinem spitzenbesetzten Hemd, der bestickten, braunroten Weste und der Kniehose aus Satin erweckte er den Anschein eines Zeitreisenden aus dem vorherigen Jahrhundert. Doch der Blick aus den dunklen Augen unter seiner albernen Perücke, mit dem er sein Gegenüber bedachte, war scharf wie ein Rasiermesser, und seine Hände, an denen zahlreiche Ringe prangten, konnten ebenso leichtfertig einen Mann töten wie Zucker und Milch zu seinem Kaffee hinzufügen.

Jeder, der dem König der Unterwelt keinen Respekt zollte, war ein Narr.

Glücklicherweise zählte Andrew nicht zu dieser Sorte Mann ... was man von Blacks Schwiegersohn, Malcolm Todd, nicht behaupten konnte.

Todd saß zur Rechten des Königs, allerdings war der Platz unmittelbar zwischen ihnen frei. Diese Belegung der Sitzplätze war kein Zufall, sondern ein subtiles, aber aussagekräftiges Symbol hinsichtlich der politischen Lage: Jeder wusste, dass Todd nur darauf wartete, die mächtige Position seines Schwiegervaters zu erben. Dieser jedoch machte keine Anstalten, die Herrschaft über sein Königreich abzutreten.

Während Black Respekt gebührte, verdiente Todd nichts als Abscheu. Er war ein kleiner, glatzköpfiger Mann mit einem runden Gesicht und gewalttätigem Charakter, der vor nichts zurückschreckte, um an mehr Macht zu kommen.

„Corbett", begrüßte er Andrew nun in seinem gewohnt höhnischen Tonfall.

Dieser verneigte sich wesentlich knapper vor seinem Feind. „Todd."

„Ha!", bellte Black amüsiert und wandte sich seinem Schwiegersohn zu. „Vor mir hat er sich ordentlich verbeugt, dir jedoch kaum zugenickt, was?"

Todd lief vor Wut knallrot an. „Mir doch egal, was der Mistkerl ...“

„Und genau da liegt dein Problem. Du scherst dich ’nen feuchten Dreck um Manieren und Anstand, aber der gute Corbett hier, der ist ein cleveres Bürschchen", erklärte Black und deutete mit dem Daumen in Andrews Richtung. „Er weiß um die Bedeutung der verschiedenen Klassen, und das ist der Unterschied zwischen euch beiden. Deswegen zieht sein Klub die ganzen feinen Pinkel mit den vollen Geldbeuteln an, während sich bei dir lediglich der gemeine Pöbel rumtreibt."

„Sein affiger Klub ist nicht besser als meiner ...“

„Herr im Himmel, halt die Klappe!" Black warf seinem Schwiegersohn einen scharfen Blick zu, woraufhin dieser sofort verstummte. Dann wandte der König sich wieder an Andrew und bedeutete ihm, auf dem Stuhl zu seiner Linken Platz zu nehmen. „Setz dich.“

Kaum war Andrew seiner Aufforderung gefolgt, eilte einer der Kellner herbei und stellte eine Kaffeetasse vor ihm ab. Während er einen Schluck von dem dampfenden, starken Gebräu nahm, veranlasste Black seine Wachmänner mit einem Wink, einen Samtvorhang vor die Nische zu ziehen, um ihnen mehr Privatsphäre zu verschaffen.

„Kommen wir gleich zur Sache, Corbett“, sagte Black und bedachte ihn mit einem harten Blick. „Todd behauptet, du verstößt gegen die Regeln und wirbst ihm in seinem Revier Kundschaft ab. Stimmt das?“

„Nein, Sir.“

„Das ist eine Lüge!“, rief Todd ungehalten aus. „Du hast ’nen neuen Laden aufgemacht, der praktisch einen Steinwurf entfernt von meinem Klub liegt.“

„Die Regeln besagen, dass niemand im Gebiet eines anderen ein konkurrierendes Geschäft betreiben darf. Wie ich dir schon mehrfach erklärt habe, besitze ich eine Immobilie in der Nähe deines Klubs, aber dabei handelt es sich nicht um ein konkurrierendes Geschäft. Es ist überhaupt kein Geschäft, um genau zu sein.“

„Es ist ein Haus voller Huren. Was soll das sein, wenn nicht ein Bordell, hm?“, gab Todd zurück.

„Da hat er nicht ganz unrecht“, sagte Black, der gelassen seinen Kaffee umrührte. „Wo Rauch ist, da ist für gewöhnlich auch Feuer.“

„Alle Dirnen in der Tagesstätte sind schwanger“, setzte Andrew erklärend an.

„Tatsache?“, unterbrach Black ihn mit hochgezogenen Brauen. „Aber man weiß ja nie, was die Herren der Gesellschaft heutzutage scharf macht.“

„Dieses Frauenhaus ist kein Bordell“, betonte Andrew mit

Nachdruck. „Es ist ein Rückzugsort für meine schwangeren Angestellten, an dem sie ihre Kinder austragen und sich erholen können, bevor sie zu ihrer Arbeit zurückkehren.“

„Und das sollen wir dir abkaufen? Dass du 'ne wohltätige Einrichtung leitest?“, fragte Todd höhnisch.

„Ich erachte es weniger als Wohltätigkeit, sondern vielmehr als eine innovative Art der Geschäftsführung.“ *Wie oft muss ich das diesem hirnlosen Mistkerl noch erklären?* „Wenn ich mich gut um meine Dirnen kümmere, spricht sich das herum und zieht die Besten des Gewerbes an. Und wenn ich dafür sorge, dass sie ihre Kinder in einem sicheren Umfeld austragen und sich erholen können, kehren sie hinterher gesund und voller Enthusiasmus in meinen Klub zurück. Praktisch gesehen, spare ich dadurch Zeit und Geld ... und schaffe bessere Bedingungen für meine Angestellten.“

„Das ist doch lächerlich!“ Wütend sprang Todd auf die Beine ... nicht, dass er stehend viel größer war als Andrew in seiner sitzenden Position. „Wenn 'ne Nutte schwanger wird, suchst du dir 'ne neue. Wenn 'ne Nutte bei der Geburt draufgeht, suchst du dir 'ne neue. So läuft das eben. Mit deinem Theater setzt du nur ein schlechtes Beispiel. Bringst die Nutten noch auf hirnrissige Ideen!“, tobte er. „Als Nächstes verlangen sie plötzlich höhere Löhne, bessere Unterkünfte und mehr Urlaubstage, um Zeit mit ihren Bälgern zu verbringen. Deine verdammte Tagesstätte führt noch zu 'nem Aufstand ... Aber das werde ich nicht zulassen!“

Andrew hielt es für das Klügste, ihm jetzt noch nicht zu verraten, dass er sich mit einer Schule zusammenschließen wollte, um den Kindern seiner Angestellten eine vernünftige Ausbildung zu ermöglichen.

Stattdessen erwiderte er ruhig: „Ich schreibe dir nicht vor, wie du dein Geschäft zu führen hast, und genau das erwarte ich auch von dir. *So* läuft es in unserer Welt nun mal, Todd.“

„Du hochnäsiger Hurens...“

„Ja, ich bin der Sohn einer Hure“, unterbrach Andrew ihn mit fester Stimme. „Und genau deshalb erachte ich diese Frauen als menschliche Wesen. Das solltest du auch mal versuchen, dann verbessert sich dein Geschäft womöglich dramatisch. Mich einzuschüchtern, wird dir hingegen wenig bringen. Vor drei Tagen wurde ich nachts angegriffen."

Den letzten Teil fügte er wie beiläufig hinzu, um Todds Reaktion abschätzen zu können.

Dieser wirkte erst überrascht ... im nächsten Moment allerdings schadenfroh.

„Damit habe ich nichts am Hut", erwiderte er überheblich. „Allerdings wundert es mich nicht. Ein Bastard wie du hat wahrscheinlich mehr Feinde als ein Hund Flöhe."

„Meine Feinde sollten wissen, dass ich mich zu wehren weiß. Und wenn ich zurückschlage, geht es ihnen an den Kragen."

„Soll das eine Drohung sein?"

„Das reicht jetzt!", mischte Black sich ein. „Todd, setz dich gefälligst wieder hin."

Sein Schwiegersohn ließ sich zurück auf seinen Stuhl sinken, ein gemeines Funkeln in den Augen.

„So wie ich das sehe, hat Corbett nicht gegen die Regeln verstoßen", fuhr der König der Unterwelt fort. „Er wildert nicht in deinem Gebiet, also hast du kein Problem mit ihm, verstanden?"

„Aber ..."

„Die Bedingungen des Abkommens sind klar. Wer auch immer einen ungerechtfertigten Konflikt anzettelt, muss sich vor mir verantworten."

Die Warnung hinter Blacks Worten war unmissverständlich.

Todd presste die Zähne zusammen, sagte aber nichts weiter.

„Was dich betrifft, Corbett", sagte Black, nun an Andrew gewandt. „Wenn ich auch nur einen faulen Lufthauch von deiner Tagesstätte wittere, mache ich das verdammte Ding dem Erdboden gleich. Du weißt ja wohl noch, wie unerbittlich das Feuer meiner Wut brennt."

Selbst nach so vielen Jahren war ihm das höllische Inferno, das in Kittys Klub gewütet hatte, noch deutlich im Gedächtnis geblieben.

„Es wird keinen Ärger geben, Sir", erwiderte er.

„Dann wäre die Sache erledigt", verkündete Black mit einem herrischen Nicken. „Trink deinen Kaffee aus. Das Nightingale's braut den besten in ganz London."

Todd stand abrupt auf. „Ich muss mich um ein paar Angelegenheiten kümmern."

„Allerdings. Du passt doch gut auf meine Enkelin auf, hm?", verlangte Black zu wissen. „Mir ist zu Ohren gekommen, dass Tessie den Unterricht schwänzt und sich wie ein Wildfang aufführt."

„Ich bin ein viel beschäftigter Mann", gab Todd irritiert zurück. „Den Haushalt und die Erziehung überlasse ich meiner Frau."

„Deine Frau ist meine Tochter, und wir wissen doch beide, dass sie mit Tessie überfordert ist. Du hilfst ihr besser, sonst bekommst du es mit mir zu tun."

Todd nickte trotzig, bevor er durch den Vorhang verschwand.

„Herr im Himmel", murmelte Black. „Was für ein Mann bringt es nicht mal fertig, sich um sein eigen Fleisch und Blut zu kümmern?"

Andrew wusste nicht, ob er darauf etwas antworten sollte. Sicherheitshalber schwieg er und trank seinen Kaffee.

„Tessie mag zwar nicht meine Tochter sein, aber sie kommt ganz nach mir. Ein hübsches, kluges Mädchen, das nur das Beste verdient." Black schlug so heftig mit der Faust auf den Tisch, dass die Kaffeetassen auf ihren Untersetzern klirrten. „Verstehst du das, Corbett?"

„Äh, natürlich."

„Meine Tessie ist eine anständige, junge Dame." Stolz zeigte der König der Unterwelt auf eines der gerahmten Aquarelle, das in der Nische hing. „Und äußerst talentiert, was?"

Andrew betrachtete das schockierend hässliche Kunstwerk. „Sie besitzt in der Tat ein … einzigartiges Talent."

„Ganz genau." Zufrieden lehnte Black sich in seinem Stuhl zurück und trank einen Schluck von seinem Kaffee, während er mit den Fingern auf der Tischfläche trommelte. Nach einer Weile verkündete er: „Ich mag dich, Corbett. Insbesondere jetzt, wo du nichts mehr mit diesem lausigen Flittchen Kitty Barnes zu tun hast. Deshalb will ich dir einen guten Rat geben."

Ein ungutes Gefühl überkam Andrew. Es sollte ihn nicht wundern, dass der König über seine persönlichen Angelegenheiten Bescheid wusste, er war über das meiste, was in London vor sich ging, im Bilde. Seine Sorge galt jedoch nicht Kitty, sondern Primrose. Was hatte Black gehört?

„Welcher Rat wäre das?", fragte er argwöhnisch.

„Du bist ein anständiger Kerl, ein Mann mit Prinzipien. So was kommt heutzutage selten vor. Aber jeder Mann hat seine Schwachstelle", sagte Black mit einem gerissenen Funkeln in den Augen. „Hüte dich vor den Frauen, Corbett … Die sind nämlich deine."

26

„FINDEST DU DAS KLEID ZU EXTRAVAGANT, ODETTE?", FRAGTE Rosie und betrachtete sich kritisch in dem goldgerahmten Spiegel, der an der Wand ihres neuen Wohnzimmers hing.

Vor zwei Tagen hatte sie ihr Haus auf der Curzon Street bezogen, und an diesem Abend wollte Andrew zu einem gemütlichen Mitternachtsdinner vorbeikommen. Die Augen ihres Spiegelbilds funkelten erwartungsvoll. Seit dem Angriff war sie nicht mehr allein mit ihm gewesen und freute sich ungemein, ihn wiederzusehen.

Hinter ihr hielt Odette, die gerade dabei war, die Blumen auf dem für zwei Personen gedeckten Tisch zu arrangieren, inne, und sah zu ihr hinüber. Anfänglich war Rosie unschlüssig gewesen, ob sie das Dienstmädchen entlassen sollte oder nicht. Es gefiel ihr gar nicht, dass Odette sie hintergangen und als Spionin für Andrew gearbeitet hatte. Allerdings war sie eine hervorragende Angestellte ... und ein wahres Genie, was das Frisieren betraf. Außerdem hatte sie sich aufrichtig entschuldigt, und Rosie konnte es ihr im Grunde nicht verübeln, dass sie Andrew dabei helfen wollte, sie zu beschützen.

Die Französin musterte Rosies Erscheinungsbild mit dem

scharfen Blick eines Offiziers, der seinen Soldaten in Augenschein nahm. „Sie sehen *parfait* aus, Mylady", lautete ihr Urteil.

Für den besonderen Anlass hatte Odette sich außergewöhnlich viel Mühe mit Rosies Toilette gegeben. Diese trug ein dunkelviolettes Taftkleid, das ihre Schultern entblößte und ihr Dekolleté vorteilhaft in Szene setzte. Das Mieder schmiegte sich wie eine zweite Haut an ihren Körper und lief ebenso wie die langen Ärmel nach unten hin spitz zu. Die Röcke waren überdeckt von einem schwarzen Netzgewebe aus Seide, das sinnlich im Kerzenlicht schimmerte.

Odette hatte ihre Haare zu einem hohen Knoten aufgesteckt und violette Bänder in die Zöpfe geflochten. Feine Korkenzieherlocken umrahmten Rosies schmales Gesicht. Sie trug keinen Schmuck, außer einer Kamee an einem schwarzen Band um ihren Hals.

Sie hatte sich viel Mühe mit ihrem Erscheinungsbild gegeben, um Andrew zu gefallen. Hoffentlich würde er sie hübsch finden.

Nervös ging sie zum Tisch hinüber und begutachtete die auf einem Servierwagen arrangierten Speisen. „Glaubst du, Mr Corbett wird das Menü zusagen?"

„*Mais oui*, Mylady", erwiderte Odette. „Koch hat Mr Corbetts Lieblingsgerichte zubereitet."

„Na, Koch muss ja wissen, was ihm schmeckt", merkte Rosie trocken an.

Der Küchenchef – ebenso wie der Rest ihres neuen Personals – war am Tag zuvor von Andrew herübergeschickt worden. Laut der Nachricht, die gleichzeitig mit den Angestellten eintraf, hatte er jeden von ihnen persönlich durchleuchtet. Sie stammten entweder aus einem seiner Klubs oder seinen privaten Residenzen. Obwohl Rosie zunächst ein wenig pikiert darüber gewesen war, dass er diese Entscheidung einfach ohne ihre Zustimmung getroffen hatte, verflog ihre Irritation, als sie die letzte Zeile seines Briefs las.

Es ist nur zu deinem Besten. Und auch zu meinem. Ich werde nicht eher ruhen, bis ich dich in Sicherheit weiß.

 -A.

Wie konnte sie ihm böse sein, wenn er sich so ritterlich zeigte?

Die Uhr auf dem Kaminsims schlug Mitternacht, und wie aufs Stichwort klopfte es an der Tür. Odette verließ das Zimmer und kehrte gleich darauf mit Andrew zurück.

In dem kleinen, in Pfirsich- und Goldtönen gehaltenen Salon wirkte er ein wenig fehl am Platz, wie ein Löwe in einem Heimtiergeschäft. Er legte seinen Hut ab und bedachte sie mit einem glühenden Blick. Rosie war so eingenommen von seinem attraktiven Gesicht, dass sie kaum bemerkte, wie Odette sich diskret zurückzog.

Kaum, dass sie allein waren, kam Andrew zu ihr herüber, zog sie in seine Arme und küsste sie fordernd.

Sie erwiderte den Kuss mit ebenbürtigem Eifer. Gott, wie sie sich nach ihm gesehnt hatte!

Nach einigen Augenblicken löste er sich von ihr und keuchte: „Das ist doch mal eine ordentliche Begrüßung. Hast du mich etwa vermisst?"

Sie strich das Revers seines Mantels glatt, das sie eben noch umklammert hatte, und antwortete betont desinteressiert: „Vielleicht ein wenig."

„Ich für meinen Teil konnte es kaum erwarten, dich wiederzusehen", sagte er, ergriff ihre Hände und ließ seine Lippen zärtlich über ihre Knöchel streifen. „Gott, wie umwerfend du aussiehst."

In einem plötzlichen Anflug von Schüchternheit senkte sie den Kopf. „Danke, dass du für heute Abend deine Wachmänner eingeteilt hast. Ein geheimes Rendezvous wäre kaum möglich gewesen, wenn Papas Aufseher vor der Tür stünden."

„Ich denke, er weiß auch so, was hier vor sich geht."

„Wie bitte?", fragte sie alarmiert.

Amüsiert legte er den Kopf schief. „Sonnenschein, dein Vater ist ein hervorragender Ermittler. Deine Mutter ist eine äußerst scharfsinnige Frau. Zweifellos wissen sie, dass ich hier bin.“

„O nein!“, rief sie entsetzt. Sie fühlte sich wie ein Dieb, den man auf frischer Tat ertappt hatte. „Was sollen wir denn jetzt tun? Vielleicht solltest du besser gehen ...“

„Primrose.“ Mit seinen Händen umfasste er ihr Gesicht. „Beruhige dich.“

„Wie soll ich mich beruhigen? Es ist eine Sache, wenn meine Eltern *vermuten*, dass wir eine Affäre haben, aber es ist etwas ganz anderes, wenn sie *wissen*, dass du hier bist ...“ Noch während sie die Worte aussprach, merkte sie, wie albern sie klangen, aber sie war zu panisch, um einen vernünftigen Gedanken zu fassen. Plötzlich fiel ihr noch etwas wesentlich Schlimmeres ein. „O Gott, glaubst du, Mr McLeod und Mr Lugo wissen ebenfalls Bescheid?“

Andrew starrte sie einen Augenblick lang sprachlos an ... und brach dann in schallendes Gelächter aus.

„Was ist daran so lustig?“, rief sie ungehalten.

„Du, Liebling.“ Lächelnd küsste er sie auf die Nasenspitze. „Du bist mir vielleicht eine erfahrene Witwe. Nachdem du so überzeugend begründet hast, warum du allein leben solltest, habe ich völlig vergessen, wie unschuldig du eigentlich bist.“

„Ich bin nicht unschuldig ... dafür hast du doch gesorgt“, gab sie schnippisch zurück.

„Allerdings. Und daran denke ich jede Nacht“, erwiderte er mit einem frechen Grinsen, das ihr den Wind aus den Segeln nahm.

„Nur, weil ich jetzt unabhängig bin, heißt das nicht, dass meine Eltern über unsere Affäre Bescheid wissen sollen“, beharrte sie trotzdem. „Was, wenn sie nicht einverstanden sind ...?“

„Sie sind im Bilde, stehen uns aber nicht im Weg“, erwiderte er. „Warum sonst hätten sie dich in dieses Haus ziehen lassen sollen?“

Verwirrt blinzelte sie ihn an. „Du meinst ... sie sind einverstanden ... mit uns ...?“

„Das wäre vielleicht etwas zu optimistisch ausgedrückt“, sagte er trocken. „Ich denke, sie akzeptieren die Umstände und vertrauen darauf, dass ich dich beschütze.“ Er hielt inne und musterte sie eingehend. „Ist dir ihre Anerkennung denn so wichtig?“

„Ich will nur, dass sie stolz auf mich sind“, murmelte Rosie.

Es war nicht einfach, sich so verletzlich vor ihm zu zeigen. Plötzlich fühlte sie sich wie das unerfahrene Ding, für das er sie offensichtlich hielt, und wurde von einer Welle der Selbstzweifel übermannt. Andrew war so erfahren und weltgewandt. Was, wenn er ihre Naivität abstoßend fand, sich nach einer reiferen, kultivierteren Liebhaberin sehnte ...

„Deine Eltern sind stolz auf dich. Sie lieben dich sehr.“ Die Wärme in seinen braunen Augen beruhigte sie. Zärtlich küsste er sie auf die Stirn. „Ich will ja nicht unhöflich sein, aber ich habe einen Bärenhunger. Könnten wir unsere Unterhaltung beim Abendessen fortsetzen?“

Rosie nickte erleichtert. So schnell sie aufgetreten waren, verflogen ihre Sorgen wieder.

Er zog ihr den Stuhl heraus, bevor er sich ihr gegenüber niederließ. Anschließend belud er erst ihren, dann seinen Teller mit Rebhuhnpastete, mit Petersilie und Zitrone garniertem Stör und Kalbsragout in Trüffelsauce.

„Das ist viel zu viel für mich“, protestierte sie, als er den Teller vor ihr abstellte.

„Iss einfach, so viel du willst“, erwiderte er, bevor er sich genüsslich eine Gabel in den Mund schob.

Nachdem sie ihn eine Weile beobachtet hatte, kostete sie ebenfalls einen winzigen Bissen von dem Stör. *Mmm!* Der warme, butterige Fisch zerschmolz ihr förmlich auf der Zunge. Erst jetzt realisierte sie, wie hungrig sie eigentlich war. Also genoss sie die Köstlichkeiten, die der Koch gezaubert hatte, nippte an dem

Wein, den Andrew ihr eingeschenkt hatte, und genoss die Gegenwart ihres Liebhabers. In diesem gemütlichen, intimen Moment kam sie sich zum ersten Mal vor wie eine richtige Erwachsene.

Nachdem er seine Portion verputzt hatte, fragte sie fasziniert: „Wie kannst du so viel essen und dabei so schlank bleiben?"

„Ich treibe regelmäßig Sport", erwiderte er, während er seinen Teller erneut belud.

„Welche Art von Sport?"

„Hauptsächlich boxe ich. Dadurch verlerne ich das Kämpfen nicht."

Das erklärte seinen muskulösen Körperbau. Allein der Gedanke an seinen harten Torso verursachte ein Kribbeln zwischen ihren Schenkeln. „Warum ist es dir so wichtig, kampferprobt zu sein?"

„Wegen der Schlägereien im Klub. Eigentlich sind meine Gäste zivilisierte Herren aus der Oberschicht, aber sobald Alkohol und Frauen ins Spiel kommen ..." Er zuckte nur mit den Schultern, als bedurfte es keiner weiteren Erklärung. „Normalerweise sorgen meine Wachleute für Ordnung und Disziplin. Ich mische mich nur ein, wenn es nicht anders geht."

Besorgt nagte sie an ihrer Unterlippe. „Was, wenn du dabei verletzt wirst?"

Er hielt mit der Gabel auf halbem Weg zum Mund inne. „Du hast Angst, dass *ich* verletzt werden könnte, obwohl man auf *dich* geschossen hat?"

„Mir passiert schon nichts. Immerhin stehe ich unter Papas und deinem Schutz", erwiderte sie zuversichtlich. „Aber du setzt dich regelmäßig Risiken aus."

Er legte seine Gabel nieder und nahm ihre Hand. „Danke."

„Wofür?"

„Dafür, dass du mir deine Sicherheit anvertraust." Er sah ihr tief in die Augen. „Und dich um meine sorgst."

„Gern geschehen", flüsterte sie.

„Da wir gerade von Sicherheit sprechen", begann er und ließ

ihre Hand los, um etwas aus der Tasche seines Mantels zu ziehen, den er über seine Stuhllehne gehängt hatte. „Ich habe dir etwas mitgebracht."

Neugierig nahm sie den weißen Seidenbeutel entgegen, den er ihr reichte. Als sie den Gegenstand herauszog, der sich darin befand, hob sie den Kopf und starrte ihn ungläubig an.

„Du hast mir eine *Pistole* gebracht?"

„Nur, um auf Nummer sicher zu gehen. Sie ist klein genug, um in einen Pompadour oder eine Rocktasche zu passen. Lass dich von ihrer Größe jedoch nicht täuschen: Sie kann getrost mit anderen Waffen mithalten."

Fasziniert begutachtete Rosie die zierliche, exquisit gefertigte Pistole von allen Seiten. „Was für ein hübscher Perlmuttgriff! Und ist das ein Blumenmuster auf dem Metalllauf?", fragte sie begeistert. „Oh, sie passt perfekt zu meinem silbernen Pompadour ..."

Abrupt verstummte sie, als sie wieder dieses amüsierte Funkeln in seinen Augen bemerkte.

„Was ist so lustig?"

„Du", erwiderte er mit einem leichten Zucken um die Lippen. „Dir ist schon klar, dass die Pistole weit mehr ist als nur ein modisches Accessoire, oder?"

„Natürlich. Aber es schadet doch nichts, wenn etwas hübsch aussieht *und* funktionell ist, findest du nicht?" Liebevoll tätschelte sie die kleine Waffe. „Danke für das aufmerksame Geschenk."

„Gern geschehen", sagte er mit einem warmen Lächeln. „Ich kann dir auch beibringen, wie man sie benutzt."

Anschließend wandte sich ihr Gespräch alltäglicheren Themen zu. Andrew war ein guter Zuhörer und offensichtlich interessiert an ihrem banalen (verglichen mit seinem) Leben. Während sie ihm von ihrem Einzug in das neue Haus erzählte, fiel ihr ein Problem ein, das sie hatte ansprechen wollen.

Aber wie bringe ich das Thema zur Sprache, ohne anzüglich zu wirken?

„Ich bin dabei, mich zu entscheiden, was ich von der Einrichtung behalten soll ... und was ich besser loswerde“, murmelte sie und errötete, als sie an ein bestimmtes Möbelstück dachte.

Er sah sich in dem gemütlichen Salon um. „Dieses Zimmer ist doch recht geschmackvoll eingerichtet.“

„Schon, aber um es mit Mr Mayhews diskreter Wortwahl auszudrücken: Daltry unterhielt dieses Haus für den Empfang seiner *besonderen Gäste*“, erklärte sie trocken. „Ich glaube, die vorherige Bewohnerin war eine seiner Mätressen.“

„Ah. Stört dich das?“

„Keineswegs. Ich bin froh, dass sie einen ausgezeichneten Geschmack besaß. Zumindest weitgehend“, fügte sie mit einem Gedanken an die offensichtliche Ausnahme in ihrem Schlafgemach hinzu.

Andrew legte seine Serviette nieder. „Das Essen war köstlich.“

„Was soll ich sagen? Dein Koch ist ein Genie.“ Sie zögerte kurz, und fragte dann, um Zeit zu gewinnen: „Möchtest du noch Nachtisch?“

„Gerne.“

„Der Pudding steht unten auf dem Wagen ... Ah!“ Überrascht schrie sie auf, als er sich blitzschnell erhob und sie in seine Arme zog. „Was tust du da?“

„Ich hole mir meinen Nachtisch.“

„Ich muss dir noch etwas sagen“, beharrte Primrose.

„Reden wir im Bett darüber.“

Andrew fand seinen Vorschlag mehr als vernünftig, wenn man bedachte, dass sie sich in Primroses Schlafgemach befanden und ihre Kleider hinter ihnen auf dem Boden verstreut lagen. Sie bot wahrlich einen göttlichen Anblick: Das goldene Haar fiel ihr wild über die Schultern und ihre vollen, runden Brüste wippten bei jedem Schritt, mit dem sie sich rückwärts tastete. Nur noch sechs weitere, dann müsste sie das Bett erreicht haben ... ein riesiges

Monstrum, das von hauchdünnen, weißen Vorhängen umgeben war, die von der Decke hingen.

Fünf Schritte. Vier ...

„Nein, ich will vorher mit dir darüber sprechen", erwiderte sie stur.

Er streifte seinen Gehrock ab und ließ ihn achtlos auf einen Stuhl fallen. „Worüber, Sonnenschein?"

Ihr Blick fiel auf die imposante Ausbeulung in seinem Schritt, und sie biss sich nervös auf die Unterlippe. „Es geht um das Bett."

„Ein angemessenes Thema." Seine Weste landete ebenfalls auf dem Stuhl, bevor er einen weiteren Schritt auf sie zutrat. Sie wich entsprechend zurück.

Drei ... zwei ...

Endlich stieß sie rücklings gegen die Matratze.

„Ich hatte keine Zeit, es zu wechseln", platzte sie heraus.

„Das stört mich nicht." Sanft, aber bestimmt drückte er sie hinunter auf die weiche Decke und legte sich über sie, darauf bedacht, sein Gewicht zu verlagern, um sie nicht zu verletzen. Dann vergrub er das Gesicht in ihrer Halsbeuge und atmete ihren berauschenden Duft ein. „Keine Sorge, meine Angestellten sind hervorragend ausgebildet. Sie haben die Bettwäsche gewiss auch ohne deinen Befehl gewechselt."

„Das meinte ich damit nicht."

Verwirrt hob er den Kopf. Mit hochroten Wangen deutete sie wortlos zur Zimmerdecke.

Stirnrunzelnd sah er hinauf ... und brach in schallendes Gelächter aus. „Gütiger Himmel!"

„Ich weiß. Es ist furchtbar verrucht, nicht wahr?", murmelte sie verlegen.

Ihre geröteten Wangen und das Funkeln in ihren Augen straften ihre Worte Lügen. Sie war bei Weitem nicht so empört, wie sie zu sein vorgab. Er warf einen erneuten Blick hinauf zu dem riesigen Spiegel, der an der Decke befestigt war. Der Anblick ihrer eng umschlungenen Körper – sie völlig nackt, er bekleidet – schürte seine Lust um ein Vielfaches.

Als ihre Blicke sich im Spiegel trafen, öffnete sie die Lippen und wand sich unter ihm, wodurch sein Schenkel zwischen die ihren rutschte. Er musste ein Stöhnen unterdrücken, als er spürte, wie ihr Nektar den Stoff seiner Hose durchtränkte. Trotz ihrer Zurückhaltung, was gewisse Dinge betraf, war Primrose im Bett der Inbegriff der Leidenschaft.

Er erinnerte sich daran, wie sie auf die Gucklöcher in seinem Klub reagiert hatte, und entschied, dass es an der Zeit war, ihren sexuellen Horizont zu erweitern. Er wollte ihr zeigen, dass sie sich nicht hinter modischem Schnickschnack und gesellschaftlicher Verklemmtheit zu verstecken brauchte, dass es in Ordnung war, ihre Bedürfnisse und Fantasien auszuleben.

„Wer hat schon das Recht zu bestimmen, was verrucht ist und was nicht?", murmelte er. „Im Schlafgemach gibt es keine Regeln zwischen uns, außer denen, die wir selbst bestimmen."

„Aber du musst doch zugeben, dass ein Spiegel über dem Bett ziemlich skandalös ist."

„Mag sein. Aber findest du die Idee nicht auch erregend?" Er rückte ein wenig zur Seite, sodass sie sich selbst betrachten konnte. Sein Schwanz pulsierte erwartungsvoll, als er sah, wie fasziniert sie von ihrem Abbild war. „Lass uns ein Spiel spielen. Du hältst den Blick auf den Spiegel gerichtet und darfst erst wegsehen, wenn ich es dir sage, in Ordnung?"

27

„SAG MIR, WAS DU SIEHST, SONNENSCHEIN", FLÜSTERTE Andrew.

Während Rosie sich im Spiegel betrachtete, stellte sie mit wachsendem Entsetzen fest, wie unordentlich und verdorben sie aussah. Sie war splitternackt, ihr sorgsam ausgewähltes Ensemble achtlos im Zimmer verteilt, und ihre Frisur war völlig zerstört. *Gütiger Himmel.* Ihre blonden Locken fielen wild und zerzaust über die blaue Satindecke. Unansehnliche rote Flecken zierten ihre Wangen, und die Spitzen ihrer Brüste ragten prall und steif in die Höhe.

Die letzten Male, als sie mit Andrew intim gewesen war, hatte sie keinen Gedanken an ihr Aussehen verschwendet, viel zu eingenommen von der Lust, die er ihr bescherte. Nun aber sah sie sich mit der schockierenden Realität konfrontiert: Die Frau im Spiegel war alles andere als perfekt oder beherrscht oder damenhaft.

Vielmehr glich sie einem verruchten Flittchen ... einer welkenden, verdorbenen Blume.

Panisch versuchte sie, ihre Blöße zu bedecken, doch Andrew umschloss ihre Handgelenke mit festem Griff und hielt ihre Arme über ihrem Kopf gefangen. Verzweifelt starrte sie zu ihm hinauf.

„Lass mich los!", flehte sie eindringlich. „Ich muss mich herrichten. Ich bin ..."

„Perfekt."

„Wie kannst du das sagen? Ich sehe furchtbar aus." Zu ihrem Entsetzen hörte sie, wie ihre Stimme zitterte. „Ich will nicht, dass du mich so siehst. Bitte, lass mich los."

„Primrose, du bist immer wunderschön, aber nie warst du bezaubernder als in diesem Augenblick." Sie konnte seinen intensiven Blick kaum ertragen. „Warum zweifelst du daran?"

„Weil alles, was ich in den letzten drei Stunden perfektioniert habe, hinüber ist!", rief sie verzweifelt aus. „Jetzt bin ich nur noch ..." *Ich*. Angst stieg aus einem dunklen Teil ihres Inneren auf. „Bitte lass mich gehen, damit ich mich frisch machen kann ..."

„Nein."

Sie blinzelte schockiert. „Wie bitte?"

„Was auch immer du vorhast, ist völlig unnötig", erklärte er ruhig. „Du könntest weitere drei Stunden mit deiner Toilette verbringen, und es würde keinen Unterschied machen. Danach wärst du auch nicht schöner, als du es jetzt gerade bist."

Ungläubig starrte sie ihn an. „Das ... das meinst du doch nicht ernst."

„O doch. Deine Schönheit hat nichts mit deinen modischen Kleidern oder deinen kunstvollen Frisuren zu tun. Sie kommt allein von *dir*." Sanft strich er ihr mit den Knöcheln über die Wange. „Deine Augen könnten tausend Schiffe in See stechen lassen. Dein Körper würde einen Mann dazu bringen, sich dieser Armada zu stellen, nur um dich die Seine nennen zu dürfen. Dazu kommen noch dein Temperament, deine Klugheit und dein Hang zur Dramatik ... Glaube mir, Sonnenschein", fügte er mit einem warmen Lächeln hinzu, „du bist schlichtweg unwiderstehlich."

War er *wirklich* überzeugt von dem, was er da sagte? Forschend studierte sie seine ernste Miene. Er hatte ihr bereits zuvor gesagt, wie wunderschön er sie fand ... Dass sie sich nicht vor ihm zu verstecken brauchte. Seine Worte legten sich wie eine warme, tröstende Decke über sie.

„Ich bin nicht dramatisch", platzte sie in einem Anflug von Übermut heraus.

Seine Augen funkelten vergnügt. „Manchmal schon. Aber genau das macht ja deinen Charme aus. Also, wollen wir uns die ganze Nacht darüber streiten, oder soll ich dir zeigen, wie anziehend ich dich finde?"

So gerne sie auch auf ihrem Standpunkt beharren wollte, war die Aussicht auf das, was er mit ihr vorhatte, weitaus verlockender.

„Zeig es mir", flüsterte sie.

„Mit dem größten Vergnügen. Aber halte den Blick auf den Spiegel gerichtet."

Sie tat, wie ihr geheißen, und beobachtete, wie Andrews große Hände sich um ihre Brüste schlossen, wie seine geschickten Finger ihre steifen Brustwarzen umkreisten. Der Anblick war *obszön* ... aber gleichzeitig fesselnd, wunderschön. Objektiv gesehen war nichts schmutzig oder verdorben an zwei Liebenden, die das Bett miteinander teilten. Während sie zusah, wie Andrew sie liebkoste, fielen ihre Hemmungen wie die Schnürung eines Korsetts von ihr ab, und der tiefe Atemzug, den sie sich erlaubte, fühlte sich unglaublich befreiend an.

Stöhnend hob sie sich ihm entgegen, als er genüsslich an ihren Brustwarzen zu saugen begann.

„Ich liebe deine Brüste", murmelte er. „Gefällt dir die Art, auf die ich dich berühre?"

Instinktiv suchte sie seinen Blick. „J-ja."

„Immer schön in den Spiegel gucken, Sonnenschein", wies er sie an.

Erregt und neugierig folgte Rosie seiner Anordnung. Es war unglaublich faszinierend, ihn dabei zu beobachten, wie er ihren nackten Körper verwöhnte und dabei selbst noch völlig bekleidet war. Was er tat, war so verrucht ... Gleichzeitig fühlte sie sich jedoch geborgen, verehrt. Er küsste sie noch einmal zwischen die Brüste, bevor seine Lippen über ihre Rippen und ihren Bauch nach unten wanderten. Sie wand sich unter ihm, vergrub die Finger im Laken. Ihre feuchten, glänzenden Nippel pulsierten schmerzhaft.

„Sehnen deine Titten sich nach meinem Mund, Sonnenschein?"

„Ja", hauchte sie, in der Hoffnung, er würde sie von dieser süßen Qual erlösen.

„Dann berühr sie."

Überrascht riss sie die Augen auf. „Wie bitte?"

„Ich will, dass du mir dabei hilfst, dich zu befriedigen."

Seine Worte raubten ihr den Atem. Das konnte er doch unmöglich ernst meinen ... oder? Ihre Hände schienen jedoch ein Eigenleben zu entwickeln und umschlossen ihre prallen, schmerzenden Brüste. Die Berührung jagte ihr einen elektrisierenden Schock durch den Körper. Sie fühlte sich so verdorben ... und gleichzeitig so unglaublich erregt.

„So ist es gut, Liebling. Spiel mit deinen süßen, kleinen Knospen", spornte er sie mit kehliger Stimme an.

Die Frau im Spiegel liebkoste schamlos ihre eigenen Brüste, rieb die steifen, zartrosa Brustwarzen zwischen ihren Fingern. Es fühlte sich unbeschreiblich an. Ihre Pussy begann, heiß und heftig zu pulsieren. Die Gewissheit, dass Andrew sie beobachtete, die unverhohlene Begierde in seiner Stimme, rissen die letzten Mauern ihrer Zurückhaltung nieder. Seufzend gab sie sich ganz der Lust hin, die wie glühende Lava durch ihren Körper strömte.

Er packte ihre Schenkel und drückte sie auseinander, um ihre intimste Stelle bewundern zu können. Sie keuchte auf, als er einen Finger über ihre feuchte Spalte gleiten ließ.

„Gott, wie wunderschön deine kleine Pussy ist", flüsterte er heiser. „Siehst du, wie nass und bereit du für mich bist, Sonnenschein?"

Gütiger Himmel, der Anblick machte sie noch feuchter.

Feuriges Verlangen breitete sich bis in die letzten Fasern ihres Seins aus. Sie sehnte sich danach, ihn in sich zu spüren.

„Sieh mich an, Primrose.“

Als ihre Blicke sich trafen, brachte die unverhohlene, zügellose Begierde in seinen warmen Augen ihren Puls zum Rasen.

„Was wünschst du dir? Sag mir, was du brauchst“, forderte er sie auf.

„Schlaf mit mir“, flüsterte sie.

„Das kannst du besser, Liebling.“ Sein Daumen rieb neckisch über ihre empfindliche Perle, und sie erschauderte. „Benutze die Worte, die ich dir beigebracht habe. Die unanständigen Begriffe, die dir gerade durch den Kopf gehen.“

Kurz zögerte sie, doch ihr Verlangen war stärker als ihre Scham, ihre Selbstzweifel.

„Ich will deinen Schwanz in meiner Pussy spüren“, keuchte sie flehend. „Bitte, Andrew.“

Triumph flackerte in seinen Augen auf. „Gott, das will ich auch.“

Hastig riss er sich das Hemd vom Körper, und der Anblick seiner harten, gut definierten Muskeln ließ ihr das Wasser im Mund zusammenlaufen. Mit geschickten Handgriffen entledigte er sich seiner Stiefel und anschließend seiner Hose, bis er ebenso nackt war wie sie.

Bewundernd ließ sie den Blick über sein riesiges, steifes Gemächt gleiten. Er packte seine stolze Erektion mit einer Hand, während er mit der anderen etwas aus der Tasche seiner achtlos beiseitegeworfenen Hose zog. Verwirrt sah sie zu, wie er etwas Weißes, Gummiartiges mit roten Fäden über seinen harten Schwanz rollte.

„Was ist das?“, fragte sie neugierig.

„Ein Pariser.“ Ihr verständnisloser Blick entlockte ihm ein Schmunzeln. „Ein Präservativ, das die Empfängnis verhindert. Ich habe dir doch versprochen, dich zu schützen.“

Als sie die Bedeutung hinter seinen Worten registrierte, errötete sie heftig ... und eine elektrisierende Hitze strömte durch ihren Körper. Geschickt band er das Präservativ fest und streckte sich dann über ihr aus. Sie keuchte auf, als er mit einem geschmeidigen Stoß in sie hineinglitt. Es fühlte sich unbeschreiblich an, sein heißes, großes Glied in sich zu spüren. Sobald sie ihn ganz in sich aufgenommen hatte, stöhnte sie vor Wonne laut auf. Endlich war sie wieder auf die Weise mit ihm vereint, nach der sie sich gesehnt hatte.

„Verdammt, du fühlst dich so gut an", knurrte er und bedachte sie mit einem glühenden Blick. „Am liebsten würde ich für immer in dir bleiben, Primrose."

Die Emotionen, die seine Worte und seine Nähe in ihr auslösten, waren beinahe unerträglich.

„Ich will dich, Andrew", flüsterte sie mit zitternder Stimme. „So sehr."

„Dann nimm mich, Liebling", flüsterte er zurück.

Der Rhythmus seiner Hüften raubte ihr schier den Verstand. Erst ließ er sie langsam kreisen, dann immer heftiger und schneller, und mit jedem Stoß brachte er sie unaufhaltsam ihrem ersehnten Höhepunkt entgegen. Verzweifelt klammerte sie sich an ihn, während er ihr schamlose Worte ins Ohr flüsterte: wie perfekt ihre Pussy sei, wie sehr er es liebte, wenn sie sich gierig um seinen Schwanz zusammenzog. Sein harter Schaft rieb unablässig gegen ihre empfindliche Perle, und ihr lautes Stöhnen vermischte sich mit den animalischen Lauten, die er ausstieß.

Als er seine Position leicht veränderte, fiel ihr Blick plötzlich auf das Spiegelbild ihrer eng umschlungenen Körper an der Decke. Sie hatte die Finger in seinen breiten Schultern vergraben und die Beine um seine Hüften geschlungen. Seine kräftigen Rückenmuskeln und sein fester Hintern spannten sich mit jedem seiner tiefen Stöße an.

Der Anblick ihres leidenschaftlichen Liebesspiels jagte ihr einen elektrisierenden Schock durch den Körper. Sie liebten sich auf so ungehemmte, zügellose Weise.

Es war *wunderschön*.

Ein berauschender Druck baute sich in ihr auf und zerbarst in tausend Teile, als sie von einer Welle der Ekstase erfasst wurde.

„Gott, Primrose", stöhnte er. „Ich kann spüren, wie du kommst."

Jede Faser ihres Körpers vibrierte vor Wonne, doch er hielt nicht inne, sondern packte ihre Schenkel und drückte ihre Knie nach oben, um noch tiefer in sie eindringen zu können. Sie hob sich ihm entgegen, fest entschlossen, ihm dieselbe Befriedigung zu bescheren, die sie durch ihn erfahren hatte, und zu ihrer Überraschung spürte sie, wie sie abermals ihrem Höhepunkt entgegeneilte.

„Verdammt, du bist so wunderschön", knurrte Andrew. „Dieses Mal kommen wir gemeinsam."

„Aber ich bin doch gerade erst ..." Stöhnend brach sie ab, als seine schweren Hoden gegen ihre geschwollenen Schamlippen klatschten.

„Keine Sorge, du schaffst es auch ein zweites Mal." Er senkte den Kopf und saugte hart an ihrer rechten Brustwarze. Ein lauter Schrei entriss sich ihrer Kehle, und ihre Scheidenmuskeln zogen sich heftig pulsierend um ihn zusammen. „Ja, so ist es gut", keuchte er. „Umklammere mich mit deiner engen, kleinen Pussy, bis wir beide kommen."

Heiße, glühende Lust strömte wie flüssige Lava durch ihre Adern. Sie war so nah dran ...

Er ließ eine Hand zwischen ihre schweißnassen Körper gleiten und reizte ihre Perle, während er seinen Schwanz mit jedem Stoß seiner Hüften so tief wie möglich in sie hineinbohrte.

„O Gott, Andrew, ich bin gleich so weit ..." Ihre Worte verloren sich in einem Stöhnen, als ihr zweiter Orgasmus an diesem Abend sie übermannte.

„Ich auch, Liebling, ich auch!" Mit einem kehligen Schrei warf er den Kopf in den Nacken und stieß noch ein paar letzte Male so tief er konnte in sie, während er sich seiner eigenen Ekstase hingab.

Schließlich hielt er inne und betrachtete sie mit einem befriedigten Blick, dessen Intensität sie erschaudern ließ.

„Und, Sonnenschein?", flüsterte er heiser, ohne sich aus ihr zurückzuziehen. „Habe ich dich mit meiner Verdorbenheit ausreichend schockiert?"

„Nein", erwiderte sie neckisch. „Du darfst dich beim nächsten Mal gerne mehr anstrengen."

Sein Lachen war wie süße Musik in ihren Ohren.

Nachdem Andrew den Pariser entsorgt und Primrose mit einem feuchten Tuch gesäubert hatte, kletterte er zurück ins Bett, löschte das Licht und zog sie mit dem Rücken an seine Brust gedrückt an sich. Zum ersten Mal, seit er denken konnte, stand er im Begriff, die Nacht mit einer Frau zu verbringen, mit der er geschlafen hatte.

Es war stets einer seiner strengsten Grundsätze gewesen, nie bei seinen Kundinnen zu übernachten. Wenn sie in seinen Armen einschlafen wollten, bezahlten sie ihn dafür, und er wartete geduldig, bis sie tief und fest schliefen, bevor er sich davonstahl. Was seine Liebhaberinnen anging, verließ er sie unmittelbar nach dem Akt, oder sie verließen ihn. Nicht einmal mit Kitty hatte er das Nachtlager geteilt. Sie beide waren sich stets einig gewesen, was die Grenzen ihrer Intimität betraf.

Denn das Bett mit einer anderen Person zu teilen, war etwas Intimes, womöglich noch intimer als das Liebesspiel selbst. Sich einer Frau gegenüber in diesem verletzlichen Zustand zu zeigen, sie durch Träume und Albträume hindurch in den Armen zu halten, eng umschlungen mit ihr aufzuwachen ... danach war ihm nie der Sinn gestanden. Bis jetzt.

Zufrieden drückte er Primrose an sich und spürte, wie ihm langsam die Augen zufielen.

„Wie genau verhindert ein Pariser eigentlich die Empfängnis?", fragte sie plötzlich.

Er blinzelte sich den Schlaf aus den Augen und schmunzelte dann amüsiert. Ihre Unschuld und natürliche Sinnlichkeit gaben eine berauschende Mischung ab, die ihren unkonventionellen Charme nur noch verstärkten.

„Er fängt meinen Samen auf. Dadurch kann dieser nicht in deine Gebärmutter gelangen und zu einem Kind heranwachsen", erklärte er.

„Oh."

Er konnte förmlich sehen, wie es in ihrem Kopf ratterte. Plötzlich erschien ein Bild vor seinem inneren Auge: Primrose mit gewölbtem Bauch, sein Kind unter ihrem Herzen tragend. Die Vorstellung, ein Kind in die Welt zu setzen, hatte ihn nie sonderlich gereizt. Zum einen wusste er nicht, was für eine Art von Vater er abgeben würde, da er seinen eigenen nie gekannt hatte, zum anderen würde er niemals eine Frau schwängern, mit der er nicht verheiratet war. Und bislang hatte er keine einzige getroffen, die in ihm den Wunsch nach einer Ehe weckte.

Mit Primrose ist es anders. Ungehalten schob er den Gedanken beiseite. Es spielte keine Rolle, was er sich erhoffte. Sie hatte ihm unmissverständlich zu verstehen gegeben, dass eine Heirat zwischen ihnen ausgeschlossen war, und er hatte ihre Bedingungen akzeptiert.

Warum weckte dann die Vorstellung von ihr mit seinem Sprössling in ihrem Bauch ein bisher ungekanntes, gefährliches Verlangen in ihm? Warum verspürte er das sündhafte Bedürfnis, sie erneut zu nehmen, diesmal ohne Präservativ, und sie mit seinem heißen, kraftvollen Samen zu füllen ...?

„Und neulich, als du, äh ... *außerhalb* gekommen bist, war das auch eine Maßnahme, um eine Schwangerschaft zu verhindern?"

Trotz seines wachsenden Begehrens musste er angesichts ihrer

Wortwahl schmunzeln. „Ja. Allerdings war es auch erregend, meinen Samen auf deiner nackten Haut zu sehen", fügte er wahrheitsgemäß hinzu.

„Oh." Ihre Stimme klang ein wenig atemlos. „Und ist das ... normal?"

„Zumindest ist es nicht ungewöhnlich", erklärte er. „Geschlechtsverkehr kann auf viele verschiedene Arten stattfinden, und meiner Ansicht nach gibt es kein Richtig oder Falsch, solange alle Beteiligten ihre Zustimmung geben und niemand zu Schaden kommt." Zärtlich strich er ihr über die Schulter. „Wie ich schon sagte: Im Bett gibt es zwischen uns keine Regeln, außer denen, die wir selbst festlegen. Ich will, dass du ungezwungen deine Fantasien mit mir ausleben kannst, Primrose. Unser heutiges Experiment lief doch gar nicht so schlecht, oder?"

„Ganz und gar nicht. Um ehrlich zu sein, habe ich mich richtig an den Spiegel gewöhnt."

Ihr leises, sinnliches Lachen brachte sein Blut in Wallung. Er hatte noch nie eine Frau getroffen, die so gesprächig nach dem Liebesspiel war wie sie. Und anstatt befriedigt einzuschlafen, bewirkte diese Unterhaltung genau das Gegenteil.

Obwohl er erst vor Kurzem heftig gekommen war, regte sein Schwanz sich bereits wieder. Verdammt. Selbst für ihn war das rekordverdächtig.

„Ist das nicht herrlich?", fragte sie mit einem glücklichen Seufzer. „Ich fühle mich so befreit. Nie hätte ich gedacht, dass es so viel Spaß machen könnte, einen Liebhaber zu haben."

Besitzergreifend legte er einen Arm um ihre Taille. „Komm bloß nicht auf dumme Gedanken. Nur mit mir macht es so viel Spaß."

Sie kicherte und drehte sich zu ihm um. Selbst im Halbdunkel konnte er das neckische Funkeln in ihren Augen sehen. „Sind wir etwa eifersüchtig?"

„Du gehörst zu mir", erwiderte er mit fester Stimme. „Im Bett kannst du so freizügig sein, wie du willst. Außerhalb des Schlafgemachs werde ich das jedoch nicht tolerieren."

„Kein Grund, so ernst zu werden", sagte sie leicht schmollend. „Ich wollte dich doch nur ein wenig aufziehen. Natürlich trage ich mich nicht mit dem Gedanken, mir andere Liebhaber zu nehmen."

„Gut. Das würde ich auch nicht erlauben."

„Wer im Glashaus sitzt, sollte nicht mit Steinen werfen", schnaubte sie. „Immerhin hattest du bereits unzählige Geliebte."

„Das ist lange her."

Sie musterte ihn eingehend. „Wie lange?"

Verdammt, sie hatte ihn kalt erwischt. Seine Eifersucht hatte ihn so sehr eingenommen, dass er gar nicht merkte, in welche Richtung das Gespräch steuerte.

Trotz des unguten Gefühls in seiner Magengrube erwiderte er ausweichend: „Zwei Jahre."

„Wer war sie?"

Teufel noch eins. Er brachte es nicht über sich, ihr die Wahrheit zu erzählen, die Erinnerung an eine Person in ihr Schlafgemach zu holen, die vor langer Zeit aus ihrer beider Leben hätte verschwinden sollen. Er wollte die zarten Bande, die sich zwischen Primrose und ihm entwickelten, nicht durch seine eigene Schwäche – seine Gedankenlosigkeit – zerstören. Vielleicht würde er es ihr irgendwann einmal gestehen, aber zum jetzigen Zeitpunkt sah er keinen Grund dafür. Nicht, wenn sie nach ihrer stürmischen Vergangenheit endlich gemeinsam ihr Gleichgewicht fanden.

„Ich spreche nicht über meine verflossenen Liebschaften", erwiderte er daher knapp. „Glaube mir einfach, wenn ich sage, dass es zwischen dir und mir anders ist."

„Inwiefern?", wollte sie wissen. „Wodurch unterscheide ich mich von deinen bisherigen Geliebten?"

Du bist anders, weil ... ich dich liebe, verdammt.

Ja, er hatte sich in Primrose verliebt. Daran bestand kein

Zweifel. Als kleines Mädchen hatte sie bereits einen Teil seines Herzens besessen, und in dem Augenblick, als sie sich auf dem Maskenball wiederbegegneten, hatte sie ihm auch noch den Rest gestohlen.

Er liebte sie ... aber er wusste auch, dass sie noch nicht bereit war, diese Worte von ihm zu hören. Sie war auch so schon nervös, was ihre Affäre anbelangte. Außerdem hatte die Erfahrung ihn gelehrt, dass Liebe nicht zwangsweise Veränderung mit sich brachte. An seinen Gefühlen für Primrose konnte er zwar nichts ändern, aber er würde sich hüten, im Gegenzug Erwartungen an sie zu stellen.

„Du bist einfach anders, weil du einzigartig bist", sagte er und strich ihr zärtlich über die Wange. „Hinreißend, willensstark ... und ein freches, kleines Luder. Du brauchst einen Mann wie mich, der es mit dir aufnehmen kann."

„Ich bin kein Luder", protestierte sie. „Und ich brauche auch keinen Mann."

„Nicht?" In einer geschmeidigen Bewegung rollte er sich auf den Rücken und zog sie auf sich, sodass sie rittlings auf ihm saß. Er spürte, wie sie erschauderte, spürte ihre warme, feuchte Pussy auf seinem Unterleib, ihren prallen Hintern gegen seinen harten Schwanz gepresst. „Dann muss ich mich wohl getäuscht haben."

„Du Halunke", erwiderte sie mit einem amüsierten Seufzen.

Er packte seinen Schaft mit einer Hand und ließ seine geschwollene Eichel an ihrer Spalte entlanggleiten.

„Du bist *mein*, Primrose. Sag es", forderte er sie auf.

„Ich bin dein", wiederholte sie atemlos.

Seine Augen blitzten triumphierend auf. „So ist es gut."

Dann packte er ihre Hüften, schob sie nach oben, und tauchte mit dem Gesicht zwischen ihre Schenkel. Er leckte und verwöhnte sie mit seinem Mund, bis sie laut stöhnend zum Höhepunkt kam, und anschließend streifte er sich einen neuen Pariser über und vereinte ihre Körper zu einem leidenschaftlichen Tanz, in dem er sie zielsicher zur Ekstase führte.

⚜ 28 ⚜

AM DARAUFFOLGENDEN TAG TRAFEN PAPAS GESCHWISTER IN London ein und versammelten sich im Stadthaus der Kents. Rosie wurde überschwänglich von den Kindern ihrer Tanten begrüßt, bevor diese sich mit ihren Gouvernanten zurückzogen. Die Erwachsenen nutzten den seltenen Moment der Ruhe, um im Salon Erfrischungen zu sich zu nehmen.

Genau genommen war Ambrose der Halbbruder seiner Geschwister, da deren Mutter die zweite Frau seines verwitweten Vaters war. Rosie erachtete ihre Tanten und ihren Onkel jedoch vielmehr als Schwestern und Bruder, da sie alle mehr oder weniger im selben Alter waren. Emma, die älteste der Schwestern, war nur acht Jahre älter als sie. Die gesamte Familie, einschließlich Thea, Harry, Violet und Polly, saß nun um den Kaffeetisch versammelt und lauschte Rosies Kurzfassung über alles, was vorgefallen war.

„Tut uns leid, dass wir es nicht eher hergeschafft haben", sagte Thea, die Marquise von Tremont, anschließend. Sie war eine sanftmütige Schönheit mit goldbraunen Locken und warmen, haselnussbraunen Augen. „Wir konnten erst abreisen, als es Freddy besser ging."

Frederick, Theas über alles geliebter Stiefsohn, war ein kräftiger Jugendlicher, der gelegentlich unter den Symptomen einer chronischen Erkrankung litt.

„Es geht ihm doch hoffentlich wieder gut?", erkundigte Rosie sich besorgt.

„Keine Sorge, er war nur ein wenig erkältet", mischte der Marquis von Tremont, der hinter dem Stuhl seiner Frau stand, sich ein. Er war ein reservierter Mann, dessen kühle, graue Augen sich mit Wärme füllten, wann immer er seine Angebetete ansah. „Gerade spielt er draußen im Garten mit Edward."

Rosies Bruder und Freddy waren im gleichen Alter und unzertrennlich. Für gewöhnlich steckten sie die Köpfe zusammen, um irgendetwas auszuhecken.

„Harry hat ihnen ein neues Spielzeug mitgebracht. Sie *experimentieren* bereits eifrig damit", fügte der Marquis trocken hinzu.

Kaum hatte er seinen Satz beendet, ertönte auch schon ein lauter Knall aus dem Garten hinter dem Haus, gefolgt von begeisterten Jubelrufen.

„Donnerwetter, was hast du ihnen denn diesmal wieder zugesteckt, Harry?", rief Violet aus, die neben ihrem Gemahl, dem Viscount Carlisle, auf einem Zweisitzer Platz genommen hatte. Dieser hatte angesichts des unheilvollen Lärms beschützend den Arm um sie gelegt.

Auch Papa warf seinem jüngeren Bruder einen alarmierten Blick zu. „Doch wohl hoffentlich kein Schießpulver, Harry?"

„Natürlich nicht", erwiderte der junge Wissenschaftler gelassen und belud seinen Teller mit einem Stapel Sandwiches.

Der Achtundzwanzigjährige war ebenso groß und attraktiv wie sein älterer Bruder. Seine Brille verlieh ihm ein gelehrtes Aussehen, während seine muskulöse Statur auf seine Liebe zum Sport schließen ließ. Harry kam nur selten zu Besuch, da er die meiste Zeit an der Universität verbrachte. Überrascht stellte Rosie fest, wie sehr er sich seit ihrem letzten Treffen verändert hatte. Ihr sonst so fröhlicher, unbekümmerter Onkel wirkte wesentlich zurückgezogener und abweisender als üblich.

Ob etwas vorgefallen ist? So gerne sie ihn auch darauf angesprochen hätte, entschied sie sich dagegen. Trotz seiner lockeren Art war er ein Mann, der seine Privatsphäre schätzte. Und da er mit fünf Schwestern aufgewachsen war, wusste er sich geschickt aus neugierigen Befragungen herauszuwinden.

„Ich würde ihnen niemals eine instabile Salpetermischung geben", sagte er gerade und schob sich ein mit Schinken und Brunnenkresse belegtes Stück Brot in den Mund. Nachdem er es heruntergeschluckt hatte, fügte er hinzu: „Es ist eine neue Zusammensetzung, an der ich gerade arbeite. Macht viel Lärm, ist aber harmlos, glaubt mir."

Eine weitere Explosion ertönte und ließ die Fenster klirren. Die übrigen Anwesenden wechselten skeptische Blicke, bevor sie resigniert mit den Schultern zuckten. Mittlerweile waren sie Harrys haarsträubende Experimente gewöhnt.

„Also gut, dann widmen wir uns jetzt wieder dem eigentlichen Thema: Wie schnappen wir Rosies Angreifer?", ergriff Emma in ihrer gewohnt forschen Art das Wort. „Ambrose, was konntet ihr bereits in Erfahrung bringen?"

Die älteste der Kent-Schwestern hatte schon immer reges Interesse an der Detektivarbeit ihres Bruders gezeigt. Früher war sie bestrebt gewesen, ihn und seine Partner zu unterstützen, und während ihres ersten Falls war sie ihrem Gemahl, dem Herzog von Strathaven, begegnet. Obwohl sie mittlerweile Herzogin und Mutter war, setzte sie nach wie vor bei jeder Gelegenheit ihre Spürnase ein, was Seine Gnaden ihr nur zu bereitwillig durchgehen ließ.

Papa fasste den Stand der Ermittlungen knapp zusammen, wobei er auch auf Andrews Unterstützung einging. Allerdings erwähnte er dabei nicht, in welcher Beziehung dieser zu Rosie stand. Erleichtert über die neutrale Einstellung ihres Vaters, wanderten Rosies Gedanken prompt zurück zu ihrem Liebhaber. Als er an diesem Morgen ihr Bett verlassen hatte, versprach er ihr eine besondere Überraschung für ihr Treffen später am Abend.

Gespannt fragte sie sich, was er wohl vorhatte. Wer hätte gedacht, dass eine Affäre sich derart aufregend und reizvoll gestalten würde?

Nicht nur wegen des leidenschaftlichen Liebesspiels, das ihr jedes Mal, wenn sie nur daran dachte, Schmetterlinge im Bauch verursachte, sondern auch, weil sie sich in seiner Gegenwart so *frei* fühlte. Während sie sich am Abend zuvor im Spiegel betrachtete, hatte sie sich zum ersten Mal in ihrem Leben wirklich so gesehen, wie sie war. Und was sie entdeckte, war nicht verdorben oder schlecht gewesen. Andrew hatte sie gelehrt, ihr wahres Ich zu akzeptieren.

Sie hatte ihm so viel zu verdanken ... Aber was konnte sie ihm im Gegenzug bieten?

Diese Ungleichheit bereitete ihr Sorgen. Verstohlen ließ sie den Blick durch den Salon wandern und wünschte sich, sie verfügte über eine besondere Fähigkeit, so wie der Rest ihrer Familie. Wenn sie doch nur so praktisch veranlagt wäre wie Emma, oder so sanftmütig wie Thea. Besäße sie doch nur Violets leichtfüßige Gewandtheit oder Pollys gutes Herz. Sie hatte nichts weiter als ihre Schönheit und Leidenschaft, und, wenn man Andrew glauben wollte, einen Hang zur Dramatik.

Was brachte das einem Mann wie ihm, der so weltgewandt, einflussreich und unabhängig war? Was konnte sie ihm wirklich bieten?

Sie war nicht einmal in der Lage, ihn zu heiraten ... Wenn er sie denn überhaupt zur Frau haben wollte ...

Sie schüttelte sich innerlich. Warum hing sie derart albernen Vorstellungen nach? Sie hatte doch alles, was sie begehrte: eine leidenschaftliche Affäre mit einem unbeschreiblich attraktiven Mann *und* eine angesehene Position in der Gesellschaft. Was wollte sie mehr? Endlich schien ihr Leben in geregelten Bahnen zu verlaufen ... Mit Ausnahme des kleinen Problems, dass jemand sie aus dem Weg schaffen wollte.

Die Erinnerung an den Angriff brachte sie auf den Boden der

Tatsachen zurück. Entschlossen richtete sie ihre Aufmerksamkeit wieder auf Papa, der soeben seinen Bericht beendet hatte.

„Gütiger Himmel", sagte Violet mit großen Augen. „Und ich dachte, ich sei der Wildfang in der Familie, aber Rosie ist mir weit voraus!"

„Das wage ich zu bezweifeln", murmelte Carlisle.

Als seine Vicomtesse ihn tadelnd in die Seite boxte, grinste er nur amüsiert.

„War Andrew Corbett nicht derjenige, der Revelstoke letztes Jahr dieser furchtbaren Taten bezichtigte?", fragte Emma. Sie hatte der Detektei ihres Bruders dabei geholfen, den Fall aufzuklären und den Namen des Grafen reinzuwaschen. „Warum riskiert er auf einmal Kopf und Kragen, um Rosie zu beschützen?"

Bevor diese selbst eine Erklärung liefern konnte, mischte ihre Mutter sich ein. „Wie es der Zufall will, ist Corbett ein alter Freund."

Emma runzelte die Stirn. „Warum hast du das bisher nie erwähnt, Marianne?"

„Er gehört zu einem Teil meiner Vergangenheit, den ich zu vergessen versuchte. Er half mir damals bei meiner Suche nach Rosie." Mama hielt inne und griff nach Papas Hand, die liebevoll auf ihrer Schulter ruhte. „Corbett kannte Rosie, als sie noch klein war, und kümmerte sich um sie." Sie richtete den Blick auf ihre Tochter, und das mütterliche Verständnis in ihren Augen schnürte Rosie die Kehle zu. „Er ist auch jetzt noch ihr Freund."

„Dann ist er ein Freund der Familie", verkündete Emma. „Warum haben wir ihn heute nicht eingeladen, wo er doch eine so wichtige Rolle in diesem Fall spielt?"

Strathaven, der neben ihr saß, murmelte: „Das ist eine Frage der Diskretion, Liebling."

Seine Frau sah ihn verständnislos an.

Genau das war es, was Emmas Charme und auch den der übrigen Kent-Geschwister ausmachte: Sie waren in bescheidenen Verhältnissen aufgewachsen und scherten sich nicht um prestigeträchtige Titel oder gesellschaftliches Ansehen. Wie gerne wäre Rosie in dieser Hinsicht mehr wie sie.

„Mama hat recht, Mr Corbett war mir immer ein guter Freund", sagte sie leise. „Außerdem ist er ein wahrer Gentleman, ungeachtet seines Berufs. Ich stehe tief in seiner Schuld."

„Wie schön, dass du einen so selbstlosen Beschützer an der Seite hast", stellte Emma erfreut fest, bevor sie, an Ambrose gewandt, hinzufügte: „Was können wir tun, um zu helfen?"

Papa stellte sich vor den Kamin und ließ seinen ernsten Blick über die Runde schweifen. „Pollys und Revelstokes Bekanntschaften im Elendsviertel haben mehrfach einen Mann in St. Giles gesichtet, der unser Schütze sein könnte. Bislang konnte er jedes Mal entkommen, aber wir werden ihn sicher bald schnappen." Er hielt inne und biss die Zähne zusammen. „Was nur vorteilhaft wäre, denn was Alastair James und Peter Theale anbelangt, kommen wir kaum voran."

„Sie streiten ab, etwas damit zu tun zu haben?", hakte Emma nach.

„Aufs Schärfste. James wirkte bei der Befragung völlig gleichgültig, aber das scheint seine Art zu sein. Er zuckte nicht einmal mit der Wimper, als Lugo ihn auf ein Duell ansprach, bei dem er letztes Jahr in betrunkenem Zustand beinahe seinen Gegner umgebracht hätte. Wir wissen also, dass er zu Gewalt neigt." Nachdenklich trommelte Ambrose mit den Fingern auf den Kaminsims. „Theale hingegen war das reinste Nervenbündel. Seine Hände zitterten so heftig, dass man hätte meinen können, er würde jeden Moment das Bewusstsein verlieren."

„Glaubst du, er steckt hinter der ganzen Sache?", fragte Harry.

„Ich weiß nicht, ob er abgebrüht genug ist, um einen Halsabschneider anzuheuern", erwiderte Papa. „Aber von allen Verdächtigen ist er derjenige, der am meisten von Rosies Ableben profitieren würde. Und zwar nicht nur, was das Geld betrifft. Den finanziellen Informationen zufolge, die Corbett uns über Daltrys Angehörige lieferte, scheint Theale kürzlich ein beachtliches

Darlehen von einem Teehändler namens Albert Brace erhalten zu haben.“

„Seit wann treiben Teehändler denn Wucher?“, fragte Harry erstaunt.

„Es geht Brace nicht ums Geld, sondern um die gesellschaftlichen Beziehungen“, erklärte sein Bruder. „Offenbar hat er eine Tochter, die er seit Jahren unter die Haube zu bringen versucht. Gerüchten zufolge besitzt sie außer ihrer ansehnlichen Mitgift nicht sonderlich viele Vorzüge. Theale scheint sich seit Monaten vor einem Antrag zu drücken, daher ist das Darlehen wohl Teil der laufenden Verhandlungen.“

„Einer unserer Verdächtigen neigt also zu Gewaltausbrüchen, während der andere so verzweifelt finanzielle Unterstützung braucht, dass er sogar eine unerwünschte Partie in Betracht zieht“, fasste Emma zusammen. „Was wissen wir über die weiblichen Verwandten?“

„Ich habe mich ein wenig über sie umgehört“, mischte Marianne sich nun ein. „Auf mehreren Teegesellschaften hieß es, Antonia James‘ Gemahl habe kürzlich ein Vermögen durch Fehlinvestitionen verloren. Sie scheinen kurz vor dem finanziellen Ruin zu stehen. Die Grafenwitwe, Lady Charlotte Daltry, lebt weit über ihre bescheidene jährliche Apanage hinaus. Ihre Schützlinge, Sybil und Eloisa Fossey, sind ebenfalls mittellos. Daher wäre für jede von ihnen die Aussicht auf zweitausend Pfund pro Jahr ein ausreichendes Mordmotiv.“

Aufgeregt sprang Emma auf die Füße. „Weibliche Verdächtige sind meine Spezialität. Am besten unterhalte ich mich auf der Stelle mit ihnen.“

„Es ist bereits zu spät für einen derartigen Besuch, Liebling“, wandte Strathaven amüsiert ein. „Schicke ihnen lieber erst einmal eine Nachricht und bitte sie um eine Unterredung. Lass sie glauben, du möchtest Rosies neue Familie kennenlernen. Dann stimmen sie einem Treffen gewiss eher zu, als wenn sie vermuten, dass du einen Attentäter aufzuspüren versuchst.“

„Damit hast du sicherlich recht", seufzte Emma und ließ sich zurück auf das Sofa plumpsen. „Dann also morgen."

„Ich werde dich begleiten", bot Thea an.

„Ich auch!", riefen Violet und Polly wie aus einem Munde.

„Ich wäre bei dem Besuch ebenfalls gerne dabei", sagte Rosie schnell.

Aber nicht nur, weil sie den Schuldigen überführen wollte, sondern weil es höchste Zeit war, ihren Plan in die Tat umzusetzen, endlich von der Gesellschaft anerkannt zu werden. Dazu musste sie sich mit Mrs James und der Grafenwitwe gut stellen ... vorausgesetzt, die beiden Damen steckten nicht hinter dem Anschlag.

„Rosie sollte lieber zu Hause bleiben", wandte Papa stirnrunzelnd ein.

„Es könnte aber durchaus hilfreich sein, wenn sie mitkäme", sagte Emma und tippte sich nachdenklich ans Kinn. „In ihrer Gegenwart ist es einfacher, Anzeichen von Schuldgefühlen bei den Verdächtigen auszumachen. Außerdem kann ihr nichts zustoßen, da Strathaven uns begleiten wird."

„Ebenso wie ich", echoten sämtliche Ehemänner in der Runde.

„Wunderbar. Dann wäre das also entschieden", verkündete Emma mit einem zufriedenen Lächeln. „Gemeinsam schnappen wir den Schurken im Handumdrehen."

❦ 29 ❦

Primrose ergriff den Arm, den Andrew ihr anbot, um ihr aus der Kutsche zu helfen.

„Du hast mich zu deinem Klub gebracht?" Trotz des Schleiers, der ihr Gesicht verhüllte, war die Aufregung in ihrer Stimme nicht zu überhören. „Soll das etwa meine Überraschung sein?"

Er unterdrückte ein Grinsen. „Wenn ich es dir verraten würde, wäre es ja keine Überraschung mehr, oder?"

Sanft, aber bestimmt führte er sie an den Wachen vorbei durch seinen privaten Eingang im hinteren Bereich des Gebäudes. Während der gesamten Fahrt hierher hatte sie ihn unablässig mit Fragen gelöchert. Als das nichts half, hatte sie spielerisch versucht, ihn zu verführen, um herauszufinden, was er mit ihr vorhatte. Sie hatte sich auf seinen Schoß gesetzt, sein Gesicht mit Küssen übersät, ihre Hüften kreisen lassen ... obwohl sie genau wusste, dass mehrere seiner Wachmänner zu ihrem Schutz neben der Kutsche herritten.

Seit ihrem Liebesspiel in der Nacht zuvor hatte sich zweifellos etwas an ihr verändert. Vielleicht war ihr durch den Spiegel endlich klar geworden, wie schön und sinnlich sie wirklich war. Er konnte es kaum erwarten zu sehen, was noch zum Vorschein käme, jetzt, da ihre Hemmungen wie weggeblasen schienen. Allein der Gedanke an die Fantasien, die sie gemeinsam ausleben würden, brachte sein Blut in Wallung.

„Ich muss nur kurz etwas aus meinem Büro holen, bevor es losgeht", sagte er.

„Wohin?", fragte sie prompt.

„Das wirst du schon sehen, du ungeduldiges Luder."

Obwohl sie schmollend die Unterlippe vorschob, nahm sie die Hand, die er ihr entgegenstreckte, und ließ sich von ihm durch die Geheimgänge des Klubs führen. Durch die Wände drangen ausgelassenes Stimmengewirr und Gelächter zu ihnen heraus. Es war kurz nach Mitternacht, und die Stimmung war auf dem Höhepunkt.

„Ich kann heute nicht allzu lang bleiben", ermahnte sie ihn. „Morgen muss ich früh raus, da ich eine Verabredung habe."

„Mit Mrs James und der Grafenwitwe, ich weiß", erwiderte er und warf ihr einen anzüglichen Blick zu. „Ich versuche, dich nicht zu hart ranzunehmen."

„Woher weißt du von meinen Plänen?"

„Kent hat mir davon erzählt."

„Papa?", fragte sie und blinzelte erstaunt. „Hast du heute mit ihm gesprochen?"

„Wir schließen uns so gut wie jeden Tag kurz, Sonnenschein. Immerhin geht es um deinen Schutz."

Er hielt vor einem Wandpaneel an, das in sein Büro führte. Als sie das Zimmer betraten, wirkte Primrose ungewöhnlich still, beinahe nachdenklich. Er erinnerte sich an ihr anfängliches Widerstreben, als er darauf bestand, ihren Vater zu kontaktieren, und seine beschwingte Laune verflog. Obwohl er ihr nicht verübeln konnte, dass sie ihre Beziehung vor ihrer Familie geheim zu halten versuchte, kam er nicht umhin, sich zu fragen, ob sie sich dafür schämte, eine Affäre mit einem ehemaligen Stricher zu haben. Der Gedanke versetzte ihm einen Stich ins Herz.

„Unsere Treffen sind rein geschäftlicher Natur und beziehen

sich nur auf die Schutzmaßnahmen, die wir deinetwillen zu ergreifen gedenken", erklärte er kurz angebunden. „Dein Vater und ich sprechen nie über Persönliches. Ich will ja nicht riskieren, dass er mich zum Duell fordert."

„Ich vertraue dir", sagte sie leise, während sie ihre Haube mitsamt Schleier abnahm und ihren wollenen Umhang auf der Rückenlehne des Sofas ablegte.

„Warum bist du dann so beunruhigt?" Betont gleichgültig ging er zu seinem Schreibtisch hinüber und suchte in den Schubladen nach dem Schlüssel, den er für sein Vorhaben benötigte.

„Bin ich doch gar nicht. Es überrascht mich nur, dass ihr euch regelmäßig trefft. Papa hatte mir gegenüber nichts Diesbezügliches erwähnt, das ist alles. Eigentlich bin ich sogar froh, dass ihr einander besser kennenlernt."

Er warf ihr einen flüchtigen Blick zu. „Ach, wirklich?"

„Ja. Ich kann mir vorstellen, dass ihr euch gut verstehen würdet. Ihr seid euch so ähnlich."

„Du findest, dein *Vater* und ich sind uns ähnlich?", fragte er ungläubig.

Ambrose Kent war ein Gentleman, den man aufgrund seines ehrbaren Charakters und seines Sinns für Gerechtigkeit respektierte. Er selbst hingegen war ein Bastard und ein Zuhälter.

„Ja, schon." Primrose trat an den Schreibtisch heran und ließ einen behandschuhten Finger über die polierte Oberfläche gleiten. „Ihr seid beide Ehrenmänner, die alles dafür tun, um ihre Liebsten zu beschützen." Nach einer kurzen Pause fügte sie leicht pikiert hinzu: „Und ihr beide schreibt mir nur zu gerne vor, was ich zu tun habe."

Ihre Worte wärmten ihn bis tief in sein Inneres und verjagten die Schatten, die sich dort versteckt hielten. Plötzlich spukte ihm jedoch Bartholomew Blacks Stimme durch den Kopf: *Jeder Mann hat seine Schwachstelle. Hüte dich vor den Frauen, Corbett ... Die sind nämlich deine.*

Andrew konnte nicht leugnen, dass er oft genug von den

Frauen in seinem Leben ausgenutzt worden war. Von Kitty, von seinen Kundinnen, selbst von seiner ehemaligen Angestellten, Nicoletta, die ihn im Zuge ihres Komplotts gegen den Grafen von Revelstoke heimtückisch manipuliert hatte. Er hatte unzählige Gründe, den Damen der Schöpfung gegenüber zynisch und misstrauisch eingestellt zu sein.

Doch mit Primrose war es anders. Ihr gegenüber konnte er seine Gefühle nicht zurückhalten, wollte es auch gar nicht. Im Gegensatz zu allen anderen nahm sie nicht nur von ihm ... sie gab ihm auch etwas zurück.

Schnellen Schrittes umrundete er den Schreibtisch und legte die Arme um ihre Taille.

„Der Unterschied liegt darin, dass es dir gefällt, wenn *ich* dir Befehle erteile", murmelte er. „Gib es zu."

Sie schlang die Arme um seinen Hals und schenkte ihm ein atemberaubendes Lächeln. „Na gut, vielleicht ist diese gebieterische Seite an dir gar nicht mal *so* übel."

„Dann küss mich", forderte er sie heraus.

Sie blinzelte, stellte sich langsam auf die Zehenspitzen und ließ ihre Lippen sanft über die seinen streifen. Die federleichte Berührung brachte sein Blut in Wallung. Als er den Druck ihrer Zunge spürte, öffnete er den Mund, um den Kuss zu vertiefen. Bevor er wusste, wie ihm geschah, hatte er sie auf den Schreibtisch gehoben und war dabei, ihre Röcke hochzuschieben ...

Ein lautes Klopfen durchbrach den Nebel der Lust in seinem Gehirn.

„Corbett? Sind Sie da drin?", ertönte Fannys schrille Stimme durch die Tür. „Ich muss mit Ihnen sprechen."

Fluchend half er Primrose vom Tisch herunter und sagte: „Warte hier."

Dann stapfte er zur Tür hinüber und öffnete sie einen Spalt breit. Fanny stand mit erhobener Faust vor ihm, offenbar im Begriff, erneut anzuklopfen.

„Ich bin beschäftigt", schnauzte er sie an.

„Das sagen Sie mir nun schon seit einer Woche. Wir müssen dringend über die Tagesstätte reden ...“

„Welche Tagesstätte?“, fragte Primrose dicht hinter ihm.

Fanny sah über seine Schulter und kniff die Augen zusammen. „Was haben Sie denn hier zu suchen?“

„Ich bin mit Andrew hier“, konterte Primrose.

Verdammt noch mal. „Fanny, wir unterhalten uns morgen weiter“, sagte er ungeduldig.

„Aber ich habe eine Liste von Anschaffungen für das Frauenhaus, die Sie unbedingt absegnen müssen ...“

„Wovon redet sie denn?“, verlangte Primrose zu wissen.

Bevor er ihr antworten konnte, erwiderte Fanny verächtlich: „Das würde eine verhätschelte, von Säugammen und was-weiß-ich wem aufgezogene Dame wie Sie sowieso nicht verstehen. Wenn ich so darüber nachdenke ... Da gibt es einiges, was Sie in Bezug auf Corbett nicht verstehen, was?“

„Ich kenne ihn wesentlich besser als Sie“, erwiderte Primrose irritiert. „Sie sind doch nichts weiter als eine Angestellte. Eine anmaßende, alte *Bordellwirtin.*“

„Wenigstens weiß ich, wie man einen Kerl *richtig* befriedigt“, gab Fanny zurück und stemmte eine Hand in die Hüfte. „Im Gegensatz zu einem unerfahrenen Flittchen, das nur auf dem Rücken liegt und glaubt, die Arbeit sei damit getan. Also wirklich, Corbett, sind Sie es nicht langsam leid, das Fohlen an den Zügeln durchs Schlafgemach zu führen?“

„Das reicht jetzt, Fanny“, knurrte er. „Verzieh dich.“

Endlich schien sein drohender Tonfall die gewünschte Wirkung zu erzielen. Ohne ein weiteres Wort verschwand seine Angestellte den Gang hinunter.

Kaum hatte er die Tür hinter ihr geschlossen, fuhr Primrose ihn wütend an: „Schläfst du mit ihr?“

„Die Frage habe ich dir doch bereits beantwortet“, erwiderte er schroff.

„*Hast* du je mit ihr geschlafen?“

„Himmel, nein!" Frustriert fuhr er sich mit der Hand durchs Haar, bemüht, die Ruhe zu bewahren. „Ich lasse mich nicht mit meinen Angestellten ein. Niemals."

„Was hat es dann mit dieser Tagesstätte auf sich?"

Als er den Argwohn in ihrem Blick bemerkte, wusste er, dass sie das Thema nicht fallen lassen würde, bis sie die Wahrheit erfuhr. Störrisches Luder.

„Obwohl ich meine Gäste dazu ermutige, die zur Verfügung gestellten Verhütungsmittel zu benutzen, kommt es dennoch hin und wieder zu ungewollten Schwangerschaften. Die Tagesstätte ist ein neues Projekt, das ich ins Leben gerufen habe, ein Ort, an dem die Dirnen ihre Kinder in einem sicheren Umfeld gebären und aufziehen können. Fanny hilft mir bei der Verwirklichung meines Vorhabens."

„Oh." Primrose blinzelte überrascht. „Also seid ihr tatsächlich nur Geschäftspartner?"

„Ja. Und jetzt, da ich dir die Situation erklärt habe, will ich kein Wort mehr darüber verlieren."

Sie holte tief Luft, und er machte sich auf eine hitzige Diskussion gefasst.

Stattdessen warf sie sich völlig unerwartet in seine Arme, und er musste all seine Kraft aufbringen, um den Aufprall abzufangen.

„Es tut mir leid", murmelte sie gegen seine Brust. „Ich wollte mich nicht wie eine eifersüchtige Gewitterziege aufführen. Aber ich will nicht, dass du jemand anderen als mich begehrst."

Er zog sie fester an sich. „Ich will nur dich, Primrose."

Sie legte den Kopf in den Nacken, um ihn anzusehen, und er war schockiert, als er die Tränen in ihren Augen bemerkte.

„Wirklich?", fragte sie mit erstickter Stimme. „Obwohl ich kleinlich und oberflächlich bin und ständig Dinge tue, ohne vorher darüber nachzudenken?"

„Sonnenschein, du bist weder kleinlich noch oberflächlich, aber du musst lernen, mir zu vertrauen."

„Ich vertraue dir doch", schniefte sie, und in ihrem Blick lag etwas Dunkles, Verletzliches. „Ich verstehe nur nicht, warum du *mich* magst. Du bist so umwerfend und weltgewandt und könntest weitaus erfahrenere Liebhaberinnen haben als mich. Frauen, die wissen, wie man einen Mann befriedigt." Nervös nagte sie an ihrer Unterlippe.

Glaubte sie das wirklich? Manchmal musste er sich ernsthaft über ihre Gedankengänge wundern. Gleichzeitig füllte sich sein Herz mit einer warmen, beinahe schmerzhaften Zärtlichkeit.

„Du befriedigst mich doch, Liebling." Sanft strich er ihr eine Locke hinters Ohr. „Mehr als alle anderen Frauen, mit denen ich je zusammen war."

„Obwohl ich ein ... unerfahrenes Fohlen im Bett bin?", fragte sie und musterte ihn forschend.

„Mir gefällt deine Unerfahrenheit", sagte er leise. „Und es gefällt mir, dass ich der Erste und Einzige bin, dem die Ehre zuteilwird, mit dir zu schlafen, deine Fantasien mit dir auszuleben. Das ist auch für mich etwas vollkommen Neues. Nie zuvor war ich so besitzergreifend wie bei dir." Langsam ließ er seine Daumen an ihrem Hals hinuntergleiten, genoss die Art, wie sie unter seiner Berührung erschauderte. „Du gibst dich mir mit jeder Faser deines Körpers hin, Primrose, und das ist das schönste Geschenk, das ich je von einer Frau erhalten habe."

„Das freut mich zu hören", flüsterte sie mit glänzenden Augen. „Denn du hast mir ebenfalls so viel gegeben."

Er widerstand dem überwältigenden Drang, sie erneut zu küssen, denn er wusste, er würde nicht mehr von ihr ablassen können. Und er wollte keinesfalls seine Pläne für sie ruinieren.

„Dann wäre das ja geklärt", murmelte er. „Wollen wir uns jetzt wieder deiner Überraschung widmen?"

Sie blinzelte verwirrt, als hätte sie ihr ursprüngliches Vorhaben in der Tat völlig vergessen. Dann rümpfte sie die Nase. „Soll das heißen, die Überraschung war nicht dieses entzückende Gespräch mit Fanny?"

„Vorlautes Luder. Was ich mit dir vorhabe, wird dir wesentlich besser gefallen, glaub mir." Er nahm ihre Hand und spürte, wie sein Puls in die Höhe schnellte. „Und mir auch."

Rosies Hand zitterte vor Aufregung, während Andrew sie eine private Treppe hinauf in das oberste Geschoss des Klubs führte. Mit jedem Schritt wuchs ihre Anspannung, und ihre Brustwarzen versteiften sich unter dem seidenen Morgenmantel, den er ihr kurz zuvor ausgehändigt hatte. Unter dem goldenen, mit Pfingstrosen bestickten Stoff war sie völlig nackt, ebenso wie er unter seinem schwarzen Gewand, dessen Rücken ein silberner, Feuer speiender Drache zierte. Die Tatsache, dass sie in einem Hauch von nichts durch ein Freudenhaus schlichen, war unbeschreiblich schamlos ... Gleichzeitig fühlte es sich aber auch richtig an.

Sie wusste nicht genau, warum. Vielleicht deshalb, weil seine Hand die ihre umschlossen hielt, weil sie sich gemeinsam auf dieses Abenteuer einließen. Mit Andrew an ihrer Seite fühlte sie sich mutig und stark, wie ein Entdecker, der sich auf den Weg machte, um neue Welten zu erobern.

Auf dem obersten Treppenabsatz erwartete sie eine verschlossene Tür.

Andrew sperrte sie auf und murmelte: „Nach dir."

Mit großen Augen betrat sie das luxuriös eingerichtete Zimmer und versank augenblicklich in dem plüschigen, rubinroten Aubusson-Teppich, der den Boden bedeckte. Die Wände waren mit einer goldschimmernden Seidentapete verkleidet, und ein vergoldeter Kristallleuchter tauchte den gemütlichen Raum in ein funkelndes, intimes Halbdunkel. Weiter hinten im Zimmer stand ein riesiges Himmelbett, vor dem sich ein roter Diwan befand, der seltsamerweise einer leeren Wand zugewendet war.

Andrew trat hinter sie und flüsterte ihr mit heiserer Stimme ins Ohr: „Gefällt es dir?"

Ihr ganzer Körper zitterte vor Verlangen. „Es ist ausgesprochen prunkvoll", erwiderte sie atemlos.

Er führte sie zu dem Diwan hinüber und ließ sich darauf nieder, bevor er sie auf seinen Schoß zog. Durch den dünnen Stoff ihrer Morgenmäntel hindurch spürte sie den heißen, harten Umriss seiner Erektion. Ungeduldig wand sie sich in seinen Armen.

Seine Augen funkelten amüsiert. „Eines Tages lehre ich dich die Freuden des Abwartens."

„Ich *war* doch geduldig. Und ich liebe meine Überraschung", sagte sie, während sie mit dem Kragen seines Gewands spielte. „Also, können wir jetzt *bitte* zur Sache kommen?"

„Oh, Sonnenschein, du hast deine Überraschung noch gar nicht gesehen."

Verwundert legte sie den Kopf schief. „Nicht?"

Statt einer Antwort lehnte er sich nach vorne und schob ein Stück der Wandtäfelung beiseite, das ihr aufgrund der Tapete zuvor nicht aufgefallen war. Dahinter kamen zwei Gucklöcher zum Vorschein, und plötzlich vernahm sie Geräusche, die ein Prickeln auf ihrer Haut verursachten.

„*Das* ist deine Überraschung", flüsterte er mit rauer Stimme. „Los, sieh hindurch."

Sie beugte sich nach vorne und warf einen Blick durch die Löcher in der Wand.

Ihre Augen weiteten sich bei dem Anblick der sich ihr bot: ein Dutzend Männer und Frauen – vielleicht auch mehr –, die sich in einem runden Gemach vergnügten, das von der Einrichtung her an den Nahen Osten erinnerte. Blaue Keramikfliesen bedeckten die Wände, und zwischen den weißen Pflasterdurchgängen flatterten hauchdünne Vorhänge. Auf dem Boden lagen unzählige dicke Teppiche und riesige, bunte Kissen, auf denen die Anwesenden sich in verschiedensten Stellungen dem Liebesakt hingaben.

Eine blonde Frau saß rittlings auf einem Mann und ließ ihre

Hüften so stürmisch kreisen, dass ihre Brüste bei jeder Bewegung auf und ab hüpften. Wenige Meter entfernt kniete eine rothaarige Dirne vor einem anderen Gast und rieb mit der Faust über dessen hartes Glied, das geradewegs auf ihr Gesicht gerichtet war ...

Neben ihnen kniete ein dunkelhaariger Mann hinter einer Brünetten, die auf allen Vieren von ihm genommen wurde ... wie ein Tier! Als ein blonder Bursche sich ihnen näherte, zwinkerte sie ihm lasziv zu ... und nahm seinen Schwanz *in ihren Mund*. Ihr kurviger Körper bebte mit jedem Stoß ihrer Partner, und sie schien es zu genießen, gleichzeitig zu verwöhnen und verwöhnt zu werden.

Völlig berauscht von den sündhaften Schwelgereien, derer sie soeben Zeugin geworden war, wandte sie sich Andrew zu. Dessen dunkler, glühender Blick jagte ihr einen elektrisierenden Schock durch den Körper, und sie spürte, wie ihre Brustwarzen hart wurden und eine feuchte Hitze zwischen ihren Schenkeln zu pulsieren begann.

❧ 30 ❧

WÄHREND DIE EROTISCHEN GERÄUSCHE AUS DEM ZIMMER nebenan zu ihnen herüberdrangen, bestätigte sich Andrews Verdacht: Primrose gefiel es, andere beim Liebesspiel zu beobachten.

Bereits bei ihrem letzten Besuch in seinem Klub, als sie die Gucklöcher zum ersten Mal bemerkte, war ihm ihre Faszination aufgefallen. Auch ihre Reaktion auf den Spiegel über ihrem Bett hatte Bände gesprochen. Daher hatte er sich entschieden, ihr ein einzigartiges voyeuristisches Erlebnis zu bieten: die Orgie im Harem des Sultans.

Er bemerkte die Röte auf ihren Wangen und die Umrisse ihrer steifen Brustwarzen, die sich unter dem hauchdünnen Stoff ihres Morgenmantels abzeichneten. Ihre offensichtliche Erregung wirkte sich wie ein kraftvolles Aphrodisiakum auf ihn aus, und sein Schwanz presste heiß und erwartungsvoll gegen ihre pralle Kehrseite.

„Wissen diese Leute, dass sie beobachtet werden?", flüsterte sie atemlos.

„Ja. Das macht den Großteil des Reizes aus", murmelte er und knabberte an ihrem Ohr, woraufhin sie spürbar erschauderte.

„Diejenigen, die an den Orgien im Zimmer des Sultans teilneh-men, genießen es, wenn man ihnen beim Geschlechtsakt zusieht. Alle anderen, die im Privaten genießen möchten, können sich in einer der fünf weiteren Kammern um diesen Haremsraum herum vergnügen."

„Aber ist das, was wir tun, nicht furchtbar … verdorben?", fragte sie und biss sich nervös auf die Unterlippe.

„Wir gestalten die Regeln nach unseren Vorstellungen, schon vergessen? Mit mir kannst du ohne Bedenken deine Bedürfnisse und Fantasien ausleben." Sanft strich er ihr über die Schulter. „Ich will wissen, was dich erregt. Ich will, dass *du* weißt, was dich erregt."

Ihr Blick wanderte zurück zu dem regen Treiben hinter der Wand, und durch das andere Guckloch konnte er sehen, was ihre Aufmerksamkeit auf sich zog: Jilly, eine seiner lüsternsten und beliebtesten Dirnen, die es mit zwei Gästen gleichzeitig trieb. Enthusiastisch lutschte sie den Schwanz des einen, während der andere sie heftig von hinten nahm.

Plötzlich verspannte Primrose sich, und Andrew musterte besorgt ihr Gesicht. Als er sah, wie ihre Lippen zitterten, fragte er sich, ob er womöglich einen Fehler begangen hatte. Für ihn waren Orgien dieser Art etwas ganz Normales, aber für sie? Trotz ihrer natürlichen Sinnlichkeit war sie eine noch relativ unerfah-rene Dame aus gutem Hause. Sie stammte aus einer Welt des Anstands, er aus einer der Sittenlosigkeit.

Insgeheim verfluchte er sich für sein unüberlegtes Handeln. Er hatte vergessen, wie unterschiedlich sie im Grunde doch waren, hatte sie zu tief in die dunkle Verdorbenheit seiner Welt hinein-gezogen. Gerade, als er im Begriff stand, sich bei ihr zu entschul-digen, drehte sie sich zu ihm um und vergrub das Gesicht an seinem Hals.

„Es ist so … erregend, andere beim Liebesspiel zu beobach-ten", flüsterte sie kaum hörbar.

Er war gerührt, dass sie im genug vertraute, um ihm etwas derart Intimes zu gestehen.

„Das ist eine ganz natürliche Reaktion, Sonnenschein.“ Zärtlich strich er ihr über die Wange. „Du bist eben eine leidenschaftliche Frau.“

„Ich fühle mich ein wenig überwältigt“, sagte sie leise.

Sie zitterte vor Erregung am ganzen Körper, und das unverhohlene Verlangen in ihrem Blick erfüllte ihn gleichermaßen mit Lust und Zärtlichkeit. „Ich werde mich gut um dich kümmern. Vertrau mir, Liebling ...“

Er küsste sie fordernd, während er das Band ihres Morgenmantels löste und ihr den seidenen Stoff von den Schultern streifte. Dann liebkoste er ihre Brüste und rollte die steifen Brustwarzen zwischen seinen Fingern, bis sie verzweifelt wimmerte. Verdammt, sie hatten doch gerade erst angefangen, und sie war schon kurz davor zu explodieren. Genüsslich ließ er eine Hand zwischen ihre Schenkel gleiten und stöhnte auf, als er spürte, wie feucht und bereit sie für ihn war. Mit der Handfläche rieb er über ihren Kitzler, während er zwei Finger in ihre enge Pussy schob ... und mehr brauchte es gar nicht.

Ihr lustvoller Aufschrei ließ seinen Schwanz anschwellen und einen Lusttropfen aus der Eichel quellen. Er befriedigte sie weiter mit den Fingern, bis sie langsam von ihrem ekstatischen Höhenflug herunterkam. Dann sah er ihr tief in die Augen und brachte die Hand zum Mund, um ihren süßen Nektar zu kosten.

„Verdammt, du schmeckst himmlisch“, flüsterte er mit rauer Stimme.

Sie errötete heftig. „Aber ich ... es war so schnell vorbei.“

„Oh, Sonnenschein, es ist noch längst nicht vorbei“, murmelte er und küsste sie erneut, sodass sie ihr eigenes Aroma auf seiner Zunge schmecken konnte. „Wir fangen gerade erst an.“

„O Gott, ich kann nicht mehr! Nicht noch eine Runde.“

Abgesehen von ihrem Schmollmund, gab Primrose eine perfekte Lady Godiva ab, wie sie rittlings auf seinem Schoß saß, die blonden Locken wild über ihre vollen Brüste fallend, die blasse Haut von ihrem ausgiebigen Liebesspiel verschwitzt und gerötet. Am liebsten würde er ihren Anblick in einem Gemälde festhalten, das nur für seine Augen bestimmt war.

Nach ihrem ersten Orgasmus hatte er sie auf dem Diwan genommen, erst auf dem Rücken liegend und anschließend auf allen Vieren. Sie hatte den anfänglichen Schock schnell überwunden und laut gestöhnt, als er von hinten in sie eindrang. In dieser Position war er so tief in ihre feuchte, enge Pussy hineingeglitten, dass er all seine Willenskraft hatte zusammennehmen müssen, um nicht vor ihr zu kommen. Nach seinem explosiven Höhepunkt hatte er sie abermals gefingert und geleckt, bis sie von ihrer dritten Ekstase übermannt worden war.

Er wusste also, dass sie durchaus in der Lage war, eine weitere Runde durchzuhalten. Was Lust und Leidenschaft anbelangte, war sie die perfekte Partnerin für ihn ... er war wahrlich ein verdammter Glückspilz.

Mittlerweile saß er gegen das Kopfende gestützt auf dem Bett, und sie auf seinem Schoß.

„O doch, du kannst“, versicherte er ihr.

Um seine Worte zu untermalen, packte er seinen harten Schaft und ließ seine Eichel an ihrer feuchten Spalte entlanggleiten. Dann rollte er sich einen neuen Pariser über und zog sie auf seinen Schwanz, während er in sie hineinstieß. Sie stöhnten gleichzeitig auf, und er legte die Hände um ihre Hüften, um ihr zu zeigen, wie sie sich auf ihm bewegen sollte.

„Das ist zu viel“, keuchte sie.

„Reite mich. So, wie du es vorhin beobachtet hast.“ Er erinnerte sie absichtlich an die erotischen Szenen, die sich vor ihren Augen abgespielt hatten, und stöhnte genüsslich auf, als ihre

Pussy sich instinktiv um ihn zusammenzog. „Verdammt, ja, so ist es gut!"

„Es fühlt sich so ... O Gott, ich kann nicht ..." Schwer atmend versuchte sie, ihren nächsten Höhepunkt zu erreichen.

Er nahm eine ihrer Hände und führte sie hinunter zu ihrer Scham.

„Reib deine Perle, während du mich reitest", wies er sie an und zeigte ihr, wie sie ihre Finger bewegen sollte.

Wimmernd folgte sie seiner Aufforderung, und er labte sich an dem göttlichen Anblick, den sie ihm bot. Verdammt, sie war einfach atemberaubend. Goldene Flecken tanzten in ihren grünen Augen, und ihre schlanken Finger fuhren im Rhythmus ihrer kreisenden Hüften über ihre empfindlichste Stelle, während ihre Scheidenmuskeln um seinen Schwanz herum heftig pulsierten. Sie war der Inbegriff zügelloser Leidenschaft. Er konnte den Blick nicht von ihr abwenden. Nie zuvor hatte eine andere Frau ihn so in ihren Bann gezogen wie sie. Es war nicht nur sein Schwanz, den sie in sich aufnahm, sondern auch seine Seele ... sein Herz.

Wildes Verlangen übermannte ihn, und mehrere Lusttropfen quollen aus seiner Eichel in das Präservativ um seinen Schaft. Am liebsten hätte er das verdammte Ding von sich gerissen und Primrose ohne die schützende Barriere gefickt, sie mit seinem heißen Samen gefüllt. Stattdessen biss er die Zähne zusammen und zog sie an den Schultern zu sich herunter, sodass sein Schwanz mit jeder Bewegung gegen ihre Perle rieb.

Ihr ganzer Körper verspannte sich, und ihre enge Pussy zog sich um ihn zusammen. Ihr heftiger Orgasmus brachte auch ihn auf den Gipfel der Ekstase, und mit einem lauten, kehligen Schrei ergoss er sich in den Pariser.

Erschöpft und befriedigt ließ sie sich auf seine Brust fallen. Er legte die Arme um sie und vergrub die Finger in ihren seidigen Locken. Lautlose Worte formten sich in seinem Herzen, die er in einem leidenschaftlichen Kuss erstickte.

„Andrew, bist du wach?", flüsterte Rosie einige Zeit später.

„Hmm", brummte er, eindeutig schlaftrunken.

Nach den Anstrengungen der vergangenen Stunden sollte sie ihn wohl besser schlafen lassen. Seufzend schmiegte sie sich an seine Brust und beobachtete versonnen das flackernde Feuer im Kamin. Seine Nähe hatte eine einzigartige Wirkung auf sie ... Sie fühlte sich geborgen und grenzenlos zugleich.

Mit einem glücklichen Lächeln rieb sie ihre Wange gegen seine muskulöse Brust und kicherte, als sein Brusthaar sie kitzelte. „Danke, dass du mir diesen Ort gezeigt hast."

„Hm-hm."

„Und für die Erkenntnis, dass meine Fantasien und Bedürfnisse etwas ganz Natürliches sind."

Er hob eine Hand und strich ihr sanft übers Haar. „Du bist von Natur aus eine sinnliche Frau, Primrose. Der Traum eines jeden Mannes. Was sollte daran falsch sein?"

In ihrem entspannten Zustand fiel es ihr wesentlich leichter, sich ihm anzuvertrauen. „Ich war nur so verunsichert wegen der vielen Gerüchte über mich. Laut der *ton* bin ich ein Flittchen."

„Die *ton* ist nichts weiter als ein Haufen von Narren und Heuchlern."

„Mag ja sein, aber selbst, wenn ich kein Flittchen bin, so bin ich doch ein Bastard. Schlimmer noch, ich war sogar ..." Sie brach ab und schluckte schwer. Ein ungutes Gefühl durchflutete sie. Hatte sie eben wirklich einen Gedanken aussprechen wollen, den sie seit dem Geständnis ihrer Mutter mit allen Mitteln zu verdrängen versuchte?

„Was, Sonnenschein?", fragte er, während er ihr immer noch beruhigend übers Haar strich. „Du kannst mir alles sagen."

Konnte sie das wirklich? Konnte sie ihm die schreckliche Wahrheit anvertrauen?

Er legte eine Hand an ihre Wange und zwang sie, ihm in die Augen zu sehen.

„Vertrau mir."

„Mama hat mir erzählt, warum Coyner mich zu sich genommen hat", begann sie, unfähig, die Worte länger zurückzuhalten. „Er machte mich nicht zu seinem Mündel, weil er eine Tochter wollte, sondern eine … eine …"

Sie brachte den Satz nicht zu Ende. Selbst wenn sie es gewollt hätte, wäre es ihr nicht möglich gewesen, da Andrew sie so fest an sich drückte, dass sie kaum noch Luft bekam.

„Es ist nicht deine Schuld." Seine Stimme zitterte vor unterdrückter Wut. „Was auch immer geschehen ist, war nicht deine Schuld."

„Nichts ist geschehen. Mama zufolge wollte Coyner mich irgendwann zu seiner Kindsbraut machen, doch bevor es so weit kommen konnte, wurde ich von ihr und Papa gerettet. Coyner starb bei dem Kampf gegen meinen Vater … Weil er mich nicht gehen lassen wollte." Sie spürte, wie heftig Andrews Herz in seiner Brust hämmerte, und holte tief Luft, um sich zu sammeln. „Ich weiß zwar nicht mehr viel aus dieser Zeit, aber ich kann mich nicht erinnern, dass Coyner mir je … Schaden zugefügt hat."

Sanft rollte Andrew sie auf den Rücken und sah ihr tief in die Augen.

„Was genau bekümmert dich dann?"

Sie seufzte schwer. „Auch wenn er mich nicht misshandelt hat, ist allein die Tatsache, dass er es *vorhatte* …" Ihre Stimme versagte, und ein Anflug von Übelkeit übermannte sie. Sie konzentrierte sich auf Andrews Wärme. Seine Nähe und Zuverlässigkeit gaben ihr den Mut, sich mit ihren verworrenen Gedanken und Gefühlen auseinanderzusetzen.

„Ich weiß noch, dass er mich verhätschelt, mich seine *kleine Blume* genannt hat. Wenn er mit mir zufrieden war, hat er mir jeden Wunsch erfüllt." Bei dem Gedanken drehte sich ihr der Magen um.

„Also versuchte ich, ihm zu gefallen, sein braves Mädchen zu sein. Und wofür? Für ein albernes Kleid oder eine dämliche Puppe. Die Erinnerung an das, was ich getan habe ... *widert mich an*“, flüsterte sie und schluckte die Galle hinunter, die in ihrer Kehle aufgestiegen war.

Bis zu diesem Moment hatte sie nie wirklich realisiert, wie schmutzig und verdorben sie sich fühlte, seit sie die Wahrheit kannte. Vor Mamas Geständnis war sie nur ein uneheliches Gör gewesen ... nun war sie ein uneheliches Gör, das man an einen Lustmolch verkauft hatte, der seine perversen Fantasien mit ihr auszuleben gedachte. Kein Wunder, dass die *ton* sie zurückwies. Offenbar ahnte jeder, wie abgrundtief verdorben sie war.

„Du warst doch noch ein kleines Mädchen und hattest keine Ahnung von Coyners wahren Absichten. Es war ganz natürlich, dass du dich mit deinem Vormund gut stellen wolltest.“

„Aber ich habe für ihn gesungen, nur weil ich eine Spieluhr haben wollte. Ich habe für ihn getanzt, weil er mir ein neues Paar Pantoffeln kaufen sollte“, sagte sie verbittert. „Genau genommen war ich nicht viel besser als eine ...“

Sie brach ab, als ihr bewusst wurde, was sie hatte sagen wollen. Und zu wem.

„Prostituierte?“, vollendete er ihren Satz in neutralem Tonfall.

„Ich habe nicht nachgedacht“, murmelte sie kleinlaut. „Es tut mir leid.“

„Das muss es nicht. Es gibt nichts, was ich bereue.“

Trotz ihres aufgewühlten Zustands drängten sich ihr unzählige Fragen auf. Natürlich war sie schon immer neugierig gewesen, was seine Vergangenheit betraf, allerdings hatte sie nie gewusst, wie sie ihn darauf ansprechen sollte. Außerdem konzentrierten sie sich die meiste Zeit über auf *ihre* Probleme. Andrew war hauptsächlich um ihr Wohlbefinden besorgt, weshalb er selten ein Wort über sein eigenes verlor.

Er wirkte stets so selbstbeherrscht, so unabhängig, dass er nie den Eindruck erweckt hatte, sich jemandem anvertrauen zu wollen. Nichtsdestotrotz wollte *sie* ihn besser kennenlernen, ihm dieselbe Aufmerksamkeit und Zuwendung schenken, die er ihr entgegenbrachte.

„Du bereust es nicht, deine … äh, Dienste gegen Bezahlung angeboten zu haben?"

„Ich habe meinen Körper und meinen Verstand eingesetzt, um zu überleben", erwiderte er knapp. „Dessen schäme ich mich nicht."

Der Ausdruck in seinen tiefbraunen Augen schnürte ihr die Kehle zu. Natürlich hatte er damit völlig recht. Die Art, wie er sich selbst akzeptierte und sich nicht darum kümmerte, was andere über ihn dachten, beeindruckte sie zutiefst. Jede Minute, die sie mit ihm verbrachte, verstärkte ihren Wunsch, diesen starken, zärtlichen und komplexen Mann noch besser zu verstehen.

„Das musst du auch nicht", sagte sie. „Aber wie bist du überhaupt in dieses Metier hineingeraten?"

Einen Augenblick lang musterte er sie schweigend. „Man könnte sagen, ich habe die Familientradition fortgesetzt", antwortete er schließlich. „Obwohl meine Mutter ursprünglich Schauspielerin war, besaß sie mehr Talent im Bett als auf der Bühne. Irgendwann widmete sie sich ganz ihrer Karriere als Kurtisane, und ich war das Resultat ihrer Arbeit."

Plötzlich fiel ihr etwas ein, das Marianne ihr über Andrews Herkunft erzählt hatte, und sie fragte zögerlich: „Stimmt es, dass du von königlichem Blut bist?" Als sie seinen überraschten Blick bemerkte, fügte sie verlegen hinzu: „Das hat Mama zumindest behauptet."

„Ah, die guten alten Gerüchte", erwiderte er mit einem spöttischen Lächeln. „Ja, es wäre durchaus möglich. Für eine kurze Zeit war meine Mutter die Geliebte des Prinzregenten, allerdings war keiner der beiden dem anderen treu ergeben. Als sie feststellte, dass sie schwanger war, hatte Seine Durchlaucht bereits das Interesse an ihr verloren. Sie musste sich und ihr ungeborenes Kind also irgendwie allein durchbringen."

„Wie furchtbar", flüsterte Rosie betroffen.

„Bei der Geburt wäre sie beinahe gestorben, schaffte es aber am Ende doch, zu überleben. Sie arbeitete weiter als Prostituierte, um uns beide zu versorgen. Als ich etwa acht Jahre alt war, verfiel sie jedoch dem Alkohol", berichtete er mit angespanntem Kiefer. „Nach und nach verlor sie ihr Geld, ihre Schönheit und ihre Gesundheit."

Seine tonlose Stimme beunruhigte sie zutiefst. Am liebsten hätte sie ihn in die Arme genommen und fest an sich gedrückt, aber der Ausdruck in seinen Augen warnte sie davor.

Also schluckte sie schwer und sagte: „Aber du warst doch noch so jung. Wie hast du das alles überlebt?"

„Ich habe meine Mutter und mich mit Taschendiebstählen über Wasser gehalten. Als ich vierzehn war, stellte sie mich einer Zuhälterin vor, die sich auf weibliche Kundschaft spezialisiert hatte."

Rosie konnte ihr blankes Entsetzen nicht verbergen. „Deine Mutter hat dich auf dem Strich verkauft?"

„Sie hat mich nicht verkauft. Es war meine Entscheidung", erwiderte er, und etwas Undeutbares flackerte in seinen Augen auf. „Ich wollte sicherstellen, dass wir genug zu essen und ein Dach über dem Kopf hatten. Prostitution war einfacher als Diebstahl oder sich mit Halsabschneidern herumzutreiben."

„Aber du warst doch erst vierzehn!"

Fassungslos sah sie, wie er mit den Schultern zuckte. „Ich war ziemlich reif für mein Alter. Die Zuhälterin brachte mir bei, wie man eine Frau befriedigt, und mit der Zeit entwickelte ich recht schnell ein Talent dafür. Mach bitte kein unnötiges Drama aus meinem Leben. Ich brauche und will dein Mitleid nicht."

Der stählerne Unterton in seiner Stimme verriet ihr, dass er es ernst meinte.

Plötzlich kam ihr noch ein ganz anderer Gedanke. „Die Zuhälterin, von der du sprachst ... War das Kitty Barnes?"

„Nein, sie traf ich erst ein Jahr später."

Seine verschlossene Miene machte ihr klar, dass er zu diesem

Thema nichts weiter sagen würde. Ein Teil von ihr wollte es auch gar nicht wissen. Wahrscheinlich war es besser, die hässlichen Erinnerungen dort begraben zu lassen, wo sie hingehörten.

„Was ist mit deiner Mutter geschehen?", fragte sie stattdessen.

„Sie starb, als ich sechzehn war."

„Hast du ihr je vergeben?"

„Wofür?"

„Na, für alles", sagte sie und musterte ihn forschend. „Für die Alkoholsucht. Dafür, dass du gezwungen warst, für sie zu sorgen." *Dass sie dich zu einer Entscheidung gezwungen hat, die kein Kind je treffen sollte.* „Warst du nicht wütend auf sie?"

„Nichts von dem war ihre Schuld", lautete seine überraschende Antwort. „Sie war ein Opfer ihrer Lebensumstände, und sie gab stets ihr Bestes mit dem, was ihr zur Verfügung stand. Diese Fähigkeiten hat sie auch mir beigebracht. Von daher ... Nein, ich war nicht wütend auf sie. Ich habe sie geliebt."

Während Rosie seinen nüchternen Worten lauschte, veränderte sich etwas in ihr. Langsam begann sie, sich und ihre Vergangenheit in einem völlig neuen Licht zu sehen. So lange hatte sie sich darüber beklagt, ein Opfer zu sein: ein Opfer ihrer Geburt, Dravens Opfer, und auch Coyners ... selbst das der *ton.* Stets hielt sie das Los, das ihr im Leben zugeteilt wurde, für ungerecht ... Aber wie viel Schlimmeres hatte Andrew erleiden müssen?

Nichtsdestotrotz haderte er nicht mit seinem Schicksal, versank nicht in Selbstmitleid und handelte nicht aus leichtsinniger Verzweiflung.

Nein, *er* hatte sich liebevoll um die Mutter gekümmert, die ihn im Stich gelassen hatte. Allen Widrigkeiten zum Trotz war er zu einem der erfolgreichsten Geschäftsmänner Londons aufgestiegen, und hatte nebenbei noch Kopf und Kragen riskiert, um Rosie zu beschützen.

Der Gedanke schnürte ihr die Kehle zu. Es würde einige Zeit dauern, bis sie all diese neuen Informationen und Einsichten verdaut hatte. Eines wusste sie allerdings schon jetzt mit Sicherheit.

„Du bist ein starker Mann, Andrew Corbett ... und ein guter", sagte sie und strich ihm zärtlich eine bronzefarbene Locke aus der Stirn. „Ich kann mich glücklich schätzen, dich zum Liebhaber zu haben."

Er bedachte sie mit einem glühenden Blick. „Ich bin derjenige, der sich glücklich schätzen darf."

„Danke, dass du heute Nacht so ehrlich zu mir warst", flüsterte sie und lächelte ihn an. „Und dass du mich gelehrt hast, mir selbst gegenüber ehrlich zu sein."

Statt einer Antwort zog er sie zu sich heran und küsste sie leidenschaftlich. Sie spürte, dass sich hinter der Lust jedoch noch viel tiefere Gefühle verbargen. Als er sich nach einer Weile wieder von ihr löste, bebte sie erneut vor Verlangen.

„Bereit für die nächste Runde?", fragte er und strich mit dem Daumen sanft über ihre Wange.

„Ja, bitte", hauchte sie mit wild pochendem Herzen. Gott, wie sehr sie diesen Mann begehrte!

Seine Lippen zuckten amüsiert. „Du wirst mich noch umbringen, weißt du das?"

„Kannst du dir eine bessere Art vorstellen, aus dem Leben zu scheiden?", konterte sie und ließ ihre Hände über seine Schultern und an seinem Rücken hinunter bis zu seiner ansehnlichen Kehrseite gleiten.

„Damit hast du natürlich recht", flüsterte er heiser und rieb seine pulsierende Erektion gegen

ihren Schenkel. „Dann lass uns gemeinsam *la petite mort* erleben."

❧ 31 ❧

AM NÄCHSTEN MORGEN ERWACHTE ROSIE ALLEIN IN IHREM Bett. Nach ihrer leidenschaftlichen Nacht hatte Andrew sie in den frühen Morgenstunden zurück nach Hause gebracht und bis in ihr Schlafgemach geleitet. Da sie sofort eingeschlafen war, wusste sie nicht, ob er sich noch ein wenig zu ihr gelegt hatte. Während sie sich genüsslich reckte, bemerkte sie einen Zettel sowie eine kleine Schachtel auf dem Kissen neben ihrem. Aufgeregt setzte sie sich auf und entfaltete die Nachricht.

Sonnenschein,

verzeih mir, dass ich nicht bei dir bleiben konnte. Als Wiedergutmachung habe ich dir ein kleines Andenken dagelassen. Ich hoffe, es erinnert dich an mich, so wie auch ich in Gedanken bei dir sein werde. Bis heute Abend.

-A.

Mit einem verklärten Lächeln presste Rosie den Brief an ihre Brust. Andrew verlieh ihr stets das Gefühl, etwas ganz Besonderes zu sein. Dann hob sie neugierig die Schachtel auf. Was er sich wohl diesmal hatte einfallen lassen? Bislang zählten ein Stück

Pfefferkuchen sowie eine Pistole zu seinen ausgefallenen Geschenkideen.

Behutsam öffnete sie den Deckel ... und traute ihren Augen kaum. *Gütiger Himmel!*

In der Schachtel befand sich die atemberaubendste Halskette, die sie je gesehen hatte. Sie war aus Weißgold, und bestand aus einem filigranen Muster aus verwundenen Ranken und Blättern, die mit schillernden Diamanten besetzt waren. Inmitten dieses Geflechts saßen aufwendig gearbeitete Blumen, die eindeutig Primeln darstellten – Primroses Namenspatronin. Von jeder der drei Blüten hing ein riesiger, tränenförmiger Diamant.

Ihr Liebhaber verstand sich *wahrlich* auf die Kunst des Geschenkemachens. Verträumt ließ sie einen Finger über das exquisite Schmuckstück gleiten. Sie konnte es kaum erwarten, dass ihre Trauerzeit endlich vorüber war, um dieses prachtvolle Collier tragen zu können.

So gerne sie auch den ganzen Tag über im Bett faulenzen und ihr Geschenk bewundern würde, hatte sie unglücklicherweise viel zu tun. Als sie einen Blick auf die Uhr neben sich auf dem Nachttisch warf, stieß sie einen entsetzten Schrei aus. Verflixt, ihr blieben nur noch *zwei Stunden*, um sich für ihr Treffen mit Lady Charlotte herzurichten! Eilig sprang sie aus dem Bett und klingelte nach Odette.

Dank des Geschicks ihrer Zofe war sie vollständig herausgeputzt, als Emma eintraf, um sie abzuholen. Sie trug ihr gelocktes Haar mittig gescheitelt und hochgesteckt, wobei einige Strähnen lose blieben und ihr Gesicht umrahmten. Zudem hatte sie ein modisches, schwarzes Taftkleid mit V-Ausschnitt, Puffärmeln und vollen Röcken für den Anlass gewählt.

Kurze Zeit später fuhren Rosie und ihre Begleiter vor dem Wohnsitz der Grafenwitwe vor, einer bescheidenen Behausung in den Ausläufen Mayfairs. Sie wartete geduldig, während ihre Schwestern mit deren Ehemännern über das weitere Vorgehen diskutierten. Die Herren der Schöpfung wollten ihre Herzensdamen hineinbegleiten, diese jedoch behaupteten, die Anwesenheit von Gentlemen könne das Gespräch erschweren (dem konnte Rosie nur zustimmen). Nach einer hitzigen Diskussion einigte man sich schließlich darauf, dass die Männer zunächst draußen warten würden, sollten die Schwestern jedoch nach einer Stunde nicht zurückkehren, gedachten sie hineinzumarschieren und ihre Frauen höchstpersönlich herauszutragen, wenn nötig.

„Beeilen wir uns besser", murmelte Emma und warf einen Blick zurück auf ihren stattlichen Gemahl, der mit verschränkten Armen vor der Kutsche stand und ihnen mürrisch hinterherblickte. „Ich traue es Seiner Gnaden durchaus zu, dass er seine hinterwäldlerische Drohung wahr macht."

Hastig steuerten die Kent-Schwestern auf die Eingangstür zu.

Ein in die Jahre gekommener Butler begrüßte sie und führte sie in einen altmodisch eingerichteten Salon. Die Grafenwitwe kam ihnen von ihren beiden Schützlingen gestützt entgegen, während Mrs James sich von ihrem Platz erhob, jedoch im Hintergrund blieb.

Während der nächsten Minuten tauschte man höfliche Floskeln aus und machte sich untereinander bekannt.

„Bitte, setzen Sie sich doch", sagte die Witwe schließlich und deutete auf den Sitzbereich. „Und nennen Sie mich ruhig Charlotte, wir sind jetzt immerhin eine Familie. Tatsächlich hatten Sybil, Eloisa und ich vor, Sie zu besuchen, Lady Daltry, aber wir wollten uns nicht aufdrängen", fügte sie ein wenig verlegen hinzu.

Als Rosie das rundliche, gutmütige Gesicht der älteren Dame betrachtete, das von silbernen Locken und einer spitzenbesetzten Haube umrahmt war, konnte sie sich beim besten Willen nicht vorstellen, dass diese ihr Böses wollte.

Daher erwiderte sie mit einem freundlichen Lächeln: „Sie sind jederzeit bei mir willkommen, Lady Charlotte. Und bitte nennen Sie mich Rosie."

„Es ist mir ein Vergnügen, Rosie", sagte Charlotte und lächelte erleichtert.

„Wie schön, Sie wiederzusehen", mischte sich Miss Sybil nun schüchtern ein.

„Die Freude ist ganz meinerseits", antwortete Rosie mit warmer Stimme.

Sybil errötete bis zu den aschblonden Haarwurzeln. Die junge Frau könnte so viel mehr aus ihrer Erscheinung machen, dachte Rosie, wenn sie sich nur etwas vorteilhafter kleiden (ihr locker sitzendes, graues Kleid brachte ihre Figur rein gar nicht zur Geltung) und frisieren würde. Während sie noch darüber nachgrübelte, wie sie Sybil ein paar subtile Ratschläge in Sachen Mode unterbreiten könnte, meldete sich deren jüngere Schwester zu Wort.

„Darf ich Ihnen sagen, wie bezaubernd Sie aussehen, Rosie?", schwärmte Miss Eloisa. „Ihre Trauerkleidung stellt selbst die angesagtesten Gewänder in den Schatten. Haben Sie dieses Kleid von Madame Rousseau anfertigen lassen?"

„In der Tat", erwiderte Rosie überrascht. Mit einer solchen Sinneswandlung von der jüngeren Miss Fossey hätte sie nicht gerechnet, wollte sich über die plötzliche Herzlichkeit allerdings nicht beschweren.

„Madame ist auch eine meiner bevorzugten Modistinnen", sagte Eloisa, hakte sich bei Rosie unter und führte sie zu einem der Sofas hinüber. „Sie müssen sich zu mir setzen. Ich bin sicher, wir haben noch *viel* mehr Gemeinsamkeiten, über die wir reden können."

Die Grafenwitwe und Miss Sybil folgten ihnen, ebenso wie Emma und der Rest ihrer Schwestern.

Nachdem alle Platz genommen hatten, ergriff Mrs James das Wort.

„So reizend dieses Geplauder auch ist, würde ich nun gerne auf den Punkt kommen", sagte sie. Ohne diesen unansehnlichen, spöttischen Ausdruck, den sie ständig trug, wäre sie eine äußerst attraktive Frau. „Warum wurde ich heute herbeizitiert?"

„Du wurdest keineswegs *gezwungen* zu kommen, Antonia",

erwiderte Lady Charlotte schnell. „Die Herzogin schrieb nur, dass sie sich freuen würde, wenn sämtliche Damen der Familie bei ihrem heutigen Besuch anwesend sein könnten."

„Im Gegensatz zu dir mache ich mir nichts aus aufgesetzter Höflichkeit", gab Mrs James zurück. „Und ich nehme nie ein Blatt vor den Mund."

„Ich ziehe es ebenfalls vor, direkt zu sein", sagte Emma. „Um ehrlich zu sein, sind wir in einer dringenden Angelegenheit hier."

„Oh?" Verwundert runzelte Lady Charlotte die Stirn.

„Vor etwa einer Woche versuchte jemand, Rosie umzubringen."

Rosie beobachtete eingehend die Reaktionen, die Emmas Offenbarung folgten. Papa hatte Mr Theale und Mr James befohlen, ihrem eigenen Wohl zuliebe kein Wort über den Vorfall zu verlieren, und augenscheinlich hatten sie sich an seine Warnung gehalten. Die anwesenden Damen schienen aufrichtig schockiert über die Neuigkeiten zu sein. Lady Charlotte und Miss Eloisa schnappten hörbar nach Luft, Miss Sybil schlug sich entsetzt die Hand vor den Mund und Mrs James wurde leichenblass.

„Gütiger Himmel", flüsterte die Grafenwitwe. „Sie sind doch hoffentlich nicht verletzt?"

Rosie gab die Worte wieder, die sie mit ihrem Vater einstudiert hatte: „Glücklicherweise konnte mein Kutscher den Angreifer in die Flucht schlagen."

„Wie tapfer Sie doch sind!", rief Miss Eloisa mit weit aufgerissenen Augen aus. „Ich an Ihrer Stelle wäre das reinste Nervenbündel."

„Miss Primrose hätte eben nicht so leichtsinnig sein dürfen", mischte Mrs James sich ein, die sich offensichtlich von ihrem Schock erholt hatte. „Es ziemt sich nicht für eine Dame, sich mitten in der Nacht herumzutreiben. Sie kann sich glücklich schätzen, dass ihr Kutscher den Schützen verjagen konnte."

„Moment mal", sagte Violet und musterte Mrs James argwöhnisch. „Woher wissen Sie denn, dass der Angriff nachts stattfand? Das haben wir bisher nicht erwähnt."

Die ältere Dame errötete heftig. „Ich ... ich nahm es einfach an. Äh, ist es nicht üblich, dass derartige Angriffe sich nachts ereignen?"

„Und woher wussten Sie, dass auf mich geschossen wurde?", wollte Rosie wissen. „Davon war ebenfalls nie die Rede."

Nervös fuhr Mrs James sich mit der Zunge über die Lippen. „Ich dachte mir eben, dass Halsabschneider für gewöhnlich Schusswaffen benutzen ..."

„Die Genauigkeit Ihrer Vermutungen ist wirklich erstaunlich", merkte Emma trocken an.

Mrs James straffte die Schultern und blickte wütend in die Runde. „Werfen Sie *mir* etwa vor, hinter dem Anschlag auf Lady Daltry zu stecken?"

„Keineswegs, Ma'am", erwiderte Thea sanft, aber bestimmt. „Um Rosie zu beschützen, müssen wir jedoch mit jedem sprechen, der von ihrem Tod profitieren könnte."

„Das ist ja wohl die Höhe!" Aufgebracht sprang Mrs James auf die Füße. „Ich werde nicht länger hierbleiben und mich diesen Beleidigungen aussetzen."

„Wir legen nur die Fakten dar", erklärte Emma mit einem gerissenen Funkeln in den Augen. „Sollten Sie die Einzelheiten des Vorfalls von jemand anderem erfahren haben – beispielsweise von Ihrem Stiefsohn, den mein Bruder bereits befragt hat –, brauchen Sie es nur zu sagen. Mr James wurde zwar gebeten, die Details für sich zu behalten, allerdings ist es kein Verbrechen, wenn er sich Ihnen anvertraut hat."

„Warum sollte Alastair seine privaten Angelegenheiten mit mir besprechen?", schnaubte Mrs James und sah sich ungehalten um. „Wie ich bereits sagte, habe ich einfach nur wild geraten, weiter nichts. Ich hatte mit dem Angriff auf Lady Daltry nichts zu tun. Guten Tag."

Schnellen Schrittes stürmte sie aus dem Zimmer. Ihrem Abgang folgte verblüfftes Schweigen.

„Äh ... *das* war vielleicht peinlich", sagte Miss Eloisa schließlich mit einem betretenen Lachen. „Die Dame, wie mich dünkt, gelobt zu viel. Könnte Tante Antonia tatsächlich in die Sache verwickelt sein?"

„Eloisa", erwiderte Lady Charlotte tadelnd und krallte die Finger nervös in ein Taschentuch, das sie hervorgeholt hatte. „Jetzt ist nicht die Zeit für deinen scharfzüngigen Humor. Die Angelegenheit ist äußerst ernst und wir müssen uns gemeinsam überlegen, wie wir Rosie helfen können."

„Aber, Tante Charlotte ... Gehören wir nicht auch zu den Verdächtigen?", fragte Miss Sybil verängstigt.

„Ach, du liebe Güte!" Die Grafenwitwe richtete den Blick auf Rosie. „Da hast du wohl recht."

Rosie wollte das neu gewonnene Wohlwollen der Damen nicht gleich wieder verlieren. Jetzt, da sie ihre Verwandten ein wenig besser kennengelernt hatte, konnte sie diese eigentlich recht gut leiden.

Sie sah zu Emma hinüber, die ihr mit einem kleinen Nicken zu verstehen gab: *Wir richten uns nach dir.*

Damit war die Sache für Rosie entschieden. „Wir wollten Ihnen nicht zu nahe treten, Lady Charlotte. Aber irgendwie müssen wir dieser Angelegenheit auf den Grund gehen."

„Das verstehe ich vollkommen", erwiderte die Witwe. „Und ich würde Ihnen gerne dabei helfen."

„Wenn dem so ist ... Fällt Ihnen irgendetwas ein, das uns in die Richtung eines bestimmten Verdächtigen lenken könnte?"

Lady Charlotte umklammerte ihr Taschentuch, offensichtlich hin- und hergerissen.

„Gut, dann sage ich eben, was wir alle denken: Peter würde am meisten profitieren", verkündete Eloisa. „Er ist ohnehin ständig knapp bei Kasse, und jetzt, wo er auch noch die Ländereien am

Hals hat, steht er kurz vor dem Ruin ... es sei denn, er kommt irgendwie an das Erbe.“

„Das ist ungerecht“, protestierte Sybil. „Peter ist doch kein Mörder. Er ist ein gütiger, freundlicher Mann.“

„Du bist wie immer viel zu nachsichtig“, schnaubte Eloisa, bevor sie sich an Rosie wandte. „Peter hat uns alle mit seinen Sorgen vollgejammert, und Sybil ist die Einzige, die Mitleid mit ihm hat. Kein Wunder, sie hatte schon immer ein Faible für hoffnungslose Fälle.“

„Das stimmt doch gar nicht“, gab ihre ältere Schwester mit hochroten Wangen zurück.

„Dein ganzes Leben lang hast du dich um die Schwachen und Verstoßenen gekümmert. Weißt du nicht mehr, wie du für unseren alten Butler damals Kräuterwickel gemacht hast, um die Schmerzen in seinem Bein zu lindern?“, sagte Eloisa und verdrehte die Augen. „Und du besuchst ständig diese alte Jungfer, mit der du dich angefreundet hast, weil sie alle Nase lang behauptet, auf dem Sterbebett zu liegen. Peter ist ganz genau wie diese Leute.“

„Ist er *nicht*“, beharrte Sybil und nagte an ihrer Unterlippe, bevor sie hinzufügte: „Wenn jemand das Geld nötig hätte, dann Alastair. Weißt du nicht mehr, wie er das eine Mal in einer seiner Weinlaunen hier auftauchte und Tante Charlotte befahl, sie solle ihn finanziell unterstützen?“

„Das reicht jetzt, Mädchen“, mischte die Grafenwitwe sich ein. „Ihr beschuldigt hier grundlos Mitglieder eurer eigenen Familie. Habe ich euch nicht gelehrt, dass Familie über allem anderen steht?“

Sybil wirkte aufrichtig betreten, während Eloisa schmollte.

Rosie spürte, dass das Gespräch hiermit beendet war. Da sie ihr Glück nicht unnötig herausfordern wollte, sagte sie schnell: „Vielen Dank, dass Sie sich heute die Zeit genommen haben, mit uns zu sprechen.“

Sie zögerte kurz, entschied dann aber, dass es einen Versuch wert sei, und fügte dem noch hinzu: „Und da wir gerade beim Thema Familie sind … Bitte lassen Sie es mich wissen, wenn ich Ihnen irgendwie behilflich sein kann. Gewiss war es im Sinne meines verstorbenen Gemahls, seine Großzügigkeit mit seinen Angehörigen zu teilen."

Das war natürlich eine dreiste Lüge. Aber nur, weil Daltry seiner Familie gegenüber ein verbitterter Geizkragen gewesen war, musste sie seinem Beispiel noch lange nicht folgen.

Lady Charlottes besorgte Miene entspannte sich und sie schenkte Rosie ein warmes Lächeln. „Wir wissen Ihr freundliches Angebot zu schätzen, meine Teure."

„Und sagen Sie ruhig Bescheid, wenn wir Ihnen bei irgendetwas behilflich sein können", mischte Miss Eloisa sich ein.

„Egal, womit", fügte Miss Sybil schüchtern hinzu.

Die drei schienen es wirklich aufrichtig zu meinen. Diese Gelegenheit durfte Rosie sich nicht entgehen lassen.

„Es gäbe da tatsächlich einen Gefallen, um den ich Sie bitten möchte", sagte sie mit einem Anflug von Hoffnung.

❧ 32 ☙

Zwei Abende später saß Andrew mit dem Vater und dem Onkel seiner Liebhaberin in einer Kutsche, die in halsbrecherischem Tempo durch London rollte. Was die unangenehme Situation noch verstärkte, war die Tatsache, dass die beiden Männer bis an die Zähne bewaffnet waren. Er war gerade in Kents Detektei eingetroffen, um die Lage zu besprechen, als sie die Nachricht ereilte, dass die Gassenjungen das Versteck des Schützen ausfindig gemacht hatten. Andrew hatte darauf bestanden, Kent zu der Festnahme zu begleiten, ebenso wie dessen Bruder, Harry, der ebenfalls anwesend war. Umgehend waren sie aufgebrochen, dicht gefolgt von einer zweiten Kutsche, in der sich Kents Partner befanden. Gemeinsam bahnte die kleine Karawane sich ihren Weg durch die dunklen, verwinkelten Gassen von St. Giles.

Ungeduldig mit den Fingern auf sein Knie trommelnd, sah Ambrose Kent zum einen Fenster hinaus, während sein Bruder aus dem anderen starrte. Auf der Fahrt wurde wenig gesprochen. Andrew hütete sich, das einzige Thema anzuschneiden, das sie alle gemeinsam hatten: Primrose. Aus unerfindlichen Gründen tolerierten die Kents ihn als Teil von Primroses Leben, und er wollte sein Glück nicht unnötig herausfordern.

Er wusste nur zu gut, dass sie etwas Besseres verdiente als ihn, aber ebenso war ihm klar, dass es mit jeder weiteren Minute, die sie zusammen verbrachten, schwieriger sein würde, sie irgendwann gehen zu lassen. Bei jedem Treffen lernte er mehr über sie, was ihn verzauberte: ihre Leidenschaft, ihr Hang zur Theatralik ... selbst ihre mitunter verblüffende Naivität. Und die verletzliche Art, auf die sie sich ihm gegenüber öffnete, berührte ihn zutiefst. Es gab nichts, was er nicht für sie tun würde.

Er liebte jede ihrer zahlreichen Facetten.

Obwohl er sich seiner Gefühle sicher war, hütete er sich, sie mit ihr zu teilen. Es war einfach nicht der richtige Zeitpunkt dafür. Zum einen steckten sie inmitten eines rätselhaften Verbrechens, zum anderen hatte sie ihm deutlich zu verstehen gegeben, dass sie sich eine Affäre ohne Verpflichtungen wünschte. Noch dazu stand sie so kurz davor, endlich die lang ersehnte Anerkennung der Gesellschaft zu gewinnen.

In der Nacht zuvor, als sie gemeinsam im Bett lagen, hatte sie ihm von ihrem erfolgreichen Gespräch mit Lady Charlotte erzählt. Er war nicht sonderlich überrascht gewesen. Mit ihrem Charme vermochte sie wirklich jeden um den kleinen Finger zu wickeln. Sie hatte die respektierte Grafenwitwe und deren Schützlinge problemlos dazu überredet, in den gehobenen Kreisen ein gutes Wort für sie einzulegen. Ihre neuen Verwandten hatten sogar mehr als das getan, und in den höchsten Tönen von ihr geschwärmt. Nun sprachen alle über Lady Daltrys Güte ihrer neuen Familie gegenüber, und wie anmutig sie schreckliche Schicksalsschläge ertrug.

„Endlich bin ich meinem Ziel ganz nahe!", hatte sie ihm freudig berichtet.

Er freute sich aufrichtig für sie. Sie hatte so hart für diese Anerkennung gekämpft. Andererseits bestätigte diese Entwicklung ihn in dem Beschluss, ihr seine Gefühle zu verschweigen ...

Gefühle, die er in erster Linie überhaupt nicht für sie empfinden sollte.

Also zwang er sich, nicht an die Zukunft zu denken und die flüchtigen Momente ihrer Affäre voll auszukosten ... was nicht weiter schwierig war. Seine Nächte waren erfüllt von unvorstellbarer Lust und Leidenschaft. Trotz seiner langjährigen Erfahrung lernte er so viel von ihr. Ihre natürliche Sinnlichkeit erstaunte und fesselte ihn, insbesondere, da sie mit jeder Minute selbstbewusster im Bett wurde.

In der Nacht zuvor hatte sie sich überschwänglich für das Diamantcollier bedankt und dabei die Hände über seinen Körper gleiten lassen, bis sie seinen Schwanz erreichte. Es war das erste Mal gewesen, dass sie ihn auf diese Weise befriedigt hatte, und ihre federleichten Berührungen auf seiner heißen Haut hätten ihn beinahe völlig um den Verstand gebracht ...

Nur mit den Fingerspitzen – mit einem *Lächeln*, verdammt – bescherte sie ihm mehr Lust als jede andere seiner Liebhaberinnen zuvor. Sie zeigte ihm, dass der Liebesakt so viel mehr sein konnte als ein Handel, ein Austausch zwischen zwei Körpern. Sein Magen verkrampfte sich, als er an die Jahre zurückdachte, die er in Kittys Netz gefangen gewesen war. Er schämte sich dafür, so naiv gewesen zu sein, seine Gefühle für sie als Liebe zu interpretieren.

Liebe war ein Geben *und* Nehmen. Liebe brachte einen nicht dazu, sich schmutzig und ausgenutzt zu fühlen.

Liebe machte einen nicht zur Hure.

Es hatte lange – viel zu lange – gedauert, bis er zu dieser Erkenntnis kam. Er brachte es nicht über sich, Primrose seine Torheit und seine Schwäche zu gestehen. Wie oft hatte er die Sache mit Kitty beendet, nur um sie doch wieder in sein Bett zu lassen, wenn sie Monate oder gar Jahre später erneut angekrochen kam. Sie war jedoch immer nur so lange bei ihm geblieben, bis sie erhalten hatte, was sie wollte. In der Regel war das sein Geld gewesen.

Der Gedanke, wie er sich von ihr hatte ausnutzen lassen, machte ihn krank. Er wünschte, es hätte allein am Sex gelegen, doch hinter seiner Abhängigkeit von Kitty hatte etwas viel Heimtückischeres gesteckt: Sie hatte ihn wie einen wertlosen Stricher behandelt, und er war überzeugt davon gewesen, dass er nichts anderes verdiente.

Vor zwei Jahren war er dann endlich zur Vernunft gekommen ... was er teilweise auch Primrose zu verdanken hatte. Etwa um diese Zeit war er auf sie aufmerksam geworden und hatte damit begonnen, sie aus der Ferne zu beobachten und zu beschützen. Er konnte es nicht erklären, aber etwas an ihrem verbissenen Kampf um Anerkennung trotz ihrer verhöhnten Herkunft hatte eine Veränderung in ihm ausgelöst. Inspiriert von ihrer Willensstärke, war er zu dem Entschluss gelangt, seine dunkle Vergangenheit hinter sich zu lassen und sich endgültig von Kitty zu trennen.

War es verwunderlich, dass er diesen hässlichen Teil seiner selbst vor Primrose verbergen wollte? Trotz seiner Gewissensbisse redete er sich ein, dass es nur zu ihrem Besten wäre, wenn er sie vor der Dunkelheit bewahrte, die Kitty in ihrer beider Leben gebracht hatte. Noch dazu nach allem, was sie in Coyners Obhut hatte durchmachen müssen. Dessen eigentliche Absichten waren ihm nie bekannt gewesen, bevor Primrose ihm die Wahrheit erzählt hatte.

Er wusste nur, dass sie im Alter von acht Jahren von ihrer Mutter gefunden worden war, was genau sich abspielte, konnte er jedoch nie in Erfahrung bringen. Als Kitty kurze Zeit später erneut in sein Leben trat, behauptete sie nur, sie habe Primrose durch einen Anwalt an einen Unbekannten verkauft. Angeblich hätte sie seine Identität nie gekannt, wusste lediglich, dass er ein wohlhabender Gentleman sei, der das Mädchen wie seine eigene Tochter zu behandeln gedachte.

Ich habe getan, was am besten für sie war, hatte Kitty beharrt.

Daraufhin hatte Andrew das Thema fallen gelassen. Eigentlich wollte er die Details auch gar nicht wissen. Was zählte, war, dass

Primrose glücklich und wohlbehalten in den Schoß ihrer Familie zurückgekehrt war und bei den Menschen aufwachsen würde, die sie aufrichtig liebten.

Als sie ihm jedoch neulich erzählte, was Coyner tatsächlich vorgehabt hatte, hätte er am liebsten wild auf etwas oder jemanden eingeschlagen. Sich selbst, zum Beispiel. So erleichtert er auch gewesen war, dass der Bastard Primrose nie angerührt hatte, hasste er sich dafür, sie damals im Stich gelassen und einem derart unverstellbaren Risiko ausgesetzt zu haben.

„Wir sind fast da."

Kents angespannte Stimme riss ihn aus seinen Gedanken. Ein Blick aus dem Fenster verriet ihm, dass sie sich inmitten der heruntergekommenen Gebäude, Tavernen und Pfandhäuser des Elendsviertels befanden. In den Gassen herumlungernde Rohlinge beäugten die vorbeifahrende Kutsche und spuckten vor ihnen auf den Boden.

„Ich kann es kaum erwarten, den Bastard in die Finger zu bekommen, der Rosie das angetan hat", sagte Harry grimmig.

Andrew hatte gerade genau dasselbe gedacht. Überrascht bemerkte er das mordlustige Funkeln hinter den Brillengläsern des jüngeren Mannes. Offensichtlich verbarg sich hinter der Gelehrtenaufmachung eine kämpferische Natur.

Vielleicht hatten Harry und er weitaus mehr gemeinsam, als ursprünglich angenommen.

„Da müssen Sie sich hinten anstellen", erwiderte er.

Harry wandte sich ihm zu ... und grinste frech.

„Wie wäre es, wenn wir das Blutvergießen auf ein Minimum beschränken?", mischte Kent sich ein, während die Kutsche zum Stehen kam. „Obwohl sich das als schwierig gestalten könnte, so wie es aussieht."

Als Andrew ausstieg, begriff er, was der Ermittler damit meinte. Ein Rudel Wüstlinge – rund ein Dutzend stämmiger Kerle – lungerten vor dem baufälligen Wohngebäude herum, in dem der Schütze sich aufhalten sollte.

„Was für ein nettes Empfangskomitee“, merkte McLeod an, der in Begleitung von Lugo und drei weiteren Wachmännern aus der anderen Kutsche gestiegen war.

„Zwölf gegen acht“, fügte der dunkelhäutige Ermittler trocken hinzu.

„Sieht doch gut aus für uns“, sagte Andrew.

Die beiden Partner sahen ihn an ... und grinsten breit.

Kopfschüttelnd führte Kent die Gruppe auf das Gebäude zu. Sie waren noch ein gutes Stück vom Eingang entfernt, als sich ihnen ein bärtiger Riese, der wie viele Bewohner des Elendsviertels in grob gewebte Lumpen gekleidet war, in den Weg stellte.

„Was habt ihr hier zu suchen, hm?“, verlangte er zu wissen.

„Wir suchen nach jemandem“, erwiderte Kent ruhig. „Lassen Sie uns bitte durch.“

„Habt ihr das gehört, Jungs? Der feine Herr *sucht* hier nach jemandem“, wiederholte der Kerl, an seine grölenden Kumpane gewandt. „Erwartet einer von euch so hohen Besuch?“

„Ich nicht“, rief ein Mann mit einer breiten Zahnlücke. „Hab gestern erst mit dem König Tee getrunken!“

Bellendes Gelächter folgte seinen Worten.

„Treten Sie beiseite“, sagte Kent. „Ich werde Sie nicht noch einmal darum bitten.“

„Und ich lass mir von ’nem dahergelaufenen Pinkel keine Vorschriften machen, schon gar nicht in meinem Revier“, erwiderte der Anführer der Bande und zückte ein Messer. „Verzieh dich, sonst schlitz ich dich auf wie ’nen Fisch.“

Als Kent keine Anstalten machte, sich zu entfernen, ging der Rohling auf ihn los. Für einen Mann seiner Größe war der Ermittler erstaunlich flink. Geschickt wich er seinem Angreifer aus und packte diesen am Arm, woraufhin der Kerl mit einem gequälten Aufschrei das Messer fallen ließ.

Im nächsten Augenblick brach die Hölle los.

Einer der Halsabschneider stürmte auf Andrew zu und versuchte, ihm einen Kinnhaken zu verpassen, doch er duckte sich und rammte seinem Gegner eine Faust in die Magengrube. Der Mann stolperte ächzend ein paar Schritte zurück, griff dann jedoch erneut an. Andrew täuschte zu seiner Rechten an und traf den Schurken mit einem kraftvollen rechten Haken am Kinn. Ein lautes Knacken folgte dem Aufprall, und sein Angreifer sank bewusstlos zu Boden.

Mit wild hämmerndem Puls sah Andrew sich um. Lugo und McLeod schienen ein eingespieltes Team zu sein, denn sie machten einen Gegner nach dem andern fertig. Kent und die übrigen Wachmänner schlugen sich ebenfalls tapfer. Harry stand ein wenig abseits von drei weiteren Halsabschneidern umringt. Als Andrew auf ihn zueilte, sah er überrascht zu, wie der junge Wissenschaftler einen der Angreifer mit einer geschickten Faust-kombination außer Gefecht setzte.

Er packte einen der Schurken am Kragen und verpasste ihm einen ordentlichen Hieb auf die Nase. Dann warf er den stöh-nenden Mann achtlos beiseite und stellte sich neben Harry.

„Sie haben ja den ganzen Spaß allein, Kent", sagte er.

Harry fuhr sich mit dem Handrücken über die blutende Wange. „Von wegen, hier gibt es mehr als genug zu tun."

Fünf weitere Halsabschneider waren herbeigestürmt und hatten die beiden Männer umringt.

Andrews Blut kochte in freudiger Erwartung. „Hervorragend."

Die Mistkerle griffen gleichzeitig an. Rücken an Rücken wehrten Andrew und Harry jede Attacke ab. Einer der Rohlinge zielte auf Andrews Gesicht, doch er wich dem Schlag im letzten Moment aus, sodass dieser stattdessen einen der anderen Schurken traf, der stöhnend in sich zusammensackte. Den ursprünglichen Angreifer setzte er mit einem gezielten Treffer in den Magen außer Gefecht. Dann wirbelte er herum und sah, dass Harry zwei weitere Männer besiegt hatte. Der letzte von ihnen starrte Andrew an, bevor er sich umdrehte und so schnell er konnte davonrannte.

Kent und seine Partner gesellten sich zu ihnen.

„Wir sollten besser den Schützen finden, bevor uns noch der Rest des Viertels auf die Pelle rückt“, sagte der Ermittler und zog mehrere Alarmpfeifen aus seiner Manteltasche hervor, die er unter seinen Begleitern verteilte. „Es gibt vier Stockwerke in dem Gebäude. Ich schlage vor, dass wir uns in Paare aufteilen und jeweils eines der Geschosse übernehmen. Schlagt Alarm, falls ihr den Verdächtigen findet.“

Andrew und Harry übernahmen das Erdgeschoss. Das Innere des Wohnhauses war noch viel heruntergekommener als die Fassade. Die trostlose Umgebung erinnerte Andrew an die Behausungen seiner Kindheit. Er hatte an unzähligen Orten gewohnt, wo Abfälle auf dem Boden verfaulten und sich das Ungeziefer in jeder Ecke tummelte. Der Lärm von schreienden Kindern und streitenden Erwachsenen drang durch die dünnen Wände.

Aus dem Augenwinkel nahm Andrew eine Bewegung am Ende des Korridors wahr: Eine Frau stand mit hochgeschobenen Röcken gegen die Wand gelehnt und wurde unsanft von einem Mann genommen.

Selbst aus der Entfernung konnte Andrew den ausdruckslosen Blick sehen, mit dem sie den Akt über sich ergehen ließ. Sein Magen verkrampfte sich schmerzhaft, als er an seine Mutter denken musste, die sich aus Verzweiflung dem Alkohol zugewandt hatte, um ihre Sorgen zu ertränken ... und ihr Leben zu verwirken.

Er hatte nie über sie gesprochen, bis Primrose ihm Fragen über sie stellte. Die Erinnerungen an sie waren kompliziert gewesen ... aber nicht gänzlich unwillkommen.

„Ich zähle mindestens zwanzig Türen, also sollten wir am besten direkt an ein paar von ihnen klopfen“, sagte Harry.

„Warten Sie“, erwiderte Andrew, als er sah, dass der Kunde seine Hose zuknöpfte und der Dirne ein paar Münzen in die Hand drückte, bevor er um die Ecke verschwand. „Sprechen wir zuerst mit ihr.“

Er ging auf die Frau zu, die gerade dabei war, ihre geflickten Röcke zu richten. „Miss?“

Ruckartig hob sie den Kopf und starrte ihn an. Obwohl sie noch jung war, wirkte sie verbraucht und abgespannt.

Nichtsdestotrotz musterte sie die beiden Männer und bemühte sich um einen lasziven Tonfall, als sie fragte: „Sind die Herren auf der Suche nach ein bisschen Spaß? Ich kann euch alles bieten, was ihr wollt ...“

„Wir wollen Informationen“, unterbrach Andrew sie.

Ihre Miene versteinerte sich. „Die hab ich nicht.“

Das oberste Gesetz des Elendsviertels lautete: Niemand wusste irgendetwas.

„Wir suchen nach einem großen Mann, der einen Fuchs mit weißer Blesse reitet. Er hat eine Verletzung an der Schulter.“ Andrew zog einen Beutel voller Münzen aus der Tasche und schüttelte ihn, um ihr Interesse zu wecken. „Eine Belohnung für die erste Person, die uns einen wertvollen Hinweis liefert.“

Das zweite (und weitaus wichtigere) Gesetz des Elendsviertels lautete: Alles hatte seinen Preis.

Die Dirne fuhr sich mit der Zunge über die Lippen und sah sich flüchtig in dem verlassenen Korridor um. „Kann sein, dass ich ihn kenne. Aber das habt ihr nicht von mir gehört ... klar?“

„Klar.“

Nach einem weiteren Blick um sich, fuhr sie mit gedämpfter Stimme fort: „Der Kerl, der im ersten Zimmer gleich um die Ecke wohnt, hat ’nen Verband um die Schulter. Schon seit gut ’ner Woche.“

Das deckte sich zeitlich mit dem Angriff auf Rosie.

Andrews Puls schnellte in die Höhe. „Haben Sie ihn heute Abend gesehen?“

Die Frau nickte. „Kam vor ungefähr ’ner Stunde mit ’ner Schnapsflasche reingestolpert. Und zwar nicht mit dem billigen Fusel, sondern dem teuren Zeug, das die feinen Schnösel trinken. Hat er bestimmt irgendwo geklaut. Ich wette, er liegt immer noch mit seiner Beute da drin und lässt sich volllaufen.“

„Vielen Dank“, erwiderte er und reichte ihr den Beutel.

Als er und Harry sich entfernten, hörte er sie hinter sich keuchen. Die zwanzig Pfund, die er ihr gegeben hatte, waren mehr, als sie in einem ganzen Jahr verdiente.

Sie bogen um die Ecke, und er stellte sich mit gezückter Waffe vor die Tür, während Harry mit der Pistole in der Hand neben ihm an der Wand wartete. Sie nickten einander zu, bevor Andrew mehrmals laut klopfte. Niemand antwortete ... und auch sonst ertönte kein Geräusch aus dem Inneren.

Eine ungute Vorahnung überkam ihn.

„Ich kann nichts hören", flüsterte Harry. „Glauben Sie, er hat sich aus dem Staub gemacht?"

„Sehen wir besser mal nach." Andrew wich einen Schritt zurück und trat mit voller Wucht gegen die Tür.

Das morsche Holz gab ohne Widerstand nach, und er stürmte in die kleine Kammer hinein. Ein Mann saß über einen Tisch gebeugt, der sich inmitten des Raumes befand. Der Kopf des Verdächtigen war von ihnen abgewendet, und neben ihm stand eine heruntergebrannte Talgkerze, die nur noch schwach leuchtete und stark rauchte. Als Andrew sich ihm näherte, bemerkte er den beißenden Geruch von Erbrochenem und sah einige Ratten, die sich auf dem Boden über besagten Mageninhalt hermachten. Eine halbleere Flasche Kognak lag ebenfalls auf dem Tisch.

„Hat der Kerl sich die Birne weggesoffen?", fragte Harry, den Revolver auf die leblose Gestalt gerichtet.

Andrew ging um den Mann herum und sah in seine leeren, ausdruckslosen Augen. Um sicherzugehen, streifte er einen Handschuh ab und fühlte am Hals des Verdächtigen nach dessen Puls. Unter der kühlen Haut war kein Lebenszeichen zu spüren.

„Der Bastard hat sich in die ewigen Jagdgründe befördert", sagte er grimmig.

Dann holte er seine Alarmpfeife hervor, um die anderen über das Ende ihrer Suche zu informieren.

❦ 33 ❦

Ungeduldig wanderte Rosie im Büro ihres Vaters auf und ab. „Bist du sicher, dass sie kommen werden, Papa?"

„Ganz sicher." Ambrose stand vor dem Fenster neben seinem Schreibtisch und beobachtete das Treiben auf der Straße. „Aber bis zu dem verabredeten Termin ist es noch eine Viertelstunde hin, also hab ein wenig Geduld."

„Du wirst Lady Charlotte und die Fosseys doch nicht vor den Kopf stoßen, oder? Sie waren in letzter Zeit so nett zu mir ..."

„Wenn sie unschuldig sind, gibt es keinen Grund für sie, sich angegriffen zu fühlen, Liebes", mischte Mama sich ein, die auf einem der Stühle vor dem Schreibtisch Platz genommen hatte. Sie trug ein modisches, marineblaues Kleid im Militärstil, das ihre kampfbereite Stimmung untermalte. „Außerdem ist deine Sicherheit weitaus wichtiger als die Anerkennung der *ton*."

Rosie nagte an ihrer Unterlippe. Natürlich hatte ihre Mutter recht. Andererseits hatten ihre neu gewonnenen Freundinnen wahre Wunder vollbracht, was ihren Ruf unter den Mitgliedern der Hautevolee betraf. Sie war nicht länger die gepflückte Rose, sondern die junge, bezaubernde Witwe, deren tragische Geschichte jedermann tief berührte. Sämtliche Damen der

Gesellschaft (selbst die spitzfindigsten Nörglerinnen) schickten ihr nun Beileidsbriefe, und von den Gentlemen erhielt sie regelmäßig Blumensträuße (welche sofort in die Mülltonne wanderten).

Die gesamte *ton* machte ihr den Hof. Endlich zeigte man ihr die Anerkennung, nach der sie sich so lange gesehnt hatte.

Sie musste nur lang genug überleben, um die Früchte ihrer Arbeit auszukosten.

„Was, wenn niemand ein Geständnis ablegt?", fragte sie.

„Wir erwarten nicht, dass jemand gesteht", erklärte Emma, die ebenfalls vor dem Schreibtisch saß. „Aber jedes Alibi kann uns einen wichtigen Hinweis liefern."

„Wir werden die Wahrheit schon aus den Lügen herausfiltern", fügte Mr Lugo hinzu.

Mit ihm war die Gruppe, welche die Befragung durchführen würde, komplett. Aus Gründen des Anstands war Andrew nicht zugegen. Mr McLeod konnte ebenfalls nicht teilnehmen, da er in Gretna Green nach weiteren Hinweisen suchte. Seit die Männer vor zwei Tagen den toten Schützen entdeckt hatten, war einiges geschehen.

Papa hatte den Leichnam von Dr. Abernathy, dem brillanten schottischen Hausarzt der Familie, untersuchen lassen. Dieser hatte ihnen am Tag zuvor seine Befunde präsentiert.

„Ich glaube, der Mann wurde vergiftet", hatte Dr. Abernathy in seinem starken Akzent erklärt. „Abgesehen von der beinahe verheilten Wunde an seiner Schulter war er kerngesund. Zudem habe ich mehrere tote Ratten neben dem Vomitus entdeckt. Als ich den Rest des Kognaks an anderen Ratten testete, starben diese ebenfalls."

Der Doktor war der Ansicht, dass Fingerhut verwendet worden war, ein schnell wirkendes Gift, das bereits innerhalb einer halben Stunde nach Einnahme Symptome hervorrief. Da es die Anzeichen eines Herzinfarkts nachahmte, einschließlich Sprachstörungen sowie Hitzewallungen, blieb es als Todesursache häufig unerkannt. Während der Ausführungen des Arztes kam Rosie plötzlich ein schrecklicher Gedanke. Sie erinnerte sich an Daltrys nach Erbrochenem stinkenden Atem, sein unverständliches Brabbeln und sein hochrotes Gesicht in ihrer Hochzeitsnacht. Ursprünglich hatte sie ihn für sturzbetrunken gehalten ... aber was, wenn er in Wahrheit vergiftet worden war?

Was, wenn jemand ihn *ermordet* hatte?

Er war erst nach zwei Stunden wieder zu ihr aufs Zimmer gekommen. War es möglich, dass er in dieser Zeit seinem Mörder begegnet war und das Gift zu sich genommen hatte? Als sie ihren Verdacht mit den übrigen Anwesenden teilte, war die Stimmung noch düsterer geworden als zuvor.

„Das ergibt Sinn", hatte Andrew mit grimmiger Miene erwidert. „Wer auch immer Daltry ermordet hat, war offensichtlich hinter seinem Vermögen her. Als dann jedoch Primrose das ganze Geld erbte, wollte der Schurke auch sie aus dem Weg schaffen."

„Womit wir wieder bei Daltrys Verwandtschaft wären", hatte Papa seufzend festgestellt. „Aber wer von ihnen war es? Und wie viele?"

„Gift ist die Waffe der Frauen, wie man so schön sagt", hatte Emma angemerkt. „Das kann ich persönlich bezeugen."

Strathaven hatte seiner Frau einen Arm um die Taille gelegt. „Also konzentrieren wir uns auf die weiblichen Angehörigen?"

Papa schüttelte den Kopf. „Wir dürfen nicht außer Acht lassen, dass Theale am meisten von den Morden profitieren würde. Deshalb müssen wir weiterhin jede Möglichkeit in Betracht ziehen. Wer auch immer hinter der ganzen Sache steckt, ist äußerst gerissen. Ich habe sämtliche Verdächtigen beschatten lassen, aber keiner von ihnen hat sich auffällig verhalten."

„Er oder sie ist vorsichtig, jetzt, wo bekannt ist, dass die Ermittlungen laufen", sagte Emma.

„Soll ich mich mal in Gretna umhören?", hatte McLeod angeboten. „Vielleicht haben der Gastwirt oder die Angestellten Daltry mit jemandem gesehen?"

„Danke, das ist eine hervorragende Idee", hatte Papa erwidert und dann nachdenklich hinzugefügt: „Einstweilen werden wir sämtliche Verdächtigen gemeinsam befragen und uns anhören, welche Alibis sie für die Zeit haben, in der Daltry ermordet wurde. In Gegenwart der übrigen Angehörigen wird es dem oder der Schuldigen schwerfallen, die Lügen aufrechtzuerhalten."

Jeder hatte dem Plan zugestimmt, und so waren sie nun alle im Büro der Detektei versammelt.

Gerade schlug die Uhr auf dem Kaminsims drei Uhr nachmittags.

„Da kommen sie", verkündete Papa, den Blick noch immer nach unten auf die Straße gerichtet.

Wenige Augenblicke später wurden die Besucher von Ambroses Sekretär hereingeführt. Rosie wechselte zur Begrüßung ein paar freundliche Worte mit Lady Charlotte, den Fossey-Schwestern sowie Mr Theale. Das anzügliche Grinsen, mit dem Mr James sie bedachte, erwiderte sie mit einem knappen Lächeln, während sie gebührenden Abstand zu dessen gewohnt übellauniger Stiefmutter wahrte.

„Worum geht es denn diesmal?", wollte Mrs James wissen, kaum, dass alle Platz genommen hatten. „Ich bin eine viel beschäftigte Frau mit wichtigen Terminen und wäre eigentlich gar nicht erschienen, wenn Alastair mich nicht überzeugt hätte, dass es zum Wohle der Familie sei."

„Meine verehrte Stiefmama ist *äußerst* pflichtbewusst", erklärte Alastair, an Rosie gewandt, und zwinkerte ihr verschwörerisch zu.

Mrs James bedachte ihn mit einem vernichtenden Blick, der ihm die Haut von den Knochen hätte schmelzen lassen können.

„Bitte verzeihen Sie die Umstände", sagte Papa, der sich auf dem Stuhl hinter seinem Schreibtisch niedergelassen hatte. „Aber es gibt neue Beweise, die wir mit Ihnen besprechen müssen."

„Beweise?", wiederholte die Grafenwitwe mit alarmierter Miene. „Wofür denn?"

„Wir haben Grund zu der Annahme, dass der verstorbene Graf von Daltry vergiftet wurde."

Rosie konnte nicht ausmachen, ob die Überraschung der Anwesenden gespielt war oder nicht. Mrs James erblasste und wechselte einen entsetzten Blick mit Lady Charlotte. Alastair James blinzelte heftig und sah Mr Theale mit zusammengekniffenen Augen an. Dieser wiederum starrte zu den Fossey-Schwestern hinüber, die nebeneinander auf einem der Ledersofas saßen und einander an den Händen hielten.

„George wurde vergiftet?", flüsterte die Grafenwitwe schließlich, die als erste ihre Stimme wiedergefunden hatte. „Aber ... warum?"

„Ist das nicht offensichtlich?", erwiderte Mr James höhnisch. „Wer von uns profitiert wohl am meisten von seinem Tod, hm?"

Mr Theale sprang auf die Füße, seine sonst so freundliche Fassade wie weggeblasen. „Wie kannst du es *wagen*, mich zu beschuldigen, du Bastard? Ich sollte dich zum Duell fordern!"

„Bitte, sag mir nur wann und wo", spottete Mr James. „Vor dir habe ich keine Angst."

„Alastair!", zischte seine Stiefmutter ungehalten.

„Ach, ja, das hätte ich beinahe vergessen. *Natürlich* fürchtet der großartige Alastair James sich nicht vor einem Duell", konterte Peter Theale. „Immerhin hast du schon einmal getötet."

Mr James erhob sich ebenfalls. „Das war ein Unfall, verdammt!"

„Einmal ein Mörder, immer ein Mörder", erwiderte Theale.

„Bitte hört auf", mischte Sybil sich ein und sah nervös zwischen den beiden Männern hin und her. „Dieses Gestreite hilft doch niemandem."

„Setzt euch sofort wieder hin, alle beide", sagte die Grafenwitwe. „Wir werden uns jetzt in Ruhe anhören, was Mr Kent zu sagen hat."

Widerwillig leisteten die zwei Streithähne ihrer Aufforderung folge.

„Um die Angelegenheit schnellstmöglich zu klären, bitte ich Sie alle, mir zu sagen, was Sie an dem Tag, als Daltry ermordet wurde, getan haben, und in wessen Gesellschaft Sie sich befanden", sagte Ambrose. „Zudem sollten Sie wissen, dass einer meiner Kollegen gerade auf dem Weg nach Gretna ist, um den Gastwirt und die Angestellten zu befragen und so hoffentlich den Mörder zu überführen. Auf die eine oder andere Art wird die Wahrheit ans Licht kommen."

„Das ist doch einfach unerhört", äußerte Mrs James sich, deren Stimme jedoch die gewohnte Überzeugung fehlte.

Papa ignorierte sie und öffnete sein kleines Notizbuch. „Wer möchte beginnen?"

„Ich. Wie Sie sehen werden, habe ich nichts zu verbergen", verkündete Mr Theale. „An jenem Tag war ich in Brighton."

Während Ambrose sich die Information notierte, hakte Mr Lugo nach: „Mit wem?"

„Ich besuchte dort einen Gentleman namens Mr Albert Brace." Er errötete und senkte den Blick. „Seine Tochter, Miss Bertha Brace, war ebenfalls anwesend."

„Ich war auf einer privaten Feier", fiel Mr James ihm schnell ins Wort, als wollte er ihn mit seiner Aussage übertrumpfen. „Auf dem Landsitz eines Freundes in Kent."

Papa hielt inne und blickte ihn an. „Und wie lautet der Name dieses Freundes?"

„Vicomte Cranston."

„Wie steht es mit Ihnen, Mrs James?", fragte Emma.

„Ich war in Ashford", sagte diese mit offensichtlichem Widerwillen. „Da ich meine Ruhe haben wollte, hatte ich keine Zofe dabei."

„Verstehe ich das also richtig, dass sowohl Sie als auch Ihr Stiefsohn sich an dem besagten Tag in Kent aufhielten?", fragte Ambrose.

„Reiner Zufall", erwiderte sie und fuhr sich mit der Zunge

über die Lippen. „Die Grafschaft ist weitläufig. Wir sind einander an dem Tag nicht begegnet."

„Tante Charlotte und ich waren in London", meldete Eloisa sich zu Wort. „Allerdings kann ich mich beim besten Willen nicht daran erinnern, was wir unternommen haben."

„Wir waren beim Kurzwarenhändler", sagte die Grafenwitwe. „Du wolltest dir neue Schleifenbänder für den Ball der St. Clares an diesem Abend besorgen, weißt du nicht mehr?"

„Stimmt", pflichtete Eloisa ihr bei. „Und wir haben unzählige Bekannte getroffen."

„Waren Sie auch dabei, Miss Fossey?", wandte Emma sich an Sybil.

„Nein, ich besuchte eine Freundin in Lancashire. Da sie in einer kleinen Landhütte lebt und nicht viel Platz hat, reiste ich ebenfalls ohne Zofe", erklärte diese entschuldigend. „Wissen Sie ..."

„Wie ich schon sagte, ist meine Schwester eine ausgesprochene Wohltäterin", unterbrach Eloisa sie mit einem spöttischen Lächeln. „Sie freundet sich bei jeder Gelegenheit mit den Außenseitern der Gesellschaft an."

„Miss Bunbury ist keine Außenseiterin", protestierte Sybil.

„Sie ist eine gebrechliche Jungfer ohne nennenswerte gesellschaftliche Beziehungen", erklärte Eloisa, an Rosie gewandt. „Wissen Sie, Miss Bunbury ist die ehemalige Schulleiterin meiner Schwester und glaubt ständig, im Sterben zu liegen. Finden Sie nicht auch, dass Sybil etwas Besseres mit ihrer Zeit anfangen könnte?"

„Ich denke, Miss Sybils Loyalität ist bemerkenswert", antwortete Rosie.

Die ältere der beiden Schwestern lächelte ihr dankbar zu.

„Sind wir hier fertig?", wollte Mrs James abrupt wissen.

„Ich hätte noch eine letzte Frage", schaltete Marianne sich ein und ließ ihren Blick über die Runde schweifen. „Wie würde jeder von Ihnen Ihre Beziehung zu Lord Daltry beschreiben?"

Ihren Worten folgte angespanntes Schweigen.

Alastair James antwortete als Erster. „Also gut, dann spreche ich eben aus, was wir alle denken: George war ein Emporkömmling. Unser aufdringlicher Verwandter aus dem kaufmännischen Gewerbe, mit dem keiner von uns etwas zu tun haben wollte, bis ihm der Titel in den Schoß fiel.“

„Scher uns nicht mit dir und deinen Ansichten über einen Kamm“, erwiderte Eloisa entrüstet. „Tante Charlotte hieß George stets in unserem Heim willkommen, *lange* bevor er der Graf wurde. Sybil und ich waren außerdem immer nett zu ihm.“

„So ist es. Und George hat mir immer versichert, wie viel ihm seine Besuche bei uns bedeutet haben“, fügte Lady Charlotte hinzu.

„Er stank nach bürgerlicher Arbeit“, entgegnete Mr James voller Verachtung.

„Alastair“, protestierte seine Stiefmutter schwach. „Sei nicht so gehässig. Du warst Georges Favorit.“

„Er hatte nur einen wahren Favoriten: sich selbst. Alle anderen waren ihm egal. Wusstet ihr, dass er sich stets über euch lustig machte, wenn er betrunken war?“ Mr James sah jedes seiner Familienmitglieder der Reihe nach höhnisch an. „Dich nannte er beispielsweise einen weinerlichen Weichling, Peter.“

Theales Schultern verspannten sich.

„Und dich, Tante Charlotte, eine fette, alte Henne, die keine Eier legen kann.“

Die Grafenwitwe fasste sich schockiert an die Brust.

„Eloisa hielt er für ein hübsches, junges Ding“, fuhr Mr James fort. „Aber auch für ein hinterhältiges Miststück.“

Eloisa schnappte empört nach Luft. „Wie kannst du es wagen?“

„Was Sybil anbelangt“, sagte Alastair mit einem gehässigen Funkeln in den Augen, „war George der Ansicht, sie sei wie zweitklassige Ware, die sich einfach nicht verkaufen ließe.“

Die blauen Augen der älteren Schwester füllten sich mit Tränen.

Peter Theale sprang erneut auf die Füße. „Hör auf, sie zu schikanieren, du Bastard!“

„Also wirklich, Alastair.“ Selbst Mrs James schien sich unbehaglich zu fühlen. „Ist das denn nötig?“

„Mrs Kent wollte wissen, wie unser Verhältnis zu George war. Ich habe nur ihre Frage beantwortet“, erklärte Mr James mit einem hämischen Blick auf Marianne. „Übrigens hielt er meine Stiefmutter für eine habgierige Furie und mich für einen unterwürfigen Tunichtgut, der hinter seinem Geld her war. Da haben Sie es: unser glanzvolles Familienporträt. Sind wir *jetzt* fertig?“

Ein Schauer jagte Rosie über den Rücken. Ihr verstorbener Gemahl hatte in der Tat Feinde gehabt ... und das nicht nur wegen seines Geldes.

„Wir sind fertig“, verkündete Papa und klappte sein Notizbuch zu. „Fürs Erste.“

Einer nach dem anderen verließen Daltrys Angehörige mit steinernen Mienen das Büro.

Als sie an Rosie vorbeikamen, legte sich eine eisige Hand um ihr Herz. *Wer von euch hat den Grafen ermordet? Und wer von euch will auch mich tot sehen?*

$\maltese$ 34 $\maltese$

ROSIE ERWACHTE MIT EINEM ERSTICKTEN SCHREI.

Desorientiert und schwer atmend verharrte sie, bis die letzten Spuren des Albtraums verblassten. Sie musste in ihrem Sessel eingeschlafen sein, während sie auf Andrew wartete. Langsam erhob sie sich und warf einen Blick auf die Uhr, die auf dem Kaminsims stand. Es war bereits kurz vor *Mitternacht*. Wollte Andrew nicht gegen zehn Uhr vorbeikommen, damit sie ihm von der heutigen Befragung berichten konnte?

Wo ist er? Obwohl sie sich einzureden versuchte, dass ihr der Albtraum noch nachging, konnte sie das ungute Gefühl nicht abschütteln, das sich ihrer bemächtigte. Eine betäubende Angst, dass ihm etwas zugestoßen sein könnte.

Nervös klingelte sie nach Odette.

Kaum hatte die Französin das Zimmer betreten, platzte Rosie heraus: „Hast du etwas von Mr Corbett gehört?"

„Ja, Mylady. Sie schliefen allerdings, als sein Bote eintraf, und ich wollte Sie nicht wecken."

„Wie lautete seine Nachricht?"

„Leider schafft er es heute Abend nicht. Es tut ihm sehr leid, aber er wurde aufgrund eines Problems in seiner Tagesstätte aufgehalten."

Rosies anfängliche Erleichterung verflog sogleich wieder. „Was für ein Problem?"

„Er nannte keine Einzelheiten, Mylady."

Ihr Magen flatterte nervös. Sie wurde die dunkle Vorahnung, dass er in Gefahr schwebte, nicht los, und die Vorstellung, dass er sich dieser allein stellen musste, gefiel ihr gar nicht. Oder schlimmer noch, dass er eben *nicht* allein war. Leitete er die Tagesstätte nicht mit dieser Fanny Argent? Wenn sie nur daran dachte, dass er mitten in der Nacht mit dieser Frau allein war ...

Das würde eine verhätschelte, von Säugammen und was-weiß-ich wem aufgezogene Dame wie Sie sowieso nicht verstehen, spukte ihr Fannys höhnische Stimme im Kopf herum. *Wenn ich so darüber nachdenke ... Da gibt es einiges, was Sie über Corbett nicht verstehen, was?*

Rosie presste die Zähne zusammen und fasste einen Entschluss. Andrew war *ihr* Liebhaber. Wenn jemand ihm mit seinen Problemen helfen würde, dann *sie.* Immerhin hatte sie sich oft genug auf ihn verlassen. Es war an der Zeit, den Gefallen zu erwidern ... und dieser verfluchten Mrs Argent zu beweisen, dass sie kein nutzloses Dummchen war.

„Bring mir bitte meinen Mantel", sagte sie zu Odette.

„Ihren Mantel?", wiederholte die Zofe stirnrunzelnd. „Aber es ist bereits spät, Mylady. Es ist gefährlich, allein aus dem Haus zu gehen ..."

„Ich nehme die Wachen mit. Den Mantel, bitte."

Nachdem Odette gegangen war, holte Rosie die Pistole hervor, die Andrew ihr geschenkt hatte. Wie versprochen hatte er ihr vor ein paar Tagen auch gezeigt, wie man sie bediente. Schnell steckte sie die kleine Waffe in ihren Pompadour.

Dann ging sie die Treppe hinunter und führte eine hitzige Diskussion mit Andrews Wachmännern, welche sie mit den Worten beendete: „Wenn Sie mich nicht begleiten wollen, nehme ich mir eben eine Mietdroschke und fahre allein." Zehn Minuten später saß sie in Begleitung ihres bewaffneten Gefolges in einer Kutsche auf dem Weg zu Andrews Tagesstätte.

Sie fuhren durch einen Stadtteil, in dem Rosie noch nie zuvor gewesen war. Die Straßen hier waren eng und verwinkelt, verzweigten sich immer schmaler ineinander wie dunkles Geäst. Eine bunte Menschenmenge aus Einheimischen und Prostituierten trieb sich herum, ebenso wie ein paar vornehme Gentlemen, die den Ausschweifungen der Elendsviertel frönen wollten. Taschendiebe schlängelten sich zielstrebig durch das rege Treiben.

Die Kutsche bog in eine enge Gasse ein und kam vor einem schwarzen, gusseisernen Tor zum Stehen. Rosies Begleiter unterhielten sich kurz mit den Männern, die vor der Einfahrt Wache standen, und dann wurden sie in den Hof gelassen, der an den hinteren Teil eines Backsteingebäudes angrenzte.

„Warten Sie hier, Mylady", sagte einer der Wachmänner zu ihr.

Wenige Minuten später hörte sie eilige Schritte, bevor die Tür zu ihrer Kutsche aufgerissen wurde und sie Andrew erblickte, der sie ungehalten anfunkelte. Er trug nur ein weißes Hemd, das über und über mit ... *Blut* beschmiert war. Der Anblick ließ Rosies Puls in die Höhe schnellen.

„Was zum Henker hast du hier zu suchen?", donnerte er los.

Panisch streckte sie die Hand aus und tastete seine Brust ab. „Bist du verletzt? Warum blutest du ...?"

„Das ist nicht mein Blut", erwiderte er knapp und hielt ihre Hände fest. „Raus mit der Sprache: Was hast du hier zu suchen?"

Erst jetzt registrierte sie, wie wütend er war. Vielleicht war es doch nicht die beste Entscheidung gewesen, unangemeldet hier zu erscheinen. Ihre Eifersucht auf Fanny hatte sie zu dieser unüberlegten Handlung getrieben, aber ein Blick auf Andrews Unheil verkündende Miene verriet ihr, dass sie ihm keinesfalls die Wahrheit sagen konnte.

„Ich hatte einen Albtraum", murmelte sie daher (was ja auch stimmte). „Als ich aufwachte, warst du nicht bei mir, obwohl du es versprochen hattest, und mich überkam das ungute Gefühl, dass dir etwas zugestoßen sein könnte."

„Ich habe dir doch eine Nachricht geschickt."

„Ich weiß. Und ich dachte ... ich könnte dir vielleicht behilflich sein." Sie holte tief Luft und zwang sich, ihm die Wahrheit zu gestehen, die sich tatsächlich hinter ihrer Entscheidung verbarg. Die nichts mit Eifersucht zu tun hatte. „Du kümmerst dich immer um meine Probleme, und ich wollte den Gefallen endlich einmal erwidern."

Er starrte sie an. „Du dachtest, du könntest mir helfen?"

Seinem Tonfall nach zu urteilen, schien er nicht zu glauben, dass sie auf irgendeine Weise nützlich sein könnte. Und diese Erkenntnis traf sie tief. Sie war es gewohnt, dass die *ton* sie für eine oberflächliche Kokette hielt, aber dass Andrew derselben Ansicht war, hätte sie nicht erwartet. Ausgerechnet er, der ihr geholfen hatte, ihr Selbstbewusstsein zu finden, ihre Fantasien und Wesenszüge zu akzeptieren. Er hatte sie beschützt, gleichzeitig aber auch ihre Unabhängigkeit respektiert, wie es andere – ihre Familie, beispielsweise – nicht zu tun gewillt waren.

Als sie nun die Ungläubigkeit in seinem Blick bemerkte, fragte sie sich, ob ihre Gefühle für ihn sie die ganze Zeit über geblendet hatten. Die leise Stimme in ihrem Kopf, die ihr stets eingeredet hatte, dass er viel zu gut für sie sei – zu gut, um wahr zu sein –, flüsterte nun: *Habe ich es dir nicht immer gesagt, du Dummchen? Du bist nichts weiter als ein hübsches Vorzeigepüppchen, mit dem er sich im Bett vergnügen kann. Hast du wirklich geglaubt, du könntest ihm mehr bieten als das?*

Jedes Wort versetzte ihr einen schmerzenden Stich ins Herz. „Hältst du mich für so unfähig?"

„Das tut doch überhaupt nichts zur Sache", erwiderte er stirnrunzelnd. „Du solltest nicht hier sein. Durch deinen Leichtsinn riskierst du nicht nur dein Leben, sondern auch deinen Ruf ..."

„Corbett, wo zum Teufel stecken Sie?" Fanny Argent tauchte hinter Andrew auf und stieß einen genervten Seufzer aus, als sie

Rosie erblickte. „Verflucht, was hat *sie* denn hier zu suchen? Als hätten wir nicht auch so schon genug Ärger am Hals ...“

„Halt den Mund, Fanny.“ Rosies Schadenfreude über Andrews Zurechtweisung verflog, als er hinzufügte: „Sie wollte gerade wieder gehen.“

„Dann bin ich ja erleichtert“, schnaubte die Bordellwirtin.

Eine Welle der Wut übermannte Rosie und verdrängte die Verzweiflung in ihrem Herzen. *Wenn diese ... diese* Hexe *wirklich glaubt, sie könnte mich so einfach loswerden, hat sie sich aber gewaltig getäuscht!*

Entschlossen zog sie sich ihren Schleier übers Gesicht und stieß Andrew von sich. Überrascht taumelte er einen Schritt zurück – wahrscheinlich hatte er nicht damit gerechnet, dass sie sich seinen Anweisungen widersetzen würde –, und sie nutzte die Gelegenheit, um von den Trittstufen der Kutsche zu springen und an ihm vorbeizumarschieren.

„Ich gehe nirgendwohin“, erklärte sie, an Fanny gewandt. „Ich kann Andrew ebenso gut bei seinem Problem helfen wie Sie.“

„Ach, wirklich?“, erwiderte die Bordellwirtin mit einem höhnischen Lächeln. „Wie viele Kinder haben Sie mit Ihren zarten Händchen schon zur Welt gebracht, hm?“

Wie bitte? Andrew und Fanny waren mit einer *Geburt* beschäftigt?

Bislang hatte Rosie nie eine miterlebt, da sie selbst natürlich noch nicht schwanger gewesen war und von Natur aus einen empfindlichen Magen besaß. Obwohl ihr ein wenig unwohl zumute war, wollte sie vor ihrer Rivalin keine Schwäche zeigen.

„Ich kann ärztlichen Anweisungen ebenso gut folgen wie jeder andere auch.“ Hoffentlich würden diese sich darauf beschränken, heißes Wasser und Handtücher zu holen ... Aufgaben, die sie möglichst weit vom Geburtszimmer fernhalten würden.

„Ärztliche Anweisungen?“, wiederholte Fanny mit einem ungläubigen Lachen. „Glauben Sie, Corbett und ich würden bis zum

Hals in Blut und Eingeweiden stecken, wenn wir einen von diesen Quacksalbern hier hätten?"

Blut und ... *Eingeweide? Igitt!*

Stur schluckte Rosie die Galle hinunter, die in ihrer Kehle aufzusteigen drohte. „Jetzt ist ja jemand da, der helfen kann. Ich."

Bevor die Bordellwirtin etwas erwidern konnte, mischte Andrew sich ein. „Geh wieder rein, Fanny", befahl er in einem Tonfall, der so eisig war, dass sie ihm widerspruchslos gehorchte. Sobald sie sich entfernt hatte, wandte er sich wieder Rosie zu. „Was dich betrifft ..."

„Ich bleibe hier." Wenn er glaubte, er könnte sie ebenso herumkommandieren wie eine niedere Angestellte, hatte er sich aber gewaltig getäuscht. „Wenn Fanny helfen kann, schaffe ich das auch. Ich *will* mich nützlich machen."

„Verdammt, das hier ist nichts für dich", knurrte er.

„Warum nicht? Weil du mich für eine nutzlose, verhätschelte Kokette hältst, die nichts weiter kann außer hübsch auszusehen?" Die Worte brachen aus ihr hervor, bevor sie sie zurückhalten konnte.

„Wie kommst du denn auf die haarsträubende Idee?", fragte er und fuhr sich frustriert mit der Hand durch die bronzefarbenen Locken. „Das habe ich nie gesagt."

„Aber du hast es *gedacht*", behauptete sie vorwurfsvoll. „Deswegen willst du mich nicht hier haben. Deswegen hilfst du mir ständig, lässt aber nicht zu, dass ich mich revanchiere. Deswegen gestattest du Fanny, hierzubleiben, aber nicht mir ... deiner *Liebhaberin*. Du hast mir neulich erst gesagt, dass ich nicht nur meinen Körper, sondern auch meine Seele und meinen Geist mit dir teilen soll. Aber im Gegenzug erwarte ich auch dasselbe von *dir*", schloss sie und bohrte ihm einen Finger in die Brust.

Er starrte sie an, als hätte sie völlig den Verstand verloren. Dann sah er hinauf zum Himmel, als hoffte er auf göttliches Einschreiten, bevor er sie am Arm packte und mit sich in Richtung des Gebäudes zog.

Sie war so überrumpelt, dass sie kaum mit ihm Schritt zu halten vermochte. „Wohin gehen wir?"

„Du wolltest dich beteiligen", antwortete er, ohne sich zu ihr umzudrehen.

Ein Hoffnungsfunke keimte in ihr auf. „Ich darf also bleiben?"

„Nicht nur das. Du wirst auch helfen." Er öffnete eine Tür und schob sie hindurch. „Einer meiner Konkurrenten hat sämtliche Hebammen und Quacksalber in der Gegend bedroht oder bestochen, weshalb mir niemand mehr zur Hand gehen will. Ich habe hier drei hochschwangere Frauen, die kurz vor der Entbindung stehen, und außer mir und Fanny gibt es nur eine weitere Angestellte, die beim Anblick von Blut in Ohnmacht gefallen ist. Glücklicherweise habe ich jetzt ja eine willige Helferin", fügte er mit einem sarkastischen Blick auf Rosie hinzu.

Sie schluckte nervös, sagte aber nichts weiter, während er sie durch eine Küche, eine Treppe hinauf und einen langen Gang hinunter führte. Die Türen zu beiden Seiten ließen sie vermuten, dass es sich bei dem Gebäude um ein ehemaliges Gasthaus oder eine Pension handelte.

Aus einem der Zimmer zu ihrer Rechten ertönte ein lauter Schrei. Rosie zuckte zusammen ... und gleich darauf noch einmal, als von der gegenüberliegenden Seite her ein langgezogenes, gequältes Stöhnen an ihr Ohr drang. In einem der Zimmer am Ende des Gangs fluchte jemand äußerst undamenhaft.

Dann steckte Fanny den verschwitzten Kopf aus der Tür.

„Das Kind kommt ... aber es gibt Komplikationen", schnaufte sie, an Andrew gewandt. „Ich brauche Sie hier drin."

Wortlos rollte er die Ärmel hoch und folgte ihr.

Rosie stand wie angewurzelt da. „Ich, äh, hole besser heißes Wasser", sagte sie verunsichert.

Fanny warf ihr noch einen abfälligen Blick zu, bevor sie mit Andrew in dem Zimmer verschwand.

Seufzend legte Rosie Mantel und Haube auf einer Bank ab und ging zurück in die Küche, wo sie einen großen Kessel auf dem

Herd hatte stehen sehen. Sie füllte einen Eimer mit dem kochenden Wasser und schleppte ihn die Treppe hoch. Nachdem sie noch einmal tief durchgeatmet hatte, betrat sie ebenfalls das Zimmer, in dem Andrew und Fanny sich befanden.

„Ich habe Wasser geholt ..." Sie brach ab, als sie eine Frau erblickte, die sich stöhnend auf dem Bett wand, die Knie angewinkelt, das Laken unter ihr blutdurchtränkt ...

„Stell es neben der Tür ab", wies Andrew sie an.

Nur zu gerne. Rosie stellte den Eimer ab und flüchtete hinaus auf den Gang.

Von einem Schwindelanfall übermannt, lehnte sie sich gegen die Wand und presste die Hände an ihre Wangen. Ihr war speiübel. *Reiß dich zusammen. Du musst Andrew beweisen, dass du der Aufgabe gewachsen bist.*

Was, wenn du es nicht schaffst?, stichelte ihre innere Stimme. *Was, wenn du eben doch nichts weiter bist als ein nutzloses Flittchen ...?*

„Bitte ... Ich brauche Hilfe."

Eine gequälte Stimme riss Rosie aus ihren Gedanken. Als sie das Flehen erneut vernahm, folgte sie ihm zögerlich in eines der Zimmer zu ihrer Linken. Darin lag eine rothaarige Frau, die etwa in Rosies Alter sein musste, auf einer Pritsche. Sie trug nur ein Unterkleid, und ein dünnes Laken bedeckte ihren riesigen Bauch. Ihr sommersprossiges Gesicht war schmerzverzerrt.

„Wer bist du?", keuchte sie, als sie Rosie bemerkte.

„Oh, äh, hallo. Ich bin eine Freundin von Mr Corbett", erwiderte diese, erleichtert, dass keine Körperflüssigkeiten zu sehen waren. „Kann ich irgendetwas für dich tun?"

„M-mehr Wasser", flüsterte die Frau und deutete auf das leere Glas auf dem kleinen Tisch neben sich.

Rosie entdeckte einen Krug auf dem Waschtisch in der Ecke und schnappte sich das Glas, um es aufzufüllen. Dann brachte sie es der Schwangeren und half ihr, sich aufzurichten. „Hier, trink ein paar Schlucke", sagte sie und hielt es der jungen Frau an die Lippen. „Schön langsam."

Nachdem diese ihren Durst gestillt hatte, ließ sie sich erschöpft zurück in die Kissen sinken. „Vielen Dank. Die Schmerzen kommen in Wellen, aber gerade geht es wieder."

„Das freut mich. Ich heiße übrigens Rosie, und du bist ...?"

„Sally, Miss."

„Schön, dich kennenzulernen, Sally." Rosie ging abermals hinüber zum Waschtisch und befeuchtete ein Handtuch, mit dem sie der jungen Frau den Schweiß von der Stirn tupfte. „Fühlt sich das besser an?"

„Ja. Und es tut gut, nicht allein zu sein. Ich wünschte, meine Ma wäre hier, aber die ist leider schon tot." Ein Schatten legte sich über Sallys Gesicht. „Wahrscheinlich würde sie sich im Grab umdrehen, wenn sie wüsste, in was für 'nem Schlamassel ich stecke."

Rosie drückte ihr mitfühlend die Hand. Mit mütterlicher Missbilligung kannte sie sich nur zu gut aus.

Sally schien wirklich froh über eine Gesprächspartnerin zu sein, denn sie plapperte munter weiter. „Kennst du Mr Corbett schon lang?"

„Ja, schon seit meiner Kindheit", gab Rosie zu.

„Er ist ein toller Kerl, nicht wahr?"

„Allerdings."

„Und der beste Arbeitgeber, den ich je hatte. Das hier ist mir nicht in seinem Klub passiert, weißt du", sagte Sally und deutete auf ihren hervorstehenden Bauch. „Sondern in 'nem anderen Bordell. Als die rausfanden, dass ich schwanger war, haben sie mich direkt rausgeworfen. Ich hab ganz schön in der Klemme gesteckt, und es war ein Wunder, dass Mr Corbett mich eingestellt hat. Er wollte mich in die Küche schicken, aber ich sagte ihm: *Töpfe und Pfannen schrubben ist nichts für mich. Meine Talente liegen woanders.*" Sie zwinkerte Rosie verschwörerisch zu. „Wie sich herausstellte, zahlen viele Kerle extra für 'ne Frau mit dem gewissen Extra, wenn du verstehst, was ich meine?"

„Oh ... aha." Da Rosie nicht wusste, wie sie darauf reagieren sollte, wechselte sie schnell das Thema. „Äh, wenn deine Mutter hier wäre, was würde sie dann für dich tun?"

„Sie würde mir was vorsingen. Wann immer ich oder meine Geschwister krank waren, hat sie für uns gesungen, und dann ging es uns gleich viel besser ... *Uff!*" Sie klammerte sich fester an Rosies Hand. „O Gott, es geht wieder los."

„Soll ich jemanden holen?", fragte diese panisch.

„*Nein*, lass mich nicht allein", flehte Sally sie mit schmerzverzerrtem Gesicht an.

Die lauten Schreie aus dem gegenüberliegenden Zimmer verrieten Rosie, dass Andrew ohnehin alle Hände voll zu tun hatte. Verzweifelt betrachtete sie die junge Frau vor sich auf dem Bett, die sich weigerte, sie loszulassen. Wie sollte sie ihr nur helfen?

Von einem Impuls getrieben, stimmte sie das erste Lied an, das ihr in den Sinn kam:

> Treu und herzinniglich, Robin Adair,
> tausendmal grüss' ich dich, Robin Adair!
> Hab' ich doch manche Nacht
> schlummerlos hingebracht,
> immer an dich gedacht, Robin Adair!

Als sie innehielt, keuchte Sally: „Das klingt wirklich schön. Noch 'ne Strophe, bitte!"

Rosie sang die ganze Ballade durch, und als sie damit fertig war, bat Sally um ein weiteres Lied, also wählte sie eine schottische Volksweise, und anschließend noch eine. Ihr Gesang wurde von dem schweren Atmen und gelegentlichen Stöhnen der werdenden Mutter untermalt. Gerade, als Rosie sich langsam wie Scheherazade zu fühlen begann, ächzte Sally: „Du musst jetzt das Kind holen."

„Wie bitte?", rief sie schockiert aus.

„Fang das Kind auf", wiederholte Sally mit schmerzverzerrtem

Gesicht und schob das Laken, das ihren Bauch bedeckt hatte beiseite. „Meine Fruchtblase ist vor einer Weile geplatzt, und seitdem presse ich. Das Kind kommt *jeeetzt*.“

Das letzte Wort endete in einem langgezogenen Schrei, der Rosie aufspringen ließ. „Ich hole Mr Corbett her ...“

„Keine Zeit!“, stöhnte Sally. „Fang es auf, *schnell*!“

Panisch eilte Rosie hinunter zum Fußende des Bettes. *Gütiger Himmel.*

Das Kind kam in der Tat aus Sally heraus. Ihr blieb keine Zeit zum Nachdenken oder in Ohnmacht fallen. Sie musste handeln. Also streckte sie die Hände aus und legte sie unter den nassen, schleimigen Kopf, der bereits zu sehen war.

„Ich habe es“, brachte sie mühsam heraus.

Sally gab einen undeutlichen Laut von sich und stemmte die Fußsohlen in die Matratze.

„Kannst du etwas stärker pressen?“, fragte Rosie, der nun die Schweißperlen auf der Stirn standen. „Die Schultern scheinen festzustecken ...“

Die werdende Mutter presste die Zähne zusammen und presste mit aller Kraft, die ihr noch zur Verfügung stand. Ohne Warnung flutschte das Kind in einer Welle von Körperflüssigkeiten in Rosies Arme. Überrascht schrie sie auf und starrte mit hämmerndem Herzen auf das winzige, atmende Wesen in ihren Händen.

„Was ist es ...?“

Das Kleine stieß einen schrillen Schrei aus.

„Ein Mädchen.“ Behutsam legte Rosie das Neugeborene in Sallys Arme, darauf bedacht, nicht die bläuliche Schnur zu verheddern, die Mutter und Kind verband. „Oh, Sally, du hast eine wunderschöne, kleine Tochter!“

„Sie ist wirklich bezaubernd, nicht?“, flüsterte die junge Frau ergriffen.

„Sally, ist alles in Ordnung? Ich habe Schreie gehört ...“

Rosie wirbelte herum, als sie Andrews Stimme vernahm. Er

kam in das Zimmer gestürmt, blieb jedoch wie angewurzelt stehen, als er seine Dirne erblickte, die ihm verschwitzt, aber voller Stolz entgegenstrahlte. „Ich hab 'ne Tochter, Mr Corbett!"

Er blinzelte fassungslos. „Das sehe ich."

„Und ich werde sie Rose nennen ... nach Miss Rosie hier, die mir geholfen hat, sie zur Welt zu bringen."

Mit hochgezogenen Brauen wandte Andrew sich Rosie zu.

„Ich habe nur ein wenig geholfen", sagte diese und senkte bescheiden den Blick.

Das war ein großer Fehler.

Sofort bemerkte sie das Blut und die anderen Körperausscheidungen auf ihren Händen und ihrer Kleidung. Als sie auch noch den Schleim zwischen ihren Fingern und die Gerüche wahrnahm, die ihr in die Nase stiegen, drehte sich ihr der Magen um ...

Bevor sie etwas sagen konnte, wurde ihr schwarz vor Augen.

„Aufwachen, Schlafmütze", murmelte Andrew in Primroses Ohr.

„Mmm-mmm."

Ihr undeutliches Gebrumme brachte ihn zum Lächeln, und er strich ihre goldenen Locken beiseite, um ihre Schulter zu küssen. Sie lagen in Rosies Bett, ihr Rücken gegen seine Brust gepresst, dieselbe Position, in der sie eingeschlafen waren. Er *liebte* es, die Nacht mit ihr zu verbringen. Sein Körper sehnte sich während des Schlafs nach ihrem, und sollte sie sich auch nur wenige Zentimeter von ihm entfernen, zog er sie zurück in seine Arme. Nichts fühlte sich besser an, als eng umschlungen mit ihr aufzuwachen.

Seine Finger wanderten an ihrem Arm entlang, und der wohlige Schauer, der sie durchfuhr, ließ seinen bereits halbharten Schwanz erwartungsvoll pulsieren. In der Nacht zuvor hatten sie nicht miteinander geschlafen, da sie erst kurz vor der Morgendämmerung zu ihrem Haus zurückgekehrt waren. Sie hatten sich nur kurz gesäubert und waren dann erschöpft in die Kissen gefallen.

Obwohl er nicht mehr als ein paar Stunden geschlafen hatte, fühlte er sich erholt und energiegeladen. Eine riesige Last war ihm von den Schultern gefallen. Gut, er musste sich immer noch um Todd kümmern – und dieser würde seine gerechte Strafe erhalten –, aber alle drei seiner schwangeren Dirnen hatten während der Nacht gesunde und kräftige Kinder zur Welt gebracht.

Und Primrose hatte eine unerwartete Rolle dabei gespielt.

Zwar wusste er natürlich, wie mutig und stark sie war, aber was sie vollbracht hatte, übertraf selbst seine Erwartungen. Sie hatte wirklich alles gegeben. Sally schwärmte in den höchsten Tönen von ihr, und sogar Fanny hatte sich widerwillig beeindruckt gezeigt.

Primrose hatte ihn jedoch auch zum Lachen gebracht, als sie plötzlich in Ohnmacht gefallen war. Er hatte sie aufgefangen, und obwohl sie bereits nach einer Minute wieder zu sich kam, konnte er es sich nicht verkneifen, sie liebevoll aufzuziehen. Wer verlor schon *nach* der Geburt das Bewusstsein?

Der Anblick ihres Schmollmunds war unbezahlbar gewesen.

Noch viel wertvoller war jedoch die Gewissheit für ihn, dass sie zur Tagesstätte gekommen war, um ihm zu helfen. Sie hatte ihm verdeutlicht, dass sie nicht nur seinen Körper, sondern auch seinen Geist und seine Seele mit ihm teilen wollte. War es möglich, dass sie in ihrer Beziehung doch mehr als nur eine Affäre sah? Dass sie seine Gefühle vielleicht eines Tages erwidern könnte?

Der Gedanke erfüllte ihn mit Hoffnung.

Gleichzeitig machte er ihn unglaublich scharf.

Unter der Bettdecke ließ er eine Hand über ihre Brust gleiten und rieb mit dem Daumen über ihre Brustwarze. Während ihr Nippel sich versteifte, seufzte sie und presste ihre Kehrseite noch fester gegen seine harte Erektion. Er rollte sich auf den Rücken und zog sie mit sich, sodass sie halb auf ihm lag. Mit der einen Hand liebkoste er weiter ihre vollen Brüste, während die andere über ihren Körper hinunter zu ihrer Pussy wanderte.

„Gott, du bist ja schon klatschnass", raunte er ihr ins Ohr. „Ich liebe es, wie feucht du für mich bist."

„Und ich liebe es, wenn du mich berührst", erwiderte sie mit vom Schlaf rauer Stimme.

Ihm gefiel ihre Ehrlichkeit, und wie bereitwillig sie sich ihm hingab. Natürlich machte es ihm nichts aus, sich anzustrengen, um ihr Lust zu bescheren – er genoss es sogar –, aber insgeheim freute es ihn ungemein, dass er seine Liebhaberin mit Leichtigkeit mehrmals hintereinander zum Orgasmus bringen konnte. Nie zuvor war er mit einer Frau zusammen gewesen, deren unersättliches Begehren seinem in nichts nachstand. Zärtlich saugte er an ihrem Ohrläppchen, während seine Finger über ihre empfindliche Perle rieben. Ihre Hüften passten sich seinem Rhythmus an, und sie presste die Schenkel um seine Hand zusammen, als sie zum Höhepunkt kam.

Er rückte unter ihr heraus und rollte sich auf die Seite, um sie besser betrachten zu können. Ihre Wangen waren gerötet, und ihre jadegrünen Augen funkelten befriedigt.

„Verdammt, du bist so wunderschön", sagte er andächtig.

Er ließ seine Finger, die immer noch feucht von ihrem Nektar waren, über ihre steifen Brustwarzen gleiten. Der Anblick ihrer glänzenden Knospen erregte ihn ungemein. Er senkte den Kopf und leckte über ihre Nippel, kostete ihr süßes Aroma voll aus, bis er mehr wollte. Als er sich mit heißen Küssen auf ihrer samtigen Haut seinen Weg nach unten bahnte, hielt er überrascht inne, als sie die Finger in seinem Haar vergrub und leicht daran zog.

„Was ist los, Sonnenschein?", fragte er.

„Ich will etwas anderes machen", erwiderte sie mit hochrotem Gesicht, aber entschlossenem Blick.

Er hob eine Braue. „Gibt es an meiner Art, dich zu verwöhnen, etwas auszusetzen?"

„Natürlich nicht. Aber ich würde gerne etwas versuchen. Darf ich?"

Was in ihrem hübschen Kopf wohl vor sich gehen mochte? Er konnte es kaum erwarten, die Antwort herauszufinden. „Nur zu."

„Kannst du dich bitte wieder hinlegen?"

Er tat, wie ihm geheißen, und verschränkte die Arme hinter dem Kopf. „Gut so?"

„Perfekt." Ihre unverhohlene Aufregung jagte ihm einen elektrisierenden Schock durch den Körper. „Lass die Hände, wo sie sind."

Sie setzte sich rittlings auf seinen Bauch, und er musste ein Stöhnen unterdrücken, als er ihre heiße, feuchte Pussy gegen seine Muskeln reiben spürte. Sein harter Schwanz presste gegen ihre pralle Kehrseite, als sie sich zu ihm hinunterbeugte und ihn küsste, bevor ihre Lippen über seine Wange zu seinem Ohrläppchen und weiter zu seinem Hals wanderten.

Auf einmal wurde ihm klar, dass sie ihn auf die Weise zu verwöhnen gedachte, wie er es bislang mit ihr getan hatte. Er wusste zwar nicht, woher ihr plötzliches Bedürfnis kam, die Führung zu übernehmen, aber er würde sich gewiss nicht darüber beschweren.

Als sie mit der Zunge über seine rechte Brustwarze fuhr, stöhnte er genüsslich auf.

„Gefällt dir das?", fragte sie, den Blick auf sein Gesicht gerichtet, während ihre Finger seinen Nippel umkreisten.

„Und wie, Sonnenschein", erwiderte er mit rauer Stimme.

Daraufhin widmete sie sich auch der anderen Seite, und seine Hüften hoben sich ihr unwillkürlich entgegen, als er das scharfe Kratzen ihrer Zähne an der empfindlichen Stelle spürte. Nach einer Weile setzte sie ihre Erkundungsreise über seinen Körper fort und bedeckte seine harten Bauchmuskeln mit heißen Küssen. Er verlor beinahe den Verstand, als er daran dachte, was ihr eigentliches Ziel war. Während ihres Liebesspiels hatte er sie bisher nie zu irgendetwas gedrängt. Sie sollte sich Zeit dabei lassen, mit allem vertraut zu werden. Immerhin war sie eine Dame.

Zwischen seinen Schenkeln angekommen, umschloss sie seine pulsierende Erektion mit ihren eleganten Fingern. *Verdammt*, ihre Berührungen fühlten sich unglaublich an.

„Du bist so groß", flüsterte sie ein wenig atemlos.

Ihre Hand vermochte seinen breiten Schaft kaum zu umschließen. Die schüchterne Art, auf die sie die hervortretende Vene an der Unterseite mit einem Finger nachzeichnete, ließ ihn noch weiter anschwellen.

„Jeder Zentimeter gehört dir. Tu, wonach dir der Sinn steht", forderte er sie auf.

Sie schenkte ihm ein Lächeln und ließ ihre Hand langsam an seinem Schwanz hinauf- und hinabgleiten. Unten angekommen drückte sie fester zu und bahnte sich erneut einen Weg nach oben, bis sie die Spitze erreichte, wo sie mit dem Daumen über seinen Schlitz rieb und einige Lusttropfen auf seiner empfindlichen Eichel verteilte.

„Fühlt sich das gut an?", flüsterte sie.

„Wie fühlt es sich für dich an, wenn ich deine Perle mit deinem Nektar benetze?"

Ein sinnliches Funkeln trat in ihre goldgrünen Augen. „Unbeschreiblich erregend."

„Da hast du deine Antwort."

„Ich kann also *alles* mit dir tun, was du mit mir getan hast?"

Verdammt, ja!

„Wir machen unsere eigenen Regeln, weißt du nicht mehr?" Er konnte dem Drang nicht widerstehen, ihr eine seidige Locke hinters Ohr zu streichen. „Wenn mir etwas nicht gefällt, sage ich es dir. Ansonsten kannst du tun, was immer du willst."

„Mir hat die Vorstellung einer Carte blanche schon immer gefallen", erwiderte sie mit einem neckischen Lächeln.

Ihre sinnliche Verspieltheit brachte ihn beinahe um die Beherrschung. Seine Hoden pulsierten heftig, und ein leichter, aber stetig wachsender Druck baute sich in seinem Schwanz auf. Ein weiterer Lusttropfen quoll aus seiner Eichel. Primrose betrachtete ihn interessiert. Sie würde doch nicht etwa ...?

Bevor er den Gedanken zu Ende bringen konnte, hatte sie sich über ihn gebeugt und den salzigen Tropfen abgeleckt.

Herr im Himmel.

Ein kleines Rinnsal rann aus seinem Schlitz, welches sie ebenfalls mit der Zunge auffing. Atemlos sah er zu, wie sie leicht an seiner Eichel saugte, während ihre Hände federleicht über seinen dicken, roten Schaft glitten. Unbewusst zögerte sie seinen Orgasmus auf diese Weise hinaus, was seinen Lustgewinn ungemein steigerte.

Schließlich begann sie, ein wenig stärker an ihm zu saugen, und ein leises Stöhnen entwich ihm. Unbeabsichtigt schaffte sie es, ihn auf exquisite Weise zu foltern. Ihre Unerfahrenheit war ein Fluch und ein Segen zugleich. Bei ihrem dritten Versuch, ihn tiefer in ihren Mund gleiten zu lassen, vergrub er die Finger in ihren Locken und brachte sie dazu, den Kopf zu heben.

„Mache ich es so richtig?", fragte sie verunsichert.

„Wenn du dir zum Ziel gesetzt hast, mich zu foltern, dann ja", erwiderte er amüsiert. „Wenn du allerdings willst, dass ich komme …"

„Ja, das will ich." Ihre ernste Antwort und der Ausdruck in ihren großen, grünen Augen trieben ihn beinahe zum Höhepunkt. „Zeigst du mir, wie?"

Blitzschnell zog er sie in seine Arme und trug sie hinüber zu der Sitzecke vor dem Kamin.

„Warum haben wir das Bett verlassen?", fragte sie atemlos.

Behutsam setzte er sie vor einem der Sessel auf dem Boden ab und ließ sich anschließend darin nieder. Sie saß zwischen seinen Beinen und blickte fragend zu ihm auf. Zärtlich strich er ihr mit dem Daumen über die Wange. „In dieser Position kannst du meinen Schwanz besser lutschen."

„Oh." Die Erkenntnis zauberte ihr ein sinnliches Lächeln ins Gesicht. Sie kniete sich aufrecht hin und legte die Hände auf seinen Schenkeln ab. „Äh, und was genau soll ich jetzt tun?"

Er umschloss seinen Schaft mit einer Hand und fuhr langsam daran auf und ab. Zufrieden stellte er fest, dass ihr Blick jeder seiner Bewegungen folgte. „Nimm mich so tief du kannst in den

Mund. Je tiefer, desto besser. Versuche, deinen Kiefer dabei zu entspannen und durch die Nase zu atmen. Und sei vorsichtig mit deinen Zähnen. Noch Fragen?"

Sie schüttelte den Kopf.

Er ließ seine freie Hand in ihr Haar gleiten und massierte ihren Nacken, während er sie sanft, aber bestimmt zu seinem Schwanz führte. Während Zentimeter um Zentimeter seines harten Schafts zwischen ihren geschwollenen, kirschroten Lippen verschwand, jagte ihm ein elektrisierender Schauer über den Rücken. *Verdammt.* Es kostete ihn einiges an Selbstbeherrschung, die Geduld zu bewahren und nicht zu schnell vorzugehen, ihr Zeit zu lassen, sich an seine Größe zu gewöhnen. Wie sich allerdings herausstellte, lernte sie äußerst schnell.

Ihre blonden Locken fielen wild über seine Schenkel, während sie dazu überging, ihn immer enthusiastischer und selbstsicherer zu befriedigen. Keine Frau hatte sich je zuvor derart hingebungsvoll seiner Lust gewidmet. Bei keiner von ihnen hatte er sich je so vollständig, so *begehrt* gefühlt. Als sie die Hand wegschob, mit der er seinen Schwanz umschlossen hielt, um ihn tiefer in sich aufnehmen zu können, wäre er beinahe auf der Stelle gekommen.

Verzweifelt krallte er sich in die Armlehnen seines Sessels, während sie ihn mit jeder Bewegung seiner Ekstase näherbrachte. Als seine Eichel hinten gegen ihren Rachen stieß, hustete sie leicht, und die Art, wie ihre Muskeln sich um ihn zusammenzogen, gaben ihm beinahe den Rest. Verdammt, es war einfach zu viel. Fluchend zog er sich aus ihrer einladenden, feuchten Hitze zurück.

„Warum hast du das getan? Ich war noch nicht fertig", schmollte sie.

Gott, sie würde ihn noch umbringen. „Ich wäre fast gekommen", presste er heraus.

Sie runzelte die Stirn. „Und?"

„Es gehört sich nicht, im Mund einer Dame zu kommen." Selbst seine Dirnen verlangten einen Aufschlag dafür.

Sie errötete heftig. „Aber ... ich, äh ... ich tue es doch auch bei dir?"

Himmel, wenn das so weiterging, würde sie ihn allein durch ihre Worte zum Explodieren bringen. „Und das gefällt mir sehr, Sonnenschein", versicherte er ihr, obwohl das die Untertreibung des Jahrhunderts war. „Aber für dich könnte es sich möglicherweise nicht gut anfühlen."

„Ich will deine Ekstase schmecken", flüsterte sie. „So, wie du meine."

Also gut, das reichte.

Im nächsten Augenblick lag er mit dem Rücken auf dem Teppich und hatte ihre Hüften über seinem Gesicht platziert, sodass sie seinem Schritt zugewandt war. Ohne Zeit zu verlieren, zog er sie zu sich hinunter und küsste ihre feuchte Pussy. Gleichzeitig legte er eine Hand zwischen ihre Schulterblätter und drückte sie sanft nach unten. Sie schien seine wortlose Aufforderung zu verstehen, denn in der nächsten Sekunde verschwand sein Schwanz wieder zwischen ihren Lippen.

Gott, es fühlte sich einfach *himmlisch* an.

Während sie ihn befriedigte, saugte er an ihrer Perle und fickte sie mit zwei Fingern, bis ihre Schenkel zu zittern begannen und er ihren heißen Nektar über seine Zunge fließen spürte. Sie stöhnte laut auf, und die Vibrationen um seinen Schwanz trieben ihn ebenfalls zum Gipfel seiner Ekstase. Ein animalischer Laut entriss sich seiner Kehle, und seine Hüften zuckten unkontrolliert, als er sich wieder und wieder in ihren willigen, warmen Mund ergoss.

Hinterher schaffte er es gerade noch, sie wieder ins Bett zu tragen, bevor er sich erschöpft in die Kissen sinken ließ und sie an sich zog. Gerade, als er im Begriff stand, einzuschlafen, hörte er sie gegen seine Schulter kichern.

Amüsiert drehte er den Kopf in ihre Richtung und sah sie an. Sie wirkte äußerst selbstgefällig. „Du siehst aus, als hättest du den Hauptpreis gewonnen."

Ihre Augen funkelten schelmisch. „Habe ich das nicht?"

Er lachte leise und küsste sie zärtlich auf die Nasenspitze. „Wir haben beide gewonnen."

„Was wir eben getan haben, hat mir wirklich gefallen. Es fühlte sich gut an ... dir ebenbürtig zu sein."

Überrascht musterte er ihr ernstes Gesicht. „Aber du bist mir doch immer ebenbürtig, Sonnenschein."

„Die ganze Zeit über hast du mich beschützt ... vor Gerüchten, vor meinen eigenen Fehlern und sogar vor einem Anschlag auf mein Leben", murmelte sie und zeichnete mit einem Finger Kreise auf seine Brust. „Außerdem hast du mir ungeahnte Lust beschert, und mir beigebracht, mich und meine Bedürfnisse zu akzeptieren. Das alles habe ich dir zu verdanken", sagte sie und sah ihn bekümmert an. „Aber was habe ich dir im Gegenzug schon zu bieten?"

Er konnte seine Gefühle nicht länger zurückhalten.

„Dich", erwiderte er sanft. „Ich liebe dich, Primrose."

„Oh, Andrew, ich ..."

„Ist schon gut. Ich weiß ja, dass du nichts weiter als eine Affäre willst, und meine Gefühle für dich werden daran nichts ändern. Du sollst nur wissen, dass mir niemand je zu geben vermochte, was du mir gibst ... Leidenschaft, Zärtlichkeit, Freude. Obwohl ich es nicht verdient habe, machst du mich zu einem anderen, einem besseren Mann. Mein Herz gehört dir, Primrose. Als kleines Mädchen hast du bereits einen Teil davon besessen ... jetzt gehört dir auch der Rest."

„Du bist viel zu gut zu mir", flüsterte sie, während ihr eine Träne über die Wange rann. „Ich habe dich nicht verdient."

Zärtlich wischte er die Träne weg und überlegte sich, wie er sie wieder zum Lächeln bringen konnte. „Gerade hast du mir doch das Gegenteil bewiesen, oder nicht?"

Wie erhofft hellte sich ihre Miene auf.

„Wenn es so einfach ist, müssen wir das auf jeden Fall wiederholen. Übung macht bekanntlich den Meister."

Verdammt. Obwohl er erst vor wenigen Minuten gekommen war, regte sein Schwanz sich bereits wieder.

„Andrew?"

Hastig versuchte er, die Erinnerung an ihre Lippen um seinen harten Schaft aus seinem Kopf zu verbannen. „Ja, Liebling?"

„Meine Eltern geben morgen Abend ein festliches Dinner", begann sie, und fügte nach einer kurzen Pause schüchtern hinzu: „Würdest du mich als mein Gast begleiten?"

Bislang hatten sich seine Interaktionen mit ihrer Familie strikt darauf beschränkt, Rosie zu beschützen. Es war eine Sache, als Aufpasser von ihnen geduldet zu werden ... aber eine ganz andere, sich auf einem gesellschaftlichen Anlass mit ihr blicken zu lassen. Er war dankbar dafür, dass sie sich bisher nicht in ihre Beziehung eingemischt hatten, und wollte sein Glück nicht unnötig herausfordern.

„Klingt nach einer Familienangelegenheit", sagte er mit Bedacht.

„Ist es auch. Also, kommst du mit? Bitte?"

Ihr strahlendes Lächeln und der Ausdruck in ihren Augen ließen sein Herz hoffnungsvoll höher schlagen.

❧ 36 ❧

Je weiter der Abend fortschritt, desto entspannter wurde Rosie. Warum war sie so nervös gewesen, ihren Liebhaber zu einem Familientreffen einzuladen? Trotz der Art von Beziehung, die Andrew und sie führten, und ungeachtet der Tatsache, dass er in einem nicht gerade ehrbaren Metier arbeitete, stand eines zweifellos fest: die Kents mochten ihn. Um die Frauen in der Familie hatte sie sich weniger Sorgen gemacht als um die Männer, welche in der Regel dazu neigten, viel zu beschützerisch zu sein. Doch während des Zwölf-Gänge-Menüs unterhielten Papa und Andrew sich angeregt, da sie denselben Standpunkt zu vertreten schienen, was Gesellschaftsfragen betraf. Zudem schien Andrews reges Interesse für Geschäftliches und Sport bei den Ehemännern ihrer Schwestern auf Wohlwollen zu treffen.

Selbst Harry schien sich angeregt am Gespräch zu beteiligen, obwohl er den ganzen Abend über still und zurückgezogen gewesen war. Rosie hatte ihn noch nie zuvor so in sich gekehrt erlebt. Als Emma ihn darauf ansprach, hatte er sie kurz angebunden abgespeist: „Mir fehlt nichts. Lass es gut sein, Em."

Seinen Worten war eine unbehagliche Stille gefolgt. Obwohl jeder wusste, wie ungern Harry über Privates sprach, wollte seine ältere Schwester die Sache trotz der warnenden Blicke aller Anwesenden nicht auf sich beruhen lassen.

Bevor sie jedoch etwas erwidern konnte, mischte sich glücklicherweise Andrew ein. „Wo genau boxen Sie, Harry?", fragte er mit einem Lächeln. „Ich habe noch nie eine Faustkombination wie Ihre gesehen."

Nach einer weiteren Sekunde entspannte sich Harrys Miene. „Das Kämpfen habe ich mir selbst beigebracht. Sport hat viel mit Physik zu tun, wissen Sie?"

Anschließend verfielen sie in eine ausführliche Diskussion über die Prinzipien des Boxens, an der die übrigen Männer sich mit Feuereifer beteiligten. Kurze Zeit später war die angespannte Stimmung wie weggeblasen. Nachdem sie das Dessert verputzt hatten, zogen die Frauen sich in den Salon zurück und überließen die Herren der Schöpfung ihren Zigarren und dem Whiskey. Rosie setzte sich neben ihre Mutter, die eine quengelnde Sophie im Arm hielt. Die Kleine litt neuerdings unter starken Koliken, weshalb Mama sie der Säugamme, Libby, abgenommen hatte, um zu sehen, ob sie sie beruhigen konnte.

Sophie verzog jedoch das winzige Gesichtchen und fuchtelte laut schreiend mit den Fäusten durch die Luft.

„Ich war die halbe Nacht mit ihr wach. Nichts scheint zu helfen", seufzte Marianne. Für gewöhnlich brachte sie so schnell nichts aus der Ruhe, aber nun wirkte sie ernsthaft besorgt.

„Vielleicht bekommt sie die ersten Zähne?", mutmaßte Emma. „Livy war während dieser Zeit unausstehlich. Ich gab ihr ein kleines Kräuterpäckchen, auf dem sie herumkauen konnte, und das schien ein wenig zu helfen."

„Wir haben unseren Kleinen in Kognak getauchte Taschentücher gegeben", sagte Thea.

„Das hat Libby auch schon versucht, jedoch ohne Erfolg", erwiderte Mama.

Violet trat neben sie und betrachtete Sophie eingehend. „Wenn Jamie unleidlich wurde, habe ich ihn an mich gebunden und bin mit ihm ausgeritten. Das Auf und Ab hat ihn immer beruhigt.“

Alle Anwesenden starrten sie fassungslos an. Sophie stieß einen kläglichen Schrei aus.

„Ich bringe sie am besten wieder nach oben“, seufzte Marianne.

„Oder ich kann sie kurz nehmen“, bot Rosie an.

„Das würde dir nichts ausmachen?“, fragte Mama.

Rosie schüttelte den Kopf und nahm ihre kleine Schwester in die Arme. Sophie protestierte laut, doch nachdem sie ein paar Runden mit der Kleinen durchs Zimmer gedreht und ihr ein Schlaflied vorgesungen hatte, beruhigte sie sich und starrte Rosie aus ihren großen, braunen Augen an.

„Du bist ein hübsches, kleines Ding, nicht wahr?“, murmelte Rosie. „Vielleicht wolltest du nur ein wenig Aufmerksamkeit.“

Die Kleine gluckste leise.

„Das verstehe ich. Ich bin manchmal auch ein bisschen theatralisch“, raunte ihre große Schwester ihr zu.

Sophie stieß auf … und Rosie zuckte nicht einmal mit der Wimper. Die Nacht in Andrews Tagesstätte schien sie von ihrer Zimperlichkeit befreit zu haben.

„Ist es das, was dir Unbehagen bereitet?“, fragte sie und richtete Sophie auf, wobei sie der Kleinen sanft auf den Rücken klopfte. „Lass ruhig alles raus. Ich erzähle es auch keinem, versprochen.“

Leise summend trug sie ihre Schwester durchs Zimmer und sog ihren lieblichen Säuglingsduft ein.

Einige Minuten später öffnete sich die Tür, und die Männer kamen herein.

„Psst, ich habe gerade nach Libby geschickt“, sagte Mama mit gedämpfter Stimme. „Rosie hat Sophie zum Einschlafen gebracht.“

„Da hast du ein wahres Wunder vollbracht, Püppchen“, flüsterte Papa.

Die Anerkennung ihres Vaters erfüllte sie mit Wärme. Dann jedoch fiel ihr Blick auf Andrew, und die Sehnsucht in seinen Augen, als er Sophie in ihren Armen betrachtete, raubte ihr den Atem. In diesem Moment wurde ihr klar, was er sich mehr als alles andere wünschte ... und dass es ihr ebenso erging.

Sie wollte Liebe. Ehe. Die Familie, die Andrew und sie gemeinsam gründen würden.

Ich liebe dich, Primrose.

Er hatte ihr sein Herz geschenkt, das Wertvollste, was man einem anderen Menschen anvertrauen konnte. Als er ihr seine Gefühle gestand, hatte etwas in ihr sie daran gehindert, die Worte zu erwidern ... Angst, Misstrauen, die Gewissheit, dass etwas so Gutes nicht von Dauer sein würde. War sie mutig genug, ihm ihre Liebe zu schenken, die Sicherheit aufzugeben, die sie sich aufgebaut hatte? Den ganzen Tag über hatte sie sich darüber den Kopf zerbrochen, und nun wurde ihr endlich etwas klar: Sicherheit bedeutete nicht, dass man sein Herz um jeden Preis schützte, indem man es wie eine Porzellanpuppe in eine Vitrine schloss.

Vielmehr bedeutete wahre Sicherheit, sein Herz dem richtigen Mann anzuvertrauen, dem einen, der bereit war, sie zu beschützen und zu lieben und so zu akzeptieren, wie sie war. Sicherheit bedeutete Leidenschaft und Lachen. Für sie war Andrew diese Sicherheit.

Er war der Mann, den sie liebte.

Die Erkenntnis durchflutete sie wie warme Sonnenstrahlen und erfüllte sie mit erwartungsvoller Aufregung.

Nach dieser Feier werde ich ihm meine Gefühle gestehen.

Als Libby den Salon betrat, reichte Rosie ihr behutsam die kleine Sophie. Dann gesellte sie sich zu Andrew, der neben dem Klavier stand. Er schenkte ihr ein warmes Lächeln. Sein bronzefarbenes Haar glänzte im Licht des Kronleuchters, und seine attraktive Aufmachung ließ ihr Herz einen Schlag aussetzen. Sie konnte es kaum erwarten, ihm die elegante Abendkleidung auszuziehen, nachdem sie ihm ihre Liebe gestanden hatte. Bei dem Gedanken pulsierte es heiß zwischen ihren Schenkeln.

Verlegen versuchte sie, ihre Reaktion mit einem strahlenden Lächeln zu überspielen. „Amüsierst du dich?"

„Offensichtlich noch nicht so sehr wie später, wenn ich dich nach Hause begleite", murmelte er.

Verflixt. Wie immer hatte er sie mühelos durchschaut.

Sie errötete, als sie das Funkeln in seinen Augen bemerkte.

Bevor sie etwas erwidern konnte, steuerten Edward und Frederick, der älteste Sohn der Tremonts, auf sie zu. Die beiden Jugendlichen wurden von Tag zu Tag erwachsener. Langsam setzten sie Muskeln an und schienen immer mehr in die Fußstapfen ihrer stattlichen Väter zu treten. Und, gütiger Himmel, zeichnete sich da etwa der Schatten eines Schnurrbarts auf Freddys Oberlippe ab?

„Ich habe eine Frage an Corbett", verkündete Edward ohne Umschweife.

O weh. Schon als Kind war Rosies Bruder irritierend altklug gewesen, und mittlerweile war er ein ausgewachsenes Genie, das sich mühelos über intellektuelle Themen unterhalten konnte. Allerdings fehlte ihm ein gewisses Feingefühl, was Etikette und Takt betraf. Zu Rosies anhaltendem Entsetzen war er oftmals viel zu direkt ... und außerdem saß sein Krawattentuch *immer* schief. Es juckte sie in den Fingern, ihm den Schal zu richten, während sie gleichzeitig versuchte, sich auf seine Frage gefasst zu machen, welche sich auf jedes nur erdenkliche Thema beziehen konnte, von der Entstehung des Universums über mathematische Lehrsätze bis hin zur Fruchtfolge beim Ackerbau.

„Nur zu", forderte Andrew ihn auf.

Edward sah ihm geradewegs in die Augen. „Umwerben Sie meine Schwester?"

Rosie klappte buchstäblich die Kinnlade herunter.

„Das würde mich auch interessieren", erklärte Freddy und

straffte mit ernsthafter Miene die Schultern. „Niemand hier erzählt uns irgendetwas."

Andrew räusperte sich. „Das geht nur mich und deine Schwester etwas an."

„Da Rosies Urteilsvermögen in letzter Zeit mehr als fragwürdig war, muss ich auf eine Antwort bestehen, Sir", sagte Edward steif.

Ihre momentane Überraschung angesichts seines plötzlichen Bedürfnisses, ihren Beschützer zu spielen, verflog von einer Sekunde zur nächsten.

„*Fragwürdiges* Urteilsvermögen?", wiederholte sie und verschränkte die Arme vor der Brust.

Edward wandte sich ihr zu. „Du bist mit einem alten Kerl durchgebrannt, der in eurer Hochzeitsnacht ermordet wurde. Und man hat auf dich geschossen."

„Außerdem wirst du zu deinem eigenen Schutz ständig von Wachmännern begleitet", fügte Freddy hinzu.

Verflixt. Damit hatten sie natürlich nicht ganz unrecht.

Allerdings würde sie das vor den beiden niemals zugeben. „Hierbei handelt es sich um eine Angelegenheit zwischen Erwachsenen", erklärte sie hochnäsig.

„Ich bin kein Kind mehr, Rosie", sagte Edward und ballte die Hände zu Fäusten. „Mama und Papa sagen mir immer, ich solle mich um meine eignen Angelegenheiten kümmern, aber du bist meine Schwester, und es ist *meine* Aufgabe, dich zu beschützen, wenn nötig."

Zwei Dinge erstaunten sie gleichermaßen: Erstens, ihre Eltern verteidigten ihr Recht auf eine Privatsphäre, und zweitens, ihr kleiner Bruder sorgte sich um sie und wollte ihre Ehre verteidigen. Natürlich liebten sie und Edward einander bedingungslos, aber den Großteil ihres Lebens hatten sie damit verbracht, sich zu zanken und absichtlich auf die Nerven zu gehen. Diese Seite an ihm war ihr neu, und seine Sorge um sie wärmte ihr Herz.

„Danke, Edward", sagte sie leise. „Und dir auch, Freddy. Aber ihr müsst mich vor Mr Corbett nicht beschützen. Er war von Anfang an mein Retter. Ich weiß nicht, was ich ohne ihn getan hätte."

Ihr Bruder musterte Andrew von Kopf bis Fuß. Dieser bemühte sich um eine ernste Miene, während er von einem neunmalklugen Jugendlichen unter die Lupe genommen wurde.

„Spielen Sie Vingt-et-un?", fragte Edward plötzlich.

Das war schon eher der Bruder, den sie kannte. Mama sagte immer, seine scheinbar zusammenhanglosen Fragen und Aussagen rührten daher, dass sein Gehirn schneller arbeitete als die der meisten anderen Menschen.

Andrew hob eine Braue. „Ja."

„Lust auf eine Partie? Freddy teilt aus."

Rosie gefiel der selbstgefällige Blick, den die beiden Jungs wechselten, gar nicht.

„Warum nicht?", erwiderte Andrew.

Während Freddy und Edward sich zum Kartentisch begaben, hielt Rosie ihren Liebhaber am Arm zurück.

„Mein Bruder ist ein Experte im Kartenzählen", warnte sie ihn. „Er hat bereits jeden von uns abgezockt."

Andrew schien das nicht zu beunruhigen.

Nach ein paar Runden wurde ihr auch klar, warum. Er gewann jede Partie und häufte sämtliche Jetons im Einsatz an, bis Edward keine mehr übrig hatte. Die beiden Jungs starrten ihn an, als wäre er eben barfuß über die Themse gelaufen. Selbst Harry erwachte aus seinen Grübeleien und zeigte sich schwer beeindruckt.

„Wo haben Sie so zu spielen gelernt, Corbett?", fragte er.

„Reine Übungssache." Geschickt mischte Andrew die Karten, wobei er alle Tricks an den Tag legte, die von seinen jungen Gegnern mit begeisterten Ausrufen quittiert wurden. „Auf diese Weise habe ich mir meinen ersten Klub finanziert."

Wieder einmal stellte Rosie fest, wie vielschichtig und faszinierend er war. Es gab noch so viel, was sie nicht über ihn wusste, aber sie wollte den Rest ihres Lebens damit verbringen, es herauszufinden. Und ihm erging es doch ebenso, nicht wahr? Plötzlich kam ihr ein beunruhigender Gedanke: Er hatte ihr zwar seine Liebe gestanden, jedoch hatte er mit keinem Wort die Möglichkeit einer Ehe erwähnt. Während der gesamten Dauer ihrer Affäre hatte er das Thema kein einziges Mal zur Sprache gebracht, jetzt, wo sie darüber nachdachte.

Lag es daran, dass er ihre Wünsche respektieren wollte? Oder war er einfach nicht daran interessiert, sie zu heiraten? Energisch schüttelte sie den Kopf. Auf keinen Fall würde sie sich von ihren Zweifeln überwältigen lassen. In ihrem Herzen wusste sie, dass Andrew und sie füreinander bestimmt waren. Sobald sie heute Abend allein waren, würde sie ihm ihre Liebe gestehen und ihn fragen, was er sich für die Zukunft wünschte.

Sie wurde aus ihren Gedanken gerissen, als der Butler den Salon betrat und Papa eine Nachricht überreichte. Rosie überkam eine ungute Vorahnung, als sie den alarmierten Blick ihres Vaters sah.

„Können Sie uns Ihre Vorgehensweise beibringen?", fragte Edward Andrew gerade. „Verwenden Sie einen bestimmten Algorithmus, mit dem Sie die Wahrscheinlichkeiten berechnen oder …"

„Der Unterricht ist vorbei, Jungs", verkündete Ambrose. „Die Erwachsenen müssen etwas Wichtiges besprechen."

„Ich bin erwachsen", protestierte Edward.

„Ich auch", warf Freddy ein.

„Raus mit euch." Papas Tonfall duldete keinen Widerspruch. Mürrisch verließen die beiden Jungen das Zimmer.

„Was ist los?", fragte Rosie, sobald die Tür hinter ihnen zugefallen war. „Gibt es Neuigkeiten?"

Ambrose wandte sich ihnen allen zu und hielt den Zettel hoch.

„Diese Nachricht kam gerade von Lugo. Er ist nach Kent gefahren und hat dort mit Lord Cranston, dem Freund von Alastair James, gesprochen. Cranston bestätigte ihm, dass James bei der privaten Feier zugegen war, allerdings konnte der Vicomte sich nicht daran erinnern, ihn am Tag von Daltrys Tod gesehen zu haben. Er sagte, seinen Gästen sei es frei gestanden, zu kommen und zu gehen, wie es ihnen beliebte. Jedenfalls war James nie lange genug fort, um es bis nach Gretna und zurück zu schaffen. Sein Alibi steht."

„Was ist mit Mrs James?", fragte Rosie. „Konnte Mr Lugo bestätigen, dass sie ebenfalls in Kent war?"

Papa runzelte die Stirn. „Da liegt das Problem. Offenbar ist Ashford nur etwa eine Stunde von Cranstons Anwesen entfernt, also fuhr Lugo zu dem Gasthaus, in dem Mrs James angeblich übernachtet haben soll. Als er sich dort nach ihr erkundigte, gab es weder einen Eintrag im Gästeregister über ihren Aufenthalt, noch konnten die Angestellten sich an sie erinnern. Lugo will die Gegend dort ein wenig genauer überprüfen, um festzustellen, ob sie vielleicht doch jemand gesehen hat."

„Mein Bauchgefühl sagt mir, dass sie etwas vor uns verbirgt", sagte Emma. „Aus diesem Grund habe ich heute auch eines ihrer Zimmermädchen befragt."

„Wie hast du das denn bewerkstelligt?", fragte Rosie überrascht. Sie glaubte kaum, dass Mrs James jemanden in ihrer Privatsphäre herumschnüffeln lassen würde.

„Ihre Gnaden ist ziemlich einfallsreich, wenn sie sich etwas in den Kopf gesetzt hat", erklärte Strathaven mit einem Grinsen. „Sie überredete mich dazu, gemeinsam mit ihr den Bediensteteneingang der James-Residenz zu observieren."

„Als würde dir ein kleines Abenteuer etwas ausmachen", erwiderte seine Herzogin.

„Keineswegs ... Vor allem nicht, wenn ich für meine Arbeit entschädigt werde", murmelte er.

Emma errötete, fuhr jedoch unbeirrt fort: „Unter der Bedingung, anonym zu bleiben, verriet das Dienstmädchen mir, dass Antonia James regelmäßig für längere Zeiträume verschwindet. Offenbar ist ihr Gemahl äußerst eifersüchtig, weshalb sie die

Angestellten bestochen hat, ihm aufzutischen, sie sei auf diesem Wohltätigkeitsball oder jenem ... Aber niemand weiß, wohin sie wirklich geht."

„Ausgezeichnete Arbeit, Em", sagte Ambrose. „Also bleibt Antonia James vorerst auf der Liste der Verdächtigen, während wir Alastair James ausschließen können ... ebenso wie Lady Charlotte und Miss Eloisa. Deren Alibis konnten wir heute ebenfalls bestätigen. Wir warten noch auf Rückmeldung über Peter Theale und Miss Sybil. Ich habe einen meiner Männer nach Brighton geschickt, um mit Theales Alibi, Albert Brace, zu sprechen. McLeod fährt auf dem Rückweg von Gretna in Lancashire vorbei und stattet Miss Sybils bettlägeriger Freundin, Miss Bunbury, einen Besuch ab."

„Wir kommen doch gut voran", freute Emma sich. „Bald schon sitzt unser Schurke hinter Gittern."

„Ich kann es kaum erwarten", sagte Rosie mit Nachdruck.

$$\maltese \quad 37 \quad \maltese$$

Nach der Familienfeier brachte Andrew sie in seiner Kutsche nach Hause. Mit seinem Arm um ihre Taille und dem Kopf auf seiner Schulter, fühlte sie sich sicher und geborgen. Bald würden sie den Mörder schnappen, und danach stünde es ihr frei, ihr Leben in vollen Zügen zu genießen ... an der Seite des Mannes, den sie liebte.

Der Gedanke, dass sie ihm noch an diesem Abend ihre Liebe gestehen würde, erfüllte sie gleichermaßen mit Vorfreude und Nervosität. Um sich von ihrer Aufregung abzulenken, warf sie einen Blick aus dem Fenster ... und runzelte die Stirn. „Die Curzon Street liegt in entgegengesetzter Richtung."

„Wir fahren nicht zu dir."

„Wohin dann?", fragte sie und sah ihn verwundert an.

„Zu mir."

Obwohl sie die Aussicht auf ein weiteres Abenteuer in seinem Klub durchaus ansprechend fand, sehnte sie sich im Augenblick mehr nach romantischer Intimität als Fleischeslust. Sie wollte ihm sagen, dass sie ihn liebte, dass sie den Rest ihres Lebens mit ihm verbringen wollte ... Und dann plante sie, sich in ihrem gemütlichen, kleinen Schlafgemach mit ihm zu lieben und hinterher in seinen Armen einzuschlafen.

Zögerlich sagte sie: „Wenn es dir nichts ausmacht, würde ich den Klub lieber ein anderes Mal besuchen. Es ist schon spät und ...“

„Ich wohne doch nicht im Corbett's, Dummchen“, unterbrach er sie amüsiert. „Ich nehme dich zu einem meiner Privathäuser mit.“

Sie erinnerte sich vage daran, dass er ihr von seinen Immobilien erzählt hatte.

„Wie viele besitzt du denn?“, fragte sie mit hochgezogenen Brauen.

„In London?“

Sie blinzelte perplex und nickte stumm.

„Etwa ein Dutzend. Zwei benutze ich persönlich, den Rest vermiete ich. Den Großteil meines Einkommens beziehe ich aus Miete und anderen Investitionen.“

„Warum hast du dann immer noch ...“ Sie brach ab und biss sich auf die Lippe, als ihr bewusst wurde, wie verurteilend sie klang.

„Das Corbett's? Meine anderen Freudenhäuser?“

Sie nickte kleinlaut. Hoffentlich hatte sie ihn nicht gekränkt.

„Weil das nun mal mein Beruf ist. Ich habe schon immer auf die eine oder andere Art in diesem Metier gearbeitet.“ Er wirkte vielmehr nachdenklich als irritiert. Mit einem selbstironischen Schulterzucken fügte er hinzu: „Wir alle haben besondere Fähigkeiten, und ich bin eben ein guter Zuhälter.“

Sie würde nicht zulassen, dass er schlecht über sich redete.

„Du bist so viel mehr als das! Du bist ein großzügiger Arbeitgeber, der seine Angestellten mit Respekt und Güte behandelt, ein unermüdlicher Geschäftsmann, der sich seinen Erfolg redlich verdient hat. Und du bist ein guter, ehrbarer Mensch, der stets rechtschaffen handelt und seine Liebsten beschützt ...“ Sie hielt inne, als ihr bewusst wurde, dass sie viel zu schnell plapperte. „Ich könnte ewig so weitermachen", fügte sie verlegen hinzu.

Andrew starrte sie wortlos an. In seinem Blick lag eine unverhohlene Sehnsucht, die in ihr das unbändige Verlangen weckte, ihm hier und jetzt ihre Gefühle zu gestehen. Bevor sie jedoch den Mund aufmachen konnte, klopfte es an der Kutschentür.

„Wir sind da, Sir", sagte einer der Wachmänner.

Sie hatte gar nicht bemerkt, dass ihr Gefährt zum Stehen gekommen war. Als die Tür sich öffnete, sah sie, dass sie sich noch immer in Mayfair befanden, im umzäunten Hof eines prächtigen, palladianischen Stadthauses. Andrew stieg zuerst aus, bevor er ihr aus der Kutsche half.

„Sicherheitshalber gehen wir durch den Hintereingang", sagte er.

Sie betraten die Küche, einen weitläufigen, blitzsauberen Raum, dessen Wände Regale voller Glasbehälter mit getrockneten Kräutern und Gewürzen zierten. Glänzende Töpfe und Pfannen hingen an Haken über dem Herd. Trotz der Wärme und dem Duft kürzlich zubereiteter Mahlzeiten war niemand zu sehen.

„Wo sind denn die Angestellten?", wunderte sie sich.

„Ich habe ihnen den Abend frei gegeben, da ich uns ein wenig Privatsphäre zusichern wollte", erklärte er, während er sie die Treppe hinaufführte. „Falls du eine Zofe benötigst, biete ich nur zu gerne meine Dienste an."

Sie schenkte ihm ein Lächeln, nicht nur wegen seines verspielten Tonfalls, sondern auch, weil er sich immer so gedankenvoll um sie kümmerte, ständig Rücksicht auf ihre Wünsche und Bedürfnisse nahm. Sie wollte den Gefallen so gerne erwidern, ihm *alles* geben, was sie anzubieten hatte.

Als sie das Erdgeschoss des stattlichen Gebäudes erreichten, blickte sie sich staunend in der großen Eingangshalle um. Der hochwertige, mit grauen Adern durchzogene Marmorboden glänzte unter ihren Pantoffeln, und ein mehrstöckiger Kronleuchter tauchte den hohen Raum in elegantes Licht. Eine majestätische, doppelflügelige Treppe aus Mahagoniholz führte hinauf in die oberen Stockwerke.

„Dein Haus ist traumhaft", hauchte sie.

„Freut mich, dass es deinen Ansprüchen gerecht wird. Soll ich dich herumführen oder willst du dich lieber ins Schlafgemach zurückziehen?"

Als ihre Blicke sich trafen, brachte das glühende Begehren in seinen dunkelbraunen Augen ihren Puls zum Rasen.

„Ich möchte mich zurückziehen."

Er lächelte triumphierend, bevor er sie hochhob und die Treppe emportrug.

Sie legte die Arme um seinen Hals und bedachte ihn mit einem amüsierten Blick. „Du musst mich nicht tragen. Ich wäre dir auch freiwillig in dein Schlafzimmer gefolgt."

„Verwehre mir nicht das Vergnügen, dich in meinen Armen zu halten, Sonnenschein", erwiderte er.

Mit einem zufriedenen Seufzer schmiegte sie sich an ihn und legte den Kopf an seine Schulter. In der oberen Etage angekommen, schritt er einen Gang entlang und durch die massive Doppeltür an dessen Ende. Die dahinter liegenden Wohngemächer waren ebenso geschmackvoll eingerichtet wie der Rest des Hauses, den sie bislang zu sehen bekommen hatte. Er durchquerte den in Blau- und Gelbtönen gehaltenen Salon, und betrat anschließend das Schlafzimmer.

Der Anblick seines persönlichen Rückzugsortes erfüllte sie mit geheimer Vorfreude. Ein Kamin aus weißem Marmor, in dem ein warmes Feuer flackerte, befand sich an einer der langen Wände. Der Schein der Flammen erleuchtete das massive Mobiliar und die Pfosten eines riesigen Himmelbetts, das weiter hinten in den Schatten stand.

Als Rosie eine Bewegung darin vernahm, blinzelte sie erschrocken.

Gleichzeitig spürte sie, wie Andrew vollkommen erstarrte.

Im nächsten Augenblick ertönte eine weibliche Stimme aus dem Halbdunkel. „Corby, Liebling, da bist du ja endlich."

Was um alles in der Welt geht hier vor sich?

Bevor Rosie sich sammeln konnte, setzte Andrew sie unsanft ab und stellte sich schützend vor sie. „Wie zum Henker bist du hier hereingekommen?", knurrte er.

Die Frage war an die Frau gerichtet, die nun aus dem Bett stieg – *Andrews Bett* – und ein paar Schritte auf sie zukam. Mit wild pochendem Herzen betrachtete Rosie ihre kurvenreiche Figur, die kaum von einem winzigen, hautfarbenen Negligé bedeckt wurde. Ihre rotbraunen Locken umrahmten ihr anmutiges Gesicht, und ihre Augen waren von einem ungewöhnlich hellen Grau. Sie schien ein paar Jahre älter als Rosie zu sein, etwa Mitte vierzig, was ihrer Schönheit jedoch keinen Abbruch tat. Im Gegenteil, die leichten Fältchen auf ihrer blassen Haut verliehen ihr eine Aura weltgewandter Erfahrenheit.

„Wie ich hereingekommen bin?", wiederholte sie mit einem rauchigen Lachen. „Na, wie schon? Mit dem Schlüssel, den du mir gegeben hast, Liebster."

„Andrew, wer ist das?", fragte Rosie mit zitternder Stimme.

„Erinnerst du dich etwa nicht an mich?" Das spöttische Lächeln der Frau rief etwas in ihr wach, und ein eisiger Schauer jagte ihr über den Rücken. „Ich habe dich jedenfalls nicht vergessen. Unglaublich, wie meine kleine Blume aufgeblüht ist."

„Sprich nicht mit ihr", befahl Andrew der Fremden in drohendem Tonfall. „Und jetzt verschwinde. Auf der Stelle!"

„Behandelt man so eine alte Freundin?"

Mit einem gehässigen Funkeln in den Augen trat die Frau an Andrew heran und fuhr mit einem Finger über seinen Kragen.

Er packte sie am Handgelenk und stieß sie von sich. „Wir sind keine Freunde."

Sie schnalzte missbilligend mit der Zunge. „In den zwei Jahren, seit wir uns das letzte Mal gesehen haben, scheinen dir deine Manieren abhandengekommen zu sein ... Manieren, die *ich* dir beigebracht habe. Offensichtlich muss die gute Kitty sich um dich kümmern."

Rosie schlug das Herz bis zum Hals. „Du ... du bist Kitty Barnes?"

Die rothaarige Frau musterte sie verächtlich. „Jetzt ist der Groschen also doch endlich gefallen, nicht wahr, Primrose?"

In ihrer Erinnerung hatte Kitty stets die Form einer abscheulichen, alten Hexe angenommen, deren hässliches Erscheinungsbild zu den düsteren Emotionen passte, die Rosie mit ihr verband. In Wahrheit jedoch war ihr damaliger Vormund eine vor Sinnlichkeit strotzende Sirene.

Andrew packte seinen ungebetenen Gast nun unsanft am Arm. „Wenn du nicht freiwillig gehst, dann werfe ich dich eben raus."

„Nicht nötig. Ich merke ja, dass ich nicht erwünscht bin ... zumindest nicht in diesem Moment."

Als Rosie das anzügliche, wissende Lächeln der anderen Frau bemerkte, verkrampfte sich ihr Magen so schmerzhaft, dass sie kaum noch aufrecht stehen konnte.

„Ich komme ein andermal vorbei, wenn du nicht so beschäftigt bist, Liebster", fuhr Kitty fort. „Dann können wir da weitermachen, wo wir aufgehört haben. Wie immer."

„Halt endlich den Mund, du Miststück ..."

„Andrew, was meint sie damit?", verlangte Rosie zu wissen, deren Schock einer entsetzlichen Erkenntnis wich. „Seid ihr etwa ... zusammen?"

Er wirbelte zu ihr herum. „Nein, Primrose, ich kann es dir erklären ..."

„Corby und ich waren schon ein Liebespaar, als du noch in den Windeln lagst, Kleines", fiel Kitty ihm mit einem herablassenden Grinsen ins Wort. „Sicher, wir hatten unsere Höhen und Tiefen, aber am Ende kommt er immer zurück in mein Bett gekrochen."

Ein stechender Schmerz durchfuhr Rosie. All ihre Träume und Hoffnungen schienen sich vor ihren Augen in Rauch aufzulösen.

„Zwischen ihr und mir ist es vorbei", beharrte Andrew. „Was auch immer uns verbunden hat, ist *nichts* im Vergleich zu dem, was wir miteinander teilen, Primrose."

„Wann hast du das letzte Mal das Bett mit ihr geteilt?"

Sein Blick bohrte sich flehentlich in den ihren. „Ich liebe dich. Schon seit ich ..."

„Antworte mir!"

Er atmete tief durch. „Vor zwei Jahren."

Vor zwei Jahren? Es ist also noch gar nicht lange her, dass er mit dieser Frau geschlafen hat ... dieser Hexe, die mich an ein Monster *verkauft hat?* Der Gedanke schnürte ihr die Kehle zu und trieb ihr die Tränen in die Augen.

„Ich hätte es schon viel früher beenden müssen", sagte er mit heiserer Stimme. „Ich wusste, dass es falsch war. Das war es von Anfang an. Mehr als einmal habe ich mich von ihr getrennt, habe sie jahrelang nicht gesehen, aber dann tauchte sie doch wieder auf und ich ... ich weiß auch nicht, warum ich sie wieder zurückgenommen habe. Lass mich dir nur bitte erklären ..."

„Ich will deine Lügen nicht länger hören!", platzte sie heraus.

„Das ist auch nur zu deinem Besten, Liebes", pflichtete Kitty ihr höhnisch bei. „Vor allem, da Corby dir offenbar einiges vorenthalten hat. Beispielsweise wusste er, dass ich vorhatte, dich an den Höchstbietenden zu verkaufen, und er hätte es verhindern können ... aber stattdessen ist er einfach abgehauen und bei einer anderen Zuhälterin untergekommen. Na ja, man kann ihm seinen Überlebenstrieb wohl nicht allzu übel nehmen. Wie sagt man so schön? Einmal 'ne Hure, immer 'ne Hure."

Der Schmerz, der Rosies Körper durchfuhr und ihr Herz in tausend winzige Teile zertrümmerte, war kaum noch zu ertragen. Nie hätte sie gedacht, dass ihre Träume auf so grausame Weise zerstört werden könnten.

„Primrose, bitte hör mir zu ..."

Zitternd wich sie vor Andrews ausgestreckter Hand und dem verzweifelten Ausdruck in seinen Augen zurück. „Halt dich bloß fern von mir. Du bist widerwärtig ... *Ich verabscheue dich!* Und ich will dich nie wiedersehen!"

Mit diesen Worten wirbelte sie herum und eilte zur Tür hinaus.

Schweren Schrittes schleppte Andrew sich die Stufen zu seinen Gemächern hinauf. Er spürte nichts außer einer alles umfassenden Kälte in sich. Tatenlos hatte er zusehen müssen, wie die Frau, die er liebte, sich von ihm abwandte, vor ihm davonrannte ... und er hatte sie nicht aufhalten können.

Er wusste nicht, wie er ihre Beziehung noch retten sollte. Wusste nicht einmal, ob er dazu in der Lage war oder überhaupt eine zweite Chance verdient hatte. An diesem Abend konnte er erst einmal nichts mehr tun. Also hatte er sie gehen lassen. Er wies seine Wachmänner an, sie zurück zu ihren Eltern zu bringen und ihm Bescheid zu geben, sobald sie sicher dort abgeliefert worden war.

Einstweilen musste er sich um Kitty kümmern.

Als er das Schlafgemach betrat, war er nicht sonderlich überrascht, sie vollständig bekleidet vor dem Kamin sitzen zu sehen. Sie war nicht hier, weil sie mit ihm schlafen wollte, so viel war ihm klar. Für Kitty hatte Lustgewinn immer an zweiter Stelle gestanden hinter dem, wonach sie eigentlich her war: Geld, Macht oder was auch immer ihr am profitabelsten erschien.

Während ihrer langjährigen, komplizierten Beziehung hatte er ihre kalte, berechnende Art stets akzeptiert. Sie konnte nun einmal nicht ändern, wer sie war ... ebenso wenig wie er. Der Kampf ums Überleben hatte sie beide abgehärtet, immun gemacht gegen das Gift des Lebens. Erst die gemeinsame Zeit mit Primrose brachte ihn dazu, die Dinge anders zu sehen. Ihre Fürsorge und Großzügigkeit hatten ihm eine Beziehung gezeigt, die für ihn stets unerreichbar gewesen war. Eine voller Leidenschaft, Liebe und Lachen.

Als er Kitty nun in seinem Schlafgemach sitzen sah – obwohl sie kein Recht hatte, sich darin aufzuhalten –, spürte er, wie ihr Gift sich durch seine Adern schlängelte, und kalte Wut packte ihn.

Er baute sich vor ihrem Sessel auf. „Wer hat dich geschickt?"

„Vielleicht habe ich dich einfach vermisst und wollte unsere Liebe der guten, alten Zeiten willen neu aufleben lassen."

„Ich gebe dir eine Minute, dich zu erklären, bevor ich die Wahrheit aus dir herausprügle."

„Wir wissen doch beide, dass du niemals eine Frau schlagen würdest, Corby."

Als er sie nur wortlos anstarrte und bedrohlich mit den Knöcheln knackte, wirkte sie plötzlich nicht mehr so selbstbewusst.

„Wie dem auch sei", fuhr sie hastig fort, „ich habe dir nur einen Gefallen getan. Was hast du dir dabei gedacht, dich von diesem verhätschelten, kleinen Miststück um den Finger wickeln zu lassen, hm?"

Er schlug mit den Fäusten so hart auf die Armlehnen des Sessels, dass Kitty erschrocken zusammenzuckte.

„Wer. Hat. Dich. Bezahlt?", brüllte er.

„T-Todd", stammelte sie. „Es war Malcolm Todd."

Wie er vermutet hatte. Der Bastard war ihm nun zum zweiten Mal in die Quere gekommen. Diesmal würde er bezahlen.

Andrew richtete sich auf und ging zum Kamin hinüber. „Erzähl mir alles."

„Todd hat mich kontaktiert. Offenbar hat er ein Problem mit dir", begann Kitty zögerlich. „Als er herausfand, dass du eine Affäre hast, wollte er, dass ich zwischen dir und deiner neuen Liebhaberin Zwiespalt säe." Sie hielt inne und schluckte schwer. „Mir blieb nichts anderes übrig, Corby. Ich habe hohe Schulden bei Todd, und du weißt doch, was er mit denen anstellt, die nicht zahlen können. Nur auf diese Weise konnte ich mich retten. Ich hatte keine Wahl."

Er sah ihr tief in die Augen ... und spürte rein gar nichts.

„Verschwinde", sagte er ruhig.

Statt seinem Befehl zu folgen, erhob sie sich und trat auf ihn zu. „Ich ... ich habe dich vermisst. Ich habe viel über das nachgedacht, was du beim letzten Mal gesagt hast, dass du mehr willst als nur eine rein körperliche Beziehung, und mir ist klar geworden, dass ..."

„Von dir will ich überhaupt nichts." Er wusste nicht, wen er widerwärtiger fand: sie oder sich selbst. „Wir hatten nie mehr als eine körperliche Beziehung, Kitty. Und der Sex war nicht einmal gut."

Etwas Gehässiges blitzte in ihren Augen auf, doch sie versuchte, weiter auf ihn einzureden: „Ich habe mich verändert ..."

„Das ist mir egal", unterbrach er sie schroff. „Dein Gift hat schon lange keine Wirkung mehr auf mich."

Endlich konnte er sich eingestehen, wie ungesund sie all die Jahre über für ihn gewesen war. Jedes Wort, mit dem sie ihn manipuliert hatte, war Zündstoff für seine Selbstzweifel und seinen Selbsthass gewesen. Schon vor zwei Jahren, als er sich von ihr trennte, hatte sein Unterbewusstsein versucht, ihm die Augen zu öffnen. Aber jetzt, da er durch Primrose zum ersten Mal Freude und Liebe erfahren hatte, spürte er die Gewissheit tief in seiner Seele.

Bei dem Gedanken an sie begann seine eisige Fassade zu bröckeln. Wie sollte er sie je dazu bringen, ihm zu vergeben? Warum sollte er es überhaupt versuchen, wo sie doch etwas Besseres verdient hatte als ihn?

„Du glaubst also, dieses verzogene Ding ist besser als ich?", schnaubte Kitty, als hätte sie seine Gedanken gelesen.

„Ich weiß es."

„Sie ist ein Bastard", fauchte sie. „Genau wie wir."

„Primrose ist eine Dame. Ihre Herkunft tut nichts zur Sache. Aber das wirst du wohl nie verstehen. Jetzt verschwinde endlich", sagte er in eisigem Tonfall. „Und wenn du irgendwem hiervon erzählst, wenn du mir je wieder unter die Augen kommst ... wirst du es bereuen."

Sie wirkte aufrichtig verängstigt ... aber sie war eben schon immer ein Feigling gewesen, hatte andere manipuliert und ausgenutzt, die schwächer waren als sie. Obwohl sie es stets als Überlebenswillen bezeichnet hatte, war sie in Wahrheit nichts weiter als ein Raubtier mit niederen Trieben.

Auf der Türschwelle drehte sie sich noch einmal um, da sie es sich wie gewöhnlich nicht nehmen lassen wollte, das letzte Wort zu haben. „Welche Dame würde schon einen Zuhälter heiraten wollen?", zischte sie höhnisch, bevor sie endlich verschwand.

Doch es waren nicht ihre Worte, die ihm im Kopf herumspukten, sondern Rosies.

Ich verabscheue dich! Und ich will dich nie wiedersehen!

Seine Brust verkrampfte sich schmerzhaft. *Das kann ich dir nicht verübeln, Sonnenschein.*

Langsam ging er hinüber zu seinem Nachttisch und öffnete die Schublade. Die kleine Stoffpuppe starrte ihm mit ihren ausdruckslosen Knopfaugen entgegen. Verzweifelt ließ er sich auf die Matratze sinken, stützte die Ellbogen auf den Oberschenkeln ab und vergrub das Gesicht in den Händen.

❧ 38 ☙

ROSIE TRAT AN DIE VITRINE HERAN, DIE IHRE PUPPEN enthielt, und öffnete eine der Türen. Sie hatte ihre Sammlung im Haus ihrer Eltern zurückgelassen, da sie ihren Auszug ursprünglich als symbolischen Abschied von ihrer Kindheit betrachtete. Nun aber suchte sie wieder einmal Trost bei Kalliope. Verzweifelt starrte sie in das kühle Porzellangesicht ihrer Lieblingspuppe und vergrub die Finger in deren weichem Ballkleid.

„Warum hat er mich angelogen?“, flüsterte sie ihrer treuen Begleiterin zu.

Kalliope starrte sie ausdruckslos an.

„Ich verstehe es einfach nicht. Ich dachte, Andrew liebt mich ... zumindest hat er das gesagt“, murmelte sie mit erstickter Stimme. „Warum hat er sich die Mühe gemacht, mich zu beschützen, nur um mich am Ende so zu hintergehen?“

Diese Frage ging ihr seit zwei Tagen ununterbrochen durch den Kopf. Nein, das stimmte so nicht ganz. Am Tag nach Kittys schockierenden Enthüllungen hatte sie sich von früh bis spät die Seele aus dem Leib geheult, bis ihr die Tränen versiegten. Wann immer ihre Eltern oder selbst Edward nach ihr sehen wollten, hatte sie sie weggeschickt. Sie war nicht bereit gewesen, mit irgendwem zu reden.

Heute fühlte sie sich völlig ausgelaugt, als enthielte ihr Körper keinerlei Flüssigkeit mehr. Dafür wollte ihr Gehirn einfach keine Ruhe geben.

Warum hat Andrew mich angelogen, was Kitty betrifft?

Jetzt, da sie nicht mehr ganz so aufgewühlt war, musste sie zugeben, dass er technisch gesehen nicht gelogen hatte. Er hatte ihr nur gewisse Dinge verschwiegen, wie zum Beispiel, wann genau er sich von seiner ehemaligen Liebhaberin getrennt hatte. Sie hätte ja auch fragen können, aber sie nahm einfach an, es sei länger her gewesen als *zwei Jahre*.

Sie versuchte, den Knoten in ihrem Magen zu ignorieren und sich auf das Wesentliche zu konzentrieren. Zwei Jahre waren keine zu verachtende Zeit. Außerdem war es ja nicht so, als hätte er Rosie betrogen. Aber warum fühlte es sich für sie so an?

Weil es um Kitty geht. Die kalte, berechnende Schlampe, die sie an einen widerlichen, alten Lustmolch verkauft hatte.

Rosie krallte die Finger in Kalliopes Satinröcke. Warum hatte Andrew damals nicht um sie gekämpft? Warum hatte er sie diesen *Monstern* überlassen?

Mit einem wütenden Aufschrei schleuderte sie die Puppe quer durchs Zimmer und sah zu, wie sie gegen die Wand prallte und in unzählige Teile zersprang.

Nach ein paar reglosen Minuten ging sie zu ihr hinüber, kniete neben ihr nieder und hob die größte Porzellanscherbe auf. Es war Kalliopes Gesicht, immer noch weiß, gefasst, wunderschön. Als sie es umdrehte, stockte ihr der Atem.

Die Innenseite der Porzellanfigur war keineswegs weiß, gefasst und wunderschön. Der unglasierte Ton war dunkel und rau. Bevor man ihn im Ofen brannte, war er mit zahlreichen Schlitzen und Einkerbungen versehen worden.

Die ganze Zeit über ... war ihre makellose Gefährtin im Inneren vernarbt gewesen.

Narben im Inneren.

Narben im Inneren.

Wie aus dem Nichts wurde sie von Erinnerungen übermannt.

Ich dachte, du wolltest meine Hilfe nur wegen meiner früheren Beschäftigung. Und das gefiel mir nicht ... Sie hat mich nicht verkauft. Es war meine Entscheidung. Ich wollte sicherstellen, dass wir genug zu essen und ein Dach über dem Kopf hatten. Prostitution war einfacher als Diebstahl oder sich mit Halsabschneidern herumzutreiben ... Wir alle haben besondere Fähigkeiten, und ich bin eben ein guter Zuhälter ... Du sollst nur wissen, dass mir niemand je zu geben vermochte, was du mir gibst ... Leidenschaft, Zärtlichkeit, Freude. Obwohl ich es nicht verdient habe, machst du mich zu einem anderen, einem besseren Mann.

Plötzlich fügte sich alles wie die Teile eines Puzzles zusammen.

„Rosie, ist alles in Ordnung?" Marianne rauschte in einem Kleid aus dunkelgrünem Samt durch die Tür, die schlafende Sophie auf dem Arm. „Ich dachte, ich hätte etwas gehört ..." Sie verstummte, als sie die zerbrochene Puppe auf dem Boden entdeckte.

Rosie erhob sich langsam und schluckte schwer. „Ich glaube, ich habe etwas kaputt gemacht, Mama ... und i-ich weiß nicht, wie ich es reparieren soll."

„Willst du darüber reden?", fragte ihre Mutter sanft.

Sie nickte. „Darf ich Sophie dabei halten?"

Ihre kleine Schwester fest an sich gedrückt, ließ sie sich neben Marianne auf der Polsterbank vor dem Fenster nieder, und erzählte ihr alles, was mit Andrew und Kitty Barnes vorgefallen war.

„Ich war so verletzt, dass ich einfach davongerannt bin. Ich habe ihm nicht einmal die Möglichkeit gegeben, sich zu erklären", schloss sie mit einem unglücklichen Seufzen. „Aber jetzt, da ich Zeit zum Nachdenken hatte, vermute ich, dass mehr hinter der ganzen Geschichte steckt."

„Sei nicht zu hart mit dir selbst", sagte Mama leise. „In Anbetracht deiner eigenen Vergangenheit, ist deine Reaktion vollkommen nachvollziehbar. Und ich denke, du hast recht. Corbett ist ein vielschichtiger Mann. Den Eindruck hatte ich auch, als ich ihn vor so vielen Jahren kennenlernte."

„Wie war er damals so?", fragte sie neugierig.

„Charmant, selbstbewusst ... und sehr jung", antwortete ihre Mutter, und fügte nach kurzem Zögern hinzu: „Trotz allem, was er durchgemacht haben musste, war er weitaus weniger abgestumpft als erwartet. Er besaß ein unbeugsames Ehrgefühl und eine Zärtlichkeit, die das Leben im Untergrund ihm nicht auszutreiben vermochte. Ich glaube, diese beiden Charakterzüge bewegten ihn dazu, mir bei der Suche nach dir zu helfen."

„Andrew *ist* ehrbar und zärtlich", flüsterte Rosie mit rauer Stimme. „Und er hat wirklich so viel durchgemacht. Mehr, als du dir vorstellen kannst. Seine Mutter war alkoholsüchtig und brachte ihn auf den Strich, als er gerade mal ..." Sie brach ab und biss sich auf die Lippe. Trotz allem, was zwischen ihnen vorgefallen war, wollte sie das Vertrauen ihres Liebhabers nicht enttäuschen. „Der springende Punkt ist, er hatte guten Grund dazu, seine Mutter zu hassen. Aber stattdessen liebte er sie. Und obwohl er als Zuhälter arbeitet, ist er ein guter Mann ... Frag jede Frau, die in einem seiner Klubs angestellt ist. Er ist großzügig und stark und fürsorglich."

Marianne bedachte sie mit einem mitfühlenden Blick. „Du liebst ihn."

„Das tue ich", erwiderte sie mit erstickter Stimme. „Und ich bin so verwirrt!"

„Weil du nicht weißt, ob er genauso empfindet?"

„Nein, er hat mir seine Liebe gestanden. *Ich* habe es ihm bisher noch nicht gesagt. Eigentlich wollte ich es an dem Abend tun, als Kitty aufgetaucht ist. Jetzt weiß ich jedoch nicht mehr, was ich tun soll." Ihre Brust schnürte sich zusammen, als sie den wahren Grund ihres Dilemmas erkannte. „Wie kann ich einen

Mann lieben, der eine Frau wie Kitty Barnes liebt? Der mich bei ihr zurückließ, obwohl er wusste, was sie vorhatte?"

„Immer eines nach dem anderen. Warum glaubst du, dass Corbett diese Frau geliebt hat?"

„Er erzählte mir, dass er im Alter von fünfzehn Jahren mit ihr zu schlafen begann. Und er hat die Affäre erst vor *zwei* Jahren beendet. Warum sollte er sich so lange mit ihr abgeben – wenn auch mit Unterbrechungen –, wenn nicht aus Liebe?"

„Wie alt war Kitty, als die Affäre begann?"

Mamas Frage machte sie stutzig. Ihr Puls schnellte in die Höhe. „Ich ... ich weiß es nicht."

„Ich bin der Frau vor vierzehn Jahren zwar nur kurz begegnet, aber ich würde sie auf gut zehn Jahre älter schätzen als Corbett", sagte ihre Mutter unverblümt. „Was bedeutet, dass sie sich mit fünfundzwanzig auf eine Liebschaft mit einem Fünfzehnjährigen eingelassen hat. Einem Jungen, der damals nur wenige Monate älter war als dein Bruder jetzt. Was also glaubst du: Hat er sich wirklich aus Liebe von ihr einwickeln lassen?"

Die Erkenntnis traf Rosie wie ein Blitz ... und verursachte ihr Übelkeit. An den Altersunterschied zwischen Kitty und Andrew hatte sie überhaupt nicht gedacht. Wie verletzlich er damals gewesen sein musste! Für eine erfahrene Zuhälterin musste es ein Leichtes gewesen sein, ihn für ihre Zwecke auszunutzen. Nicht nur, dass sie ihn in ihr eigenes Bett geholt hatte, sie hatte ihn auch noch an andere verkauft.

Seine Worte schossen ihr durch den Kopf: *Ich wusste, dass es falsch war ... Mehr als einmal habe ich mich von ihr getrennt, aber dann tauchte sie doch wieder auf und ich ... ich weiß auch nicht, warum ich sie wieder zurückgenommen habe ...*

Rosies Herz zerbrach in tausend Teile. *Sie* wusste genau, warum er Kitty zurückgenommen hatte.

Aus demselben Grund, aus dem sie so verzweifelt versuchte, die Anerkennung der *ton* zu gewinnen. Aus demselben Grund, aus dem sie so viele schreckliche Fehler begangen hatte, von denen

Daltry zu heiraten der Schlimmste gewesen war. Aus demselben Grund, aus dem sie sich mehr als alles andere davor fürchtete, sich in Andrew zu verlieben ... obwohl er das Beste in ihrem Leben war.

Sie zweifelte an ihrem Selbstwert ... und er an seinem.

„Andrew konnte sich nicht von Kitty trennen, weil er glaubte, nichts Besseres verdient zu haben", flüsterte sie mit zitternder Stimme.

„Gewiss hatte diese furchtbare Frau ihre Mittel und Wege, um ihn sich gefügig zu machen", sagte Mama grimmig. „Um seinen edelmütigen Charakter auszunutzen."

Der Gedanke, dass Kitty ihre Krallen so tief in Andrew vergraben hatte, schmerzte Rosie zutiefst. Aber noch schlimmer war die Erkenntnis, dass sie einfach nicht bemerkt hatte, wie ähnlich sie und Andrew einander doch waren, wie verunsichert er unter seiner selbstbeherrschten, erfolgreichen Fassade wirklich war. Er hatte sich so viel Mühe gegeben, ihr dabei zu helfen, sich selbst zu akzeptieren. In seiner Gegenwart hatte sie sich stets wertgeschätzt und begehrt gefühlt ... niemals schmutzig oder verdorben. Und was hatte sie im Gegenzug für ihn getan?

Voller Reue realisierte sie, dass sie ihn auf ihre Weise ebenfalls ausgenutzt hatte. Nach allem, was er für sie getan hatte, war sie nicht einmal dazu bereit gewesen, ihm zuzuhören. Stattdessen zweifelte sie an ihm, an seiner *Liebe*, machte ihn dafür verantwortlich, sie bei Kitty zurückgelassen zu haben ... dabei war er selbst noch ein halbes Kind gewesen. Ein Opfer seiner Umstände, *genau wie sie*.

Endlich hatte sie es begriffen.

„Oh, Mama", schluchzte sie. „Ich habe ihn so schäbig behandelt!"

„Deine Reaktion ist vollkommen verständlich", versicherte ihre Mutter ihr mit Tränen in den Augen. „Aufgrund der Fehler, die ich begangen habe, musstest du die ersten acht Jahre deines Lebens unbehütet und ohne Liebe aufwachsen. Ist es da ein

Wunder, dass Kittys Auftauchen die Angst in dir auslöste, zurückgelassen und hintergangen zu werden?"

„Was geschehen ist, war nicht deine Schuld!" Darauf bedacht, ihre schlafende Schwester nicht zu wecken, löste Rosie vorsichtig einen Arm von ihr und griff nach Mariannes Hand. „Du hast immer in meinem besten Interesse gehandelt und mir beigebracht, stark zu sein. Ich kann mir keine bessere Mutter als dich wünschen", sagte sie aufrichtig. „Ich liebe dich, und es tut mir leid, dass ich dir das nicht oft genug sage."

„Oh, Liebling." Eine Träne rann über Mamas Wange.

„Und danke, dass du mir dabei geholfen hast, herauszufinden, was ich als Nächstes zu tun habe."

„Was wird das sein?"

„Ich muss mich bei Andrew entschuldigen und mir anhören, was er zu sagen hat." Rosie schluckte schwer. „Aber ich glaube ... ich glaube die Vergangenheit spielt keine Rolle mehr. Ich liebe ihn, Mama. Wenn er gewillt ist, mir meine Fehler zu vergeben, kann ich dasselbe für ihn tun."

„Wer hätte das gedacht? Mein kleines Mädchen ist auf einmal erwachsen geworden", flüsterte Marianne und legte ihr sanft eine Hand an die Wange.

In diesem Moment erwachte Sophie mit einem ohrenbetäubenden Schrei.

„Zum Glück dauert es bei ihr ja noch ein bisschen", erwiderte Rosie und erhob sich, um ihre Schwester durchs Zimmer zu tragen und ihr etwas vorzusummen, bis die Kleine sich beruhigt hatte.

„Du bist ein wahres Naturtalent, was Kinder betrifft", merkte Mama mit einem wehmütigen Lächeln an. „Bald bist du bereit für eine eigene Familie."

Der Gedanke erfüllte sie zum ersten Mal in ihrem Leben nicht mit Panik, sondern mit Freude ... vor allem, wenn Andrew der Vater ihrer Kinder wäre.

Sie drückte Sophie zärtlich an sich und seufzte: „Vorher müssen wir aber noch einiges klären."

„Was zählt ist, dass du ihn liebst ... und dir deiner Gefühle sicher bist. Ich habe damals nicht begriffen, wie viel mir dein Vater bedeutet, bevor es beinahe zu spät war."

„Wird hier etwa über mich geredet?", ertönte dessen Stimme plötzlich von der Tür her.

Rosie drehte sich um, und sah, wie er das Zimmer betrat, dicht gefolgt von Edward. Beide trugen modische Anzüge, die ihrem Körperbau schmeichelten ... obwohl das Krawattentuch ihres Bruders wie immer leicht schief saß. Papa musterte sie forschend, als wollte er abwägen, ob sie im Gegensatz zum gestrigen Tag ansprechbar war.

Sie schenkte ihm ein zaghaftes Lächeln. „Mama wollte mir gerade erzählen, wie viel du ihr bedeutest."

Sein Blick ruhte noch einen Moment länger auf ihr, bevor seine Züge sich entspannten. „Ach, tatsächlich? Und was genau hat sie gesagt, Püppchen?"

„Du hast uns unterbrochen, gerade als es spannend wurde", erwiderte sie frech.

„Also gut, dann sage ich es jetzt: Dein Vater bedeutet mir die Welt", verkündete Marianne.

Papas Augen funkelten, und er durchquerte schnellen Schrittes den Raum, um seine Frau auf die Wange zu küssen und ihr etwas ins Ohr zu flüstern. Entnervt stellte Edward sich neben Rosie.

„Toll, wegen dir sind sie jetzt wieder in ihrer Turteltaubenlaune", murmelte er. „So werden wir es nie rechtzeitig zu dem Mittagessen schaffen."

„Es überrascht mich, dass du überhaupt hingehen willst", konterte Rosie und hob ihre kleine Schwester in die Luft, woraufhin diese vergnügt quietschte. „Langweilst du dich nicht immer unsäglich bei solchen Veranstaltungen?"

Sie wusste, dass ihr Bruder viel lieber ins Museum als zu einem

Wohltätigkeitsessen gehen würde. Diesmal war er gezwungen, seine Eltern zu begleiten, weil die Veranstaltungen von engen Freunden der Familie ausgerichtet wurde. Da Rosie sich noch in ihrer Trauerzeit befand, musste sie nicht an gesellschaftlichen Anlässen teilnehmen ... was ihr nur recht war. So konnte sie in Ruhe ihr Wiedersehen mit Andrew planen.

Was sollte sie ihm nur sagen? Und noch viel wichtiger: Was sollte sie *anziehen*?

„Onkel Harry kommt auch", sagte Edward. „Er hat Frederick und mir versprochen, uns eine neue Erfindung zu zeigen."

Das erklärte natürlich, warum ihr Bruder mehr Enthusiasmus zeigte als gewöhnlich.

„Wenn du nicht allein sein willst, kann ich auch hier bei dir bleiben", fügte er schroff hinzu.

„Danke, ich komme schon zurecht. Ach, und Edward?"

„Was?"

„Ich hab dich lieb, Brüderchen."

Er errötete bis zu den Haarwurzeln. „Gütiger Himmel, nicht du auch noch! Ist diese Gefühlsduselei etwa ansteckend?"

„Pass besser auf", erwiderte sie grinsend. „Übrigens sitzt deine Krawatte mal wieder schief."

Bevor er etwas darauf antworten konnte, kamen ihre Eltern zu ihnen herüber. Mama nahm Sophie auf den Arm, während Papa sich räusperte.

„Deine Mutter hat mir erzählt, dass du dich mit Corbett versöhnen willst."

Seine Miene verriet ihr nicht, was er davon hielt.

„Ich versuche es zumindest", erwiderte sie ernst.

„Und du bist dir sicher, dass du dir eine Zukunft mit ihm wünschst?", fragte ihr Vater und musterte sie forschend. „Dass du für ihn Geld und Titel aufgeben willst?"

„Ja, das bin ich." Sie war sich in ihrem Leben noch nie einer Sache sicherer.

„Dann lass mich wissen, wie es läuft, damit ich Corbett zum

Abendessen einladen kann." Obwohl er streng dreinblickte, verbarg sich in den Tiefen seiner bernsteinfarbenen Augen ein warmes Lächeln. „Von jetzt an halten wir uns an gesellschaftliche Konventionen."

„Danke, Papa." Sie lächelte erleichtert und stellte sich auf die Zehenspitzen, um ihm einen Kuss auf die Wange zu drücken. „Ich hoffe nur, dass Andrew mir verzeiht."

Ihr Vater schnaubte amüsiert. „Dem armen Kerl wird nichts anderes übrig bleiben."

Es klopfte an der Tür, und Libby kam herein. „Es ist Zeit für Miss Sophies Spaziergang", sagte sie, an Marianne gewandt. „Ich habe mir überlegt, die Voliere im Pantheon mit ihr zu besuchen."

„Das würde ihr bestimmt gefallen." Mama küsste Sophie auf die Stirn, bevor sie sie der Amme übergab.

„Wir sollten am frühen Nachmittag zurück sein", sagte Papa zu Rosie. „Wenn du irgendetwas brauchst, wende dich an Caster. Er übernimmt heute den Wachdienst. Wir werden diesem Spuk bald ein Ende setzen, vertrau mir."

„Keine Sorge, ich komme schon zurecht", erwiderte Rosie und lächelte in die Runde. „Viel Spaß, und grüßt mir die Hunts recht schön."

Einige Zeit später saß Rosie an ihrem alten Sekretär und versuchte, einen Brief an Andrew zu verfassen, als sie von Susie, einem der neueren Dienstmädchen, unterbrochen wurde.

„Die wurden gerade für Sie abgegeben, Miss", sagte die junge Frau mit einem Knicks und hielt ihr einen Strauß Blumen entgegen, der in buntes Papier gewickelt war.

Mit wild pochendem Herzen nahm Rosie ihn an sich und legte ihn auf dem Tisch ab. Dann suchte sie zwischen den duftenden Blüten nach einer Nachricht. Sie fand einen versiegelten Umschlag, auf dessen Vorderseite ihr Name geschrieben stand, und öffnete ihn mit zitternden Händen.

Als sie die Zeilen überflog, blieb ihr vor Schock beinahe die Luft weg.

Ich habe deine Schwester und ihre Amme in meiner Gewalt. Wenn du sie lebend wiedersehen willst, komm in einer halben Stunde ohne Begleitung in die Bulstrode Street Nummer 3. Ich habe meine Spitzel überall, also halte dich besser an die Regeln ... sonst sterben die beiden.

P. S. Anbei ein kleines Andenken an Sophie.

Rosie starrte auf das Taschentuch mit den Initialen SK aus rosafarbener Seide. Die kunstvolle Stickarbeit war eindeutig Mamas Handwerk. Das sollte wohl der Beweis sein, dass Sophie sich tatsächlich in der Gewalt dieser schrecklichen Person befand.

Was soll ich nur tun?

Panik übermannte sie. Irgendetwas musste sie unternehmen. Sophie durfte auf keinen Fall etwas zustoßen, aber Caster konnte sie nicht um Hilfe bitten. Der Entführer hatte unmissverständlich geschrieben, dass Rosie allein zum Treffpunkt kommen sollte. Eine falsche Entscheidung könnte ihre kleine Schwester das Leben kosten.

Das werde ich nicht zulassen.

Entschlossen setzte sie sich in Bewegung. Sie durfte keine Zeit mehr vergeuden. Um rechtzeitig bei der angegebenen Adresse zu erscheinen, würde sie sich aus dem Haus schleichen und eine Droschke mieten müssen.

Aber sie würde ihrem Feind keinesfalls unbewaffnet entgegentreten.

Sie schnappte sich ihren Pompadour, in dem sie wie immer Andrews Pistole mit sich trug. Zusätzlich verfasste sie noch eine Nachricht und versiegelte diese. Dann übergab sie Susie den Brief und wies sie an, ihn in exakt einer halben Stunde an Caster auszuhändigen.

Nachdem das Dienstmädchen sich ein wenig verwirrt entfernt hatte, wartete Rosie, bis die Luft rein war. Anschließend schlich sie den Gang entlang und die Treppe hinunter. Mit jedem Schritt schlug ihr Herz ein wenig schneller.

Halte durch, Sophie ... ich komme!

$\maltese$ 39 $\maltese$

Rosie erreichte ihr Ziel kurz vor der vereinbarten Zeit. Die Bulstrode Street befand sich im Norden Mayfairs, ein wenig abseits der geschäftigen Marylebone High Street. Nummer drei war ein bescheidenes Reihenhaus mit unscheinbarer Backsteinfassade und einem bröckelnden Steinbogen über dem Eingang.

Als Rosie sich der Haustür näherte, stellte sie fest, dass diese leicht angelehnt war. Sie holte tief Luft und stieß sie ganz auf. Dahinter befand sich ein enger Eingangsbereich, von dem eine geschlossene Tür zu ihrer Rechten, eine Treppe ins Obergeschoss zu ihrer Linken und ein schmaler Gang geradeaus in den hinteren Teil des Hauses abgingen. Vorsichtig trat sie ein und sah sich um. Eine unheimliche Stille umgab sie, die sie erschaudern ließ.

„H-hallo?", rief sie.

Sie lauschte angestrengt nach einem Geräusch, das ihr verraten würde, wo Sophie sich aufhielt ... doch sie hörte nur das leise Klicken der Tür, die hinter ihr ins Schloss fiel, zugestoßen von einem geisterhaften Luftzug. Abgeschnitten von der Außenwelt, wagte sie sich ein paar Schritte vorwärts. Die alten Holzdielen unter ihren Füßen knarrten leise. Vor der verschlossenen Tür zu ihrer Rechten hielt sie inne, und gerade, als sie überlegte, ob sie anklopfen sollte, flog diese auf ... und sie stand Sybil Fossey gegenüber.

Die junge Frau wirkte so schüchtern und unscheinbar wie immer, nur dass sie diesmal einen Revolver in der Hand hielt, der geradewegs auf Rosies Herz gerichtet war.

„Gib mir den Pompadour", sagte sie.

Rosie klammerte sich an ihre Tasche. „Sybil, lass uns doch erst einmal reden ..."

„Her damit, sonst durchlöchere ich erst dich und dann deine Schwester."

Ihr ruhiger, bemessener Tonfall jagte Rosie einen eisigen Schauer über den Rücken. Sie reichte Sybil ihren Pompadour, die ihn achtlos hinter sich in den Raum warf und dann mit der Pistole in Richtung des Korridors zeigte.

„Da entlang. Ich bin direkt hinter dir. Eine falsche Bewegung, und ich schieße."

Mit hämmerndem Herzen folgte Rosie ihrem Befehl. „Wo ist meine Schwester?"

„Sei still und lauf weiter, sonst stirbt sie."

Arbeitete Sybil allein oder hatte sie Komplizen? Hielten diese Sophie und Libby womöglich irgendwo in diesem Haus gefangen? Als sie das Zimmer am Ende des Korridors erreichten, sagte Sybil: „Geh da rein."

Rosie betrat ein winziges, spärlich möbliertes Arbeitszimmer. In der Mitte des Raumes standen ein kleiner Tisch, auf dem sich ein Teeservice befand, zwei Stühle sowie ein mottenzerfressenes Sofa. Es gab keine Fenster, die einzige Lichtquelle war eine schwach leuchtende Lampe.

Hier im hinteren Teil des Hauses war sie wahrlich vom Rest der Welt abgeschnitten. Niemand würde mitbekommen, was sich hier abspielte. Als Sybil die Tür hinter sich schloss, bekam Rosie es richtig mit der Angst zu tun.

„Wo ist Sophie?", fragte sie erneut.

„Setz dich", sagte Sybil und deutete mit der Pistole auf einen der Stühle. „Über deine Schwester reden wir gleich."

Rosie nahm wie befohlen Platz. Tausend verschiedene Gedanken schossen ihr durch den Kopf. „Warum tust du das?"

Sybil ließ sich auf dem Stuhl ihr gegenüber nieder und schenkte ihnen Tee ein, ohne die Waffe von Rosie abzuwenden. Weißer Dampf stieg aus den beiden Tassen.

„Hier, trink etwas Tee", sagte sie anschließend, als wären sie auf einem Kaffeekränzchen.

Jetzt reicht es aber.

„Ich werde gar nichts mehr tun, bis du mir sagst, wo meine Schwester ist."

„Also gut. Das spielt jetzt ohnehin keine Rolle mehr", erwiderte Sybil, die Waffe weiterhin fest auf Rosie gerichtet. „Meiner Einschätzung nach müssten sie und ihre Amme bereits auf dem Rückweg von ihrem Ausflug sein."

„Wie bitte?", flüsterte Rosie verwirrt.

„Es war nur eine List", erklärte Sybil. „Seit du Daltrys Vermögen geerbt hast, habe ich dich im Auge behalten. Man lernt so viel, wenn man Geduld hat und einen Haushalt eine Weile lang beobachtet. Zum Beispiel fand ich heraus, dass die Amme deiner Schwester jeden Tag um dieselbe Zeit mit ihr spazieren geht. Daraufhin musste ich nur die Nachricht verfassen und behaupten, ich hätte sie entführt."

„Aber du hattest ihr Taschentuch ..."

„Eines Tages bin ich den beiden in den Park gefolgt und habe die Amme unter dem Vorwand angesprochen, das hübsche Kind bewundern zu wollen. Dabei habe ich heimlich das Taschentuch an mich genommen. Einfach und effektiv."

Sybil lächelte selbstgefällig, und Rosies Erleichterung darüber, dass ihre Schwester und Libby in Sicherheit waren, verflog angesichts der Erkenntnis, dass sie dieser Wahnsinnigen direkt in die Falle gelaufen war. Wie es aussah, blieben ihr nur zwei Möglichkeiten: Entweder sie benutzte die Pistole, die sie in ihrer Rocktasche versteckt hielt ... oder sie verwickelte Sybil so lange ins Gespräch, bis Caster mit der Verstärkung auftauchte.

Da ihre Entführerin sich mit der Waffe in ihrer Hand auszukennen schien, entschied Rosie sich für letztere Option. Bis sie ihre Pistole hervorgezogen hatte, wäre sie wahrscheinlich längst durchlöchert.

„Also steckst du hinter allem?", fragte sie und hoffte, sich dadurch etwas Zeit verschaffen zu können. „Du hast Daltry vergiftet und den Schützen angeheuert, der mich umbringen sollte?"

Sybil nickte knapp.

„Nur wegen des Geldes?"

„Zum Teil, ja, aber es gab auch noch andere Gründe."

„Welche denn?" Rosie bemühte sich um einen plauderhaften Tonfall, um ihre Gesprächspartnerin bei Laune zu halten. „Warum sollte eine Dame aus gutem Hause, wie du es bist, sich für läppische zweitausend Pfund pro Jahr solche Mühen machen?"

„Hast du mir denn nicht zugehört? Es geht mir doch nicht nur ums Geld!", erwiderte Sybil mit vor Wut zitternder Stimme.

„Was hat dich dann zum Töten veranlasst?"

„Ich habe Daltry gehasst", sagte die junge Frau mit eisiger Miene. „Er musste für das bezahlen, was er mir angetan hat."

Ein Schauer jagte Rosie über den Rücken. „Was hat er denn getan?"

„Er hat mich zum Geschlechtsverkehr gezwungen." Sybils blassblaue Augen funkelten hasserfüllt. „Jahrelang musste ich seine Avancen über mich ergehen lassen."

Rosie starrte sie entsetzt an. „Warum ... warum hast du dich niemandem anvertraut? Gewiss hätte deine Tante ..."

„Sie hätte mich enterbt, wenn sie es erfahren hätte. Daltry hat mich nämlich erpresst, musst du wissen. Vor fünf Jahren fand er heraus, dass ich ein Verhältnis mit dem Butler meiner Tante hatte. Ich war in ihn verliebt, doch er war wesentlich älter als ich und noch dazu von niederem Stand. Trotzdem wollte ich mit ihm durchbrennen. Als Daltry Wind davon bekam, bezahlte er meinen Liebhaber, damit dieser mich sitzen ließ. Kurze Zeit später merkte ich, dass ich schwanger war", erzählte Sybil tonlos. Rosie konnte sich des Mitleids nicht erwehren, das in ihr aufstieg, als sie den hoffnungslosen Blick der anderen Frau bemerkte. „Ich wäre ruiniert gewesen, wenn Daltry mir nicht geholfen hätte. Er brachte mich zu einer Hebamme, die sich um mein ‚kleines Problem' kümmerte. Hinterher schwor er, Stillschweigen zu bewahren ... solange ich als Gegenleistung mit ihm ins Bett ging und alles tat, was er von mir verlangte. Also ließ ich mich darauf ein. Fünf lange Jahre."

Der Gedanke, dass sie auch nur wenige Stunden mit diesem Monster verheiratet gewesen war, verursachte Rosie Übelkeit.

„Das tut mir so leid, Sybil", sagte sie und schluckte schwer. „Niemand sollte so etwas durchmachen müssen."

Die Augen der jungen Frau blitzten auf. „Dein Mitleid kannst du dir sparen. Ich habe jetzt endlich, was ich wollte: *Rache*. Bevor Daltry mit dir durchbrannte, besuchte er mich noch ein letztes Mal. Hier, in dieser Bruchbude, die er für unsere Stelldicheins nutzte. Er prahlte damit, dass er ein hübsches, junges Ding gefunden hatte, das seine Erben zur Welt bringen würde ... und da wurde mir klar, dass ich etwas unternehmen musste."

„Weil du verhindern wolltest, dass sein Vermögen seinen Nachkommen zufiel?"

„Weil Peter leer ausgehen würde, wenn er dich geheiratet und Kinder mit dir bekommen hätte."

„Peter ... Du meinst, Mr Theale?", fragte Rosie überrascht. „Ist er etwa auch in die Sache verwickelt?"

„Nein, er hat keine Ahnung von dem, was ich getan habe. Er ist ein guter Mann, und wir lieben uns, aber aufgrund seiner Schulden kann er mich nicht heiraten. Wegen seiner finanziellen Probleme sah er sich vor einer Weile gezwungen, um die Hand einer Kaufmannstochter anzuhalten ... aber das konnte ich nicht zulassen." Entschlossen presste Sybil die Lippen zusammen.

„Daltry würde meinem Glück nicht noch einmal im Weg stehen. Also fuhr ich nach Gretna Green und überraschte ihn dort."

Langsam fügte sich das Gesamtbild zusammen. „Er war bei dir ... vor unserer Hochzeitsnacht?"

Sybil nickte grimmig. „Es brauchte nicht viel, um ihn rumzukriegen. Er war ein Lustmolch, noch dazu ein eingebildeter. Natürlich hat er mir den Vorwand abgekauft, ich sei ihm hinterhergereist, weil ich verrückt nach ihm war und ihn nicht verlieren wollte. Wir schliefen miteinander und hinterher servierte ich ihm den Wein, den ich mit Fingerhut versetzt hatte. Dann schickte ich ihn zurück zu dir, und der Rest ist Geschichte, wie man so schön sagt."

Als Rosie das manische Funkeln in den Augen ihrer Entführerin bemerkte, betete sie insgeheim, dass Caster ihre Nachricht erhalten hatte und rechtzeitig eintreffen mochte. *Ich muss Sybil dazu bringen, weiterzureden.*

„Aber ganz abgeschlossen ist die Geschichte ja noch nicht", sagte sie daher. „Denn nachdem du Daltry getötet hast, wolltest du auch mich aus dem Weg schaffen."

„Ja, das war bedauerlich", erwiderte Sybil und erhob sich. „Allerdings ist auch das Daltrys Schuld. Er hat heimlich sein Testament geändert und sein Vermögen dir statt Peter hinterlassen. Dadurch geriet mein Geliebter in noch größere Bedrängnis ... es sei denn, du würdest erneut heiraten oder eines verfrühten Todes sterben. Auf Ersteres konnte ich nicht warten, da Peter kurz davor stand, der Kaufmannstochter einen Antrag zu machen. Also musste ich dich loswerden."

Rosie unterdrückte ein Schaudern. „Hast du den Halsabschneider dafür angeheuert und ihn hinterher ebenfalls umgebracht?"

„Als ich von dem geänderten Testament erfuhr, geriet ich in Panik. Da ich Daltry bereits vergiftet hatte, wollte ich dich nicht auf dieselbe Art töten, weil ich fürchtete, sonst Verdacht zu erregen. Also engagierte ich den Halsabschneider. Leider erwies sich das als großer Fehler. Er verlangte den vollen Preis, obwohl er seine Aufgabe nicht erfüllt hatte. Um sicherzugehen, dass er nichts ausplaudern würde, musste ich ihn aus dem Weg schaffen", berichtete Sybil achselzuckend. „Dazu brauchte ich nur eine Flasche Kognak und ein wenig Fingerhut."

Rosie schüttelte den Kopf. „Glaubst du, Mr Theale will weiterhin mit dir zusammen sein, wenn er herausfindet, was du getan hast?"

„Peter wird nie erfahren, was unser Glück uns gekostet hat. Seine Liebe und meine Freiheit sind mir jeden Preis wert", erklärte Sybil im Brustton der Überzeugung. „Für das, was Daltry mir angetan hat, verdiente er eine gerechte Strafe. Endlich kann ich mein Leben genießen."

„Was du durchmachen musstest, tut mir leid", sagte Rosie. „Aber es gibt dir nicht das Recht, andere zu verletzen. Ich habe dir nichts getan."

Als sie sah, wie Sybil nachdenklich die Lippen zusammen-presste, keimte ein schwacher Hoffnungsfunke in ihr auf ... der jedoch sogleich wieder erlosch, als die andere Frau auf sie zutrat und mit der Pistole auf den Tisch zeigte. „Trink deinen Tee."

Für wie blöd hält sie mich?

„Ich werde dein Gift ganz sicher nicht trinken."

„Du ziehst also eine Kugel durch den Kopf vor?" Sie spürte den kalten Lauf des Revolvers an ihrer linken Schläfe. „Das sind nämlich deine beiden Optionen."

Es gab auch noch eine dritte ... und diese musste sie schnells-tens in die Tat umsetzen. Wenn Sybil sie wirklich erschießen wollte, hätte sie es längst getan. Nein, die Wahnsinnige *wollte*, dass Rosie durch das Gift starb. Diese Methode war viel sauberer und schwerer nachzuweisen als ein Kopfschuss.

Nur über meine Leiche ... im übertragenen Sinne.

„Also gut", lenkte sie ein. „Ich trinke den Tee. Aber nur, wenn du mir nicht länger dieses kalte Ding in die Stirn bohrst."

Sybil trat einen Schritt zurück, hielt die Waffe jedoch weiterhin auf sie gerichtet. „Mach schnell."

Mit einer Hand griff Rosie nach der Tasse, während sie die andere unter den Tisch in ihre verborgene Rocktasche gleiten ließ und ihre eigene geladene Pistole umklammerte.

Langsam führte sie die Tasse an ihre Lippen, hielt jedoch kurz davor inne. „Könnte ich etwas Zucker haben? Ich trinke meinen Tee gerne süß."

„Hör auf, Zeit zu schinden", fuhr Sybil sie an. „Sonst knall ich dich ab."

Blitzschnell zückte Rosie ihre Waffe und feuerte auf die Schulter ihrer Gegnerin. Der laute Knall wurde nur von Sybils schrillem Aufschrei übertönt. Die Pistole immer noch in Händen haltend, sprang Rosie auf und stolperte ein paar Schritte rückwärts.

In dem Moment flog die Tür auf, und als sie erkannte, wer da in den Raum gestürmt kam, durchflutete sie ein schwindelerregendes Gefühl der Erleichterung.

„Andrew", hauchte sie, bevor ihre Knie nachgaben.

Starke Arme fingen sie auf, und sie blickte hinauf in das Gesicht ihres Liebhabers.

„Bist du verletzt?", wollte er wissen und musterte sie besorgt.

„Nein." Langsam schüttelte sie den Kopf. „*Ich* habe *sie* angeschossen."

Trotz des kampflustigen Glühens in seinen Augen zuckten seine Lippen amüsiert. „Hinterher in Ohnmacht zu fallen, bringt auch nichts, Sonnenschein."

„Habe ich ... Ist Sybil ...?"

„Sie lebt noch, Mylady. Es ist nur ein Streifschuss gewesen", ertönte Jems Stimme, und sie drehte verblüfft den Kopf in seine Richtung. Sie hatte den Kutscher gar nicht bemerkt ... und auch die beiden anderen Wachmänner nicht, die Sybil umringten. Diese lag schwer atmend auf dem Boden und schien nicht in der Verfassung zu sein, irgendwen zu erschießen.

„Wir müssen nur die Blutung stillen, dann ist sie bis zur Gerichtsverhandlung wieder putzmunter", fügte Jem hinzu.

Rosie nickte und wandte sich dann wieder Andrew zu. „Wie hast du mich gefunden?"

„Ich habe dich von einem Wachmann beobachten lassen. Als er sah, wie du allein das Haus verlassen hast, ahnte er, dass etwas nicht stimmte, also folgte er dir hierher und benachrichtigte mich."

„Danke, dass du mich gerettet hast", flüsterte sie.

„Ich habe auf ganzer Linie versagt", widersprach er, und seine Miene verfinsterte sich. „Du hast dich selbst gerettet."

„Aber du hast mir die Pistole gegeben, weißt du nicht mehr?"

„Ich hätte nie gedacht, dass du sie tatsächlich würdest einsetzen müssen."

Er klang so bestürzt, dass sie ihn am liebsten aufgezogen hätte, doch stattdessen brachen all die Gefühle, die sie für diesen starken, wundervollen Mann empfand, aus ihr hervor.

„Ich liebe dich", platzte sie heraus. „Und es tut mir leid, dass ich dir neulich nicht zuhören wollte, als du versucht hast, mir die Situation mit Kitty zu erklären."

Seine Pupillen weiteten sich, doch bevor er etwas erwidern konnte, polterten laute Schritte den Korridor entlang. In der nächsten Sekunde stürmte Papa in den Raum, dicht gefolgt von Harry und Caster.

Ihr Vater war kreidebleich im Gesicht und eilte besorgt auf sie zu. „Püppchen, bist du ..."

„Es geht mir gut." Sie atmete tief durch und lächelte erst ihn, dann Andrew zaghaft an. „Endlich ist die Gefahr vorüber."

$$\maltese \quad 40 \quad \maltese$$

Am darauffolgenden Abend saß Rosie im Kreise ihrer weiblichen Verwandtschaft in ihrem Salon, um über die Ereignisse des vergangenen Tages zu sprechen. Mama und Tante Helena hatten sich auf einem Zweisitzer neben ihrer Chaiselongue niedergelassen, während Emma, Thea und Polly es sich auf den restlichen Sesseln bequem gemacht hatten. Violet, die ohnehin nie still sitzen konnte, tigerte im Raum umher, naschte Süßigkeiten und spielte hier und da mit einem Gegenstand, der ihr ins Auge fiel.

„Ich bin so froh, dass diese schreckliche Angelegenheit endlich vorbei ist", sagte Marianne gerade.

„Allerdings. Sybil Fossey war weitaus gerissener, als ich ihr zugetraut hätte", pflichtete Emma ihr stirnrunzelnd bei. „Zum Glück sitzt sie jetzt in Newgate hinter Gittern."

„Ambrose glaubt, sie kommt früher oder später nach Bedlam", sagte Mama.

„Eine Nervenheilanstalt ist genau der richtige Ort für sie. Oder wie siehst du das, Rosie?", fragte Em.

Trotz Sybils übler Absichten empfand Rosie Mitleid mit ihr.

Daltry hatte ihr Schreckliches angetan. Zwar entschuldigte das ihre Taten nicht, aber es erklärte sie zumindest.

„Bedlam ist kein Zuckerschlecken", erwiderte sie leise. „Aber ich denke, es wäre einfacher für ihre Familie, sie in einem Krankenhaus statt dem Gefängnis zu wissen. Lady Charlotte und Eloisa sind völlig außer sich."

„Sie hatten wirklich keine Ahnung, dass Sybil all die Jahre über von Daltry erpresst wurde?", fragte Polly, deren blaue Augen voller Mitgefühl waren.

Rosie schüttelte den Kopf. „Sie wussten nichts von ihrer Affäre mit dem Butler, von ihrem Schwangerschaftsabbruch oder davon, dass Daltry sie zum Geschlechtsverkehr zwang. Wann immer sie ihrem Leben für eine Weile entkommen wollte, gab sie vor, ihre Freundin Miss Bunbury zu besuchen. Als Mr McLeod in Lancashire vorbeifuhr, fand er heraus, dass diese bereits vor vielen Jahren verstarb."

Polly erschauderte sichtlich. „Wie hat Peter Theale die Neuigkeiten aufgenommen?"

„Er ist ziemlich aufgewühlt", sagte Rosie. „Verständlicherweise ist er schockiert darüber, dass seine Geliebte zu solch schrecklichen Taten fähig ist."

„Das wäre ich auch!", rief Violet dazwischen. „Aber noch *viel* schockierender finde ich, dass Mrs James ein Verhältnis mit ihrem eigenen Stiefsohn hat! Dabei war sie uns gegenüber immer so eingebildet und selbstgerecht. Wer im Glashaus sitzt, sollte wirklich nicht mit Steinen werfen."

Während seiner Nachforschungen in Kent hatte Mr Lugo von mehreren Ladenbesitzern erfahren, dass Mrs James in Begleitung eines jüngeren, „ziemlich vertraut wirkenden" Freundes gesehen worden war. Und die Beschreibung dieses Freundes passte perfekt auf Alastair James. Als der Ermittler die beiden mit den Fakten konfrontierte, hatten sie ihm ihre Affäre gestanden. Zudem gab Mrs James zu, dass sie die Einzelheiten über den Angriff auf Rosie von ihrem Liebhaber erfahren hatte. Um einen Skandal zu vermeiden, hatte sie sämtliche Eingeweihten angefleht, die Affäre für sich zu behalten.

Da Rosie wusste, wie grausam und vernichtend Gerüchte sein konnten, hatte sie der verzweifelten Frau versprochen, Stillschweigen zu bewahren. Daraufhin sicherte Mrs James ihr Unterstützung zu, was ihren gesellschaftlichen Aufstieg betraf. Und da auch Lady Charlotte hinter ihr stand, war Rosie ihr Platz unter den Reichen und Schönen der *ton* gesichert.

Ironischerweise hatte sie nun endlich ihre Träume verwirklicht, nur um feststellen zu müssen, dass nichts von dem, was ihr einst so wichtig erschien – Respekt, Anerkennung –, ohne Andrew von Bedeutung war.

Der Gedanke an ihn versetzte ihr einen Stich ins Herz. *Warum hat er mich die ganzen letzten Stunden über gemieden?*

„Wie dem auch sei, Hauptsache, sie ist nicht länger Rosies Feindin, sondern ihre Freundin", sagte Marianne. „Meine Tochter hat nun wirklich mehr als genug gefährliche Situationen durchgestanden. Und ich habe mehr als genug Taschentücher bestickt."

Jetzt, da die Gefahr gebannt war, gab es nur ein Thema, das Rosie beschäftigte. „Warum hat Andrew sich seitdem nicht mehr bei mir blicken lassen? Wir haben uns einen *ganzen* Tag lang nicht gesehen!", platzte sie heraus.

Ihre Familie wechselte fragende Blicke untereinander.

„Vielleicht wollte er dir ein wenig Zeit geben, damit du dich erholen kannst?", sagte Polly schließlich. „Immerhin hast du einiges durchmachen müssen."

„Würde Revelstoke sich von dir fernhalten, wenn du von einer Wahnsinnigen mit einer Waffe bedroht worden wärst?"

Kleinlaut schüttelte die Freundin den Kopf.

„Vielleicht will er deinen wiederhergestellten Ruf nicht aufs Spiel setzen", mutmaßte Thea.

„Er hätte letzte Nacht ja privat vorbeikommen können ..."

Rosie brach ab und warf ihrer Mutter sowie Tante Helena einen alarmierten Blick zu.

Die beiden sahen einander seufzend an.

„Warum glaubt die jüngere Generation nur immer, sie hätte das skandalöse Benehmen erfunden?", fragte Marianne ihre beste Freundin.

Helena hob die Brauen. „Weil wir Älteren ein solches Paradebeispiel an Sittsamkeit sind?"

Gleichzeitig brachen sie in schallendes Gelächter aus.

Rosie verdrehte genervt die Augen. „Es freut mich ja, dass ihr euch so köstlich amüsiert, aber können wir uns jetzt *bitte* wieder auf mein Problem konzentrieren? Das Glück meiner Zukunft hängt davon ab."

Mama setzte eine ernste Miene auf und erwiderte: „Natürlich, Liebes."

„Was genau wünschst du dir denn für deine Zukunft?", fragte Emma.

„Ist das nicht offensichtlich?" Verzweifelt warf Rosie die Hände in die Luft. „Ich liebe Andrew! Und ich will ihn heiraten."

„Für *dich* mag das ja offensichtlich sein, aber bislang war es dein größtes Ziel, um jeden Preis von der Gesellschaft anerkannt zu werden", gab Polly zu bedenken. „Weiß Mr Corbett denn um deinen Herzenswandel?"

„Ja. Ich glaube es zumindest." Nachdenklich biss Rosie sich auf die Unterlippe. „Als er zu meiner Rettung kam, sagte ich ihm, dass ich ihn liebe. Wie hätte ich es noch deutlicher machen können?"

Angst und Ungewissheit nagten an ihr, als sie darüber nachdachte. Obwohl sie ihm ihre Gefühle gestanden und sich dafür entschuldigt hatte, ihm nicht zugehört zu haben, hielt er sich von ihr fern. Er hatte nicht einmal auf Papas Einladung zum Abendessen reagiert. Dieses unhöfliche Verhalten passte so gar nicht zu ihm, es sei denn ... es sei denn, er hatte seine Meinung geändert.

Hatte ihr schmähliches Benehmen ihn womöglich unwiderruflich vertrieben?

„Liebe und Ehe sind zwei verschiedene Paar Schuhe", erklärte ihre Mutter. „Und Andrew als erfahrener Mann weiß das. Du hast ihm zwar deine Gefühle gestanden, nicht aber über die Möglichkeit einer Vermählung gesprochen. Corbetts Ehrgefühl steht dem deines Vaters in nichts nach. Wahrscheinlich hält er sich von dir fern, weil er glaubt, es sei das Beste für *dich*. Nach wie vor scheint er der Überzeugung zu sein, du verdienst mehr als das, was er dir zu geben vermag."

Die Erkenntnis traf Rosie wie ein Pfeil mitten ins Herz.

„Gott, ich bin die größte Närrin der Welt!", rief sie entsetzt aus.

„Das hat die Liebe so an sich", erwiderte Emma mit einem mitfühlenden Lächeln. „Sei nicht zu hart mit dir. Wir alle können ein Lied davon singen."

„Von wegen." Violet ließ sich neben Rosie auf die Chaiselongue plumpsen. „Ich habe mir von Carlisle nicht den Kopf verdrehen lassen."

„Sagt diejenige von uns, die ihren zukünftigen Gemahl in einen Champagnerbrunnen gestoßen hat", murmelte Em.

„Das war ein Versehen!" Violets Grinsen wirkte eher wehmütig als reuevoll. „Außerdem hat er es am Ende mit Humor genommen. Einmal hat er sich sogar gerächt, indem er mich ..."

„Gütiger Himmel, erspare uns bitte die Details!", fiel ihre ältere Schwester ihr ins Wort.

„Wir sollten uns lieber auf Rosies Dilemma konzentrieren", pflichtete Thea ihr bei. „Bist du dir sicher, dass du Mr Corbett heiraten willst, meine Liebe? Auch wenn du dadurch deine hart erkämpfte Anerkennung aufgeben musst ... ganz zu schweigen von deinem Vermögen und Titel?"

„Andrew ist alles, was ich will", erwiderte sie bestimmt.

Voller Reue wurde ihr klar, dass er ihre Bedürfnisse immer

über die seinen gestellt hatte, was man von ihr nicht gerade behaupten konnte. Er hatte sie beschützt, ihr seine Liebe gestanden, während sie ihm offenbar nicht gerade eindeutig zu erklären versucht hatte, was sie für ihn empfand.

„Dann musst du mit ihm sprechen", sagte Thea und schenkte ihr ein warmes Lächeln.

Rosie nickte abwesend. In ihrem Kopf formte sich bereits ein Plan. Andrew verdiente so viel mehr als nur einfache Worte: Sie würde ihm unmissverständlich zeigen, wie viel er ihr bedeutete.

„Wir werden alle weiteren Details in den kommenden Wochen ausarbeiten", sagte Andrew und schob den Vertrag, der vor ihm lag, über den Tisch. „Einstweilen habe ich dieses Schreiben von meinem Anwalt aufsetzen lassen."

Seine neuen Partner, die ihm gegenübersaßen, musterten ihn skeptisch.

„Sind Sie sicher, dass Sie das tun wollen?", fragte Grier schroff. „Immerhin geht es um Ihr Lebenswerk ..."

„Und Sie überschreiben es uns für einen Spottpreis", fügte Fanny hinzu und runzelte besorgt die Stirn. „Haben Sie sich vielleicht den Kopf gestoßen, Corbett?"

Keineswegs. Zum ersten Mal seit Langem konnte er wieder klar denken. Endlich erkannte er, dass sein Leben irgendwann in die völlig falsche Richtung abgedriftet war. Er war nicht der Mann, der er sein wollte ... sein *musste*, um eine Frau wie Primrose zu verdienen.

Ich liebe dich. Und es tut mir leid, dass ich dir neulich nicht zuhören wollte, als du versucht hast, mir die Situation mit Kitty zu erklären.

Die Erinnerung an ihre Worte versetzte ihm einen Stich ins Herz. Eines Tages würde er ihr hoffentlich eine angemessene Erklärung liefern, sich ihrer Liebe würdig erweisen können. Aber so, wie die Dinge jetzt standen, konnte er nicht von ihr verlangen, ihre Zukunft – ihren Titel, Reichtum und ihre gesellschaftliche Anerkennung – für ihn aufzugeben. Nicht für einen Mann, der sie vor so vielen Jahren im Stich gelassen hatte, als sie ihn am dringendsten brauchte. Der nicht einmal wusste, wie seine eigene Zukunft aussah.

Es hatte ihn all seine Willenskraft gekostet, sich von ihr fernzuhalten. Die letzten beiden Tage waren die reinste Hölle für ihn gewesen, und er wusste nicht, wie lange er noch durchhalten würde. Vielleicht sollte er eine Zeit lang umherreisen, die Welt erkunden. Er hatte genug Geld, Zeit, und zum ersten Mal die Freiheit, zu tun und zu lassen, was ihm beliebte.

Dummerweise war Primrose das Einzige, was er wirklich wollte. So lange er lebte, würde er sie niemals vergessen, wohin auch immer sein Weg ihn führen mochte. Er würde die Erinnerung an sie in seinem Herzen aufbewahren, sich während der endlosen, einsamen Nächte daran aufwärmen.

„Ihr tut mir damit einen riesigen Gefallen", sagte er leise. „Ich kann dieser Welt getrost den Rücken kehren, weil ich weiß, dass das Corbett's und die anderen Klubs in guten Händen sein werden."

Laut Vertrag überließ er Fanny und Grier seine Freudenhäuser im Gegenzug für einen Anteil am Gewinn. Zudem würden die beiden dafür sorgen, dass seine Angestellten weiterhin alle Zuwendungen erhielten, die er ins Leben gerufen hatte ... einschließlich einer neuen Entwicklung.

„Diese Idee der Gewinnbeteiligung wird Todd auf die Palme bringen", sagte Grier.

Andrew hatte sich schon seit Längerem mit dem Gedanken getragen, seine Dirnen mit einer kleinen Beteiligung an den Einnahmen zu belohnen. Mit diesem Vermächtnis würde er sich endgültig aus dem Gewerbe, das ihn ein Leben lang begleitet hatte, verabschieden.

Dass er Todd mit diesem Vorhaben zur Weißglut treiben würde, war ein zusätzlicher Pluspunkt.

„Um den Bastard musst du dir keine Sorgen machen", erwiderte er. „Ich habe die Sache vorab mit Bartholomew Black geklärt. Er weiß Bescheid, und wenn Todd Ärger machen sollte, wird er einschreiten."

„Das ist alles? So leicht lassen Sie den Mistkerl vom Haken?", rief Fanny ungehalten aus und schlug mit den Handflächen auf die Tischplatte. „Nach allem, was er angerichtet hat?"

„Gütiger Himmel, Weib, lass es gut sein", murmelte Grier.

„Nicht in diesem Ton, Horace Grier! Nur, weil wir zukünftig als Partner zusammenarbeiten werden, bedeutet das nicht, dass du so mit mir reden kannst", warnte Fanny ihn.

Was für eine erfüllende Partnerschaft das doch werden wird, dachte Andrew mit einem Anflug von Genugtuung.

Laut sagte er: „Zu tun, was ich will – und was ich für richtig halte –, ist Rache genug."

Und das meinte er auch wirklich ernst.

Als es an der Tür klopfte, erhob Grier sich, um sie zu öffnen.

Fanny warf Andrew währenddessen einen argwöhnischen Blick zu. „Sie tun das alles doch nur wegen dieses Weibsbilds, oder nicht?"

Sein Magen verkrampfte sich schmerzhaft. „Ich tue es für mich."

„Oh, bitte, Sie können mir nichts vormachen, Corbett", schnaubte die Zuhälterin. „Warum heiraten Sie sie nicht einfach und setzen dem ganzen Hin und Her ein Ende?"

Weil sie etwas Besseres verdient hat. Weil ich nur das Beste für sie will. Weil ich sie liebe ... und immer lieben werde.

Grier kehrte zu ihnen zurück und verkündete: „Es gibt ein Problem."

„Welches denn?", fragte Andrew.

Der Schotte schüttelte nur den Kopf. „Sehen Sie besser selbst."

Das klang nicht gerade erbauend.

Stirnrunzelnd erhob er sich und schlüpfte in seinen Gehrock. „Dann mal los."

Sie hatten noch nicht einmal den Hauptsalon im vorderen Bereich des Klubs erreicht, als er bereits das aufgeregte Stimmengewirr vernahm. *Was zum Henker geht hier vor sich?* Unzählige Männer drängten sich in den großen Raum und versuchten, einen Blick auf irgendetwas zu erhaschen, das sich vorne in der Nähe des Flügels befinden musste. Er konnte jedoch nichts sehen, konnte sich beim besten Willen nicht vorstellen, was seine feierwütigen Gäste derart in den Bann zog. Gewiss keine musikalische Darbietung ... es sei denn, eine seiner Dirnen stünde nackt auf der Bühne.

Aber selbst das, so selten es auch vorkam, rief für gewöhnlich keine Reaktion dieses Ausmaßes hervor.

Energisch bahnte Andrew sich einen Weg durch das Gedränge ... und blieb wie vom Donner gerührt stehen, als er sah, was diesen Aufruhr verursacht hatte.

Vorne neben dem Flügel stand Primrose. Sie trug nicht länger ihre schwarze Trauerkleidung, sondern ein strahlend gelbes Gewand und dazu das Diamantcollier, das er ihr geschenkt hatte. Ihre Schönheit war so überwältigend, dass ihm die Luft wegblieb und seine Brust sich zusammenschnürte. Als ihre Blicke sich trafen, brachte der Ausdruck in ihren jadegrünen Augen ihn beinahe um den Verstand.

Sie wandte sich Sally zu, die (glücklicherweise gänzlich bekleidet) vor dem Flügel saß, und sagte: „Ich bin bereit."

Sogleich ertönten die ersten Akkorde einer Ballade.

Primrose begann zu singen, und der gesamte Raum verfiel in andächtiges Schweigen, um ihrer lieblichen Stimme zu lauschen.

> Treu und herzinniglich,
> tausendmal grüss' ich dich,
> hab' ich doch manche Nacht

> schlummerlos hingebracht,
> immer an dich gedacht ...

Seine Kehle schnürte sich zu, als er die Worte vernahm, die sie für ihn sang, ohne den Blick von ihm abzuwenden. Er konnte nicht glauben, was sie da für ihn tat, was sie im Zuge dessen für ihn opferte. Ihr ganzes Leben lang hatte sie sich nach Anerkennung gesehnt, und jetzt ...

Ein Teil von ihm wusste, dass er sie aufhalten sollte, um zu retten, was von ihrem Ruf noch übrig war ... aber er konnte es nicht. Konnte nicht länger gegen seine Liebe für diese wundervolle Frau ankämpfen, deren Gesang seine Seele berührte und die Schatten der Vergangenheit mit ihrem strahlenden Glanz verbannte.

Seine Primrose. Sein Herz.

> Dort an dem Klippenhang,
> rief ich oft still und bang,
> fort von dem wilden Meer
> falsch ist es, liebeleer,
> macht nur das Herze schwer ...

Sie riss die Mauern seiner Selbstbeherrschung ein, doch zum ersten Mal in seinem Leben war es ihm egal, ob die Welt mitbekam, was er fühlte. Allein die Liebe in ihren Augen zählte, alles andere um ihn herum rückte in den Hintergrund. Es gab nur noch sie beide, so wie es immer war und immer sein sollte.

> Mancher wohl warb um mich,
> treu aber liebt' ich dich,
> mögen sie andre frei'n,
> will ja nur dir allein
> Leben und Liebe weih'n!

Nach der letzten, langgezogenen Note herrschte einen Augenblick lang ehrfürchtiges Schweigen, dann brach donnernder Applaus los. Unter Beifallrufen, Pfiffen und begeistertem Gestampfe ging er zu Primrose und hob sie in seine Arme. Sie schmiegte sich an ihn, während er sie aus dem Salon trug, weg von der tosenden Menge ... und von Grier und Fanny, die etwas abseits standen und vielsagend grinsten.

Sobald sie sich in einem der Geheimgänge befanden, räusperte er sich und sagte mit rauer Stimme: „Ich war nur so abweisend zu dir, weil ich sicherstellen wollte, dass du einen besseren Mann als mich wählst."

„Oh, Andrew, hast du es denn immer noch nicht begriffen?", fragte sie mit feucht glänzenden Augen. „Es gibt keinen besseren Mann als dich."

„Aber ich habe dir die Wahrheit über Kitty vorenthalten", sagte er und schluckte schwer. „Ich wollte es dir ja sagen, aber ich habe mich dafür geschämt. Es war nie gut mit ihr, nie richtig. Ich versuchte mehrmals, es zu beenden ..."

„Ich weiß. Und ich verstehe es." Der zärtliche Ausdruck in ihren Augen bekräftigte ihre Worte. „Du warst noch ein Kind, als du dich in ihrem Netz verfangen hast. Und glaube mir, ich bin die unangefochtene Meisterin, wenn es darum geht, seine Fehler zu wiederholen. Ich werde deine Vergangenheit ebenso wenig verurteilen wie du meine."

„Aber ich habe dich bei ihr zurückgelassen", protestierte er voller Selbstverachtung. „Ich wollte dich mitnehmen, als ich sie verließ, aber mir fehlte das nötige Geld. Und der Mut."

„Andrew, du warst doch selbst noch so jung. Wie hättest du dich da um ein kleines Kind kümmern sollen?" Das aufrichtige Mitgefühl in ihrem Blick trieb ihm die Tränen in die Augen. „Dass ich dir deswegen Vorwürfe gemacht habe, tut mir unglaublich leid. Aber stelle bloß nie wieder deinen eigenen Mut in Frage! Du hast so viel durchgemacht, so hart ums Überleben gekämpft, und dafür bewundere ich dich maßlos. Gott, ich liebe dich so sehr!"

„Ich liebe dich auch", sagte er nachdrücklich. „Die Zeit ohne dich war die Hölle."

Sie lächelte ihn verschmitzt an. „Dann willst du mich also doch heiraten?"

„Ich werde jeden Mann niederstrecken, der sich mir in den Weg stellt", behauptete er großspurig, fügte nach einer kurzen Pause jedoch hinzu: „Außer, es handelt sich um deinen Vater. Oder einen anderen deiner Verwandten."

„Keine Sorge, meine Familie vergöttert dich."

Das kaufte er ihr zwar nicht ganz ab, aber es spielte auch keine Rolle. Mit der Zeit würde er ihre Angehörigen schon für sich gewinnen. An ihrer Seite fühlte er sich unbezwingbar ... aber erging es ihr ebenso? Stand es ihm wirklich zu, von ihr zu verlangen, dass sie alles für ihn aufgab?

Er musste wissen, ob sie sich im Klaren darüber war, worauf sie sich einließ.

„Wenn wir uns vermählen, wirst du nicht mit einem Gentleman verheiratet sein. Du wirst deinen gesellschaftlichen Stand, deinen Titel und dein Vermögen verlieren", sagte er ernst. „Bist du dir sicher, dass du das willst?"

„Du *bist* ein Gentleman, Andrew Corbett", erwiderte sie und legte ihm die Hände an die Wangen. „Ein Kavalier erster Güte. Alles andere ist mir egal. Ich will nur dich."

Ohne ein weiteres Wort trug er sie den Gang entlang zu seinen Privatgemächern. Dort angekommen, legte er sie sanft auf dem Bett ab und ließ sich neben ihr nieder. Voller Liebe und Lust und Leidenschaft betrachtete er ihr engelsgleiches Gesicht, ihre sinnlichen Kurven. Eines musste er ihr noch sagen, bevor er sich in ihr verlieren würde.

„Danke für das Ständchen, Sonnenschein", murmelte er. „Dieses Geschenk werde ich immer in Ehren halten."

„Du kennst doch meinen Hang zur Dramatik", erwiderte sie

lächelnd und strich ihm zärtlich über die Wange. „Ich hoffe, du bist bereit, dich ein Leben lang damit herumzuschlagen."

„Ein Leben lang mit dir reicht mir bei Weitem nicht aus", erwiderte er. „Aber ich nehme, was ich kriegen kann."

Anschließend versiegelte er ihre Lippen mit einem Kuss, in den er all seine Liebe, sein Herz und seine Seele einfließen ließ.

EPILOG

SIEBEN MONATE SPÄTER

ROSIE LAG BEREITS IM BETT, ALS IHR GEMAHL DAS GEMEINSAME Schlafgemach betrat.

Trotz ihrer düsteren Stimmung – oder vielleicht gerade *deswegen* – fiel ihr wieder einmal auf, wie unverschämt attraktiv er war. Während der letzten Monate nach ihrer Hochzeit war er sogar *noch* gut aussehender geworden. Er lächelte mehr, wirkte entspannter. Auf ihrer Hochzeitsreise hatte die strahlende Sonne ihm einen ansehnlichen Teint verliehen und seine bronzefarbenen Locken aufgehellt. Der dünne Seidenstoff seines schwarzen Morgenmantels umspielte verführerisch die kraftvollen Muskeln, die er durch seine körperliche Ertüchtigung erhielt.

Ihr Herz füllte sich mit Freude, als sie sah, wie glücklich und ausgeglichen der Mann ihrer Träume war. Als er ihr eingangs von seinen Plänen erzählte, das Corbett's und seine anderen Freudenhäuser aufzugeben, war sie seiner Entscheidung mit gemischten Gefühlen gegenübergestanden. Sie wollte nicht, dass er sich ihretwegen änderte. Sie liebte ihn so, wie er war.

„Tu es nicht für mich", hatte sie gesagt. „Ich will, dass du glücklich bist."

Er hatte sie mit einem ernsten Blick bedacht.

„Ich habe mein Leben lang auf die eine oder andere Weise geschuftet", erwiderte er. „Jetzt will ich mich endlich einmal zurücklehnen und die Zeit mit meiner frisch angetrauten Ehefrau, auf die ich so lange gewartet habe, genießen. Ich will mit ihr verreisen, aufregende, neue Orte mit ihr erkunden, Abenteuer erleben ... vor allem im Bett."

Und so war es dann auch geschehen ... allerdings nicht unbedingt in dieser Reihenfolge.

Nach der Vermählung waren sie zu einer ausgedehnten Europareise aufgebrochen, hatten die Weinberge Frankreichs besucht, die prachtvollen Bauten Italiens und schließlich die atemberaubenden griechischen Inseln. Fremde Länder mit der Liebe ihres Lebens zu erkunden, war in der Tat ein unvergleichliches Abenteuer gewesen ... und gegen Ende geschah noch etwas Überraschendes.

Gut, allzu überraschend war es auch wieder nicht, dachte sie trocken. Immerhin hatte Andrew seit der Hochzeitsnacht keine Präservative mehr benutzt, und wenn man bedachte, wie oft sie sich liebten, war es nur eine Frage der Zeit, bis sie schwanger wurde. Als ihr Göttergatte davon erfuhr, hatte er sie augenblicklich nach London zurückgebracht.

Seitdem verbrachte sie den Großteil ihrer Zeit damit, im Bett zu liegen, ihren Mageninhalt zu entleeren und grundlos in Tränen auszubrechen. Sie fühlte sich ausgelaugt, unansehnlich und abgenutzt ... wie die kleine Stoffpuppe, die Andrew in seinem Nachttisch aufbewahrte. Die Tatsache, dass er dieses Andenken an sie all die Jahre über behalten hatte, rührte sie zwar sehr, aber deshalb wollte sie sich noch lange nicht mit dem vermaledeiten Ding vergleichen.

Und sie wusste, dass auch ihm die Ähnlichkeiten auffielen. Wusste, dass er langsam das Interesse an ihr verlor. Sein Verhalten war mehr als eindeutig. Ihr leidenschaftlicher Liebhaber, der früher nicht einmal während einer Gondelfahrt in Venedig oder an einem einsamen Strand auf Kreta die Finger von ihr lassen konnte, hatte sie seit Wochen nicht mehr angerührt.

Als er nun das Zimmer durchquerte und sich zu ihr setzte, überkam sie eine lähmende Panik. „Wie fühlst du dich, Sonnenschein?", fragte er und strich ihr sanft eine Locke hinters Ohr.

„Gut." Das war natürlich gelogen. Was glaubte er, wie sie sich fühlte, wenn der Mann, den sie liebte, sie nicht länger begehrenswert fand?

„Das freut mich." Er hielt kurz inne. „Kann ich dir etwas bringen?"

Während der letzten Wochen hatte sie eine Abneigung gegen seinen besorgten Tonfall und die vorsichtige Art, auf die er mit ihr umging, entwickelt. Sie war doch kein Pflegefall!

„Nein", erwiderte sie kurz angebunden.

Wortlos erhob er sich und ging um das Bett herum. Sie beobachtete ihn dabei, wie er den Morgenmantel abstreifte. Gott, der Anblick seines nackten, perfekt geformten Körpers erfüllte sie mit schier unerträglicher Sehnsucht. Hungrig wanderte ihr Blick an seiner breiten Brust entlang über seinen muskulösen Bauch bis hinunter zu seinen kraftvollen Schenkeln, zwischen denen sein großer, halbharter Schwanz hing.

Ihr Puls begann zu rasen und das Wasser lief ihr im Mund zusammen. Als sie jedoch den Blick hob, bemerkte sie den seltsamen Ausdruck in seinen Augen. Es wirkte fast so, als wäre er angewidert ... etwa von *ihr*? Panisch krampfte ihr Magen sich zusammen. Bevor sie etwas sagen konnte, hatte er das Licht gelöscht und schlüpfte zu ihr ins Bett. Zwar legte er einen Arm um sie, unternahm jedoch sonst nichts. Steif und unbehaglich lagen sie nebeneinander in der Dunkelheit, wie zwei Leichen in einem Sarg.

Er will mich nicht mehr. Liebt mich nicht mehr ...

In einem Anflug von Verzweiflung wandte sie sich ihm zu und presste eine Handfläche gegen seine Brust.

Seine nächsten Worte bohrten sich wie ein Dolch in ihr Herz. „Sonnenschein, vielleicht sollte ich heute Nacht lieber im Ankleidezimmer schlafen."

Ihr stockte der Atem. Seit sie verheiratet waren, hatten sie keine Nacht getrennt voneinander verbracht. Außerdem war *er* derjenige gewesen, der ihr gestanden hatte, wie gerne er neben ihr einschlief und aufwachte, dass sie die erste Frau sei, bei der er sich so geborgen fühlte im Bett.

„Du findest mich also *so* abstoßend, dass du nicht einmal mehr neben mir schlafen willst?", flüsterte sie mit erstickter Stimme.

Einen Augenblick lang war alles still, dann spürte sie, wie die Matratze einsank, und im nächsten Moment ging das Licht an.

Andrew saß aufrecht im Bett und starrte sie entgeistert an. „Wie um alles in der Welt kommst du denn darauf?"

Mühsam richtete sie sich ebenfalls auf. „Ich weiß ja, dass ich hässlich und fett bin, aber ich bin immer noch deine Frau! Du hast *versprochen*, mich zu lieben, in guten wie in schlechten Zeiten."

Er wirkte völlig perplex. „Also erstens, du bist so bildschön wie eh und je. Zweitens, du bist nicht fett, sondern schwanger. Und drittens ..."

„Was?", fragte sie herausfordernd.

Er öffnete den Mund, schloss ihn jedoch gleich wieder. Nach einigen Augenblicken sagte er schließlich: „Drittens, diese Diskussion ist so verrückt, dass ich völlig vergessen habe, worauf ich hinauswollte."

„Ich bin nicht verrückt! Du hast mich seit *Wochen* nicht mehr angerührt. Früher konntest du kaum die Finger von mir lassen, aber jetzt findest du mich offenbar so abstoßend, dass du nicht einmal mehr im selben *Bett* schlafen willst", rief sie mit zitternder Stimme ... und brach prompt in Tränen aus.

Als er ihr eine Hand auf die Schulter legte, schüttelte sie ihn ab und vergrub laut schluchzend das Gesicht in den Händen.

„Gütiger Himmel. Das ist doch völlig absurd." Durch ihre Finger sah sie, wie er sich frustriert die Haare raufte. „Wie kannst du nur denken, dass ich dich abstoßend finde? Das Gegenteil ist der Fall: Du bist hinreißend, und ich begehre dich so sehr ... aber ich will dich nicht verletzen."

„Du lügst doch nur, damit ich mich besser fühle", schluchzte sie vorwurfsvoll.

Sie fühlte sich so verletzt, so aufgewühlt ... aber auch ein klein wenig albern. Obwohl ein Teil von ihr wusste, wie irrational sie sich verhielt, schien sie sich nicht beruhigen zu können. In den letzten Wochen waren ihre Emotionen so überwältigend und unvorhersehbar gewesen, dass sie kaum noch wusste, wie ihr geschah.

„Siebenundzwanzig Tage."

Als sie seine rätselhaften Worte vernahm, hielt sie inne. „Wie bitte?"

„Siebenundzwanzig Tage."

„Ich habe keine Ahnung, was das bedeuten soll", schniefte sie.

„Es ist siebenundzwanzig Tage her, seit wir uns das letzte Mal geliebt haben."

Endlich begriff sie, worauf er hinauswollte, und ihr Herz füllte sich mit Wärme.

„Du hast sie *gezählt?*", flüsterte sie ergriffen.

„Nicht nur die Tage, sondern auch die Stunden und Minuten", sagte er wehmütig. „Warum, glaubst du, habe ich angeboten, im Ankleidezimmer zu schlafen? Ich versuche, ein rücksichtsvoller Ehemann zu sein, aber du würdest selbst einen Heiligen in Versuchung bringen. Verdammt, Primrose, ich will mich dir nicht aufdrängen, wenn es dir nicht gut geht, aber ich begehre dich so *sehr.* Zu sehen, wie unser Kind in dir heranwächst, wie hell diese Schwangerschaft dich erstrahlen lässt ... Du warst nie hinreißender oder begehrenswerter in meinen Augen."

Seine Worte lösten erneut eine Welle der Emotionen in ihr aus, diesmal allerdings eine der Freude und Erleichterung.

„Oh, Andrew", hauchte sie mit zitternder Stimme. „Ich bin ja so erleichtert, das zu hören. Aber um ehrlich zu sein, fühle ich mich gar nicht gut, und ich strahle auch nicht, sondern schwitze einfach nur wie ein Packtier."

Seine Lippen zuckten amüsiert. „Das weiß ich doch. Warum, glaubst du wohl, habe ich dir deine Ruhe gelassen?"

„Das hast du nur für mich getan?", fragte sie, beschämt und verzückt zugleich.

Er nickte.

„Du bist der beste, rücksichtsvollste, wunderbarste Ehemann der Welt!"

„War's das?", erkundigte er sich mit einem Schmunzeln.

„Es tut mir leid, dass ich ein wenig dramatisch reagiert habe."

„Hauptsache, es geht dir jetzt besser."

„Das tut es." Sie fühlte sich so leicht wie seit Langem nicht mehr.

„Hervorragend." Sein träges, sinnliches Lächeln jagte ihr einen elektrisierenden Schock durch den Körper. „Dann kannst du dich deinem rücksichtsvollen, wunderbaren und unglaublich spitzen Ehemann ja erkenntlich zeigen."

Er schob die Bettdecke von sich, unter der seine gewaltige Erektion zum Vorschein kam.

Rosie grinste ihn neckisch an. „Du hast mich also *doch* vermisst."

„Du weißt genau, welche Wirkung du auf mich hast, du Luder."

„Soll ich es besser küssen?"

Er bedachte sie mit einem glühenden Blick. „Ich liebe es, wenn du das tust."

Sie setzte sich zwischen seine Beine, umschloss seinen harten Schwanz mit beiden Händen und ließ ihre Zunge um seine geschwollene Eichel kreisen, bevor sie über den Schlitz fuhr, aus dem bereits die ersten salzigen Lusttropfen quollen. Er stöhnte auf, als sie die Lippen um ihn schloss und ihn so tief in sich aufnahm, bis er gegen ihren Rachen stieß.

„Gott, ich *liebe* deinen Mund", keuchte er. „Du fühlst dich so gut an."

Eifrig begann sie, ihn schneller und härter zu befriedigen, bemüht, ihm zu zeigen, wie sehr sie ihn liebte, wie dankbar sie ihm für das Glück war, das er ihr jeden einzelnen Tag bescherte. Nach einer Weile löste sie die Lippen von ihm und verwöhnte ihn mit den Händen, so wie es ihm gefiel, wobei sie die Zunge über die hervortretenden Venen an seinem mächtigen Schaft gleiten ließ. Anschließend küsste sie die Stelle zwischen seinen Hoden, bevor sie erst an dem einen, dann an dem anderen zu saugen begann.

„*Verdammt!*", fluchte er und warf den Kopf in den Nacken.

Sie wanderte mit den Lippen über seinen pulsierenden Schwanz zurück nach oben und nahm ihn noch einmal so tief es ging in sich auf, reizte seinen Schlitz mit ihrer Zunge, bis er sich laut stöhnend in ihren Mund ergoss.

Bevor sie wusste, wie ihr geschah, setzte er sich auf, riss ihr das Unterkleid vom Leib und drückte sie mit dem Rücken auf die Matratze. Dann tauchte er zwischen ihre Schenkel und brachte sie mit seiner geschickten Zunge in Windeseile zum Höhepunkt. Während sie noch auf den Wogen ihrer Ekstase ritt, packte er ihre Hüften und vereinte ihre Körper, füllte ihre heiße, feuchte Pussy mit seinem perfekten Schwanz.

Ihr Liebesspiel war ein gegenseitiges Geben und Nehmen, ein leidenschaftlicher Tanz zweier Ebenbürtiger.

Gemeinsam erreichten sie ihren Höhepunkt, Herz an Herz, die Finger und Seelen eng ineinander verschlungen.

Hinterher lag Rosie in den Armen ihres Liebhabers und seufzte glücklich. „Ich habe dich ja vor meinen dramatischen Anwandlungen gewarnt", kicherte sie.

„Sei so dramatisch, wie du willst, Sonnenschein", flüsterte er ihr ins Ohr. „Ich freue mich auf ein Leben voller Wiedergutmachungen."

Einige Jahre später

Um Andrew herum herrschte das pure Chaos.

Etwas anderes war er von seinem Heim schon lange nicht mehr gewöhnt. Überall rannten lachende Kinder herum – seine und Primroses sowie die ihrer Familie –, kreischend und schreiend wie wilde Tiere, die man zu lange in einen Käfig gesperrt hatte. Er konnte es ihnen nicht verübeln. Die Einweihungsfeier des neuen Krankenhauses hatte sich stundenlang hingezogen, und die Kleinen waren die ganze Zeit über trotz der brütenden Hitze brave Engel gewesen.

Nun aber kosteten seine Quälgeister und deren Cousins und Cousinen die neu gewonnene Freiheit voll aus. Die Erwachsenen saßen gemütlich im Salon beisammen und genossen den kurzweiligen Frieden ... welcher aus Erfahrung nie lange anhielt.

„Papa!" Wie aufs Stichwort kam seine älteste Tochter, Miranda, auf ihn zugerannt und zupfte ihm irritiert am Ärmel. „Oliver ist wieder mal unausstehlich!"

Er strich ihr besänftigend über die blonden Löckchen. „Was hat er denn jetzt wieder angestellt, Küken?"

„Er schwingt sein Schwert wie ein wilder durch die Gegend. Ich habe ihm gesagt, dass er aufhören soll, aber er hört nicht auf mich. Schau", fügte sie hinzu und deutete anklagend auf einen winzigen Riss an ihrem Ärmel. „Er hat mein neues Kleid ruiniert!"

„Oliver." Andrew winkte seinen Zweitältesten zu sich heran.

Der braunhaarige Junge schlurfte auf ihn zu, das Holzschwert hinter sich her schleifend.

„Ja, Papa?", fragte er mit aufgesetzter Unschuldsmiene.

„Was habe ich dir über das Spielen mit dem Schwert im Haus gesagt? Entschuldige dich bitte bei deiner Schwester dafür, dass du ihr Kleid zerrissen hast."

„Aber ich habe doch gar nichts gemacht", protestierte sein Sohn.

„Lügner!", rief Miranda ungehalten.

„Petze!", schoss er zurück.

„Das reicht jetzt, ihr beiden", sagte Andrew streng. „Oliver, ein Gentleman muss für seine Taten stets die Verantwortung übernehmen."

„Aber ich *wollte* ihr Kleid ja nicht kaputt machen", beteuerte der Junge mit weit aufgerissenen Augen. „Sondern sie zum Ritter schlagen, wie Ihre Majestät es mit dir getan hat, Papa."

„Du bist aber nicht der König, Dummkopf", stichelte seine Schwester.

„Miranda, eine Dame wirft nicht mit Schimpfwörtern um sich." Andrew ging vor seinen Kindern in die Hocke und betrachtete ihre lieblichen Gesichter. Aus Erfahrung wusste er, ihren flehenden Blicken keine Beachtung zu schenken. „Jetzt entschuldigt euch beieinander."

„Tut mir leid, dass ich dein Kleid zerrissen habe", murmelte Oliver.

„Tut mir leid, dass ich dich Dummkopf genannt habe", murmelte Miranda zurück.

„Sehr schön. Jetzt geht und spielt mit euren Cousins und Cousinen."

Seine Tochter gesellte sich zu ihrer besten Freundin, Sophie, während sein Sohn zu den restlichen Jungs zurückkehrte, zu denen Carlisles, Revelstokes und Harrys Sprösslinge gehörten.

Als er eine Bewegung aus dem Augenwinkel vernahm, wandte er sich in Richtung Tür. Primrose hatte soeben den Raum betreten. Selbst nach so vielen Jahren raubte ihr Anblick ihm noch immer den Atem. Sie erstrahlte förmlich in ihrem geschmackvollen, rosafarbenen Kleid. Als sie sich zu ihm gesellte, legte er ihr einen Arm um die Taille und zog sie an sich.

„Ist Lily eingeschlafen?", fragte er.

Primrose nickte. „Das arme Ding war völlig erschöpft. Nanny ist bei ihr."

„Das war ein langer Tag für sie. Für uns alle."

„Unsinn", erwiderte sie und lächelte ihn an. „Der heutige Tag war zu deinen Ehren, Liebling, und du hast es dir redlich verdient."

„Ich kann immer noch nicht glauben, dass Ihre Majestät einen Mann wie mich zum Ritter geschlagen hat."

Eine Anerkennung wie diese hatte er sich nie zu erträumen gewagt. Ebenso wenig wie die Liebe seiner wundervollen Frau.

„Nach allem, was du für die Gesellschaft getan hast, war das das Mindeste, was du verdienst. Deine Tagesstätte hat zu einer Reform der medizinischen Versorgung von Frauen und Kindern geführt, und die Krankenhäuser, die du hast bauen lassen, haben so vielen Menschen das Leben gerettet. Du bist ein ‚Revolutionär der Sozialhilfe‘, wie Seine Königliche Hoheit so schön anmerkte."

Seine Lippen zuckten amüsiert, als er hörte, mit welchem Feuereifer sie seine Leistungen verteidigte. „Ich wollte mich eben nützlich machen. Müßiggang ist aller Laster Anfang."

„Du hast bisher noch jeden Tag eine Beschäftigung gefunden", erwiderte sie mit einem anzüglichen Grinsen. „Das kann ich bestätigen."

Bevor er etwas darauf erwidern konnte, brachte der Butler eisgekühlten Champagner für die Erwachsenen und kalte Limonade für die Kinder herein. Gläser wurden ausgehändigt, und alle Anwesenden, alt und jung, versammelten sich in einem Kreis. Selbst Horace und Fanny Grier waren gekommen, um seinen großen Tag mit ihm zu feiern. Tränen stiegen ihm in die Augen, als er in die stolzen, glücklichen Gesichter seiner Freunde blickte ... seiner Familie, die Primrose ihm beschert hatte.

„Lasst uns die Gläser erheben", sagte Ambrose Kent. „Auf Sir Andrew Corbett!"

„Und auf Lady Corbett", fügte seine Frau lächelnd hinzu.

„Auf Sir und Lady Corbett!", riefen alle wie aus einem Munde.

Primrose lehnte sich zu Andrew hinüber und flüsterte: „Siehst du? Ich wusste ja schon immer, dass ich einen wahren Kavalier geheiratet habe."

Er nahm ihre Hand in die seine und küsste sie zärtlich. „So ist es, Sonnenschein. Den Kavalier, der dich von Herzen liebt."

DANKSAGUNGEN

An alle, die unermüdlich nach Andrews Geschichte gefragt haben
– dieses Buch ist für euch!

Ich bin zutiefst gerührt und geehrt von der Unterstützung, die ich
von Ihnen, meine lieben LeserInnen, erhalten habe. Vielen Dank,
dass Sie meine Bücher mit so viel Freude gelesen, meine Charaktere geliebt und mich auf dieser wundervollen – und manchmal
herausfordernden – Reise begleitet haben. Ohne Sie hätte ich es
nicht geschafft!

An meine wunderbare Übersetzerin, Annika: Vielen Dank für die
tolle Zusammenarbeit an dieser Buchreihe!

An die übrigen Verdächtigen: Eure Unterstützung,
Fachkenntnisse, Liebe und Freundschaft haben mich getragen
und meine Träume verwirklicht. Ich liebe euch!

ÜBER DIE AUTORIN

Die internationale *USA-Today*-Bestsellerautorin Grace Callaway schreibt heiße, herzerwärmende, historische Liebesromane voller Spannung und Abenteuer. Ihr Debütroman schaffte es unter die Finalisten der Romance Writers of America®, Golden Heart® sowie auf Platz eins der National Regency Bestseller, und ihre weiterführenden Romane führen regelmäßig die nationalen und internationalen Bestsellerlisten an. Aktuell ist sie Gewinnerin des Daphne du Maurier Award for Excellence in Mystery and Suspense, des Maggie Award for Excellence in Historical Romance, des Golden Leaf sowie des Passionate Plume Award. Sie hat einen Doktorabschluss in klinischer Psychologie von der University of Michigan und lebt mit ihrer Familie und ihrem Adoptivhund in einem Tal nahe dem Meer. In ihrer Freizeit liebt sie es zu tanzen, in gemütlichen Restaurants zu essen und mit ihrem Sohn Abenteuer zu erleben, die auf dessen sonderpädagogische Bedürfnisse angepasst sind.

Erfahren Sie mehr über Grace:
Deutscher Newsletter:
https://gracecallaway.com/deutschernewsletter
Website: www.gracecallaway.com

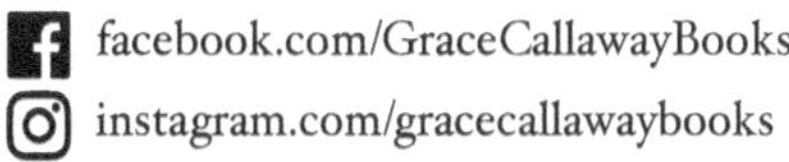